BEN BOVA

Asteroidensturm

Roman

Deutsche Erstausgabe

W0233255

WILHELM HEYNE VERLAG
MÜNCHEN

HEYNE SCIENCE FICTION
06/6482

Titel der amerikanischen Originalausgabe
THE ROCK RATS
Deutsche Übersetzung von Martin Gilbert
Das Umschlagbild ist von Thomas Thiemeyer

Umwelthinweis:
Dieses Buch wurde auf chlor- und
säurefreiem Papier gedruckt.

Redaktion: E. Senftbauer
Copyright © 2002 by Ben Bova
Copyright © 2005 der deutschen Ausgabe und der Übersetzung
by Wilhelm Heyne Verlag, München
in der Verlagsgruppe Random House GmbH
http://www.heyne.de
Printed in Germany 2004
Umschlaggestaltung: Nele Schütz Design, München
Satz: C. Schaber Datentechnik, Wels
Druck und Bindung: GGP Media GmbH, Pößneck

ISBN 3-453-52013-0

Amanda umklammerte den Arm ihres Manns, als Martin Humphries unangekündigt und uneingeladen auf der Hochzeitsfeier erschien.

In der *Pelican Bar* wurde es totenstill. Die Menge, die Amanda und Lars Fuchs mit schlüpfrigen Witzen und lunarem ›Raketensaft‹ lautstark gratuliert hatten, erstarrte plötzlich, als ob der Ort mit Flüssigstickstoff geflutet worden wäre. Fuchs tätschelte seiner Frau sanft und beschützend die Hand und schaute grimmig zu Humphries auf. Selbst Pancho Lane, die sonst nie um einen flapsigen Spruch verlegen war, blieb reglos an der Bar stehen. In der einen Hand hielt sie ihren Drink, die andere ballte sie zur Faust.

Eigentlich verirrte Humphries sich nie in den *Pelican*. Es war die Bar der Arbeiter, der Treffpunkt in Selenes unterirdischem Labyrinth aus Tunnels und Kammern, wo die Leute, die auf dem Mond lebten und arbeiteten, sich in der Gesellschaft ihrer Kameraden entspannten. Die Großkopferten wie Humphries frequentierten hingegen die noble Lounge oben in der Grand Plaza, wo die Manager und Touristen sich tummelten.

Humphries schien ihre Feindseligkeit indes gar nicht zu tangieren und absolvierte souverän das Spießrutenlaufen unter den bösen Blicken der Leute. Er wirkte hier völlig fehl am Platz: ein schmaler, manikürter Mann in einem maßgeschneiderten königsblauen Geschäftsanzug inmitten der jungen, proletarischen Bergleute und Maschinisten in ihren schäbigen, ausgebleichten Overalls und mit Ohrsteckern aus Asteroidensteinen. Selbst die Frauen muteten kräftiger und muskulöser an als Humphries.

Humphries' Gesicht wirkte weich und konturlos, doch seine Augen sprachen eine ganz andere Sprache. Sie waren grau und mitleidlos, glichen Splittern aus Feuerstein und hatten die gleiche Farbe wie die Felswände und niedrige Decke der unterirdischen Bar.

Er ging zielstrebig durch die stille, missmutige Menge zum Tisch, an dem Amanda und Fuchs saßen.

»Ich weiß, dass ich nicht zu eurer Party eingeladen bin«, sagte er mit ruhiger und fester Stimme. »Ich hoffe, ihr verzeiht mir mein unangemeldetes Erscheinen. Ich werde auch nicht lang bleiben.«

»Was wollen Sie?«, fragte Fuchs mit finsterem Blick, ohne sich von seinem Stuhl neben seiner Braut zu erheben. Er war dunkelhaarig und ein Bär von einem Mann – mit einer Tonnenbrust und kurzen, muskelbepackten Armen und Beinen. Der Knopf im linken Ohr war ein Diamant, den er in seiner Studentenzeit in der Schweiz gekauft hatte.

»Ich will Ihre Frau«, sagte Humphries mit einem sehnsüchtigen Lächeln, »aber sie hat Ihnen den Vorzug gegeben.«

Nun erhob Fuchs sich doch langsam vom Stuhl und ballte die großen Hände mit den dicken Fingern zu Fäusten. Alle Anwesenden im Pub richteten den Blick auf ihn und hielten den Atem an.

Amanda schaute von Fuchs zu Humphries und wieder zurück. Sie schien der Panik nahe. Sie war eine außergewöhnlich schöne Frau mit großen Augen in einem unschuldigen Gesicht und mit einer Figur, bei der Männer ins Schwärmen gerieten und Frauen mit unverhohlenem Neid sie anstarrten. Sogar in einem schlichten weißen Springeranzug sah sie bezaubernd aus.

»Lars«, flüsterte Amanda. »Bitte.«

Humphries hob beide Hände, sodass die Handflächen nach vorn wiesen. »Vielleicht habe ich mich etwas unglücklich ausgedrückt. Ich bin nicht gekommen, um Streit zu suchen.«

»Wieso sind Sie dann gekommen?«, fragte Fuchs mit einem leisen Knurren.

»Um euch ein Hochzeitsgeschenk zu überreichen«, sagte Humphries mit einem Lächeln. »Als Friedensangebot ... sozusagen.«

»Ein Geschenk?«, fragte Amanda.

»Falls ihr es von mir annehmt«, sagte Humphries.

»Was ist es überhaupt?«, fragte Fuchs.

»Die *Starpower 1*.«

Amanda riss die himmelblauen Augen so weit auf, dass sie schier aus den Höhlen quollen. »Das Schiff?«

»Es gehört euch, wenn ihr es denn haben wollt. Ich werde sogar die erforderliche Überholung bezahlen, um es wieder raumtüchtig zu machen.«

Die Menge regte sich, seufzte und murmelte. Fuchs warf einen Blick auf Amanda und sah, dass Humphries' Angebot sie völlig aus der Fassung gebracht hatte.

»Ihr könnt damit zum Gürtel zurückfliegen und Asteroidenbergbau betreiben«, sagte Humphries. »Es gibt viele Felsbrocken dort draußen, die ihr beanspruchen und erschließen könnt.«

Wider Willen war Fuchs beeindruckt. »Das ist ... sehr großzügig von Ihnen, Sir.«

Humphries setzte wieder sein Lächeln auf. »Ihr Frischvermählten müsst schließlich von irgendetwas leben«, sagte er mit einer beiläufigen Handbewegung. »Fliegt los, sichert euch ein paar Felsen, bringt das Erz zurück, und ihr werdet ausgesorgt haben.«

»Sehr großzügig«, murmelte Fuchs.

Humphries streckte die Hand aus. Fuchs zögerte für einen Moment und ergriff sie dann mit seiner schweren Pranke, wobei er sie förmlich umschloss. »Danke, Mr. Humphries«, sagte er und schüttelte Humphries' Arm wie einen Pumpenschwengel. »Vielen Dank.«

Amanda sagte nichts.

Humphries befreite sich aus Fuchs' Griff und verließ ohne ein weiteres Wort die Bar. Nun geriet die Menge in Wallung und stimmte Dutzende von Unterhaltungen an. Ein paar Leute drängten sich um Fuchs und Amanda, gratulierten ihnen und boten ihnen an, ihnen mit dem Schiff zu helfen. Der Inhaber des *Pelican* schmiss 'ne Lokalrunde, und alle setzten sich in Richtung Bar in Bewegung.

Pancho Lane bahnte sich jedoch einen Weg durch die Menge und ging durch die Tür in den Tunnel, in dem Humphries zur Rolltreppe ging, die zu seinem Quartier im Untergeschoss von Selene führte. In der niedrigen Mondschwerkraft holte sie ihn mit ein paar langen Schritten ein.

»Ich dachte, man hätte Sie aus Selene ausgewiesen«, sagte sie.

Humphries musste zu ihr aufschauen. Pancho war schlank und schlaksig und hatte eine mokkafarbene Haut – nicht viel dunkler als die Bräunung, die eine weiße Frau unter der glühenden Sonne ihres heimatlichen Westtexas bekommen würde. Das dunkle Haar hatte sie zu kurzen Ringellöckchen gestutzt.

Er schnitt eine Grimasse. »Meine Anwälte werden in Berufung gehen. Sie können mich nicht ohne ordentliches Gerichtsverfahren ins Exil schicken.«

»Aber das könnte Jahre dauern, nicht?«

»Mindestens.«

Pancho hätte ihn am liebsten in eine Rakete gesteckt und zum Pluto geschossen. Humphries hatte die *Starpower 1* auf ihrer ersten – und bisher einzigen – Mission zum Gürtel sabotiert. Dan Randolph war durch seine Schuld umgekommen. Sie musste an sich halten, um nicht die Beherrschung zu verlieren.

»Sie waren damals schon recht großzügig«, sagte Pancho mit aller Ruhe, die sie aufzubringen vermochte.

»Ein Liebesbeweis eben«, erwiderte er, ohne den Schritt zu verlangsamen.

»Ja, sicher.« Pancho hielt locker mit ihm Schritt.

»Noch was?«

»Zum einen steht es nicht in Ihrem Ermessen, dieses Raumschiff zu verschenken. Es gehört …«

»Gehörte«, sagte Humphries schroff. »Vergangenheit. Wir haben es schon abgeschrieben.«

»Abgeschrieben? Wann denn? Wie, zum Teufel, konnten Sie das tun?«

Humphries musste lachen. »Sehen Sie, Frau Direktorin? Wir im Vorstand haben etliche Tricks in petto, von denen ein Schraubfix wie Sie keine Ahnung hat.«

»Scheint so«, sagte Pancho. »Aber ich werde schon noch dahinterkommen.«

»Natürlich werden Sie das.«

Pancho war gegen Humphries' hartnäckigen Widerstand neu in den Vorstand der *Astro* Manufacturing gewählt worden. Das war Dan Randolphs letzter Wunsch gewesen.

»Dann haben Sie die *Starpower 1* schon nach einem Flug abgeschrieben?«

»Sie ist bereits veraltet«, sagte Humphries. »Das Schiff hat seine Schuldigkeit getan und die Praxistauglichkeit der Fusionsantriebstechnologie unter Beweis gestellt. Nun können wir bessere Raumschiffe bauen, die spezifisch für den Asteroidenbergbau konstruiert sind.«

»Und Sie spielen den Weihnachtsmann für Amanda und Lars.«

Humphries zuckte die Achseln.

Die beiden gingen durch den fast leeren Tunnel, bis sie die nach unten führende Rolltreppe erreichten.

Am Absatz der Rolltreppe hielt Pancho Humphries an der Schulter fest. »Ich weiß, was Sie vorhaben«, sagte sie.

»Ach ja?«

»Sie hoffen, dass Lars zum Gürtel fliegt und Mandy hier in Selene zurücklässt.«

»Das wäre eine Möglichkeit«, sagte Humphries und schüttelte ihre Hand ab.

»Dann können Sie sich an sie ranmachen.«

Humphries setzte zu einer Antwort an und hielt dann inne. Sein Gesicht nahm einen ernsten Ausdruck an. »Pancho«, sagte er schließlich, »ist Ihnen jemals in den Sinn gekommen, dass ich Amanda wirklich liebe? Das ist mein Ernst.«

Pancho kannte Humphries' Reputation als Schürzenjäger. Sie hatte selbst schon genügend Beweise gesehen.

»Sie reden sich vielleicht ein, dass Sie sie lieben, Humpy, aber das liegt nur daran, weil sie die einzige Frau zwischen hier und Lubbock ist, die nicht mit Ihnen ins Bett springt.«

Er lächelte kalt. »Heißt das, dass Sie es tun würden?«

»Davon träumen Sie nur!«

Humphries lachte und betrat die Rolltreppe. Für eine Weile schaute Pancho ihm nach, wie er immer kleiner wurde, dann drehte sie sich um und ging zur *Pelican Bar* zurück.

Fuchs ist ein Akademiker, sagte Humphries sich, während er zur untersten Ebene von Selene hinunterfuhr. Einer von der Sorte, die noch nie hundert Dollar auf einem Haufen gesehen hat. Soll er zum Gürtel fliegen. Soll er sehen, wie viel Geld er machen kann und was man für Geld alles kaufen kann. Und während er damit beschäftigt ist, werde ich hier an Amandas Seite sein.

Als Humphries sein palastartiges Haus erreichte, war er beinahe glücklich.

Millionen Gesteins- und Metallbrocken treiben in einem stillen endlosen Strom durch die Leere des interplanetaren Raums.

Der größte von ihnen, Ceres, ist kaum eintausend Kilometer groß. Die meisten dieser Brocken sind indes viel kleiner und variieren zwischen unregelmäßigen Brocken mit einer Länge von ein paar Kilometern bis hinunter zu Gebilden von der Größe eines Kieselsteins. Sie enthalten mehr Metall und Mineralien, mehr natürliche Ressourcen, als die ganze Erde aufzubieten vermag.

Sie sind die Goldgrube, das El Dorado, die Gold- und Silber- und Eisen- und Erzminen des einundzwanzigsten Jahrhunderts.

Es gibt ein paar hundert *Billiarden* Tonnen an hochwertigem Erz in den Asteroiden. Sie enthalten einen solchen Reichtum, um jeden Mann, jede Frau und jedes Kind der menschlichen Rasse zum Millionär zu machen. Zum Multimillionär.

Der erste Asteroid wurde kurz nach Mitternacht am 1. Januar 1801 von einem sizilianischen Mönch entdeckt, der zugleich auch ein Astronom war. Während die anderen das neue Jahrhundert feierten, taufte Giuseppe Piazzi den winzigen Lichtpunkt, den er im Teleskop sah, auf den Namen *Ceres* – nach der heidnischen Göttin von Sizilien. Vielleicht eine ungewöhnliche Handlung für einen frommen Mönch, doch Piazza war schließlich Sizilianer.

Zu Beginn des einundzwanzigsten Jahrhunderts waren über fünfzehntausend Asteroiden von Astronomen

11

auf der Erde entdeckt worden. Und während die Menschen ihren Lebensraum auf dem Mond ausdehnten und den Mars erforschten, wurden noch Millionen weitere entdeckt.

Fachsprachlich werden sie als *Planetoiden* bezeichnet, kleine Planeten, Brocken aus Gestein und Metall, die in der dunklen Leere des Raums dahintreiben: Überreste von der Entstehung der Sonne und der Planeten vor viereinhalb Milliarden Jahren. Piazzi kategorisierte sie richtig als Planetoiden, doch im Jahre 1802 taufte William Herschel (der zuvor den Riesenplaneten Uranus entdeckt hatte) sie auf den Namen *Asteroiden*, weil die Lichtpunkte im Teleskop eher wie Sterne als wie Scheiben von Planeten anmuteten. Piazzi hatte Recht, doch Herschel war viel berühmter und einflussreicher. Daher bezeichnen wir sie bis zum heutigen Tag als Asteroiden.

Ein paar hundert Asteroiden kommen auf ihren Orbits der Erde nahe, doch die meisten kreisen auf einer weiten Bahn im tiefen Raum zwischen den Umlaufbahnen von Mars und dem riesigen Jupiter um die Sonne. Dieser Asteroidengürtel ist mehr als sechshundert Millionen Kilometer von der Erde entfernt, also viermal weiter von der Sonne als unsere Heimatwelt.

Obwohl diese Region als der Asteroidengürtel bezeichnet wird, sind die Asteroiden nicht so dicht gesät, dass sie eine Gefahr für die Raumfahrt darstellen würden. Vielmehr handelt es sich beim so genannten Gürtel um eine leere, dunkle und einsame Region, die weit von der menschlichen Zivilisation entfernt ist.

Bis zur Erfindung des Duncan-Fusionsantriebs war der Asteroidengürtel zu weit vom Erde/Mond-System entfernt, um von wirtschaftlichem Nutzen zu sein. Als der Fusionsantrieb zur Serienreife gelangt war, wurde der Gürtel jedoch die Region, wo Prospektoren und Bergleute ein Vermögen zu machen vermochten – oder beim Versuch umkamen.

Viele starben. Und mehr als ein paar wurden ermordet.

DREI JAHRE SPÄTER

Kapitel 1

»Ich sagte, dass es einfach wäre«, wiederholte Lars Fuchs. »Ich sagte aber *nicht*, dass es leicht wäre.«

George Ambrose – Big George für jeden, der ihn kannte – kratzte sich abwesend am dichten roten Bart und schaute nachdenklich aus dem Fenster der Brücke der *Starpower 1* auf den dunklen Körper des Asteroiden Ceres, der vor ihnen dräute.

»Ich bin nicht mit hier rausgeflogen, um irgendwelche Spielchen zu spielen, Lars«, sagte er. Seine Stimme war erstaunlich hoch und melodisch für ein solches Urviech von einem Mann.

Für einen langen Moment war das einzige Geräusch im Abteil das ewige Summen der elektrischen Ausrüstung. Dann stieß Fuchs sich zwischen den beiden Pilotensitzen ab und driftete auf George zu. Er bremste sich mit der Hand an der Metalldecke ab und sagte mit einem eindringlichen Flüstern: »Wir können es schaffen. Mit genügend Zeit und den entsprechenden Ressourcen.«

»Das ist der totale Wahnsinn«, murmelte George. Doch er schaute unverwandt auf die geröllübersäte, pockennarbige Oberfläche des Asteroiden.

Sie waren schon ein seltsames Paar: Der große, massige Australier mit der zottigen feuerroten Mähne und dem Bart, der in der Schwerelosigkeit neben dem dunklen, korpulenten Fuchs mit der intensiven Ausstrahlung schwebte.

Drei Jahre im Gürtel hatten Fuchs irgendwie verändert: Er hatte noch immer die gleiche massive Statur, doch das kastanienbraune Haar hatte er so lang wach-

17

sen lassen, dass es ihm fast auf den Kragen fiel, und der Ohrring, den er nun trug, war ein polierter Chip aus Asteroidenkupfer. Ein dünnes kupfernes Armband zierte sein linkes Handgelenk. Und doch wirkten die beiden Männer auf ihre Art kraftvoll, entschlossen und sogar gefährlich.

»Im Innern von Ceres zu leben ist schlecht für unsere Gesundheit«, sagte Fuchs.

»Das Gestein bietet aber einen guten Strahlenschutz«, erwiderte George.

»Ich meine die Mikrogravitation«, sagte Fuchs ernst. »Sie ist nicht gut für uns – in körperlicher Hinsicht.«

»Ich mag sie aber.«

»Aber die Knochen werden spröde. Dr. Cardenas sagt, dass die Anzahl der Knochenbrüche stark ansteigt. Du hast es doch selbst gesehen, nicht wahr?«

»Vielleicht«, gestand George widerwillig. Dann grinste er. »Aber der Sex ist phantastisch!«

Fuchs schaute ihn düster an. »Versuch doch mal, ernst zu bleiben, George.«

»In Ordnung, ich weiß, dass du Recht hast«, sagte George, ohne die Augen von Ceres zerschlagenem Antlitz zu wenden. »Aber ein verdammtes O'Neill-Habitat bauen?«

»Es muss gar nicht so groß sein wie die L-5 Habitate um die Erde. Nur so groß, um die paar Hundert Leute hier in Ceres unterzubringen. Fürs Erste.«

Georges schüttelte den zottigen Kopf. »Weißt du überhaupt, was für ein Riesenaufwand das wäre? Allein die Lebenserhaltungsausrüstung würde schon ein Vermögen kosten. Und das wäre erst der Anfang.«

»Aber nein. Das ist gerade der Witz bei meinem Plan«, sagte Fuchs mit einem nervösen Lachen. »Wir kaufen einfach Raumschiffe und montieren sie zusammen. Sie werden das Habitat. Die ganze Lebenserhaltungsausrüstung und den Strahlenschutz haben sie schon eingebaut. Die Triebwerke brauchen wir aber nicht, sodass der Preis viel niedriger sein wird, als du glaubst.«

»Und dann willst du den ganzen Schrott auf ein Ge beschleunigen?«

»Auf Mondschwerkraft«, antwortete Fuchs. »Ein Sechstel Ge reicht völlig aus. Dr. Cardenas sieht das genauso.«

George kratzte sich an seinem dichten, struppigen Bart. »Ich aber nicht, Lars. Wir werden doch im Innern des Felsens leben. Wozu dann der ganze Aufwand und die enormen Kosten?«

»Weil es sein muss!«, insistierte Fuchs. »Das Leben in der Mikrogravitation schadet der Gesundheit. Wir *müssen* ein besseres Habitat für uns bauen.«

George schien nach wie vor nicht überzeugt, aber er murmelte: »Mondgravitation, sagst du?«

»Ein Sechstel der normalen Erdschwerkraft. Nicht mehr.«

»Und wie viel wird das kosten?«

»Die vorläufigen Schätzungen belaufen sich auf …« Fuchs zögerte, holte Luft und sagte: »Wir werden es schaffen, wenn alle Prospektoren und Bergleute zehn Prozent ihres Einkommens abtreten.«

George grunzte. »Den Zehnten oder was?«

»Zehn Prozent sind nicht viel.«

»Viele Felsenratten erzielen in manchen Jahren überhaupt kein Einkommen.«

»Ich weiß«, sagte Fuchs. »Das habe ich bei der Kalkulation schon berücksichtigt. Natürlich werden wir das Raumschiff in einem Leasingvertrag mit zwanzig oder dreißig Jahren Laufzeit abzahlen müssen. Wie die Hypothek auf ein Haus auf der Erde.«

»Dann verlangst du also von jedem hier in Ceres, sich auf zwanzig Jahre zu verschulden?«

»Vielleicht können wir es auch schon früher abzahlen. Mit ein paar großen Funden könnte das ganze Projekt sich bald selbst finanzieren.«

»Ja, sicher.«

»Willst du mitmachen?«, fragte Fuchs in gespannter Erwartung. »Wenn du zustimmst, werden die meisten anderen Prospektoren auch mitmachen.«

»Wieso nimmst du nicht einen der Konzerne mit ins Boot?«, fragte George. »*Astro* oder Humphries ...« Er verstummte, als er den Ausdruck in Fuchs' Gesicht sah.

»Nicht Humphries«, knurrte Fuchs. »Weder ihn noch seine Firma. Kommt gar nicht in die Tüte.«

»In Ordnung. Also *Astro*.«

Fuchs' grimmiger Blick verwandelte sich in ein besorgtes Stirnrunzeln. »Ich habe schon mit Pancho darüber gesprochen. Der *Astro*-Vorstand wird dem nicht zustimmen. Sie werden uns zwar ausgemusterte Raumschiffe verkaufen, aber sie werden sich nicht am Bau des Habitats beteiligen. Das erscheint ihnen nicht profitabel genug.«

»Es interessiert sie nicht, ob wir uns die Knochen brechen«, grunzte George.

»Aber dich interessiert es«, sagte Fuchs nachdrücklich. »Es ist *unser* Problem, George; wir müssen es lösen. Und wir schaffen es auch, wenn du uns hilfst.«

Big George fuhr sich mit seiner fleischigen Hand durch den roten Haarschopf und sagte: »Du wirst ein Technikteam benötigen, um die Integrationsarbeit zu erledigen. Es gehört mehr dazu, dieses Habitat zusammenzubauen als ein paar Blechbüchsen zusammenzulöten, weißt du. Du wirst ein paar Spezialisten brauchen.«

»Das ist schon in der Kalkulation enthalten«, erwiderte Fuchs.

George stieß einen tiefen Seufzer aus. »In Ordnung, Lars, ich bin dabei. Wenn wir schon eine Basis draußen im Gürtel haben, dann sollte sie wenigstens eine anständige Schwerkraft haben.«

Fuchs lächelte. »Dem Sex kannst du immer noch an Bord deines eigenen Schiffes frönen.«

George erwiderte das Grinsen. »Darauf kannst du einen lassen, Kumpel.«

Fuchs ging mit George zur Hauptluftschleuse des Schiffs und half ihm, in seinen Hartschalenanzug zu steigen.

»Auf Selene werden derzeit Leichtraumanzüge getestet, musst du wissen«, sagte er, als er in den starren Torso schlüpfte und die Arme durch die steifen Ärmel schob. »Sie sind flexibel und leicht anzuziehen.«

»Und der Strahlenschutz?«, fragte Fuchs.

»Der Anzug wird von Magnetfeldern umgeben. Man sagt, er sei besser als dieses Ding.« Er klopfte mit den Knöcheln gegen den Cermet-Panzer des Anzugs.

Fuchs stieß ein leises abfälliges Schnauben aus. »Diese Anzüge müssten erst jahrelang getestet werden, ehe ich mir einen kaufen würde.«

»Das gilt auch für mich«, sagte George, während er die Hände in die Handschuhe schob.

»Danke für dein Einverständnis, George«, sagte Fuchs und reichte ihm den Kugelhelm. »Das bedeutet mir viel.«

George nickte feierlich. »Ich weiß. Ihr beiden wollt Kinder haben.«

Fuchs' Wangen röteten sich. »Das ist es nicht!«

»Wirklich nicht?«

»Zumindest nicht nur.« Fuchs wandte für einen Moment den Blick von George ab und sagte dann langsam: »Ja, ich mache mir Sorgen wegen Amanda. Ich hätte nie geglaubt, dass sie hier draußen bei mir bleiben will. Und ich hätte auch nicht geglaubt, dass ich so lang hier draußen sein würde.«

»Man kann hier im Gürtel viel Geld verdienen. *Richtig* viel Geld.«

»Ja, das stimmt schon. Aber ich mache mir trotzdem

21

Sorgen wegen ihr. Ich will, dass sie an einem sichereren Ort mit einer ausreichend hohen Schwerkraft ist, um einen körperlichen Abbau zu verhindern.«

»Und der ausreichend strahlengeschützt ist, um eine Familie zu gründen«, sagte George grinsend. Dann setzte er den Helm auf, bevor Fuchs noch etwas zu sagen vermochte.

Kapitel 2

Nachdem George den Luftschleusenzyklus der *Starpower 1* durchlaufen hatte und zu seinem eigenen Schiff, der *Waltzing Matilda* zurückgeflogen war, ging Fuchs durch den schmalen Mittelgang des Schiffs zum Abteil, wo seine Frau arbeitete.

Sie schaute vom Wandbildschirm auf, als Fuchs die Tür zum Abteil aufschob. Er sah, dass sie eine Modenschau verfolgte, die von irgendwo auf der Erde übertragen wurde: schlanke, geradezu dürre Models in bunten Kleidern in gewagten Designs. Fuchs runzelte die Stirn; die halbe Weltbevölkerung hatte durch Überschwemmungen und Erdbeben ihre Heimat verloren, fast überall herrschte Hungersnot, und noch immer spielten die Reichen ihre Spielchen.

»Ist George schon gegangen?«, fragte Amanda und schaltete den Wandbildschirm aus.

»Ja. Und er war einverstanden!«

Ihr Lächeln war sehr verhalten. »Wirklich? Du hast nicht allzu lang gebraucht, um ihn zu überzeugen, nicht wahr?«

Sie sprach noch immer mit einem Anflug des Oxford-Akzents, den sie sich vor Jahren in London zugezogen hatte. Sie trug ein zu großes ausgebleichtes Sweatshirt und eine gekürzte Arbeitshose. Das goldblonde Haar hatte sie hochgesteckt; die Frisur wirkte etwas derangiert. Sie war nicht geschminkt und dennoch viel schöner als jedes dieser abgemagerten Mannequins der Modenschau. Fuchs zog sie an sich und küsste sie zärtlich.

»In zwei Jahren, vielleicht schon früher, werden wir

eine vernünftige Basis mit Mondschwerkraft im Orbit um Ceres haben.«

Amanda schaute ihrem Mann in die Augen, als ob sie etwas suchte. »Kris Cardenas wird sich freuen, das zu hören«, sagte sie.

»Ja, Dr. Cardenas wird sehr erfreut sein«, pflichtete Fuchs ihr bei. »Wir sollten es ihr sagen, sobald wir angekommen sind.«

»Natürlich.«

»Aber du bist noch nicht einmal angezogen!«

»Ich brauche nur eine Minute«, sagte Amanda. »Wir gehen schließlich nicht auf einen königlichen Empfang. Nicht einmal auf eine Party in Selene«, fügte sie hinzu.

Fuchs wurde sich bewusst, dass Amanda doch nicht so glücklich war, wie er vermutet hatte. »Was ist denn los? Stimmt etwas nicht?«

»Nein«, sagt sie allzu schnell. »Eigentlich nicht.«

»Amanda, mein Liebling. Ich weiß doch, wenn du ›eigentlich nicht‹ sagst, meinst du in Wirklichkeit ›ja‹.«

Nun lächelte sie. »Du kennst mich zu gut.«

»Nein, nicht zu gut. Nur gut genug.« Er küsste sie wieder, diesmal aber ganz sachte. »Also, was ist los? Bitte sag es mir.«

»Ich glaubte, wir wären um diese Zeit schon wieder zu Hause, Lars«, sagte Amanda leise und legte den Kopf an seine Schulter.

»Zu Hause?«

»Auf der Erde. Oder wenigstens auf Selene. Ich hätte mir nicht träumen lassen, dass wir drei Jahre lang im Gürtel bleiben würden.«

Plötzlich nahm Fuchs die verkratzten und verschrammten Metallwände des winzigen Abteils bewusst wahr, den schmalen Durchgang des Schiffs und die anderen beengten Abteile, roch die stickige Luft mit der stechenden Ozonnote, spürte die Hintergrundvibrationen, die das Schiff erschütterten und hörte das

Rattern der Pumpen und das Surren der Lüfter. Und er hörte seine eigene Stimme, die blöde fragte:

»Du bist hier nicht glücklich?«

»Lars, ich bin glücklich mit dir. Wo auch immer du bist. Das weißt du. Aber …«

»Aber du wärst lieber wieder auf der Erde. Oder in Selene.«

»Das ist jedenfalls besser, als die ganze Zeit in einem Schiff zu hausen.«

»*Er* ist immer noch in Selene.«

Sie löste sich etwas von ihm und schaute ihm in die Augen. »Du meinst Martin?«

»Humphries«, sagte Fuchs. »Wen denn sonst?«

»Er hat nichts damit zu tun.«

»Wirklich nicht?«

Nun wirkte sie ernsthaft besorgt. »Lars, du glaubst doch nicht, dass Humphries mir irgendetwas bedeutet?«

Er spürte, wie ihm das Blut in den Adern gefror. Ein Blick in Amandas unschuldige blaue Augen und auf ihre frauliche Figur, und jeder Mann würde sie haben wollen.

»Ich weiß, dass Martin Humphries scharf auf dich ist«, sagte er mit kalter Ruhe. »Ich glaube, dass du mich nur geheiratet hast, um vor ihm zu fliehen. Ich glaube …«

»Lars, das ist nicht wahr!«

»Wirklich nicht?«

»Ich liebe dich! Um Gottes willen, weißt du das denn nicht? Spürst du es denn nicht?«

Das Eis taute. Er wurde sich bewusst, dass er die schönste Frau in den Armen hielt, die er je gesehen hatte. Dass sie in diese desolate Leere an der Grenze der menschlichen Zivilisation gekommen war, um bei ihm zu sein, ihm zu helfen, ihn zu lieben.

»Es tut mir Leid«, murmelte er beschämt. »Es ist nur so, dass … ich dich so sehr liebe …«

»Und ich liebe dich, Lars. Das ist mein Ernst.«

»Ich weiß.«

»Weißt du das wirklich?«

Er schüttelte zerknirscht den Kopf. »Manchmal frage ich mich, wieso du dich überhaupt mit mir eingelassen hast.«

Sie lächelte und fuhr ihm mit der Fingerspitze über sein spitzes, stoppeliges Kinn. »Wieso nicht? Du hast dich doch auch mit mir eingelassen, nicht wahr?«

»Ich glaubte auch, dass wir um diese Zeit längst wieder auf der Erde wären«, gestand er mit einem Seufzer. »Ich glaubte, dass wir längst reich wären.«

»Aber das sind wir doch. Oder?«

»Auf dem Papier vielleicht. Wir sind besser dran als die meisten anderen Prospektoren. Zumindest gehört uns dieses Schiff …«

Ihm versagte die Stimme. Sie wussten beide warum. Sie besaßen die *Starpower*, weil Martin Humphries sie ihnen geschenkt hatte.

»Aber die Bilanz stimmt nicht«, sagte Amanda im Versuch, das Thema zu wechseln. »Ich bin sie einmal durchgegangen. Es will uns einfach nicht gelingen, aus den roten Zahlen herauszukommen.«

Fuchs stieß ein Geräusch aus, das irgendwo zwischen einem Grunzen und einem Schnauben lag. »Wenn du unsere Schulden saldierst, sind wir sicher Multimillionäre.«

Sie beide wussten, dass es ein klassisches Problem war.

Ein Prospektor fand einen Asteroiden, der auf dem Papier ein paar Hundert Milliarden wert war, doch die Kosten für das Schürfen der Erze, den Transport zum Erde/Mond-System, die Veredelung – die Kosten für Lebensmittel, Treibstoff und Atemluft – waren so hoch, dass die Prospektoren fast immer auf dem gezackten Grat des Bankrotts wandelten. Dennoch machten sie weiter, immer auf der Suche nach dem einen großen Fund, der es ihnen ermöglichen würde, in den Ruhestand zu gehen und ein Leben im Luxus zu führen. Doch so groß die Reichtümer auch waren, die sie fanden, sie zerrannen ihnen bald unter den Händen.

Und ich will ihnen noch zehn Prozent abnehmen, sagte Fuchs sich. Aber es ist es wert! Sie werden mir noch einmal dafür danken.

»Es ist nicht so, dass wir Verschwender wären«, murmelte Amanda. »Wir werfen das Geld nicht für unnötige Dinge zum Fenster hinaus.«

»Ich hätte dich nie hierher bringen sollen«, sagte Fuchs. »Das war ein Fehler.«

»Nein!«, widersprach sie. »Ich will bei dir sein, Lars. Wo immer du bist.«

»Das ist kein Ort für eine Frau wie dich. Du solltest ein behagliches und glückliches Leben führen ...«

Sie legte ihm den Finger auf die Lippen und brachte ihn so zum Schweigen. »Es fehlt mir hier an nichts.«

»Aber auf der Erde wärst du doch glücklicher. Oder in Selene.«

Sie zögerte für einen Sekundenbruchteil und fragte dann: »Du etwa nicht?«

»Ja«, gestand er. »Natürlich. Aber ich werde nicht eher zurückkehren, bis ich dir all die Dinge bieten kann, die du verdienst.«

»Ach Lars, du bist alles, was ich wirklich will.«

Er schaute sie für einen langen Moment an. »Ja, vielleicht. Aber ich will mehr. Viel mehr.«

Amanda sagte nichts.

»Aber solange wir hier draußen sind«, sagte Fuchs mit sich aufheiternder Miene, »werde ich dir wenigstens ein anständiges Zuhause im Ceres-Orbit bieten!«

Sie schenkte ihn ein Lächeln.

Kapitel 3

»Sie wollen ein Habitat bauen, das groß genug ist, um jeden Bewohner von Ceres darin unterzubringen?«, fragte Martin Humphries ungläubig.

»So geht das Gerücht«, sagte seine Assistentin, eine attraktive Brünette mit Mandelaugen und langen Wimpern, einem Schmollmund und einem rasiermesserscharfen Verstand. Obwohl ihre Abbildung auf seinem Schlafzimmerbildschirm nur den Kopf, die Schultern und einen Ausschnitt des Hintergrunds ihres Büros zeigte, geriet Humphries bei ihrem Anblick doch ins Schwärmen.

Er legte sich auf sein breites Lotterbett und versuchte, sich aufs Geschäft zu konzentrieren. Er hatte den Morgen beim Liebesspiel mit einer vollbusigen brünetten Computerspezialistin begonnen, die offiziell in der Logistikabteilung von *Humphries Space Systems* arbeitete. Sie hatte die Nacht mit Humphries im Bett verbracht, und doch hatte er auf dem Höhepunkt ihrer leidenschaftlichen Übungen die Augen geschlossen und an Amanda gedacht.

Seine Bettgefährtin stand unter der Dusche, und alle Gedanken an sie und Amanda waren verflogen, als Humphries mit seiner Assistentin sprach, deren Büro sich ein paar Etagen über ihm in Selenes unterirdischem Labyrinth aus Korridoren befand.

»Das ist lächerlich«, sagte Humphries. »Wie zuverlässig ist diese Information überhaupt?«

Ein feines Lächeln spielte um die verführerischen Lippen der Assistentin. »Ziemlich zuverlässig, Sir. Das Gerücht ist in aller Munde und verbreitet sich wie ein

Lauffeuer von einem Schiff zum andern. Es ist Gesprächsthema Nummer eins im Gürtel.«

»Es ist trotzdem lächerlich«, grummelte Humphries.

»Sie verzeihen, wenn ich widerspreche, Sir«, sagte die Assistentin. Ihre Worte waren respektvoll, doch der Ausdruck auf ihrem Gesicht wirkte beinahe selbstgefällig. »Es ergibt durchaus einen Sinn.«

»Wirklich?«

»Wenn sie in der Lage wären, ein Habitat zu bauen und durch Rotation eine künstliche Schwerkraft zu erzeugen, die annähernd dem Schwerefeld auf dem Mond entspricht, wäre das der Gesundheit der Leute, die für Monate oder gar Jahre dort draußen leben, zuträglicher. Knochen und Muskeln werden über einen langen Zeitraum in der Schwerelosigkeit abgebaut.«

»Hmm.«

»Außerdem, Sir, hätte das Habitat einen Strahlenschutz auf dem Niveau der modernsten Raumschiffe. Oder sogar noch besser.«

»Aber die Prospektoren müssen noch immer in den Gürtel fliegen und ihre Ansprüche an den Asteroiden geltend machen.«

»Sie sind gesetzlich verpflichtet, auf dem jeweiligen Asteroiden präsent zu sein, damit ihr Anspruch rechtskräftig wird«, pflichtete die Assistentin ihm bei. »Anschließend können sie den Felsbrocken jedoch aus der Ferne bearbeiten.«

»Aus der Ferne? Die Entfernungen sind doch viel zu groß für Telepräsenz. Ein Signal würde Stunden brauchen, um den Gürtel zu durchqueren.«

»Sir«, sagte die Assistentin steif, »es befinden sich etwa fünftausend erzhaltige Asteroiden im Radius von einer Lichtminute um Ceres. Das ist nah genug für Telepräsenz, meinen Sie nicht?«

Humphries wollte ihr nicht die Genugtuung verschaffen, Recht zu haben. Stattdessen erwiderte er: »Wir sollten diese Asteroiden lieber von unseren eigenen Leuten sichern lassen, bevor die Felsenratten sie sich alle unter den Nagel reißen.«

»Ich werde das sofort veranlassen«, sagte die Assistentin. Dabei wurden ihre verführerischen Lippen von einem Lächeln gekräuselt, das zeigte, dass sie auch schon mit diesem Gedanken gespielt hatte. »Und Bergbauteams.«

»Die Beanspruchung der verdammten Felsen ist im Moment wichtiger als Bergbau.«

»Verstanden«, sagte sie. »Die Vorstandssitzung findet morgen früh um zehn statt«, fügte sie hinzu. »Sie haben mich gebeten, Sie daran zu erinnern.«

Er nickte. »Ja, ich weiß.« Ohne ein weiteres Wort tippte er auf die Tastatur auf dem Nachttisch, und ihr Bild auf dem Wandbildschirm verblasste.

Er kuschelte sich tiefer in die Kissen und hörte die Frau, mit der er die Nacht verbracht hatte, unter der Dusche singen. Unmelodisch. Nun, dafür hat sie andere Talente, sagte er sich.

Fuchs. Der Gedanke an Lars Fuchs verdrängte alle anderen Gedanken aus seinem Kopf. Er ist mit Amanda dort draußen. Ich hätte es nie für möglich gehalten, dass sie es dort draußen in dieser Wildnis mit ihm aushält. Das ist doch nichts für sie – in einem engen Schiff zu leben wie eine Zigeunerin, wie eine Vagabundin dort draußen im Leerraum umherzustreifen. Sie sollte *hier* bei mir sein. Sie gehört zu mir.

Ich habe einen Fehler gemacht, was ihn betrifft. Ich habe ihn unterschätzt. Er ist kein Narr. Er betreibt nicht nur Bergbau. Er errichtet ein Imperium dort draußen. Mit Pancho Lanes Hilfe.

Die junge Frau erschien in der Badezimmertür; sie war nackt, und ihre makellose Haut glänzte seidig. Sie warf sich in eine verführerische Pose und lächelte Humphries an.

31

»Haben wir noch Zeit für eine Nummer? Kannst du schon wieder?« Ihr Lächeln wurde leicht anzüglich.

Wider Willen regte sich etwas bei Humphries. Aber er sagte schroff: »Nicht jetzt. Ich habe zu arbeiten.«

Dieses Fickchen könnte noch zur Sucht werden, sagte er sich. Ich sollte sie besser wieder auf die Erde versetzen lassen.

Martin Humphries trommelte ungeduldig mit den Fingern auf den Schreibtisch und wartete darauf, dass diese Trantüten von Technikern die Verbindungen herstellten, damit die Vorstandssitzung endlich beginnen konnte.

Nach all den Jahren sollte man eigentlich meinen, dass die Schaltung einer simplen Virtuelle-Realitätskonferenz mit einem halben Dutzend Idioten, die sich weigern, die Erde zu verlassen, eine leichte Übung wäre, sagte er sich zornig. Er hasste es, zu warten. Überhaupt hasste er es, von irgendjemandem oder irgendetwas abhängig zu sein.

Humphries wollte Selene nicht verlassen. Sein Zuhause war auf dem Mond, sagte er sich, nicht auf der Erde. Alles, wonach es ihn gelüstete, gab es hier in der unterirdischen Stadt, und wenn etwas fehlte, ließ er es eben nach Selene schicken. Im Rechtsstreit mit Selene hatte er einen Vergleich erwirkt, sodass man ihn nicht wieder auf die Erde zurückzuschicken vermochte.

Die Erde war dem Untergang geweiht. Die durch die Klimakatastrophe verursachten Fluten hatten die meisten Küstenstädte zerstört und Hunderte Millionen Menschen obdachlos und zu Nomaden gemacht, die alle vom Hungertod bedroht waren. Ackerland verdorrte, und Tropenkrankheiten breiteten sich in Gebieten aus, die man früher als die gemäßigten Breiten bezeichnet hatte. Die Stromversorgung brach zusammen und wurde nur notdürftig wieder instand gesetzt. Es wurden Wellen von Terroranschlägen mit biologischen Waffen verübt, während zerfallende Nationen ihre Raketen scharf machten und sich gegenseitig mit einem Atomkrieg bedrohten.

Es ist nur noch eine Frage der Zeit, sagte Humphries sich. Trotz aller Anstrengungen der so genannten Weltregierung, trotz der Fundamentalisten der Neuen Moralität – welche die Zügel der politischen Macht straff anzogen –, trotz der Suspendierung der Bürgerrechte auf dem ganzen Globus, ist es nur noch eine Frage der Zeit, bis sie sich mit Atomwaffen gegenseitig im Orkus versenken.

Da ist es hier auf dem Mond entschieden sicherer; hier bin ich weit entfernt von Tod und Vernichtung. Wie pflegte Dan Randolph zu sagen? Wenn es hart auf hart kommt, gehen die harten Jungs – den leichten Weg.

Humphries nickte und setzte sich auf seinen hochlehnigen Stuhl. Er war allein im luxuriösen Büro, kaum zwanzig Meter vom Schlafzimmer entfernt. Die meisten Vorstände von *Humphries Space Systems* lebten nun auch in Selene, obwohl kaum einer von ihnen Zutritt zu diesem Haus hatte. Sie blieben in ihren eigenen Unterkünften und oder kamen in die HSS-Büros im Turm oben auf der Grand Plaza.

Verdammte Zeitverschwendung, sagte Humphries sich. Der Vorstand ist auch nur eine Versammlung von Pappkameraden. Das einzige Mitglied, das ihm je Schwierigkeiten gemacht hatte, war Dad, und der ist nun tot. Wahrscheinlich versucht er Petrus gerade beizubringen, wie er den Himmel managen soll. Oder, was wahrscheinlicher ist, er zofft sich in der Hölle mit Satan.

»Wir sind so weit, Sir«, ertönte die samtige Stimme der Assistentin in Humphries' Stereoohrhörern.

»Dann legen Sie los.«

»Und haben Sie auch die Brille auf, Sir?«

»Ich trage die *Kontaktlinsen* seit fast einer verdammten Viertelstunde!«

»Natürlich.«

Dann sagte die junge Frau nichts mehr. Im nächsten Moment materialisierte der lange Konferenztisch, der nur in Humphries' Computerchips existierte, vor seinen Augen. Auf jedem Platz saß ein Vorstandsmitglied. Die meisten von ihnen wirkten leicht irritiert, doch nachdem sie sich auf den Stühlen umgedreht und sich davon überzeugt hatten, dass auch alle da waren, unterhielten sie sich ungezwungen miteinander. Das halbe Dutzend, das auf der Erde weilte, war im Nachteil, denn es dauerte fast drei Sekunden, bis ein Signal die Rundreise vom Mond zur Erde und zurück bewältigt hatte. Humphries hatte aber nicht vor, darauf Rücksicht zu nehmen; die sechs alten Furzer hatten eh wenig im Vorstand zu melden, sodass er sich wegen ihnen keine Gedanken machen musste. Natürlich hatte jeder viel zu sagen. Humphries wünschte sich, er hätte sie zum Schweigen bringen können. Und zwar für immer.

Er hatte schlechte Laune, als die Sitzung zu Ende ging – er war gereizt und müde. Die Sitzung hatte nichts erbracht außer ein paar Routineentscheidungen, die auch ein Rudel Paviane zu treffen vermocht hätte. Humphries rief über das Interkom die Assistentin an. Nachdem er auf die Toilette gegangen war, die VR-Kontaktlinsen aus den Augen genommen, sich das Gesicht gewaschen und die Haare gekämmt hatte, stand sie im Eingang zum Büro. Sie trug einen kobaltblauen Hosenanzug, der mit Asteroiden-Saphiren geschmückt war.

Ihr Name war Diane Verwoerd. Ihr Vater war Niederländer, ihre Mutter Indonesierin, und sie war ein

Teenagermodel in Amsterdam gewesen, als sie mit ihrer dunklen, sinnlichen Erscheinung erstmals Humphries' Aufmerksamkeit erregt hatte. Sie war für seinen Geschmack zwar etwas dürr, aber er hatte ihr trotzdem ein Jurastudium finanziert und ihren Aufstieg in seinem Unternehmen verfolgt, ohne dass sie seinen Verführungsversuchen auch nur einmal erlegen wäre. Er schätzte sie umso mehr wegen ihrer Unabhängigkeit; er konnte ihr vertrauen und sich auf ihr Urteil verlassen – was mehr war, als er von den Frauen zu sagen vermochte, die mit ihm ins Bett gingen.

Zumal sie früher oder später sowieso weich werden wird, sagte er sich. Auch wenn sie weiß, dass es das Ende ihres Jobs in meinem Büro bedeutet, wird sie irgendwann zu mir ins Bett kriechen. Ich habe nur noch nicht die richtige Motivation für sie gefunden. Mit Geld und Status vermag ich sie nicht zu locken – so gut kenne ich sie inzwischen. Vielleicht mit Macht. Wenn sie Macht anstrebt, könnte sie mir allerdings gefährlich werden. Er grinste. Es macht aber manchmal Spaß, mit dem Feuer zu spielen.

Humphries behielt diesen Gedanken jedoch für sich. »Wir müssen die Felsenratten loswerden«, sagte er ohne weitere Einleitung und ging zum Schreibtisch zurück.

Falls diese Aussage sie überraschte, ließ Verwoerd sich jedenfalls nichts anmerken. »Wieso denn?«, fragte sie.

»Simple Ökonomie. Es gibt zu viele dort draußen, die Asteroiden beanspruchen, sodass sie den Preis für Metalle und Mineralien niedrig halten. Angebot und Nachfrage. Sie überschwemmen den Markt.«

»Die Güterpreise sind derzeit generell niedrig, außer für Nahrungsmittel«, pflichtete Verwoerd ihm bei.

»Und sie fallen weiter«, präzisierte Humphries. »Wenn wir aber die Rohstoffversorgung kontrollieren würden …«

»Was bedeuten würde, die Felsenratten zu kontrollieren.«

»Richtig.«

»Wir könnten die Lieferungen an sie einstellen«, regte Verwoerd an.

Humphries wedelte mit der Hand. »Dann würden sie ihre Waren eben von *Astro* kaufen. Das will ich nun auch wieder nicht.«

Sie nickte.

»Nein, ich glaube, unser erster Schritt sollte darin bestehen, auf Ceres eine Operationsbasis einzurichten.«

»Auf Ceres?«

»Offiziell wird es sich um ein Depot für die Vorräte handeln, die wir den Felsenratten verkaufen«, sagte Humphries und ließ sich in den gemütlichen hochlehnigen Sessel sinken. Wenn er es wünschte, massierte der Sessel ihn oder spendete ihm eine beruhigende Wärmebehandlung. In diesem Moment wollte Humphries jedoch keines von beiden.

Verwoerd vermittelte den Eindruck, als ob sie für eine Weile über seine Worte nachdächte. »Und inoffiziell?«

»Wird es sich um einen Brückenkopf für unsere Leute handeln; eine Basis, um die Felsenratten aus dem Gürtel zu vertreiben.«

Verwoerd lächelte kalt. »Und wenn wir die Basis dann eröffnet haben, senken wir die Preise für die Güter, die wir den Prospektoren und Bergleuten verkaufen.«

»Die Preise senken? Wieso das?«

»Damit sie von *HSS* kaufen und nicht mehr von *Astro*. Das nennt man Kundenbindung.«

Humphries nickte und sagte: »Außerdem könnten wir ihnen günstigere Bedingungen fürs Raumschiffleasing anbieten.«

Nun setzte sie sich auf einen der Polsterstühle vor

dem Schreibtisch. Sie schlug geistesabwesend die langen Beine übereinander und sagte: »Noch besser, wir senken die Zinsen für Ratenkäufe.«

»Nein, nein. Ich will nicht, dass sie Eigentümer der Schiffe werden. Ich will, dass sie die Raumschiffe bei uns leasen. Ich will sie langfristig an *Humphries Space Systems* binden.«

»Soll *HSS* sie unter Vertrag nehmen?«

Humphries lehnte sich im Sessel zurück und verschränkte die Hände hinterm Kopf. »Richtig. Ich will, dass diese Felsenratten für mich arbeiten.«

»Zu Preisen, die Sie festsetzen«, sagte sie.

»Wir sorgen dafür, dass die Preise für Roherz sinken«, sagte Humphries. »Wir *ermutigen* die Unabhängigen, so viel Erz zu fördern, dass die Preise zwangsläufig immer weiter sinken. Das wird sie früher oder später aus dem Feld schlagen.«

»Sodass nur diejenigen übrig bleiben, die bei *HSS* unter Vertrag stehen«, sagte Verwoerd.

»Auf diese Art erlangen wir die Kontrolle über die Kosten der Erschließung und des Bergbaus«, sagte er, »und am anderen Ende der Pipeline kontrollieren wir auch die Preise der veredelten Metalle und anderen Rohstoffe, die wir an Selene und die Erde verkaufen.«

»Aber einzelne Felsenratten könnten doch noch auf eigene Rechnung an Unternehmen auf der Erde verkaufen«, gab sie zu bedenken.

»Na und?«, sagte Humphries schroff. »Sie werden sich nur gegenseitig unterbieten und sich schließlich selbst aus dem Geschäft drängen. Sie schneiden sich selbst die Kehle durch.«

»Angebot und Nachfrage«, murmelte Verwoerd.

»Ja. Wenn es uns gelingt, die Felsenratten dazu zu bewegen, ausschließlich für uns zu arbeiten, werden wir das Angebot kontrollieren. Unabhängig von der

Nachfrage werden wir dann in der Lage sein, die Preise zu diktieren. Und den Profit zu maximieren.«

»Irgendwie eine krumme Sache.« Sie lächelte trotzdem.

»Bei·Rockefeller hat es jedenfalls funktioniert.«

»Bis die Anti-Trust-Gesetze verabschiedet wurden.«

»Es gibt aber keine Anti-Trust-Gesetze im Gürtel«, sagte Humphries. »Im Grunde ist er ein rechtsfreier Raum.«

»Es würde aber einige Zeit dauern, um alle Unabhängigen zu vertreiben«, sagte Verwoerd nach kurzer Überlegung. »Und *Astro* gilt es auch noch zu berücksichtigen.«

»Ich werde mich zu gegebener Zeit schon noch mit *Astro* befassen.«

»Dann hätten Sie den Gürtel komplett unter Kontrolle.«

»Was wiederum bedeuten würde, dass es uns langfristig nichts kosten würde, eine Basis auf Ceres zu errichten.« Das war eine Feststellung, keine Frage.

»Die Buchhaltung wird das aber etwas anders sehen.«

Er lachte. »Wieso tun wir es nicht einfach? Wir gründen eine Basis auf Ceres und bringen diese Felsenratten unter Kontrolle.«

Sie musterte ihn prüfend. Es war ein Blick, der sagte: *Ich weiß, dass noch mehr an dieser Sache dran ist, als du mir sagst. Du hast eine versteckte Agenda, und ich glaube auch zu wissen, worum es sich handelt.*

Aber sie sagte nur: »Wir können diese Basis auf Ceres auch dazu nutzen, die Wartungsarbeiten zu zentralisieren.«

Er nickte zustimmend. »Gute Idee.«

»Wir bieten Wartungsverträge zu möglichst günstigen Konditionen an.«

»Damit die Felsenratten ihre Schiffe bei uns warten lassen«, sagte er.

»Damit sie von Ihnen abhängig werden.«
Er lachte wieder. »Das Motto von Gillette.«
Sie wirkte verwirrt.
»Erst schenke man ihnen den Rasierer«, erklärte er.
»Und dann verkaufe man ihnen die Rasierklingen.«

Als der uneheliche Sohn eines unehelichen Sohns wurde Oscar Jiminez während einer der regelmäßigen Razzien der Polizei in den Barrios von Manila aufgegriffen, als er sieben Jahre alt war. Er war klein für sein Alter, aber schon ein ausgebuffter Bettler und Taschendieb, der mühelos an elektronischen Sicherheitssystemen vorbeikam, die eine größere oder weniger wendige Person gestoppt hätten. Die übliche Polizeitaktik bestand darin, unbarmherzig mit den altmodischen Schlagstöcken zuzuschlagen, die Mädchen und die besser aussehenden Jungen zu vergewaltigen, die Gefangenen weit hinaus aufs Land zu bringen und sie dann ihrem Schicksal zu überlassen. Bis zum nächsten Mal. Oscar hatte indes Glück. Er war zu klein und dürr, um selbst für den perversesten Polizisten attraktiv zu sein und wurde blutend und übel zugerichtet aus einem fahrenden Polizeiauto in den Straßengraben geworfen.

Er hatte insofern Glück, dass man ihn in der Nähe des Eingangs zum regionalen Hauptquartier der Neuen Moralität ausgesetzt hatte. Die Staatsreligion der Philippinen war noch immer der Katholizismus, doch Mutter Kirche hatte widerstrebend zugelassen, dass die protestantischen Reformer mit einem Minimum an Beeinträchtigungen in der Inselnation wirken durften. Schließlich vertraten die konservativen Bischöfe, die die Kirche der Philippinen führten und die Konservativen, die die Neue Moralität leiteten, in vielerlei Hinsicht den gleichen Standpunkt, einschließlich der Geburtenkontrolle und des strengen Gehorsams gegenüber moralischen Autoritäten. Darüber hinaus brachte die Neue Moralität Geld von Amerika zu den Philippinen. Ein kleiner Teil davon gelangte sogar bei den Armen an.

Also wurde Oskar Jiminez ein Mündel der Neuen Moralität. Unter ihrer strengen Obhut endete sein Leben als Straßenjunge. Er wurde auf eine Schule der Neuen Moralität geschickt, wo er lernte, dass gnadenlose psychologische Konditionierungsmethoden noch viel schlimmer waren als Schläge durch die Polizei. Vor allem die Konditionierungssitzungen, bei denen Elektroschocks angewandt wurden.

Oscar avancierte schnell zum Musterschüler.

Kapitel 4

Kris Cardenas sah noch immer kaum älter aus als dreißig. Selbst in einem schmutzigen, schäbigen Weltraum-
Habitat, das aus einem von Ceres' unzähligen Höhlen
gehauen war, wirkte sie mit ihren saphirblauen Augen
und den athletischen Schultern wie eine kalifornische
Surferin.

Das lag daran, dass ihr Körper mit therapeutischen
Nanomaschinen gespickt war – virengroßen Geräten,
die Fett- und Cholesterolmoleküle im Blut zerlegten, be-
schädigte Zellen reparierten und die Haut glatt und die
Muskeln straff hielten. Die Nanomaschinen fungierten
als zielgerichtetes Immunsystem, das den Körper vor
eindringenden Mikroben schützte. Nanotechnologie
war auf der Erde verboten; Dr. Kristin Cardenas, Nobelpreisträgerin und ehemalige Leiterin des Nanotechnolo-
gie-Labors von Selene, war in Ceres im Exil.

Für eine Exilantin, die sich für ein Leben an der
Grenze der menschlichen Zivilisation entschieden hatte, wirkte sie jedoch fröhlich und heiter, als sie Amanda
und Lars Fuchs begrüßte.

»Wie geht es Ihnen beiden?«, fragte sie und führte sie
in ihr Quartier. Der gewundene Tunnel vor der Tür
war eine natürliche Lavaröhre, die grob geglättet worden war. Die Luft dort draußen war leicht diesig wegen des Feinstaubs; wenn jemand in Ceres sich bewegte, wirbelte er jedes Mal den Gesteinsstaub auf, und
wegen der geringen Schwerkraft des Asteroiden hing
der Staub dann ständig in der Luft.

Amanda und Fuchs schlurften über den nackten
Felsboden von Cardenas' Unterkunft und gingen zur

43

Couch – eigentlich zwei Liegesitze, die aus einem Raumschiff ausgebaut worden waren, das auf Ceres notgelandet war. Die Sicherheitsgurte baumelten noch immer an den Seiten. Fuchs hustete, als er sich hinsetzte.

»Ich werde die Ventilatoren einschalten«, sagte Cardenas und ging zum Steuerpult, das in die entgegengesetzte Wand des Raums integriert war. »Damit der Staub sich setzt und das Atmen leichter fällt.«

Amanda hörte das Wimmern eines Lüfters irgendwo hinter den Wänden. Obwohl sie mit einer langärmeligen, hochschließenden Springerkombi bekleidet war, fror sie. Der nackte Fels fühlte sich immer kalt an. Wenigstens war er trocken. Und Cardenas hatte versucht, die unterirdische Kammer mit Holofenstern aufzupeppen, die Ansichten von bewaldeten Hügeln und Blumengärten auf der Erde zeigten. Sie hatte sogar ein dezentes Raumspray versprüht, dessen Duftnote Amanda daran erinnerte, wie sie als Kind in einer richtigen Badewanne mit warmem Wasser und duftender Seife gebadet hatte.

Cardenas zog einen alten Laborhocker unterm Tisch hervor, setzte sich den Besuchern gegenüber und hakte die Beine ein. »Wie geht es Ihnen?«, fragte sie ihre Besucher erneut.

Fuchs schaute sie fragend an. »Wir sind doch hergekommen, damit Sie es herausfinden.«

»Ach so, die Untersuchung.« Cardenas lachte. »Die findet morgen in der Klinik statt. Wie läuft das Geschäft? Was gibt's Neues?«

»Ich glaube, dass wir imstande sind, das Habitatprojekt voranzutreiben«, antwortete Fuchs mit einem Seitenblick auf Amanda.

»Wirklich? Ist Pancho einverstanden …«

»Nicht mit *Astros* Hilfe«, sagte er. »Wir werden es aus eigener Kraft schaffen.«

Cardenas' Augen verengten sich. »Halten Sie das denn für sinnvoll, Lars?«

»Wir haben im Grunde keine Wahl. Pancho würde uns helfen, wenn sie könnte, doch Humphries wird sie sofort blockieren, wenn sie die Sache im *Astro*-Vorstand auf die Tagesordnung setzt. Ihm ist nicht daran gelegen, dass wir die Lebensbedingungen hier verbessern.«

»Er will hier ein Depot einrichten«, sagt Amanda. »Das heißt, *Humphries Space Systems* will das tun.«

»Dann werden Sie und die anderen Felsenratten dieses Habitatprogramm also selbst finanzieren?«

»Ja«, sagte Fuchs bestimmt.

Cardenas erwiderte nichts. Sie umfing die Knie und schaukelte mit einem nachdenklichen Ausdruck leicht auf dem Hocker vor und zurück.

»Wir können es schaffen«, bekräftigte Fuchs.

»Sie werden ein Team von Spezialisten brauchen«, sagte Cardenas. »Das ist nichts, was Sie und Ihre Prospektorenkollegen einfach so improvisieren könnten.«

»Ja. Das weiß ich.«

»Lars, ich habe nachgedacht«, sagte Amanda langsam. »Während du an diesem Habitatprojekt arbeitest, wirst du doch hier in Ceres bleiben müssen, nicht wahr?«

Er nickte. »Ich habe schon mit dem Gedanken gespielt, die *Starpower* an jemanden zu vermieten und für die Dauer des Projekts hier im Asteroiden zu leben.«

»Und wie wollen Sie Ihren Lebensunterhalt verdienen?«, warf Cardenas ein.

Er breitete die Hände aus. »Ich glaube, ich weiß es«, sagte Amanda, bevor er noch etwas erwidern konnte.

Fuchs schaute sie verwirrt an.

»Wir könnten Lieferanten für die anderen Prospektoren werden«, sagte Amanda. »Wir können ein eigenes Lagerhaus aufmachen.«

Cardenas nickte.

»Wir könnten als Zwischenhändler für *Astro* auftreten«, fuhr Amanda fort und wurde mit jedem Wort fröhlicher. »Wir beziehen die Waren von Pancho und verkaufen sie an die Prospektoren weiter. Wir könnten auch die Bergleute beliefern.«

»Die meisten Bergbauteams arbeiten aber für Humphries«, erwiderte Fuchs düster. »Oder für *Astro*.«

»Aber sie brauchen trotzdem Vorräte«, sagte Amanda nachdrücklich. »Selbst wenn sie die Ausrüstung von den Konzernen bekommen, benötigen sie noch immer Gegenstände des persönlichen Bedarfs: Hygieneartikel, Unterhaltungsvideos, Kleidung …«

Fuchs schnitt eine Grimasse. »Ich glaube nicht, dass du dich mit der Art von Unterhaltungsvideos abgeben willst, die diese Prospektoren bevorzugen.«

»Lars, wir könnten durchaus mit *Humphries Space Systems* konkurrieren, während du den Bau des Habitats leitest«, sagte Amanda ungerührt.

»Mit Humphries konkurrieren.« Fuchs ließ sich diese Idee förmlich auf der Zunge zergehen und kostete sie genüsslich aus. Dann grinste er, was selten genug vorkam. Sein breites, normalerweise düsteres Gesicht hellte sich auf. »Mit Humphries konkurrieren«, wiederholte er. »Ja. Ja, das können wir schaffen.«

Im Gegensatz zu den anderen sah Amanda die Ironie der ganzen Sache. Sie war die Tochter eines kleinen Krämers in Birmingham und hatte das Mittelklassemilieu und die Unterklassenarbeiter gehasst, mit denen ihr Vater Geschäfte machte. Die Jungs waren im besten Fall nur rüpelhaft und zudringlich, konnten aber genauso schnell gewalttätig werden. Und die Mädchen waren richtige Biester. Amanda entdeckte früh, dass Schönheit Fluch und Segen zugleich war. Sie fiel auf, wohin auch immer sie kam; ihre schiere Präsenz sorgte jedes Mal für Aufsehen. Und wenn sie erst

46

einmal Aufmerksamkeit erregt hatte, musste sie nur noch erreichen, dass die Leute auch den hochintelligenten Menschen hinter dieser attraktiven Fassade wahrnahmen.

Schon als Teenager hatte sie gelernt, ihr gutes Aussehen einzusetzen, um Jungen nach ihrer Pfeife tanzen zu lassen, während sie zugleich ihren scharfen Intellekt nutzte, um ihnen immer einen Schritt voraus zu sein. Dann verließ sie ihr Elternhaus und ging nach London, wo sie sich einer Sprachschulung unterzog, um mit einem Oxford-Akzent zu sprechen und fand – zu ihrem ungläubigen Erstaunen – heraus, dass sie die Intelligenz und Fähigkeit besaß, eine erstklassige Astronautin zu werden. Sie wurde von der *Astro* Manufacturing Corporation eingestellt, um Missionen zwischen Erde und Mond zu fliegen. Mit dem atemberaubenden Äußeren und der scheinbaren Naivität vermutete fast jeder, dass sie sich nach oben gevögelt hatte. Doch das genaue Gegenteil war der Fall; Amanda hatte ihre liebe Not, sich der Männer – und Frauen – zu erwehren, die sie ins Bett ziehen wollten.

Und in Selene war sie dann Martin Humphries begegnet. Er hatte die bisher größte Gefahr für sie dargestellt: Er wollte Amanda, und er hatte die Macht, sich zu nehmen, was er wollte. Amanda hatte Lars Fuchs auch deshalb geheiratet, um Humphries zu entfliehen, und Lars wusste das.

Und nun stand sie kurz davor, hier an der Grenze der menschlichen Expansion ins Sonnensystem selbst eine Geschäftsfrau zu werden. Vater würde jubeln, sagte sie sich. Die Rache des Vaters: Das Kind trat schließlich doch in die Fußstapfen der Eltern.

»Humphries wird die Konkurrenz aber nicht schätzen«, gab Cardenas zu bedenken.

»Umso besser!«, rief Fuchs.

»Die Konkurrenz wird aber gut für die Prospektoren

sein«, sagte Amanda, nachdem sie aus ihren Träumen erwacht war. »Und für die Bergleute. Dadurch werden nämlich die Preise sinken, die sie für Gebrauchsgüter zahlen müssen.«

»Der Ansicht bin ich auch«, sagte Cardenas. »Humphries wird das freilich nicht gefallen. Er wird überhaupt nicht erfreut sein.«

Fuchs lachte laut. »Umso besser«, wiederholte er.

ZWEI JAHRE SPÄTER

Als er die Oberfläche von Ceres betrat, wurde Fuchs sich bewusst, dass er zum ersten Mal seit ein paar Monaten wieder einen Raumanzug trug. Der Anzug roch immer noch neu; er hatte ihn bisher erst ein- oder zweimal benutzt. Mein Gott, sagte er sich, ich bin ein richtiger Bourgeois geworden. Außerdem saß der Anzug nicht richtig; die Arme und Beine waren etwas zu lang, sodass er sich unbehaglich fühlte.

Den ersten Ausflug ins Weltall hatte er vor fünf Jahren mit der *Starpower 1* unternommen. Ihr Jungfernflug hatte allerdings unter einem schlechten Stern gestanden. Er war damals ein frisch graduierter Student gewesen und strebte eine Promotion in Planeten-Geochemie an. Er kehrte nie mehr an die Universität zurück. Stattdessen heiratete er Amanda und wurde eine Felsenratte – ein Prospektor, der sein Glück zwischen den Asteroiden des Gürtels suchte. Vor fast zwei Jahren hatte er auch das aufgegeben, um ein Depot auf Ceres zu leiten und das Habitatprojekt zu überwachen.

Helvetia GmbH war der Name, den Fuchs seinem aufstrebenden Geschäft gegeben hatte, das er gemäß den Statuten der Internationalen Astronautenbehörde gegründet hatte. Er war der Präsident von Helvetia, Amanda die Schatzmeisterin, und Pancho Lane war Vizepräsidentin, die sich aber nicht in die Unternehmensführung einmischte; sie machte sich auch nur selten die Mühe, das Hauptquartier auf Ceres aufzusuchen. Helvetia kaufte den größten Teil der Vorräte von der *Astro Corporation* und verkaufte sie dann mit der geringsten Marge, die Amanda zuließ, an die Felsenratten weiter. *Humphries Space Systems* konkurrierte in diesem Geschäftsbereich mit ihnen, und Fuchs hielt die Preise so niedrig wie möglich, wodurch Humphries gezwungen wurde, auch mit den Preisen herunterzugehen, um nicht aus dem Geschäft gedrängt zu werden. Der Wettbewerb wurde ruinös – es war ein Rennen, bei dem der eine den anderen aus dem Feld zu schlagen versuchte.

Die Felsenratten kauften offensichtlich lieber bei Fuchs als bei *HSS*. Fuchs war angenehm überrascht, dass die Helvetia GmbH florierte, obwohl er sich selbst nur als mittelmäßigen Geschäftsmann betrachtete. Er war allzu schnell bereit, einer Felsenratte einen Kredit nur auf das Versprechen zu gewähren, dass sie es zurückzahlen würde, wenn sie einmal reich war. Er zog ein Händeschütteln dem Kleingedruckten eines Vertrages vor. Amanda machte ihm deswegen Vorhaltungen, doch wurden genug von diesen vagen Versprechen eingelöst, um Helvetia profitabel zu machen. Wir werden reich, sagte Fuchs sich vergnügt, während sein Bankkonto in Selene immer dicker wurde. Trotz Humphries' Tricks kommen wir zu Reichtum.

Als er nun den Blick über die zerschundene Oberfläche von Ceres schweifen ließ, wurde er sich wieder einmal bewusst, was für ein einsamer und desolater Ort das war – fernab jeglicher Zivilisation. Der Himmel war mit Sternen übersät: in einer solchen Fülle, dass die alten vertrauten Sternbilder völlig untergingen. Es gab keinen freundlichen alten Mond oder eine blau glühende Erde, die in der Nähe hing; selbst die Sonne wirkte klein und schwach, durch die große Entfernung zu einem Zwerg geschrumpft. Es war ein seltsamer, fremdartiger Himmel: hart und gnadenlos. Ceres' raue und unebene Oberfläche war pechschwarz, kalt und mit Tausenden von kleinen Kratern übersät; überall waren Felsbrocken und kleine Steine verstreut. Der

Horizont war so nah, dass man den Eindruck hatte, auf einer kleinen Plattform zu stehen, anstatt auf einem massiven Körper. Für einen Moment wurde Fuchs schwindlig, und er glaubte nach *oben* zu fallen, von dieser kleinen Welt in die Wildnis der Sterne.

Fast wie in Trance fiel sein Blick auf das unfertige Habitat, das über dem Horizont aufstieg. Es funkelte sogar im schwachen Sonnenlicht und vermittelte ihm ein Gefühl der Stabilität. Es war zwar nur ein Ensemble alter, ausrangierter und ausgeschlachteter Raumschiffe, aber es war immerhin das Werk von Menschen hier draußen in dieser weiten, dunklen Leere.

Er sah einen Lichtblitz – das war das kleine Raumboot, das Pancho und Ripley zum Asteroiden zurückbrachte. Fuchs wartete an der kompakten Luftschleuse, die zu den unterirdischen Wohnquartieren führte.

Das Raumboot verschwand hinterm Horizont, doch nach ein paar Minuten stieg es an der anderen Seite hoch – nah genug, dass er die insektenartigen Beine und die bauchige Kanzel des Besatzungsmoduls erkannte. Pancho hatte darauf bestanden, den Vogel selbst zu fliegen, um ihre alten Astronautenreflexe zu trainieren. Nun legte sie ungefähr hundert Meter von der Luftschleuse entfernt auf dem geröllübersäten Boden eine sanfte Landung hin.

Als die beiden mit Raumanzügen bekleideten Gestalten aus dem Boot stiegen, erkannte Fuchs trotz des Helms und Anzugs sofort Pancho Lanes lange, sehnige Gestalt. Es war das erste Mal seit fast einem Jahr, dass Pancho in ihrer Doppelfunktion als *Astro*-Vorstand und Vizepräsidentin von Helvetia nach Ceres gekommen war.

Fuchs tippte auf die Kommunikationstastatur am linken Handgelenk und hörte sie mit Ripley sprechen, dem leitenden Ingenieur des Bauprojekts.

»... und was ihr wirklich braucht, sind die neuen

Schweißlaser anstatt dieser unhandlichen Ungetüme, mit denen ihr arbeitet.«

Fuchs versuchte erst gar nicht, im Niedergravitations-Schlurfen zu gehen, in dem man sich auf Ceres bewegen musste, sondern er nahm die Steuerung des Rückentornisters in die behandschuhte Hand und drückte ganz sanft drauf. Wie üblich gab er zu viel Schub und flog über die Köpfe von Pancho und des Ingenieurs hinweg und stieß fast mit dem Raumboot zusammen. Seine Stiefel wirbelten eine dunkle Staubwolke auf, als er wieder Bodenberührung bekam.

»Mein Gott, Lars, wann lernen Sie endlich, so ein Gerät zu fliegen?«, frozzelte Pancho.

Fuchs grinste verlegen im Innern des Helms. »Ich bin aus der Übung«, gestand er und schlurfte über die Oberfläche auf sie zu, wobei er noch mehr Staub aufwirbelte. Der Boden fühlte sich selbst durch die dicken Stiefelabsätze körnig und uneben an.

»Sie waren doch noch nie *in* Übung, Kumpel.«

Er wandte sich an den Ingenieur, um das Thema zu wechseln. »Also, Mr. Ripley, wird Ihre Crew in der Lage sein, die neuesten Änderungen termingerecht auszuführen?«

»Glauben Sie es oder nicht«, erwiderte Ripley geziert, »aber sie werden es schaffen.«

Niles Ripley war Amerikaner nigerianischer Abstammung: ein Ingenieur mit Abschlüssen renommierter Technischer Universitäten und ein Amateur-Jazztrompeter, der seiner eigenwilligen Improvisationen wegen den Spitznamen ›Ripper‹ bekommen hatte. Jedoch bereitete der Spitzname dem an sich zurückhaltenden Mann manchmal Probleme, vor allem in Bars mit aggressiven Trunkenbolden. Der Ripper lächelte dann nur und ging Konfrontationen durch ›verbale Deeskalation‹ aus dem Weg. Er hatte nicht die Absicht, sich von so einem muskelbepackten Halbaffen aufs

Maul hauen zu lassen – sonst wäre es nämlich Essig mit dem Trompetespielen.

»Ihr Zeitplan wird eingehalten«, fuhr Ripley fort. »Trotz der fehlenden Flexibilität«, fügte er hinzu.

»Dann wird Ihre Crew auch den Bonus bekommen, trotz der Beschwerden wegen des Zeitplans«, sagte Fuchs genauso patzig.

Pancho ging dazwischen. »Ich hab dem ollen Ripper schon gesagt, dass ihr den Job mit besseren Schweißlasern viel schneller erledigen würdet.«

»Die können wir uns aber nicht leisten«, sagte Fuchs. »Wir haben ein sehr knappes Budget.«

»*Astro* könnte euch Laser vermieten. Zu echt günstigen Bedingungen.«

Fuchs stieß einen hörbaren Seufzer aus. »Ich wünschte, das wäre euch schon vor zwei Jahren eingefallen, als wir die Operation gestartet haben.«

»Vor zwei Jahren waren selbst die besten Laser, die wir hatten, noch groß und ineffizient. Unsere Laborjungs haben diese neuen Babies neu entwickelt: Sie sind so klein, dass man sie auf einem Minischlepper transportieren kann. Und sie haben einen minimalen Energieverbrauch. Es gibt sogar eine tragbare Version. Natürlich mit geringerer Leistung, aber trotzdem ganz brauchbar.«

»Wir kommen auch mit dem zurecht, was wir haben, Pancho.«

»Na schön. Dann sagt aber nur nicht, ich hätte es euch nicht angeboten.« Er hörte den resignierten, leicht enttäuschten Klang in ihrer Stimme.

Fuchs wies mit einer behandschuhten Hand aufs Habitat, das fast am entgegengesetzten Horizont stand und sagte: »Wir haben bisher doch ganz ordentliche Arbeit geleistet, finden Sie nicht?«

Für eine Weile sagte sie nichts, und die drei verfolgten den Abstieg des Habitats am Himmel. Es mutete an wie ein unfertiges Riesenrad, wobei die Raumschiffe die ›Speichen‹ darstellten. Sie waren durch lange Buckminsterfulleren-Stränge zu einem Raumschiffskonvolut verbunden, wobei das gesamte Ensemble langsam rotierend dem Horizont entgegenwanderte.

»Ehrlich gesagt, Lars, alter Kumpel«, sagte Pancho, »es erinnert mich irgendwie an den Stellplatz eines Gebrauchtwagenhändlers im Lubbock.«

»Stellplatz eines Gebrauchtwagenhändlers?«, sagte Fuchs prustend.

»Oder auch an einen fliegenden Schrottplatz.«

»Schrottplatz?«

Dann hörte er Ripley lachen. »Lassen Sie sich von ihr nicht verulken, Lars. Sie war ziemlich beeindruckt, als wir die Einheiten besichtigt haben, die wir schon montiert haben.«

»Ja, stimmt, innen sieht es ziemlich gut aus«, sagte Pancho. »Aber von außen ist es sicher keine Schönheit.«

»Das wird schon noch«, murmelte Fuchs. »Warten Sie's nur ab.«

Ripley wechselte das Thema. »Erzählen Sie mir noch mehr über diese tragbaren Laser. Welche Leistung haben sie?«

»Sie durchschneiden drei Zentimeter dicken Stahl«, sagte Pancho.

»Und wie lange dauert das?«, fragte Ripley.

»Nur ein paar Nanosekunden. Der Strahl ist gepulst. Er schmilzt den Stahl nicht etwa, sondern zertrümmert ihn mit Druckwellen.«

Sie unterhielten sich noch eine Weile, während das Habitat aus dem Blickfeld verschwand und die ferne, fahle Sonne am dunklen, sternenübersäten Himmel immer höher stieg. Fuchs sah das Zodiakallicht, das sich wie zwei lange Arme von der Sonnenmitte ausstreckte. Er wusste, dass das Reflexionen von Staubteilchen waren: mikroskopisch kleine Asteroiden, die dort draußen trieben, Überreste von der Entstehung der Planeten.

Als sie den Rückweg zur Luftschleuse antraten, wandte Pancho sich an Fuchs: »Vielleicht könnten wir ein wenig übers Geschäft sprechen.«

Sie hob den linken Arm und betätigte die Taste am Ärmel, die auf eine Zweitfrequenz des Anzugsfunkgeräts schaltete. Ripley war nun von ihrer Unterhaltung ausgeschlossen.

Fuchs drückte die gleiche Taste auf seinem Steuergerät. »Ja, wir müssen unbedingt übers Geschäft sprechen.«

»Sie haben uns gebeten, die Preise für Leiterplatten schon wieder zu reduzieren«, sagte Pancho. »Wir gehen aber jetzt schon auf dem Zahnfleisch, Lars.«

»Humphries versucht uns zu unterbieten.«

»*Astro* kann nicht mit Verlust verkaufen. Der Vorstand wird das nicht genehmigen.«

Fuchs spürte, wie die Lippen sich zu einem spöttischen Lächeln kräuselten. »Humphries ist noch immer bei euch im Vorstand?«

»Klar. Er hat versprochen, dass *HSS* die Preise nicht weiter senkt.«

»Er lügt. Sie bieten Leiterplatten, Chips und sogar Wartungsarbeiten zu immer niedrigeren Preisen an. Er versucht, mich aus dem Geschäft zu drängen.«

»Und wenn ihm das gelungen ist, wird er die Preise nach Gusto erhöhen«, sagte sie.

»Natürlich. Weil er dann ein Monopol hat.«

Sie erreichten die Luftschleusenluke. Sie war groß genug für zwei Leute in Raumanzügen, aber nicht für drei, sodass sie Ripley zuerst hindurchschickten.

Pancho beobachtete, wie der Ingenieur die Luke schloss und sagte: »Lars, Humphries geht es in Wirklichkeit darum, *Astro* zu übernehmen. Dieses Ziel verfolgt er schon die ganze Zeit.«

»Dann wird er ein Monopol auf alle Weltraumopera-
tionen im gesamten Gürtel haben … im ganzen Sonnensystem«, sagte Fuchs und spürte Zorn in sich aufsteigen.

»Das ist sein Ziel.«

»Wir müssen das verhindern! Koste es, was es wolle,
wir müssen ihn stoppen.«

»Ich kann Ihnen keine Güter unter den Selbstkosten
verkaufen, Kumpel. Der Vorstand hat das klargestellt.«

Fuchs nickte matt. »Dann werden wir uns eben etwas anderes einfallen lassen müssen.«

»Zum Beispiel?«

Er wollte schon die Achseln zucken, doch im Innern
des Raumanzugs war das unmöglich. »Ich wünschte,
ich wüsste es«, gestand er.

Kapitel 6

Ich werde noch abhängig von dieser Frau, sagte Humphries sich und beobachte Diane Verwoerd, während sie die Rolltreppe zu seinem Anwesen auf der untersten Etage von Selene hinunterfuhren.

Sie las völlig ungerührt die Tagesordnung von ihrem Palmtop ab, hakte die einzelnen Punkte der Reihe nach ab und bat ihn, die Personalzuweisung zu genehmigen, die sie schon für die Abarbeitung jedes einzelnen Punkts getroffen hatte.

Humphries verließ sein Haus nur selten. Er hatte es in einen Hort des Luxus und der Sicherheit verwandelt. Die eine Hälfte des Hauses bestand aus Wohnquartieren, die andere wurde von Wissenschaftlern und Technikern belegt, die die Gärten pflegten und studierten, in die das Anwesen eingebettet war. Humphries hielt es für eine brillante Idee, dass er den Regierungsrat von Selene überredet hatte, sie einen dreihundert Hektar großen Garten in der tiefsten Höhle von Selene anlegen zu lassen. Offiziell fungierte das Haus als Forschungszentrum des Humphries Trust, wo das derzeitige ökologische Experiment durchgeführt wurde: Die Frage lautete, ob es möglich war, auf dem Mond eine ausgewogene Ökologie mit minimaler menschlicher Intervention aufrechtzuerhalten, sofern ihr genügend Licht und Wasser zugeführt wurden? Humphries interessierte sich nicht im Mindesten für die Antwort auf diese Frage, solange er nur ein komfortables Leben inmitten des blühenden Gartens zu führen vermochte – geschützt vor der Strahlung und den anderen Gefahren der Mondoberfläche.

Er sonnte sich in der Gewissheit, dass er sie alle an der Nase herumgeführt hatte – selbst Douglas Stavenger, Selenes Gründer und jugendliche graue Eminenz. Er hatte sie sogar dazu bewogen, ihre dumme Entscheidung zu revidieren, ihn von Selene zu verbannen, nachdem seine Verstrickung in Dan Randolphs Tod offenbar geworden war. Doch er wusste, dass er die langbeinige, exotische und schöne Diane Verwoerd nicht zum Narren gehalten hatte. Sie durchschaute ihn glasklar.

Er hatte sie zum Mittagessen ins neue Bistro eingeladen, das gerade erst in der Grand Plaza eröffnet worden war. Seine früheren Einladungen zum Abendessen hatte sie immer abgelehnt, doch ein ›Arbeitsessen‹ außer Haus war etwas, das sie nicht so leicht abzulehnen vermochte. Also hatte er sie zum Mittagessen ausgeführt. Und sie hatte den Salat und die Sojafrikadellen brav verzehrt, aber kaum einen Schluck vom Wein genommen, den er bestellte, und auf das Dessert hatte sie ganz verzichtet.

Als sie nun auf der Rolltreppe zu seinem Wohnbüro zurückfuhren, war sie mit ihrem Palmtop zugange und bearbeitete Probleme, vor denen die Gesellschaft stand und suchte auch gleich nach Lösungen dafür.

Sie ist fast unentbehrlich geworden für mich, wurde er sich bewusst. Vielleicht ist das auch ihr Kalkül – in geschäftlicher Hinsicht so wichtig für mich zu werden, dass ich sie nicht mehr als Frau begehre. Sie muss wissen, dass ich mich bald von Frauen trenne, mit denen ich ins Bett gegangen bin.

Er grinste. Sie spielen ein trickreiches Spiel, Frau Verwoerd. Und bisher haben sie es auch perfekt gespielt.

Bisher.

Humphries wollte sich die Niederlage nicht eingestehen, obwohl es offensichtlich war, dass seine Idee mit dem Mittagessen nicht von Erfolg gekrönt war. Er hörte ihrer Litanei nur mit einem Ohr zu und sagte sich, früher oder später krieg ich dich, Diane. Ich kann warten.

Aber nicht viel länger, sagte eine andere Stimme in seinem Kopf. Keine Frau ist es wert, so lang zu warten.

Falsch, entgegnete er stumm. Amanda ist es wert.

Als sie sich dem untersten Absatz der Rolltreppe näherten, sagte sie jedoch etwas, bei dem er sofort ganz Ohr war.

»Und Pancho Lane ist letzte Woche nach Ceres geflogen. Sie ist schon wieder auf dem Rückweg.«

»Nach Ceres?«, sagte Humphries unwirsch. »Was macht sie denn dort draußen?«

»Sie hat mit ihren Geschäftspartnern Mr. und Mrs. Fuchs gesprochen«, erwiderte Verwoerd ruhig. »Ich könnte mir vorstellen, dass sie darüber gesprochen haben, unsere Preise zu unterbieten.«

»Mich unterbieten?«

»Was denn sonst? Falls es ihnen gelingt, HSS von Ceres zu vertreiben, hätten sie den ganzen Gürtel für sich allein. Sie sind nämlich nicht der Einzige, der die Felsenratten kontrollieren will.«

»Helvetia GmbH«, murmelte Humphries. »Ein blöder Name für eine Firma.«

»Es ist eigentlich eine Strohfirma für *Astro*, müssen Sie wissen.«

Er sagte nichts, sondern ließ den Blick über die glatten Wände des Rolltreppenschachts schweifen. Niemand sonst fuhr so tief in Selene ein. Es war völlig still außer dem gedämpften Summen des Elektromotors, der die Rolltreppe antrieb.

»Pancho benutzt Fuchs und seine Firma, um Ihnen die Übernahme von *Astro* zu erschweren. Je mehr Geschäfte sie über Helvetia abwickelt, desto mehr wird der *Astro*-Vorstand sie als echte Heldin betrachten. Man wird Pancho vielleicht sogar zur Vorsitzenden wählen, wenn O'Banian zurücktritt.«

»Mich aus dem Gürtel vertreiben«, grummelte Humphries.

»Das wollen wir mit ihnen doch auch machen, nicht wahr?«

Er nickte.

»Dann sollten wir ihnen aber zuvorkommen«, sagte Diane Verwoerd.

Humphries nickte wieder im Bewusstsein, dass sie Recht hatte.

»Was wir nun brauchen«, sagte sie langsam, »ist ein Aktionsplan. Ein Programm, das darauf abzielt, Helvetia für immer aus dem Feld zu schlagen.«

Er schaute sie an – schaute sie zum ersten Mal bewusst an, seit sie das Mittagessen beendet hatten. Sie ist die ganze Sache schon im Geiste durchgegangen, wurde er sich bewusst. Sie führt mich an der Nase herum, bei Gott. Humphries sah es in ihren Mandelaugen. Sie hat das alles geplant. Sie weiß genau, wo sie mich haben will.

»Was schlagen Sie also vor?«, fragte er. Er war wirklich neugierig, worauf sie hinauswollte.

»Ich schlage eine zweigleisige Strategie vor.«

»Eine zweigleisige Strategie?«, fragte er trocken.

»Das ist eine alte Technik«, sagte Verwoerd mit einem listigen Lächeln. »Zuckerbrot und Peitsche.«

Trotz seiner Bemühungen, unbeteiligt zu wirken, lächelte Humphries. »Erzählen Sie mir mehr davon«, sagte er, als sie den unteren Absatz der Rolltreppe erreichten und von ihr heruntertraten.

Als er wieder im Büro war, löschte Humphries seinen Terminkalender und lehnte sich ebenso nachdenklich wie besorgt im Sessel zurück. Alle Gedanken an Diane waren aus dem Bewusstsein verflogen; er stellte sich Amanda dort draußen mit Fuchs vor. Amanda würde nicht versuchen, mir zu schaden, sagte er sich. Aber *er* würde es tun. Er weiß, dass ich sie liebe und würde überhaupt *alles* tun, um mir zu schaden. Er hat mir Amanda schon entrissen. Und nun will er mich auch noch aus dem Gürtel vertreiben und daran hindern, *Astro* zu übernehmen. Dieser Hundesohn will mich ruinieren!

Diane hat Recht. Wir müssen handeln, und zwar schnell. Zuckerbrot und Peitsche.

Abrupt setzte er sich auf und wies das Telefon an, den Sicherheitschef anzuwählen. Wenig später klopfte der Mann leise an die Bürotür.

»Kommen Sie herein, Grigor«, sagte Humphries.

Der Sicherheitschef war ein Neuzugang: ein schlanker, schweigsamer Mann mit dunklem Haar und noch dunkleren Augen. Er trug einen hellgrauen Geschäftsanzug von der Stange, die unauffällige Kluft eines Manns, der es vorzog, unerkannt im Hintergrund zu bleiben und dennoch alles zu sehen. Er blieb trotz der beiden komfortablen Stühle vor Humphries' Schreibtisch stehen.

Humphries neigte sich im Sessel zurück, schaute zu ihm auf und sagte: »Grigor, ich habe da ein Problem, bei dem ich Ihre Hilfe brauche.«

Grigor trat leicht von einem Fuß auf andern. Er war gerade erst von einer Firma auf der Erde übernommen worden, die in finanzielle Schwierigkeiten geraten war, weil der größte Teil ihrer Aktiva in den Treibhausüberschwemmungen zerstört worden war. Er war noch in der Probezeit bei Humphries, und er wusste es.

»Diese Felsenratten draußen im Gürtel beziehen einen immer größeren Teil ihrer Vorräte von der Helvetia GmbH anstatt von *Humphries Space Systems*«, sagte Humphries und musterte den Mann gründlich – er war gespannt, wie er wohl reagieren würde.

Grigor sagte nichts. Er verzog auch keine Miene. Er hörte einfach nur zu.

»Ich will, dass *Humphries Space Systems* die volle und ausschließliche Kontrolle über die Lieferungen an die Felsenratten übernimmt.«

Grigor stand reglos da; sein Blick war ausdruckslos.

»Die ausschließliche Kontrolle«, wiederholte Humphries. »Haben Sie das verstanden?«

Grigors Kopf senkte sich in der Ahnung eines Nickens.

»Was ist Ihrer Ansicht nach zu tun?«, fragte Humphries.

»Um die ausschließliche Kontrolle zu erlangen«, sagte Grigor in einer kehligen, gutturalen Stimme, die irgendwie angestrengt und schmerzerfüllt klang, »müssen Sie ihre Konkurrenten eliminieren.«

»Ja, aber wie?«

»Es gibt viele Möglichkeiten. Eine davon ist die Anwendung von Gewalt. Ich vermute, aus diesem Grund haben Sie mich auch nach meiner Meinung gefragt.«

Humphries hob die Hand und sagte scharf: »Ich habe nichts gegen Gewalt, aber dieser Fall muss mit größter Diskretion behandelt werden. Es darf nicht der geringste Verdacht aufkommen, dass *Humphries Space Systems* etwas damit zu tun hat.«

Grigor nahm sich eine kurze Bedenkzeit. »Dann müssen die Maßnahmen gegen einzelne Prospektoren gerichtet werden anstatt gegen Helvetia selbst. Wenn die Kunden eliminiert werden, wird die Firma eingehen.«

Humphries nickte. »Ja«, sagte er. »Exakt.«

»Das wird aber einige Zeit dauern.«

»Wie lang?«

»Ein paar Monate«, sagte Grigor. »Vielleicht auch ein Jahr.«

»Ich will, dass das schneller erledigt wird. Ich habe kein Jahr Zeit.«

Grigor schloss für einen Moment die Augen und

sagte: »Dann müssen wir uns darauf einstellen, dass die Gewalt eskaliert. Zuerst die einzelnen Prospektoren, dann das Personal und die Einrichtungen auf Ceres selbst.«

»Einrichtungen?«

»Ihr Konkurrent baut dort doch ein Orbital-Habitat, oder?«

Humphries musste ein zufriedenes Grinsen unterdrücken. Grigor hat die Lage bereits studiert, sagte er sich. Gut.

Weil von seinem Arbeitgeber keine Antwort kam, fuhr Grigor fort: »Eine Unterbrechung des Habitatprojekts wird den Mann diskreditieren, der es gestartet hat. Auf jeden Fall wird es beweisen, dass er nicht einmal seine eigenen Leute zu schützen vermag.«

»Es muss unbedingt wie ein Unfall aussehen«, verlangte Humphries. »Ich darf auf keinen Fall damit in Verbindung gebracht werden.«

»Keine Sorge«, sagte Igor.

»Ich mache mir nie Sorgen«, sagte Humphries unwirsch. »Dazu besteht kein Grund.«

Zuckerbrot und Peitsche, sagte Humphries sich, als Grigor das Büro lautlos wie ein Gespenst verließ. Diane wird das Zuckerbrot reichen. Grigors Leute werden die Peitsche schwingen.

EINEN MONAT SPÄTER

»O Randy«, stöhnte Cindy, »du bist so groß.«

»Und hart«, ergänzte Mindy.

Randall McPherson lag auf dem Kissenstapel, während die nackten Zwillinge seine Haut streichelten. Manche Männer mochten Sex in der Schwerelosigkeit, doch Randy hatte die Rotation seines Schiffs für das Schäferstündchen mit den Zwillingen fast auf ein volles irdisches Ge beschleunigt. Sein Partner, Dan Fogerty, beschwerte sich zwar über die Treibstoffkosten für die Beschleunigung des Schiffes, doch Randy hatte sein Genörgel einfach ignoriert. Fogerty war den Bergleuten auch als Fatso Fogerty bekannt, denn er hatte sich in der Schwerelosigkeit derart gehen lassen, dass er aufgegangen war wie Hefeteig. McPherson verbrachte viele Stunden seiner Freizeit in der Trainings-Zentrifuge des Schiffs oder beschleunigte gleich die Drehbewegung des ganzen Schiffs, um in Form zu bleiben. Fogerty konnte sich in McPhersons Augen glücklich schätzen, dass er einen so umsichtigen Partner wie ihn hatte.

Die Zwillinge befanden sich eigentlich auf Ceres, doch das Virtuelle Realitätssystem funktionierte ziemlich gut. Es trat nur eine unmerkliche Verzögerung auf zwischen einer ›Anfrage‹ von Randy und einer Reaktion in Form eines Lächelns oder einer aufreizenden ›Handreichung‹ von Cindy und Mindy.

Deshalb war Randy mehr als nur ein wenig verstimmt, als Fogertys Stimme in seine Dreiwege-Phantasie schnitt.

»Ein verdammtes Schiff nähert sich uns!«

»Was?«, sagte McPherson unwirsch und setzte sich so abrupt auf, dass die VR-Abbildungen der Zwillinge sich noch immer auf den Kissen räkelten, obwohl er gar nicht mehr zwischen ihnen lag.

»Ein Schiff«, wiederholte Fatso. »Sie wollen an uns andocken.«

McPherson murmelte eine Reihe von Herzen kommender Flüche, derweil die Zwillinge reglos und mit leerem Blick dalagen.

»'Tschuldigung, Ladies«, sagte er und stieg aus dem Bett. Er war halb verlegen, halb wütend. Er nahm die VR-Brille ab und sah wieder die wirkliche Welt: eine triste kleine Kabine in einem Seelenverkäufer von Schiff, das nach dem vierzehnmonatigen Flug durch den Gürtel dringend eine Generalüberholung benötigte.

McPherson schälte sich unbeholfen aus dem VR-Sensoranzug und zog seinen Overall an. Dann ging er zur Brücke hinauf und brüllte: »Fatso, wenn das wieder einer von deinen gottverdammten Scherzen ist, gibt's was hinter die Ohren, dass du die Englein singen hörst!«

Er schlüpfte durch die Luke in die beengte, brühwarme Brücke. Fogerty quoll förmlich aus dem Pilotensitz; die eine Hand umklammerte eine halbe Fleischpastete, und der Rest war über sein Kinn und die Vorderseite des Overalls verteilt. Er war kugelrund und dehnte das ausgebleichte orangefarbene Gewebe des Overalls derart, dass McPherson an einen überreifen Kürbis erinnert wurde. Und er roch auch so; und beim würzigen Aroma der Fleischpastete drehte McPherson sich schier der Magen um. Ich rieche sicher auch nicht viel besser, sagte McPherson sich und versuchte sich zu beherrschen.

Fogerty drehte sich halb auf dem knarrenden Stuhl um und deutete mit einem dicken Finger aufgeregt auf den Hauptbildschirm. McPherson sah den zwei Kilometer langen dunklen, ungleichmäßigen Felsbrocken, den sie soeben mit Beschlag belegt hatten – und ein silbriges Raumschiff, das zu elegant und neu aussah, um das Schiff eines Prospektors zu sein.

»Ein Bergbauteam?«, fragte Fogerty.

»Jetzt schon?«, fragte McPherson schroff. »Wir haben doch gerade erst unseren Anspruch angemeldet, aber noch keine Bergleute kontaktiert.«

»Nun, hier sind auf jeden Fall welche«, sagte Fogerty.

»Das ist aber kein Bergbauschiff.«

Fogerty zuckte die Achseln. »Soll ich ihnen die Erlaubnis erteilen, an Bord zu kommen?«

McPherson musste sich an der Körperfülle seines Partners vorbeiquetschen, um auf den rechten Sitz zu gelangen. »Wer, zum Teufel, ist das? Und was machen sie ausgerechnet hier? Sie könnten doch den ganzen Gürtel abgrasen; wieso wollen sie gerade uns den Fund streitig machen?«

Fogerty grinste seinen Partner an. »Dann fragen wir sie doch einfach.«

Unwillig aktivierte McPherson den Kommunikationskanal. »Hier ist die *Lady of the Lake*. Bitte identifizieren Sie sich.«

Zunächst erschienen bunte Schlieren auf dem Bildschirm, und dann nahm das dunkle Gesicht eines Manns Gestalt an. Mit seinen hohen Wangenknochen und den tief liegenden Augen mutete er McPherson irgendwie orientalisch an.

»Hier ist die *Shanidar*. Wir haben eine Kiste mit Video-CDs, die wir so oft gesehen haben, dass wir die Dialoge schon auswendig können. Habt ihr welche zum Tauschen?«

»Welche Videos habt ihr?«, fragte Fogerty neugierig. »Wie alt sind sie denn?«

»Die meisten sind Privatvideos. *Muy piquante*, wenn du weißt, was ich meine. So etwas bekommt ihr nicht über die normalen Kanäle. Sie waren topaktuell, als wir Selene vor einem halben Jahr verlassen haben.«

Bevor McPherson noch etwas zu erwidern vermochte, sagte Fogerty mit einem Doppelkinn-Grübchen-Lächeln: »Wir können eins zu eins tauschen, aber unsere sind älter.«

»Das geht schon in Ordnung«, sagte der Bärtige. »Für uns sind sie neu.«

»Was tut ihr überhaupt hier draußen?«, fragte McPherson ungehalten. »Wir beanspruchen diesen Felsen.«

»Wir sind keine Prospektoren«, kam die Antwort. »Wir haben den Jackpot geknackt und einen Vertrag mit *Humphries Space Systems* geschlossen, um das Erz zu verarbeiten. Wir haben ausgesorgt. Wir wollten nur noch diese Video-CDs loswerden, bevor wir nach Hause fliegen.«

»Sicher«, sagte Fatso. »Wieso nicht?«

McPherson hatte ein ungutes Gefühl. Aber er sah den gierigen Ausdruck im fleischigen Gesicht seines Partners. Nach vierzehn Monaten im Gürtel hatten sie das Schiff noch immer nicht ganz abbezahlt. Sie brauchten mindestens noch eine Woche, um einen Schürfvertrag mit einem der Konzerne zu schließen. McPherson hatte indes nicht die Absicht, den erstbesten Vertrag anzunehmen, der ihnen angeboten wurde. Und die Preise für Erze sanken ständig; sie konnten von Glück sagen, wenn sie genug einnahmen, um für ein halbes Jahr davon zu leben, bevor sie wieder abfliegen mussten.

»Okay«, sagte er zögernd. »Kommt rüber und dockt an der Hauptluftschleuse an.«

Fogerty nickte glücklich wie ein kleines Kind, das sich auf den Weihnachtsmann freute.

Kapitel 7

Amanda sagte sich wieder einmal, wie sehr das Führen eines Haushalts auf Ceres – eigentlich *in* Ceres – sich doch vom Leben in einem Raumschiff unterschied. Nicht dass ihre Unterkunft so viel geräumiger gewesen wäre: Der Raum, den sie und Lars sich teilten, war eine ›ausgebaute‹ Höhle im Asteroiden, deren Wände, Boden und Decke geglättet und rechtwinklig behauen worden waren. Insgesamt war die Kammer aber nicht viel größer als das kubische Abteil, das sie an Bord der *Starpower* bewohnt hatten. Und dann war da der Staub – dieser allgegenwärtige Staub. In der geringen Schwerkraft von Ceres wirbelte man bei jeder Bewegung, bei jedem Schritt, den man machte, den ewigen Staub auf. Dank der Lüfter wurde der Feinstaub auch in den Wohnquartieren verteilt. Wenn sie erst einmal ins Orbital-Habitat umgezogen, würde der Staub Gott sei Dank der Vergangenheit angehören.

Bis dahin war er jedoch ein ständiges Ärgernis. Es war unmöglich, alles sauber zu halten: Sogar das Geschirr, das in geschlossenen Schränken aufbewahrt wurde, musste mit Druckluft gereinigt werden, bevor man davon zu essen vermochte. Der Staub verursachte auch Niesreiz; die Hälfte der Zeit trugen Amanda und die meisten anderen Bewohner Staubmasken. Sie befürchtete, dass die Masken dauerhafte Abdrücke im Gesicht hinterlassen würden.

Immerhin bot das Leben in Ceres etwas, das es an Bord eines Schiffs nicht gab – jedenfalls nicht in diesem Maß: die Gesellschaft anderer Menschen. Leute, die einem einen Besuch abstatteten und bei denen man auch auf einen Sprung vorbeischaute. Spaziergänge durch die Gänge, wo man Nachbarn sah, Hallo sagte und auf ein Schwätzchen blieb. Die Korridore waren eng und gewunden; es handelte sich um natürliche Lavaröhren im Gestein, die so weit geglättet worden waren, dass Menschen in der niedrigen Gravitation in einer slapstickartigen Gangart in ihnen entlangzuschlurfen vermochten. Wände und Decken bestanden aus unbehauenem, nacktem Fels, sodass man eher das Gefühl hatte, sich durch einen Tunnel als durch einen Gang zu bewegen. Und auch hier der Staub. Der allgegenwärtige Staub. In den Tunnels war es noch schlimmer, sodass jeder Spaziergänger eine Gesichtsmaske trug.

In letzter Zeit hatte die Haltung der Leute sich jedoch deutlich geändert. Es lag eine Aura der Erwartung in der Luft, fast wie die langsam sich aufbauende Spannung vor den großen Ferien, die sie als Kind auf der Erde verspürt hatte. Das Habitat wurde Woche um Woche sichtlich größer. Jedermann sah es auf dem Wandbildschirm durch den Himmel ziehen. Wir werden dort oben leben, sagten die Leute sich. Wir werden in ein neues, sauberes Zuhause umziehen.

Als Lars Amanda zum ersten Mal vom Orbital-Habitat erzählt hatte, hatte sie sich wegen der Strahlung Sorgen gemacht. Das Leben in einem großen Felsen hatte immerhin den Vorteil, dass er einen von der harten Strahlung der Sonne und des tiefen Raumes abschirmte. Lars hatte jedoch gesagt, dass das Habitat den gleichen magnetischen Strahlenschutz wie ein Raumschiff hätte, nur stärker und besser. Sie überprüfte die Zahlen selbst und überzeugte sich davon, dass es im Habitat genauso sicher wäre wie im Untergrund – solange die magnetische Abschirmung funktionierte.

Lars war mit Ripley oben auf der Habitatbaustelle. Er überprüfte die Arbeiten an einem widerspenstigen Wasserrecycler, der nicht programmgemäß funktionieren wollte. Sie fungierte derweil als Bürovorsteherin, leitete die Vorrats- und Ausrüstungsbestellungen der Prospektoren an die entsprechenden Lagerzonen weiter und sorgte dafür, dass das Material in die Schiffe verladen und zu den Leuten geschickt wurde, die es bestellt hatten.

Und dann war da noch das Rechnungswesen. Die Bergleute waren in der Regel kein Problem: Die meisten von ihnen standen auf der Gehaltsliste von Konzernen, sodass die geschuldeten Beträge automatisch von den Gehaltszahlungen einbehalten wurden. Die Unabhängigen bekamen freilich keine Gehaltsschecks, von denen man etwas einbehalten konnte. Sie waren noch immer auf der Suche nach einem Asteroiden, den sie auszubeuten vermochten, und hofften auf das große Glück. Aber sie brauchten genauso Luft zum Atmen und Essen wie jeder Bergmann, der eine Mine ausbeutete. Lars bestand darauf, dass Amanda ihnen Kredit gewährte und wartete auf den Moment, dass sie einen Treffer landeten.

Schon komisch, wie das System funktioniert, sagte Amanda sich. Die Prospektoren träumen davon, ein Vermögen zu machen. Und wenn sie einen Erfolg versprechenden Asteroiden finden, müssen sie einen Vertrag schließen, um sein Erz zu schürfen. Erst in diesem Moment wird ihnen bewusst, dass sie sich glücklich schätzen können, wenn sie überhaupt die Gewinnschwelle erreichen. Die Preise für Metalle und Mineralien gingen rauf und runter wie auf einer Achterbahn – überwiegend runter. Es gab immer wieder Streiks, und die Warenterminbörsen auf der Erde glichen Spielkasinos, in denen wild spekuliert wurde, obwohl der Globale Wirtschaftsrat mit aller Macht versuchte, die Lage unter Kontrolle zu halten.

Dennoch gab es gerade so viele richtig große Funde, dass die Dollarzeichen in den Augen der Prospektoren nicht verblassten. Sie suchten weiter verbissen nach dem einen Asteroiden, der ihnen ein Leben in Reichtum ermöglichte.

Amanda hatte aber gelernt, dass der wirkliche Weg zum Reichtum darin bestand, als Lieferant für die Prospektoren und Bergleute zu fungieren, die in stetig steigender Zahl zum Gürtel zu strömen schienen. Sie machten die eigentliche Arbeit. Aber die Leute hier auf Ceres waren diejenigen, die reich wurden. Lars hatte mit der Helvetia GmbH schon ein kleines Vermögen gemacht. Humphries' Leute häuften auch immer größere Summen auf ihren Bankkonten an. Selbst die Zwillinge mit ihrem VR-Bordell waren bereits Multimillionäre.

Den großen Reibach machten aber die Konzerne. *Astro* und *Humphries Space Systems* sackten den größten Teil des Geldes ein; Amanda wusste, dass nur ein kleiner Prozentsatz davon bei Leuten wie Lars und ihr hängen blieb.

Amanda massierte sich den schmerzenden Rücken. Er war steif vom stundenlangen Starren auf den Bildschirm. Mit einem müden Seufzer beschloss sie, Feierabend zu machen. Lars würde auch bald kommen. Zeit, sich zu waschen, einen frischen Overall zum Abendessen anzuziehen und hinterher vielleicht noch in den Pub zu gehen. Bevor sie für heute Schluss machte, ging Amanda aber noch einmal die Liste der empfangenen Nachrichten durch, die ihrer Aufmerksamkeit bedurften. Routinekram. Nichts dabei, was sofort hätte beantwortet werden müssen.

Dann fiel ihr jedoch auf, dass eine Nachricht nicht von den Schiffen gekommen war, die den Gürtel durchpflügten, sondern von Selene. Vom Hauptquartier von *Humphries Space Systems*.

Am liebsten hätte sie die Mitteilung ignoriert. Oder gleich gelöscht. Dann sah sie jedoch, dass sie an Lars adressiert war und nicht an sie. Sie war aber nicht als persönlich markiert und trug auch nicht Martin Humphries' Signatur. Also macht es nichts, wenn ich sie lese, sagte Amanda sich. Zumal es sich auch nicht um ein direktes Gespräch von Angesicht zu Angesicht handelte. Sie schaute durch den schmalen Raum in den Spiegel neben dem Bett. In diesem Aufzug werde ich sowieso niemanden beeindrucken, sagte sie sich. Wenn die Nachricht aber von Martin kommt, wurde sie schon vor Stunden aufgezeichnet und abgeschickt. Wer auch immer sie gesendet hat, wird mich nicht sehen.

Sie machte sich auch nicht die Mühe, die Staubmaske abzunehmen, als sie die Nachricht von HSS aufrief.

Der Wandbildschirm flackerte kurz und zeigte dann eine attraktive dunkelhaarige Frau mit ausgeprägten hohen Wangenknochen, die Amanda sich immer gewünscht hatte. Die ID-Zeile unter dem Bild besagte: DIANE VERWOERD, SONDER-ASSISTENTIN DES CEO VON HUMPHRIES SPACE SYSTEMS.

»Mr. Fuchs«, sagte Verwoerds Abbildung, »ich bin vom Management von Humphries Space Systems ermächtigt worden, in Verhandlungen über die Übernahme der Helvetia GmbH einzutreten. Die Übernahme würde Ihr Depot, Lager und alle Dienstleistungen umfassen, die Helvetia erbringt. Ich bin sicher, dass unser Vorschlag Ihnen zusagen wird. Bitte rufen Sie mich zurück, sobald es Ihnen möglich ist. Vielen Dank.«

Ihr Bild verschwand und wich dem HSS-Logo auf einem neutralen grauen Hintergrund. Amanda starrte auf den Bildschirm; sie sah noch immer das Bild der Frau und hörte ihre Worte. Uns übernehmen! Wir könnten zur Erde zurückkehren! Wir könnten uns ein schönes Leben machen, und Lars könnte sogar wieder auf die Universität gehen und seinen Doktor machen!

Vor lauter Aufregung entging ihr dabei die Nachricht vom Versorgungsschiff, das sich mit der Lady of the Lake treffen sollte.

Kapitel 8

»Begreifst du denn nicht, Lars«, fragte Amanda aufgeregt. »Wir könnten nach Hause zurückkehren! Zur
Erde! Du könntest das Studium wieder aufnehmen
und deinen Doktor machen.«

Fuchs saß schmallippig und mit hängenden Mundwinkeln auf der Bettkante. Amanda saß neben ihm. Gemeinsam hatten sie sich noch einmal Verwoerds Botschaft angeschaut, in der man ihm zehn Millionen
Internationale Dollar für seinen Lieferservice und die
Einrichtungen auf Ceres bot.

»Das ist Bestechung«, knurrte er.

»Das ist die Chance unseres Lebens, Liebling. Zehn
Millionen Internationale Dollar! Stell dir das mal vor!
Zehn Millionen netto steuerfrei, bar auf die Hand!« Sie
schnippte mit den Fingern. »Und das Ganze nur für
eine Unterschrift von dir.«

»Und dafür, dass wir Ceres verlassen.«

»Dafür kehren wir doch zur Erde zurück. Wir könnten nach London gehen oder auch nach Genf, wenn dir
das lieber ist.«

»Das ist Bestechung«, wiederholte er starrköpfig.

Amanda nahm seine großen, schwieligen Hände in
ihre. »Lars, Liebling, wir können zur Erde zurückkehren und uns ein schönes Leben machen, wo immer es
dir gefällt. Wir können gemeinsam ein neues Leben beginnen.«

Er sagte nichts und starrte nur auf den dunklen
Wandbildschirm, als ob er in die Mündung einer Kano-
ne schaute.

»Lars, wir könnten Kinder haben.«

Darauf reagierte er. Er drehte den Kopf und schaute ihr in die Augen.

»Ich will ein Kind, Lars. Von dir. Du weißt doch, dass das hier nicht geht.«

Er nickte missmutig. »Die Schwerkraft …«, murmelte er.

»Auf der Erde könnten wir ein normales Leben führen. Wir könnten eine Familie gründen.«

»Die eingefroren Zygoten warten in Selene auf uns«, sagte er.

Sie legte ihm die Arme um den Hals. »Die werden wir nicht brauchen, Lars. Nicht, wenn wir wie ganz normale Menschen auf der Erde leben.«

Er wollte sie an sich ziehen, doch dann umwölkte sich sein Gesicht. Der Ausdruck veränderte sich, und er wirkte fast, als ob er Schmerzen hätte.

»Sie wollen, dass wir Ceres verlassen.«

»Und willst du etwa *bleiben*?« Amanda hatte das eher spaßig gemeint. Doch es klang selbst für sie bitter, fast wie eine Anklage.

»Die Prospektoren. Die Bergleute«, sagte er fast im Flüsterton. »All die Felsenratten hier draußen … unsere Freunde, unsere Nachbarn.«

»Was ist mit ihnen?«

»Wir müssten sie verlassen.«

»Wir werden neue Freunde finden. Sie werden das schon verstehen.«

Er löste sich von ihr und stand auf. »Aber wir werden sie *ihm* ausliefern – Humphries.«

»Wie meinst du das?«

»Wenn wir ihm nicht mehr im Weg stehen, wenn er uns übernommen hat, wird er der einzige Nachschublieferant im gesamten Gürtel sein. Niemand würde es mehr wagen, mit ihm zu konkurrieren.«

»*Astro* vielleicht. Pancho …«

»Er sitzt doch im Vorstand von *Astro*. Früher oder

später würde er auch die Kontrolle über *Astro* übernehmen. Dann würde er alles kontrollieren! Und jeden.«

Amanda hatte die ganze Zeit gewusst, dass ihr Mann sich an diesem Punkt aufhängen würde. Sie hatte versucht, das zu verdrängen, doch nun war es ausgesprochen und stand zwischen ihnen.

»Lars«, sagte sie langsam und wählte ihre Worte mit Bedacht, »welche Gefühle auch immer Martin für mich gehegt haben mag, sie sind längst erloschen. Da bin ich mir sicher. Du musst das nicht als Konkurrenzkampf zwischen dir und ihm betrachten.«

Er wandte sich von ihr ab, durchquerte den kleinen Raum mit sechs Schritten und drehte sich wieder zu ihr um: ein Bär von einem Mann, bekleidet mit einem ausgebleichten anthrazitfarbenen Overall. Misstrauen stand ihm ins breite Gesicht geschrieben.

»Aber es ist ein Konkurrenzkampf, Amanda. Zwischen *Humphries Space Systems* und der Helvetia GmbH. Eigentlich zwischen ihm und *Astro*. Und wir stecken mittendrin, ob uns das gefällt oder nicht.«

»Aber wir können uns dem entziehen«, sagte sie. »Du kannst mich zur Erde zurückbringen, und dann werden wir Humphries und *Astro* und die Felsenratten endgültig los sein.«

Er ging zum Bett und kniete vor ihr nieder. »Ich will dich nach Hause zurückbringen, Liebste. Ich weiß, dass du unbedingt von hier wegwillst und wie schwer es dir gefallen ist, hier bei mir zu bleiben …«

»Ich liebe dich, Lars«, sagte sie und strich ihm durch sein dunkles Haar. »Mein Platz ist an deiner Seite.«

Er seufzte schwer. »Dann müssen wir hier bleiben. Zumindest noch für eine Weile.«

»Aber wieso …?«

»Wegen ihnen. Wegen der Felsenratten. Wegen unserer Nachbarn und Freunde hier auf Ceres. Wir dürfen sie nicht an Humphries ausliefern.«

Amanda spürte, wie ihre Augen feucht wurden. »Wir dürfen diese Gelegenheit nicht verstreichen lassen, Lars. Bitte, bitte nimm ihr Angebot an.«

Er wollte schon stur den Kopf schütteln, doch dann sah er die Tränen in ihren Augen. Er stand auf und setzte sich schwer neben ihr auf die Bettkante.

»Liebste Amanda, ich kann den Leuten hier nicht einfach den Rücken zuwenden. Sie vertrauen mir. Sie brauchen mich.«

»Ich brauche dich auch, Lars«, sagte Amanda. »Wir sind nun schon seit fünf Jahren hier draußen. Und ich habe mich kein einziges Mal beklagt, nicht wahr?«

»Nein, das hast du nicht«, gestand er. »Du warst einfach wundervoll.«

»Aber ich beklage mich jetzt, Lars. Ich bitte dich. Bitte nimm dieses Angebot an und bring mich nach Hause zurück.«

Er schaute ihr für eine Weile stumm in die feuchten Augen.

Sie sah, dass er nachdachte und einen Weg suchte, ihrem Wunsch zu entsprechen, ohne dabei das Gefühl haben zu müssen, die anderen Felsenratten im Gürtel zu verraten.

»Lass mich mit Pancho reden«, sagte er schließlich.

»Mit Pancho? Wieso denn?«

»Um zu sehen, ob *Astro* ein ähnliches Angebot machen würde.«

»Und wenn nicht?«

»Dann werden wir Humphries' Angebot annehmen«, sagte Fuchs zögernd und mit sichtlichem Schmerz.

»Wirklich?«

Er nickte und lächelte traurig. »Ja, ich würde dann sein Geld nehmen, den Gürtel verlassen und dich zur Erde zurückbringen.«

Der Name auf der Geburtsurkunde lautete Yoshiko Takamine, doch nachdem sie in die Schule gekommen war, nannten alle sie bloß noch Joyce. Ihre Eltern hatten nichts dagegen; sie waren Amerikaner der vierten Generation und hatten nur noch vage, nostalgische Erinnerungen an die japanischen Wurzeln der Familie. Als eine Schulkameradin sie erstmals als ›Jap‹ bezeichnete, glaubte Joyce, dass sie ›Jüdisch-amerikanische Prinzessin‹ meinte.

Dann zogen sie in die Hügel oberhalb von Sausalito um, doch als die Treibhaus-Fluten die meisten Kraftwerke im Großraum San Francisco zerstörten, stürzten sie und alle anderen Menschen in Dunkelheit. Es waren schlimme Zeiten, als das halbe Land arbeitslos wurde. Kein Strom, keine Arbeit. Joyces Klasse beging die Abschlussfeier bei Kerzenlicht, und es ging das Gerücht um, dass Bergbaugesellschaften kilometertiefe Löcher in die Erde bohren wollten, um die dort lagernden Erdgasreserven anzuzapfen.

Alle Kinder mussten sich eine Arbeit suchen, um die Familie zu unterstützen. Und Joyce tat das, was ihre Urgroßmutter schon vor über einem Jahrhundert getan hatte: Sie verrichtete niedere Arbeiten auf den Farmen in den fruchtbaren Tälern Kaliforniens. Die Fluten waren zwar nicht so weit landeinwärts geschwappt, doch dafür suchte eine anhaltende, unbarmherzige Dürre die Obstgärten und Weinberge heim. Es war eine harte Arbeit, Obst und Gemüse unter der heißen Sonne zu ernten, während grimmig schauende, mit Schrotflinten bewaffnete Männer Streife gingen, um Banden verhungernder Plünderer abzuschrecken. Sie verlangten schnellen Sex von den Arbeiterinnen. Joyce begriff schnell, dass es besser war, ihnen zu Willen zu sein als Hunger zu leiden.

Als Joyce in jenem Winter nach Hause zurückkehrte, stellte sie entsetzt fest, dass ihre Eltern stark gealtert waren. Eine Gelbfieberepidemie grassierte an der Küste und hatte auf die Hügel übergegriffen, wo sie lebten. Ihre Mutter weinte nachts leise, und ihr Vater starrte in den heißen, wolkenlosen Himmel und wurde dabei von so heftigen Hustenanfällen gequält, dass er kaum noch Luft bekam. Wenn er seine Tochter anschaute, schien er sich zu schämen, als ob diese ganze Verwüstung, all die zunichte gemachten Pläne der Familie ganz allein seine Schuld seien.

»Ich wollte, dass du Ingenieurin wirst«, sagte er zu Joyce. »Ich wollte, dass du mehr aus deinem Leben machst als ich.«

»Das werde ich auch, Vater«, sagte sie im unbekümmerten Optimismus der Jugend. Und als sie den Blick gen Himmel richtete, dachte sie an die wilde Grenze draußen im Asteroiden-Gürtel.

Kapitel 9

»Er hat einen Anruf an Pancho Lane abgesetzt«, sagte Diane Verwoerd.

Sie und Humphries spazierten durch den Garten vor seinem Haus. Humphries sagte, dass er einen Spaziergang ›draußen‹ genoss – oder so weit draußen, wie man auf dem Mond eben kam. Humphries Heim befand sich inmitten einer riesigen Grotte auf der tiefsten Ebene von Selenes Netzwerk aus unterirdischen Korridoren und Unterkünften. Die große Höhle mit der hohen Decke war mit blühenden Sträuchern bepflanzt, die den Raum zwischen den kahlen Wänden wie ein Meer aus roten, gelben und zartlila Blüten ausfüllten. Und Bäume wuchsen aus der Blütenpracht: Erlen, kräftiger Ahorn und üppig blühende weiße und rosa Gardenien. Kein Lüftchen regte sich zwischen diesen Bäumen, kein Vogel sang in den grünen Wipfeln und kein Insekt summte. Es war ein riesiges durchkonstruiertes Treibhaus, das von Menschen gehegt und gepflegt wurde. An der unbehauenen Gesteinsdecke hingen Vollspektrumlampen, die Sonnenlicht simulierten.

Verwoerd sah den weitläufigen Garten hinterm verzierten Springbrunnen, der im Hof plätscherte. Das Haus selbst war massiv – es war zwar nur zwei Stockwerke hoch, wirkte aber weitläufig. Es war aus geglätteten Mondsteinen gebaut, und unter der Dachschräge zogen sich große Panoramafenster hin.

Verglichen mit der grauen, tristen unterirdischen Anlage von Selene waren der Garten und das Haus wie ein Paradies inmitten einer kalten, lebensfeindlichen Wüste. Verwoerds Unterkunft, die sich ein paar Ebenen über

85

dieser Grotte befand, gehörte zu den besten in Selene und wirkte im Vergleich hierzu dennoch beengt und farblos.

Humphries sagte, dass er gern im Freien spazieren ginge. Der einzige andere freie Bereich in Selene war die Grand Plaza unter der großen Kuppel an der Oberfläche, wo jeder einen Spaziergang machen konnte. Hier unten hatte er jedoch seine Ruhe und genoss all die Annehmlichkeiten, die menschlicher Einfallsreichtum und harte Arbeit ihm auf dem Mond zu bieten vermochte. Verwoerd glaubte, dass er die Vorstellung, dass all dies ihm gehörte, mehr genoss als den ästhetischen oder gesundheitlichen Nutzen, den er aus einem Spaziergang zwischen den Rosen und Stiefmütterchen zu ziehen vermochte.

Falls dieser Spaziergang ihm jedoch irgendeinen Genuss verschafft hatte, wurde er durch ihre Mitteilung gleich wieder zunichte gemacht.

»Er hat Pancho angerufen?«, blaffte Humphries gereizt. »Weshalb?«

»Sie hat seine Botschaft und ihre Antwort zerhackt, sodass wir den genauen Wortlaut noch nicht kennen. Ich habe einen Kryptologen damit beauftragt, die Nachricht zu entschlüsseln.«

»Nur eine Nachricht?«

Verwoerd nickte knapp und antwortete: »Sie hat eine von ihm bekommen, und ihre ist gleich danach rausgegangen.«

»Hmm.«

»Ich vermag mir vorzustellen, worum es ging.«

»Ich auch«, sagte Humphries säuerlich. »Er will sehen, ob sie ihm ein besseres Angebot machen als wir.«

»Ja.«

»Er spielt sie gegen mich aus.«

»Es hat den Anschein.«

»Und wenn sie mich überbietet, verlangt *Astro* die

volle Kontrolle über seine Helvetia GmbH.« Er sprach den Firmennamen spöttisch aus.

Verwoerd runzelte die Stirn. »Er nutzt *Astro* doch schon als Lieferanten. Was hätte Pancho also davon, wenn sie ihn aufkauft?«

»Sie würde uns daran hindern, ihn aufzukaufen. Es wäre eine rein präventive Maßnahme.«

»Dann erhöhen wir also unser Angebot?«

»Nein«, blaffte Humphries. »Aber wir verstärken den Druck.«

Seyyed Qurrah lachte freudig, als er durchs dicke Quarz-Bullauge auf seinen Hauptgewinn schaute – sein Juwel, die Belohnung dafür, dass er über zwei Jahre hart gearbeitet hatte, verspottet worden war und beinahe verhungert wäre. Er vermochte sich kaum daran satt zu sehen, wie der unregelmäßige Gesteinsbrocken durch sein Blickfeld glitt: Der vernarbte Asteroid war mit vereinzelten häusergroßen Felsbrocken bedeckt und schimmerte graubraun, wo das Sonnenlicht auf ihn fiel.

»Allah ist groß«, sagte er laut und dankte ihm für seine Gnade und Güte.

Dann drehte er sich zu den Sensoranzeigen am Steuerpult in der Kabine um und sah, dass sein Gesteinsbrocken mit Hydraten geradezu geschwängert war – Wasser, das chemisch mit den Silikaten des Gesteins verbunden war. Wasser! In der Wüste, die der Mond war, erzielte Wasser einen höheren Preis als Gold. Und auf Ceres wäre es noch wertvoller, obwohl bei den paar hundert Menschen, die in dem großen Asteroiden lebten, die Nachfrage nach wertvollem Wasser wohl nicht so hoch wäre wie bei den vielen tausend Leuten in Selene.

Qurrah dachte an die Verachtung und Lächerlichkeit, der man ihn zu Hause preisgegeben hatte, als er verkündete, dass er die Erde verlassen und sein Glück in der neuen Schatzkammer des Asteroiden-Gürtels suchen wolle. ›Sindbad der Seefahrer‹ war noch die netteste Bezeichnung gewesen, mit der man ihn tituliert hatte. ›Seyyed der Idiot‹ hatte er am häufigsten zu hören bekommen. Auch nachdem er auf Ceres angekommen war und mit dem letzten Geld aus dem Erbe seines Vaters ein Schiff geleast hatte, riefen die anderen Prospektoren und Bergleute ihm ›Handtuchkopf‹ zu und noch Schlimmeres. Doch nun würde er den Spieß umdrehen. Er würde es ihnen zeigen!

Dann stellte er sich vor, wie glücklich Fatima wäre, wenn er als reicher Mann nach Algier zurückkehrte. Er würde sie mit Diamanten überhäufen und in schwere, golddurchwirkte Seidengewänder hüllen. Vielleicht würde er sich sogar eine Zweitfrau zulegen. Er beschloss, zur Feier des Tages sich eine opulente Mahlzeit aus den knappen Vorräten zu genehmigen, anstatt der üblichen Hand voll gekochten Kuskus.

Doch zuerst würde er den Fund bei der Internationalen Astronautenbehörde anmelden. Das war wichtig. Nein, vorher musste er zu Allah beten. Das war noch wichtiger.

Er wurde sich bewusst, dass er mit sich selbst redete. Qurrah atmete tief durch, um sich zu beruhigen und beschloss die folgende Vorgehensweise: zuerst beten, dann bei der IAA registrieren und anschließend mit einem guten Essen feiern.

Er ließ das Schiff die ganze Zeit rotieren, wobei das Habitatmodul mit dem Generator und der übrigen Ausrüstung am Ende des kilometerlangen Kabels die Funktion eines Fliehgewichts hatte. Er wollte vermeiden, dass in der langen Zeit in der Schwerelosigkeit die Muskeln schlaff und die Knochen spröde wurden, sodass er eine noch längere Zeit im Mondorbit hätte verbringen müssen, um den Körper zu regenerieren! Qurrah lebte fast in voller Erdenschwere.

Also fiel es ihm auch nicht schwer, den Gebetsteppich auszurollen, nachdem er ihn aus dem Staufach geholt hatte. Er breitete den Teppich gerade auf der einzigen freien Fläche des Abteils aus, als das Funkgerät piepte.

Eine Nachricht? Der Gedanke beunruhigte ihn. Wer sollte mich hier draußen in dieser Wildnis anrufen? Nur Fatima und die IAA wissen, wo ich bin – und natürlich die Leute auf Ceres, aber was hätten die von einem einsamen Prospektor gewollt?

Fatima, sagte er sich. Ihr ist etwas zugestoßen. Etwas Schreckliches.

»Hier ist die *Star of the East*«, antwortete er mit zitternder Stimme. »Wer ruft, bitte?«

Das bärtige Gesicht eines Manns erschien auf dem Hauptbildschirm. Er mutete Qurrah asiatisch an oder vielleicht auch hispanisch.

»Hier ist die *Shanidar*. Sie dringen in ein Gebiet ein, das der *Humphries Space Systems* AG gehört.«

»Dieser Felsen?«, fragte Qurrah erzürnt. »Nein, Sir! Es ist noch kein Anspruch auf diesen Asteroiden angemeldet worden. Ich wollte ihn gerade auf mich eintragen lassen, als Sie mich anriefen.«

»Sie haben Ihren Anspruch noch nicht angemeldet?«

»Das werde ich sofort erledigen!«

Der Bärtige schüttelte den Kopf – kaum merklich, nur eine kleine Seitwärtsbewegung.

»Nein, das werden Sie nicht«, sagte er.

Das waren die letzten Worte, die Qurrah in seinem Leben hörte. Der Laserstrahl der *Shanidar* bohrte ein faustgroßes Loch in die dünne Hülle des Schiffs. Qurrahs Todesschrei erstarb schnell, als die Luft ausströmte und seine Lunge in einem Blutschwall kollabierte.

George Ambrose wiegte den Steinhumpen mit Bier in seinen Pranken. Das soll Bier sein, sagte er sich knurrig. Ich habe kein anständiges Bier mehr getrunken, seit ich hierher gekommen bin. Das Gebräu, das diese Felsenratten als Bier bezeichnen, schmeckt eher nach Schnabeltierpisse als nach sonst was. Es gab zwar auch richtiges Bier, doch der Preis für Importgüter war so hoch, dass George notgedrungen diese Plörre süffelte.

Dennoch war der Pub gar nicht mal so übel. Er erinnerte George an die *Pelican Bar* in Selene – außer den Zwillingen in ihren Sprühfarben-Bikinis. Sie arbeiteten hinterm Tresen unter dem wachsamen Auge des Besitzers/Barkeepers. Der alte *Pelican* war über zweihundertsechzig Millionen Kilometer entfernt. Fast ein Flug von einer ganzen Woche, selbst mit dem besten Fusionsschiff.

Er ließ den Blick über die Anwesenden schweifen. Der Pub war eine natürliche Höhle in Ceres' poröser Kruste. Der Boden war geglättet worden, doch man hatte sich nicht die Mühe gemacht, die Wände und Decke auch zu glätten. Es ist eine Schande, das alles zurücklassen zu müssen, wenn wir ins Habitat umziehen, sagte George sich. Die Kneipe war ihm richtig ans Herz gewachsen.

Die gesamte Einrichtung des Pubs war entweder geklaut oder aus Asteroidenmaterial hergestellt worden. George saß auf einer alten Verpackungskiste, die mit Nickel-Eisen-Stäben verstärkt und mit einem steifen Plastikkissen gepolstert war, das aus dem Lagerraum irgendeines Schiffes stammte. Der Tisch, auf den er die kräftigen Arme gestützt hatte, bestand aus behauenem Stein – wie auch der Humpen. Ein paar Gäste tranken aus reifüberzogenen Aluminiumkrügen, doch George zog den Steinkrug vor. Das Glanzstück des Pubs war jedoch der Tresen. Er bestand aus Echtholz und war vom verrückten Opa, dem die Kneipe gehörte, eigens hierher transportiert worden. Aber vielleicht ist er gar nicht so verrückt, sagte George sich. Er macht mehr Geld als ich, das ist mal sicher. Mehr Geld als jede diese Felsenratten.

Männer und Frauen drängten sich vier Reihen tief gestaffelt an der Bar und saßen an den Tischen, die wie aus dem Gesteinsboden wachsende Stalagmiten im ganzen Raum verteilt waren. Vier oder fünf Männer kamen auf eine Frau. Ein Dutzend oder mehr standen an der Rückwand und hielten sich an Drinks fest. Zwei Frauen und ein Mann saßen am selben Tisch wie George, aber er kannte sie kaum, und sie waren auch so miteinander beschäftigt, dass er mit seinem Bier praktisch allein dasaß.

Ein seltsamer Haufen, sagte er sich. Prospektoren und Bergleute stellte man sich eigentlich als raue, harte Männer vor, wie die Pioniere in den alten Videos. Diese Figuren waren aber Hochschulabsolventen, Computerfreaks, Familienväter und Frauen mit einer so guten Ausbildung und von so hoher Intelligenz, dass sie Raumschiffe zu steuern und Bergbaumaschinen zu bedienen vermochten. Georges wusste, dass keiner von ihnen eine Hacke oder Schaufel jemals auch nur angefasst hatte. Zum Teufel, ich habe doch auch nie eine in die Hand genommen. In letzter Zeit hatte die Klientel sich jedoch verändert: Heruntergekommen wirkende Gestalten, die meistens unter sich blieben. Sie schienen keine Arbeit zu haben, obwohl sie behaupteten, für *HSS* zu arbeiten. Sie hingen nur rum, als ob sie auf irgendetwas warteten.

In der entgegengesetzten Ecke der Höhle packten zwei Leute Musikinstrumente aus und schlossen ihre Verstärker an. Dann kam Niles Ripley mit seinem Trompetenkoffer in der Hand hereinspaziert und lächelte seine Freunde – und überhaupt jeden – an. George stand auf und schlurfte zur Bar, um sich diese Schnabeltierpisse nachschenken zu lassen. Ein paar Leute sagten Hallo zu ihm, und er machte etwas Smalltalk, bis Cindy ihm den vollen Humpen zuschob. Oder war es Mindy? George vermochte die Zwillinge einfach nicht auseinander zu halten. Dann ging er zum Tisch zurück. Niemand hatte seinen Platz in der Zwischenzeit besetzt. Das war verpönt in diesem Pub.

Als eine leise und melodische Musik einsetzte, dachte George über sein bisheriges Leben nach. Hätte mir nie träumen lassen, in den Gürtel zu fliegen und Erze in abgefuckten Asteroiden zu schürfen. Harte Arbeit, aber immer noch besser als ein Dasein als Prospektor, wo man monatelang im Gürtel umherstreifte und nach einem ergiebigen Asteroiden Ausschau hielt, den die Konzerne noch nicht für sich beansprucht hatten – in der Hoffnung, das große Los zu ziehen, sodass man endlich nach Hause zurückkehren und ein Leben im Luxus führen konnte. Das Leben nimmt oft seltsame Wendungen.

Nachdem der Ripper für eine Weile mit den anderen Musikern gespielt hatte, stand er auf und bot ein Solo dar, das die Höhle schier in Aufruhr versetzte. Die Trompetenklänge hallten von den Felswänden wider und rissen alle von den Stühlen; sie wiegten sich im Takt der fetzigen Musik und klatschten dazu in die Hände. Als er fertig war, brüllten sie vor Begeisterung und verlangten eine Zugabe.

Der Abend verging wie im Flug. George vergaß ganz das Schiff, das er noch abbezahlen musste, vergaß, dass er am nächsten Morgen früh aufstehen musste, um die

Reparatur am Hauptgreifarm der *Matilda* zu beenden, damit er endlich von Ceres verschwand und den von ihm unterschriebenen Schürfvertrag erfüllte, bevor die Frist ablief und er der *Astro Corporation* eine Vertragsstrafe zahlen musste. Er saß wie alle anderen Leute einfach nur da, lauschte verzückt der Musik, rannte mit allen anderen zur Bar, wenn die Band eine Pause einlegte und trank die ganze Zeit. Er wurde auch berauscht – nicht aber vom Bier, sondern von der Musik.

Es war schon nach Mitternacht, als die Band nach ein paar Zugaben aufhörte und die Instrumente und Ausrüstung zusammenpackte. Die Leute verließen müde, aber glücklich den Pub. Die Zwillinge waren wie gewöhnlich verschwunden. Niemand hatte Hand an sie gelegt, außer in der virtuellen Realität. George bahnte sich durch die Menge einen Weg zum Ripper.

»Darf ich dir ein Bier ausgeben, Kumpel?«

Ripley schloss den Trompetenkoffer und schaute zu ihm auf.

»Vielleicht eine Cola, wenn du es dir leisten kannst«, sagte er lächelnd.

»Logo, Rip. Keine Sorge.«

Ein paar Unentwegte standen noch immer an der Bar und schienen auch nicht die Absicht zu haben, zu gehen. George sah eine Gruppe von vier der neuen Typen dort sitzen; sie hatten sich über ihre Drinks gebeugt und unterhielten sich leise und angelegentlich. Sie alle trugen Overalls mit dem *HSS*-Logo über den Namensschildern.

»Noch ein Bier für mich und eine Cola für den Ripper hier«, rief George dem Barkeeper zu.

»Eine Cola?«, rief einer der Prolls spöttisch. Die anderen lachten.

Ripley, der an der Bar stand, lächelte ihnen zu. »Ich trinke nach Mitternacht keinen Alkohol mehr. Ich arbeite morgen früh wieder am Habitat.«

»Sicher«, kam die Antwort.

George schaute sie finster an. Sie waren noch neu in Ceres und wussten deshalb nicht, dass eine Import-Cola ein halbes Vermögen kostete. Er drehte sich wieder zu Ripley um. »Eine super Show hast du heute Abend geboten.«

»Es scheint den Leuten jedenfalls gefallen zu haben.«

»Schon mal dran gedacht, professionell zu spielen? Du bist zu gut, um in diesem Felsen zu versauern.«

Ripley schüttelte den Kopf. »Nee. Ich spiele Trompete nur so zum Spaß. Wenn ich es ernst nähme, würde es nur in Arbeit ausarten.«

»Du hast meine Ohren gequält mit diesem verdammten Lärm«, sagte ein anderer Proll.

»Genau«, sagte einer seiner Kumpel. »Wieso, zum Teufel, musstest du so verdammt laut spielen?«

»Tut mir Leid«, erwiderte Ripley, bevor George etwas zu sagen vermochte. »Das nächste Mal werde ich einen Schalldämpfer benutzen.«

Der Beschwerdeführer ging zu Ripley an die Bar. »Scheiß aufs nächste Mal. Wie willst du mich wegen der verdammten Kopfschmerzen entschädigen, die ich mir wegen dir eingehandelt habe?«

Er war groß, langgliedrig und athletisch gebaut; und er hatte kurzes blondes Haar mit einem ›Rattenschwanz‹ wie einer der alten Matadore. George sah, dass er noch jung war, aber doch schon alt genug, um bessere Manieren zu haben.

Das Lächeln des Rippers wirkte nun etwas gequält. »Ich könnte dir vielleicht zwei Aspirin spendieren«, erwiderte er sehr freundlich.

»Fick dich mit deinem Aspirin.« Der Typ schüttete dem Ripper seinen Drink ins Gesicht.

Ripley wirkte schockiert; er wusste nicht, wie er nun reagieren sollte. Er blinzelte nur verwirrt, während das Bier von der Nase und den Ohren tropfte.

George trat zwischen sie. »Das war aber nicht sehr nett«, sagte er.

»Ich spreche nicht mit dir, Rübezahl. Ich spreche mit diesem Klugscheißer und Radaubruder.«

»Er ist mein Freund«, sagte George. »Ich finde, du solltest ihn um Entschuldigung bitten.«

»Und ich glaube, du solltest deinen behaarten Arsch hier rausschieben, bevor dir noch etwas zustößt«, sagte der Proll, während seine drei Kumpels aufstanden und sich zu ihm gesellten.

George lächelte fröhlich. Nun wird es interessant, sagte er sich. »Mr. Ripley steht nicht auf Kneipenschlägereien«, sagte er zu demjenigen, der Ripley das Bier ins Gesicht geschüttet hatte. »Ihm platzt dabei vielleicht noch die Lippe auf, weißte, und dann würden alle hier einen Hals auf die Leute kriegen, die das gemacht haben.«

Der Typ schaute sich um. Der Pub war schon fast leer. Die paar verbliebenen Gäste hatten sich mit ihren Drinks von der Bar zurückgezogen. Ein paar Leute, die gerade im Begriff waren zu gehen, blieben an der Tür stehen und beobachteten die Szene. Der Barkeeper war schon einmal vorsichtshalber ans andere Ende der Theke zurückgewichen, wobei der Ausdruck in seinem Gesicht zwischen Nervosität und Neugier changierte.

»Ich scheiß drauf, wer auf wen 'nen Hals kriegt. Und das gilt auch für dich, du Arsch.«

George packte den Typen am Schlafittchen, hob ihn mit einer Hand hoch und setzte ihn mit einem Plumps auf der Bar ab. Er wirkte überaus überrascht. Seine drei Freunde standen reglos da.

Ripley berührte George am Arm. »Komm schon, Kumpel. Eine Schlägerei muss doch nicht sein.«

George schaute vom Proll, der auf der Bar hockte, zu seinen drei Kollegen, die noch auf eigenen Füßen standen. Dann grinste er breit.

»Ja«, sagte zum Ripper. »Bringt nix, die Einrichtung zu demolieren. Oder ein paar Köpfe einzuschlagen.«

Er drehte sich und ging zur Tür. Und dann sprangen alle vier ihn gleichzeitig an. Das hatte er aber kommen sehen. Sie hatten indes keine Ahnung, wie man in einer niedrigen Schwerkraft kämpfte.

George wirbelte herum und erwischte den Ersten mit dem Handrücken, sodass er zu Boden ging. Die nächsten beiden wollten ihm die Arme festhalten, doch George schüttelte sie einfach ab. Der ursprüngliche Unruhestifter kam mit einem hochtönenden Jaulen auf ihn zu und versuchte ihn mit einem Karatetritt im Gesicht zu erwischen. George packte den Fuß mitten in der Bewegung und bog ihn um, sodass der andere vom Boden abhob und in einer zeitlupenartigen Spiralbewegung über die Bar hinwegflog. Er krachte in die Glasdekoration der Regale an der Rückwand.

»Gottverdammt, George, das wird aber teuer!«, schrie der Barkeeper.

Doch George war gerade mit den drei anderen Prolls zugange, die sich inzwischen wieder berappelt hatten. Sie gingen alle auf einmal auf ihn los, doch hätten sie genauso gut versuchen können, eine Statue umzuwerfen. George wankte grunzend einen Schritt zurück und schlug dann einen mit einem hammerharten Schlag zwischen die Schulterblätter nieder. Die anderen beiden schüttelte er ab, hob sie am Kragen hoch, schüttelte sie durch, wie ein Terrier eine Ratte schüttelt und stieß sie dann mit den Köpfen zusammen. Es klang hölzern.

Er schaute sich um. Zwei Männer lagen bewusstlos zu seinen Füßen. Und ein dritter lag mit dem Gesicht nach unten stöhnend auf dem Boden. Der Barkeeper beugte sich über den Proll, der in den Splittern der Verglasung hinter der Bar auf dem Boden lag und rief: »Irgendjemand wird für diesen Schaden aufkommen!«

»Bist du in Ordnung, George?«, fragte Ripley.

George sah, dass der Ripper einen Obstkistenstuhl in den Händen hielt. Er lachte. »Was willst du denn damit – sie zu Erde verfrachten?«

Ripley lachte erleichtert, und die beiden Männer verließen den Pub. Kurz darauf lief der Ripper noch einmal zurück und holte die Trompete. Der Barkeeper telefonierte gerade mit Kris Cardenas, der einzigen medizinischen Fachkraft auf Ceres. Er hielt einen Kredit-Chip von einem der Prolls in der Hand.

Kapitel 10

Auch nach fünf Jahren im Vorstand der *Astro Corporation* betrachtete Pancho Lane sich noch immer als Neuling. Du musst noch viel lernen, Mädchen, sagte sie sich fast täglich.

Dennoch hatte sie im Lauf der Zeit ein paar Arbeitsgewohnheiten entwickelt und ein kleines Regelwerk für sich erstellt. Sie verbrachte möglichst wenig Zeit in *Astros* Büros. Ob in La Guaira auf der Erde oder in Selene, Pancho mischte sich lieber unter die Ingenieure und Astronauten, anstatt sich mit den elitären Schlipsträgern abzugeben. Sie hatte als ehemalige Astronautin selbst die Ochsentour durchlaufen und war nicht gewillt, Berichte zu lesen und Grafiken zu studieren, wenn sie draußen bei den Arbeitern sein und sich die Hände schmutzig machen konnte. Sie zog den Geruch von Maschinenöl und ehrlichem Schweiß den unterschwelligen Spannungen und Machtspielen in den Büros vor.

Eine ihrer selbst auferlegten Regeln bestand darin, eine Entscheidung zu treffen, sobald sie über die notwendigen Informationen verfügte und dann gemäß dieser Entscheidung schnell zu handeln. Eine andere Regel besagte, schlechte Nachrichten selbst zu verkünden, anstatt eine untere Charge damit zu beauftragen.

Dennoch zögerte sie, den Anruf an Lars Fuchs zu tätigen. Sie wusste, dass er sich nicht darüber freuen würde. Also rief sie seine Frau an. Pancho und Amanda hatten vor fünf Jahren zusammengearbeitet; sie hatten die *Starpower 1* auf dem Jungfernflug zum Gürtel gesteuert. Sie hatten hilflos zugeschaut, wie Dan

Randolph an der Strahlenkrankheit gestorben war – per Fernsteuerung von Martin Humphries ermordet.

Und nun machte der Stecher das Angebot, Lars und Mandy auszukaufen, sie von Ceres zu verjagen und mit *Humphries Space Systems* als Alleinlieferant für die Felsenratten sich dort draußen zu etablieren. Pancho hatte versucht, Humphries zu bekämpfen und *Astro* über Fuchs' kleine Firma im Spiel zu halten. Aber sie war von Humphries nach allen Regeln der Kunst ausmanövriert worden, und sie wusste es.

Ärgerlicher auf sich selbst als auf sonst jemanden marschierte sie in ihr Büro in La Guaira und tätigte den Anruf an Amanda. Sie hatte keinen Blick für die liebliche tropische Kulisse vorm Bürofenster; die grünen, wolkenbekränzten Berge und das Meer mit seinem leichten Wellengang übten keinen Reiz auf sie aus. Sie legte die gestiefelten Füße auf den Schreibtisch. Sie wünschte sich, sie hätte irgendeine Möglichkeit gehabt, Mandy und Lars zu helfen und wies das Telefon an, eine Nachricht an Amanda Cunningham-Fuchs auf Ceres zu senden.

»Mandy«, sagte sie grußlos, »ich hab leider schlechte Nachrichten für dich und Lars. *Astro* wird Humphries' Übernahmeangebot nicht überbieten. Der Vorstand wird nicht dafür stimmen, euch auszukaufen. Humphries hat eine kleine Hausmacht im Vorstand, und sie haben den Antrag im Klo runtergespült. Tut mir Leid, Kind. Schau bei mir vorbei, wenn du nach Selene zurückkehrst oder wenn du auf der Durchreise bist. Vielleicht können wir dann ein wenig Zeit zusammen verbringen, ohne uns übers Geschäft Gedanken zu machen. Bis dann.«

Konsterniert stellte Pancho fest, dass sie fast eine halbe Stunde am Schreibtisch gesessen hatte, ohne das Telefon anzuweisen, die Nachricht zu senden.

»Ach du Scheiße, senden«, sagte sie schließlich.

Das Hauptquartier der Internationalen Astronautenbehörde befand sich noch immer offiziell in Zürich, doch wurde das operative Geschäft nun von St. Petersburg aus betrieben.

Durch die globale Erwärmung waren die meisten Schweizer Gletscher geschmolzen, und die Schneekappen der Alpen hatten sich in reißende, mörderische Fluten verwandelt, die einen Umzug erzwungen hatten. Die Verwaltungsangestellten und Juristen, die nach Russland versetzt worden waren, beklagten sich, dass sie von der Treibhausklippe gestoßen worden seien.

Zu ihrer Überraschung war St. Petersburg jedoch eine reizvolle und weltläufige Stadt und hatte so gar nichts von der grauen Tristesse, die sie befürchtet hatten. St. Petersburg hatte sogar von der Klimaerwärmung profitiert: Die Winter waren längst nicht mehr so lang und streng wie ehedem. Der Schnee fiel nun erst im Dezember und war im April in der Regel wieder getaut. Russische Ingenieure hatten in einer Kraftanstrengung einen Sperrriegel aus Wehren und Wellenbrechern im finnischen Meerbusen und in der Newa errichtet, um das ständig ansteigende Meer zurückzuhalten.

Obwohl das spätwinterliche Sonnenlicht sich durch eine schiefergraue Wolkendecke kämpfen musste, sah Erek Zar beim Blick aus dem Fenster seines Büros, dass nur noch wenig Schnee auf den Dächern lag. Es versprach, ein schöner Tag und ein schönes Wochenende zu werden. Zar lehnte sich auf dem Bürostuhl zurück, verschränkte die Hände hinterm Kopf und ließ den Blick über die Dächer in Richtung des schimmernden Hafens schweifen. Mit etwas Glück, sagte er sich, konnte er schon mittags gehen und das Wochenende mit seiner Familie in Krakau verbringen.

Er war deshalb nicht sehr begeistert, als Francesco Tomasselli mit einem besorgten Ausdruck in seinem dunklen Gesicht durch die Bürotür kam. Komisch, sagte Zar sich: Man sagt den Italienern doch nach, dass sie lebenslustige und heitere Menschen seien. Tomasselli machte jedoch immer einen total depressiven Eindruck. Er war so dürr wie ein Bündel Spaghetti und ein regelrechtes Nervenbündel. Zar hielt es eher mit Julius Cäsar in Shakespeare: ›Lasst dicke Männer um mich sein, mit glatten Köpfen und die nachts gut schlafen.‹

»Was gibt's denn, Franco?«, fragte Zar in der Hoffnung, dass die Sache nicht zu ernst sei, um seine Reisepläne zu gefährden.

Tomasselli ließ sich auf den Polsterstuhl vor dem Schreibtisch sinken und seufzte schwer. »Es wird schon wieder ein Prospektorenschiff vermisst.«

Nun seufzte auch Zar. Er erteilte seinem Computer einen Sprachbefehl, worauf dieser unverzüglich den aktuellen Lagebericht aus dem Gürtel zeigte: Ein Raumschiff namens *Star of the East* war verschollen; seine Funkboje war verstummt, und die Telemetrie des Schiffs war ebenfalls abgebrochen.

»Das ist nun schon das dritte in diesem Monat«, sagte Tomasselli. Sein schmales Gesicht war von Sorgenfalten zerfurcht.

Zar breitete beschwichtigend die Hände aus und sagte: »Sie sind dort draußen an der Grenze zum Nichts und fliegen allein durch den Gürtel. Wenn ein Schiff Probleme bekommt, sind alle anderen zu weit entfernt, als dass sie ihm helfen könnten. Was erwartest du denn?«

Tomasselli schüttelte den Kopf. »Wenn ein Raumschiff Probleme bekommt, wie du dich ausdrückst, erscheint es in der Telemetrie. Es wird ein Notruf abgesetzt. Man bittet um Hilfe oder um Rat.«

Zar zuckte die Achseln.

»Es kommt immer wieder vor, dass Schiffe in Not geraten und Besatzungen sterben, weiß Gott«, fuhr Tomasselli fort, wobei am Ende fast aller seiner Worte ein schwacher Vokal nachhallte. »Diese drei Fälle liegen aber anderes. Keine Notrufe, auch keine Telemetrie, die eine Panne oder einen Defekt angezeigt hätte. Sie sind einfach verschwunden – *puff*!«

Zar ließ sich das für einen Moment durch den Kopf gehen und fragte dann: »Hatten sie irgendwelche Asteroiden beansprucht?«

»Zumindest einer der drei: die *Lady of the Lake*. Zwei Wochen, nachdem das Schiff verschwunden und der Anspruch offiziell verfallen ist, wurde der Asteroid von einem Schiff im Besitz von *Humphries Space Systems* beansprucht: von der *Shanidar*.«

»Das ist auch nichts Ungewöhnliches.«

»Zwei Wochen? Man könnte fast glauben, das Humphries-Schiff hätte nur darauf gewartet, dass die *Lady of the Lake* verschwindet, um den Asteroiden dann selbst zu beanspruchen.«

»Nun mach aber mal halblang, Franco«, sagte Zar. »Du beschuldigst sie der Piraterie.«

»Der Vorfall sollte zumindest untersucht werden.«

»Untersucht? Wie denn? Und von wem? Erwartest du etwa, dass wir Suchmannschaften zum Asteroidengürtel schicken? Dafür bekämen wir im ganzen Sonnensystem nicht genügend Schiffe zusammen!«

Tomasselli antwortete nicht, doch dafür sprachen seine dunklen Augen Bände.

Zar schaute seinen Kollegen stirnrunzelnd an. »Also gut, Franco. Ich sage dir, was ich tun werde. Ich werde bei Humphries anrufen und hören, was sie dazu zu sagen haben.«

»Sie werden natürlich alles abstreiten.«

»Es gibt nichts abzustreiten! Wir haben auch nicht den geringsten Beweis dafür, dass sie mit dem Verschwinden der Schiffe etwas zu tun haben!«

»Ich werde alle Ansprüche überprüfen, die im vergangenen Monat von *HSS*-Schiffen angemeldet worden sind«, murmelte Tomasselli.

»Und wozu?«

»Um zu sehen, ob von diesen Asteroiden sich welche in den Sektoren befinden, wo die beiden anderen Schiffe verschwunden sind.«

Zar hätte den Mann am liebsten angebrüllt. Er ist ein misstrauischer junger Italiener, sagte Zar sich, der überall nur Verschwörungen und finstere Machenschaften wittert. Stattdessen atmete er jedoch tief durch, um sich zu beruhigen und sagte dann in einem ruhigen, gemessenen Ton:

»In Ordnung, Franco. Du überprüfst die Registrierungen. Ich werde mit *HSS* sprechen. Am Montag. Ich werde es am Montagmorgen gleich als Erstes tun, nachdem ich aus dem Wochenende zurückgekehrt bin.«

Kapitel 11

Es gab keine Versammlungshalle in Ceres – eigentlich gar keinen Ort, der für öffentliche Zusammenkünfte vorgesehen war. Das lag hauptsächlich daran, dass bisher noch kein Bedarf an einer solchen Räumlichkeit bestanden hatte; Ceres' zusammengewürfelte Belegschaft aus Bergleuten und Prospektoren, Wartungspersonal und Technikern, Kaufleuten und Büroangestellten hatte bisher noch nie in einer öffentlichen Versammlung zusammengefunden. Das, was einer Regierung auf Ceres am nächsten kam, waren zwei IAA-Fluglotsen: Sie überwachten die Starts und Landungen der Schiffe, die zwecks Nachschub und Wartung hier einflogen, um dann wieder in der dunklen Leere des Gürtels zu verschwinden.

Als Fuchs nun eine öffentliche Versammlung anberaumte, kostete es ihn einige Mühe, die anderen Felsenratten davon zu überzeugen, dass eine solche Versammlung überhaupt erforderlich und sinnvoll war. Zum Schluss erschienen nur knapp vierzig Männer und Frauen von den paar Hundert im Asteroiden im Pub, den Fuchs als Ort für die Zusammenkunft ausgewählt hatte. Ein paar Dutzend weiterer Leute nahmen per Videokonferenz von ihren Schiffen aus teil, die sich im Transit durch den Gürtel befanden. Zu diesen gehörte auch Big George; er hatte Ceres mit der *Waltzing Matilda* ein paar Tage verlassen, bevor Fuchs' Versammlung zusammentrat.

Es war eine gut gelaunte Menge, die an jenem Nachmittag um 17:00 Uhr im Pub zusammentraf. Wie in den meisten Raumschiffen und Weltraumstationen galt auch in Ceres Universalzeit. Der Eigentümer/Barkeeper des Pubs hatte sein Etablissement nur nach Fuchs' Zusage zur Verfügung gestellt, dass die Versammlung nicht länger als eine Stunde dauerte. Somit konnte die ›Sechs-Uhr-Sause‹ wie immer stattfinden.

»Ich bin kein begnadeter Redner«, sagte Fuchs. Er stand auf der Bar, damit jeder in der dicht gedrängten, lauten Menge ihn zu sehen vermochte. Drei große Flachbildschirme waren im hinteren Bereich des Raums aufgestellt worden; sie zeigten etliche Personen, die per Videoschaltung an der Versammlung teilnahmen. Viele Prospektoren waren jedoch nicht einmal dazu bereit. Sie begründeten das damit, dass niemand außer den regulären IAA-Kontrolleuren wissen sollte, wo sie sich aufhielten – und diese Kontrolle tolerierten sie auch nur deshalb, weil die IAA seit jeher die Vertraulichkeit des Raumfahrtbetriebs wahrte und sich nicht darin einmischte; es sei denn, es ging um wichtige Sicherheitsfragen.

»Ich bin kein begnadeter Redner«, wiederholte Fuchs – diesmal aber lauter.

»Was machst du dann da oben?«, ertönte eine respektlose Stimme aus der Menge. Alle lachten.

Fuchs grinste den Zwischenrufer an und sagte: »Es ist ein schmutziger Job …«

»… aber jemand muss ihn tun«, beendeten alle Anwesenden den Satz für ihn.

Fuchs lachte etwas verlegen und schaute auf Amanda, die an der Wand zu seiner Rechten stand. Sie lächelte ihm ermutigend zu. Die Zwillinge standen neben ihr, mit ihrem metallischen Glitzerfummel bekleidet. Doch in Fuchs' Augen sah Amanda selbst in einem schlichten Overall noch viel besser aus als sie.

»Mal im Ernst«, sagte er, nachdem die Menge sich beruhigt hatte. »Es ist Zeit, dass wir uns über etwas unterhalten, das die meisten von uns anwidert …«

106

»Was'n los, Lars, ist das Klo mal wieder verstopft?«

»Der Recycler kaputt?«

»Nein«, sagte er. »Schlimmer. Es wird Zeit, dass wir darüber nachdenken, eine Art von Regierung zu bilden.«

»Scheiß drauf!«, rief jemand.

»Ich bin von der Vorstellung, dass wir uns von Regeln und Bestimmungen gängeln lassen sollten, genauso wenig begeistert wie ihr«, sagte Fuchs schnell. »Aber diese Gemeinschaft wächst ständig, und wir haben noch immer keine Gesetze und Sicherheitskräfte.«

»Die brauchen wir auch nicht«, rief eine Frau.

»Wir kommen auch ohne so was ganz gut zurecht.«

Fuchs schüttelte den Kopf. »Allein im letzten Monat haben in diesem Pub zwei Schlägereien stattgefunden. Und letzte Woche hat irgendjemand vorsätzlich Yuri Kubasovs Schiff beschädigt. Ein klarer Fall von Sabotage.«

»Das ist seine Privatsache«, ertönte eine Stimme aus dem hinteren Bereich des Lokals. »Yuri war hinter der falschen Frau her.«

Ein paar Leute kicherten wissend.

»Und dann der Einbruch in mein Lagerhaus«, ergänzte Fuchs.« Das war keine Bagatelle; wir haben Waren im Wert von über hunderttausend Dollar verloren.«

»Komm schon, Lars«, sagte eine Frau. »Es weiß doch jeder, dass du mit HSS konkurrierst. Also kämpfen sie mit harten Bandagen; das ist allerdings dein Problem, nicht unseres.«

»Ja, wenn es eine Sache zwischen dir und Humphries ist, wieso willst du uns dann in einen Kampf hineinziehen?«

Fuchs schaute wieder auf Amanda und antwortete: »Das ist nicht nur mein Kampf. Es ist auch eurer.«

»Den Teufel ist es!«, sagte einer der Männer hitzig. »Das ist eine Sache zwischen dir und Humphries. Es ist etwas Persönliches und hat nicht das Geringste mit uns zu tun.«

»Das stimmt nicht, und ihr werdet es auch bald schon merken.«

»Was soll das nun wieder heißen?«

»Das bedeutet, dass Amanda und ich Ceres in Kürze verlassen werden«, sagte er zögernd und wunderte sich darüber, wie schwer es ihm fiel, die Worte auszusprechen. »Wir werden zur Erde zurückkehren.«

»Ihr wollt uns verlassen?«

»Humphries hat uns ein Angebot gemacht, das zu gut ist, als dass wir es ausschlagen könnten«, fuhr Fuchs fort, wobei er echten Schmerz verspürte. »HSS wird Helvetias Lagerhaus und alle Serviceleistungen übernehmen.«

Für eine Weile herrschte absolute Stille im Pub.

»Das bedeutet, dass HSS unser einziger Lieferant sein wird«, ließ Big George von einem der Flachbildschirme sich vernehmen.

»Sie werden ein Monopol haben!«, sagte jemand mit kläglicher Stimme.

»Deshalb ist es wichtig, dass ihr eine Art von Regierung bildet«, sagte Fuchs mit einem bedeutungsschweren Nicken. »Eine Gruppe, die euch repräsentiert und Astro vielleicht dazu bewegt, eine weitere Anlage einzurichten …«

»FEUER«, ertönte die synthetische Computerstimme aus den Lautsprechern am Eingang des Pubs. »FEUER IN ABSCHNITT VIER-CE.«

»Das ist mein Lagerhaus!«, platzte Fuchs heraus.

Die Menge rannte durch die Türen in den Tunnel. Fuchs sprang von der Bar herunter, packte Amanda bei der Hand und rannte hinter den anderen her.

Alle Sektoren der unterirdischen Siedlung waren durch Tunnel miteinander verbunden. Etwa alle hundert Meter wurden die Tunnel durch luftdichte Schleusen unterbrochen, die darauf programmiert waren, sich bei einem Druckabfall oder einer anderen Abweichung von den Normalbedingungen selbsttätig zu schließen. Als Fuchs den Eingang zu seinem Lagerhaus erreichte – er hatte Amanda noch immer an der Hand –, hatte das Schott, das die Höhle abdichtete, sich längst geschlossen. Er bahnte sich einen Weg durch die Menge aus dem Pub, wobei er im aufgewirbelten Staub hustete und berührte die Metalloberfläche der Luke. Sie war heiß.

»Die Kameras im Lagerhaus sind ausgefallen«, sagte einer der Techniker. »Muss ein ziemlich starkes Feuer sein.«

Fuchs nickte mit grimmigem Blick. »Wir können nur warten, bis es den ganzen Sauerstoff verzehrt hat und erstickt.«

»War irgendjemand dort drin?«, fragte Amanda.

»Ich glaube nicht«, sagte Fuchs. »Jedenfalls keiner von unseren Leuten; sie waren alle auf der Versammlung.«

»Dann warten wir«, sagte der Techniker. Er kramte in der Tasche seines Overalls, zog eine Atemschutzmaske heraus und setzte sie auf.

Ein paar Leute in der Menge taten murmelnd ihr Mitgefühl kund. Die meisten gingen in leise Unterhaltungen vertieft davon. Hier und da hustete jemand oder nieste wegen des Staubs.

»Er hat das getan«, murmelte Fuchs.

»Wer?«, fragte Amanda.

»Humphries. Einer von seinen Leuten.«

»Nein! Was hätte er …«

»Er will uns auffordern, Ceres zu verlassen. Das Geld, das er uns angeboten hat, war eine List. Wir haben ihm unseren Entschluss, sein Angebot anzunehmen, noch nicht mitgeteilt, und nun wendet er Gewalt an.«

»Lars, ich glaube einfach nicht, dass er so etwas tun würde.«

»Ich schon.«

Amanda schaute auf die paar Leute, die sich noch im Tunnel aufhielten sagte zu ihrem Mann: »Wir können hier nichts mehr tun. Wir sollten nach Hause gehen; wir können später zurückkommen, wenn das Feuer sich selbst verzehrt hat.«

»Nein«, sagte Fuchs. »Ich werde hier warten.«

»Aber du hast doch nicht einmal eine Atemschutzmaske und …«

»Du gehst. Ich werde hier warten.«

Amandas Versuch eines Lächelns scheiterte. »Dann werde ich mit dir warten.«

»Es besteht keine Notwendigkeit …«

»Ich wäre aber lieber bei dir«, sagte Amanda und nahm seine große Hand in ihre.

Wo Fuchs nichts anders zu tun vermochte, außer zu warten und im körnigem Staub zu husten, spürte er heißen Zorn in sich aufsteigen – einen brennenden Hass auf den Mann, der skrupellos genug war, um so etwas zu befehlen und auf seine Handlanger, die diesen Befehl ausgeführt hatten.

Dieses Schwein, sagte er sich. Dieses dreckige, fiese, mörderische Schwein. Ein Feuer! In einer geschlossenen Gemeinschaft wie dieser. Wenn die Sicherheitsschleusen nicht funktioniert hätten, hätten wir alle draufgehen können! Das Feuer hätte den ganzen Sauerstoff verzehrt und jeden von uns erstickt!

Mörder, sagte er sich. Ich habe es hier mit Leuten zu tun, die einen Mord begehen würden, um das zu bekommen, was sie wollen. Ich werde Humphries' Geld nehmen und von diesem Ort verschwinden wie ein Lakai, der vom Hausherrn ausbezahlt wird.

»Lars, was ist mit dir?«, fragte Amanda.

»Nichts.«

Sie schien ernsthaft besorgt. »Aber du hast gezittert. Dein Blick – ich habe noch nie einen solchen Ausdruck in deinem Gesicht gesehen.«

Er versuchte, den in ihm lodernden Zorn unter Kontrolle zu bringen, versuchte ihn zu verbergen, versuchte ihn unter Verschluss zu halten, sodass niemand ihn zu sehen vermochte – nicht einmal seine Frau.

»Komm«, sagte er mit rauer Stimme. »Du hattest Recht. Wir können hier nichts ausrichten, bis wir die Luke öffnen und sehen, wie groß der Schaden ist.«

Als sie wieder in ihrem Apartment waren, stocherte er lustlos im Essen herum, das Amanda ihm vorsetzte. Er fand auch keinen Schlaf. Als er und zwei Techniker am nächsten Morgen zum Lagerhaus zurückgingen, war die luftdichte Schleuse mit dem Rahmen verschmolzen. Sie mussten sie mit einem von *Astros* Bergbaulasern aufschweißen und dann ein paar Minuten warten, bis die große ausgebrannte Kammer sich mit Luft gefüllt hatte.

Das Lagerhaus war eine geschwärzte Ruine. Die Techniker, beide junge Männer und neu in Ceres, starrten mit großen Augen auf die Trümmer.

»Mein Gott«, murmelte der Mann zu Fuchs' Rechten, als die Lichtkegel ihrer Taschenlampen über die noch immer heißen Trümmer wanderten.

Fuchs erkannte den Ort kaum wieder. Die Gestelle waren zusammengebrochen, und die Metallstreben waren in der Hitze des Feuers geschmolzen. Tonnen von Ausrüstung waren zu Schlacke verbrannt.

»Was hat bloß so ein heißes Feuer verursacht?«, fragte sich der Junge zu Fuchs' Linken.

»Nicht was«, murmelte Fuchs. »Wer.«

Kapitel 12

Es hat schon etwas für sich, dass die Kommunikation in beiden Richtungen so lang dauert, sagte Amanda sich. Sonst würde Lars die Frau wohl schon anschreien.

Sie hatte beobachtet, wie ihr Mann mit von der Asche des Lagerhauses verschmutztem Gesicht und noch düsterer Stimmung ihre Versicherungsgesellschaft angerufen hatte, um sie über das Feuer zu informieren. Dann hatte er Diane Verwoerd in den Räumlichkeiten von *Humphries Space Systems* in Selene angerufen.

Obwohl die Funksprüche sich mit Lichtgeschwindigkeit fortpflanzten, dauerte es über eine Stunde, bis Ms. Verwoerd antwortete. Bei der Entfernung zwischen ihnen war eine echte Unterhaltung zwischen Ceres und dem Mond nicht möglich. Die Kommunikation glich eher dem gegenseitigen Zuschicken von E-Mails als einer Zweiwege-Verbindung.

»Mr. Fuchs«, leitete Verwoerd ihre Botschaft ein, »ich weiß es zu schätzen, dass Sie uns über den Brand in Ihrem Lagerhaus informieren. Ich hoffe, dass niemand verletzt wurde.«

Fuchs setzte automatisch zur einer Antwort an und hielt erst inne, als Verwoerd ungerührt fortfuhr: »Wir müssen erst über das ganze Ausmaß des Schadens Bescheid wissen, bevor wir in Verhandlungen über die Übernahme der Helvetia GmbH eintreten. Soweit ich weiß, bestanden die Aktiva Ihrer Gesellschaft zum größten Teil aus dem Bestand in Ihrem Lagerhaus. Ich weiß, dass dieses Inventar versichert war, aber ich bin mir sicher, dass die Versicherung nicht viel mehr als die Hälfte des Vermögensschadens ersetzen wird. Bitte informieren

113

Sie mich baldmöglichst. Ich werde mich zwischenzeitlich mit Ihrer Versicherungsgesellschaft in Verbindung setzen. Vielen Dank.« Ihr Bild verblasste und wurde durch das stilisierte Logo von *Humphries Space Systems* ersetzt.

Fuchs' Gesicht glich einer dunklen, dräuenden Gewitterwolke. Er saß am Computertisch ihres Ein-Raum-Apartments und schaute stumm auf den Wandbildschirm. Amanda saß auf dem Bett und wusste auch nicht, wie sie ihn trösten sollte.

»Wir werden keine zehn Millionen bekommen«, murmelte er und wandte sich zu ihr um. »Nicht einmal die Hälfte, glaube ich.«

»Das ist schon in Ordnung, Lars. Drei oder vier Millionen würden uns auch reichen, um …«

»Um mit eingekniffenem Schwanz davonzulaufen«, sagte er unwirsch.

»Was sollen wir denn sonst tun?«, hörte Amanda sich antworten.

Fuchs ließ den Kopf hängen. »Ich weiß es nicht. Ich weiß es wirklich nicht. Wir sind erledigt. Das Lagerhaus ist völlig ausgebrannt. Wer auch immer das Feuer gelegt hat, er hat ganze Arbeit geleistet.«

»Glaubst du noch immer, dass es sich um Brandstiftung handelt?«, fragte sie.

»Natürlich!«, rief er ärgerlich. »Er hatte doch nie vor, uns zehn Millionen zu zahlen! Das war ein Köder, eine List. Er vertreibt uns von Ceres und überhaupt aus dem Gürtel.«

»Aber wieso hatte er uns das Angebot dann überhaupt erst unterbreitet …?«, fragte Amanda verwirrt.

»Um uns in die richtige Stimmung zu versetzen«, sagte Fuchs mit von Spott triefender Stimme. »Um uns an die Vorstellung zu gewöhnen, den Gürtel zu verlassen. Und nun wartet er darauf, dass wir zu ihm gekrochen kommen und ihn anbetteln, uns so viel zu zahlen, wie er uns zu geben bereit ist.«

»Das werden wir nicht tun«, sagte Amanda ent-schlossen. »Wir werden weder kriechen noch betteln.«

»Nein«, pflichtete er ihr bei. »Aber wir werden ge-hen. Wir haben keine andere Wahl.«

»Wir haben immer noch das Schiff.«

Er hob die buschigen Brauen. »Die *Starpower*? Willst du etwa wieder als Prospektor arbeiten?«

Amanda wollte eigentlich nicht wieder zum frühe-ren Leben als Felsenratte zurückkehren. Aber sie nickte feierlich. »Ja. Wieso nicht?«

Fuchs schaute sie an; widerstreitende Emotionen brannten in seinen tief liegenden Augen.

Niles Ripley schlurfte todmüde über den öden dunklen Boden in Richtung der Luftschleuse. Er hatte das Ge-fühl, dass eine Vierstundenschicht im Habitat genauso anstrengend war wie eine Woche Schwerarbeit an ei-nem anderen Ort. Und der Rückflug im Zubringer zur Oberfläche von Ceres war auch kein Vergnügen; die Bodenstation steuerte das kleine Boot zwar per Fern-steuerung aus dem Innern des Asteroiden, doch Ripley fühlte sich ohne einen menschlichen Piloten an Bord überaus unbehaglich. Dennoch war das Raumboot si-cher gelandet – ein paar Meter von einem Humphries-Schiff entfernt, das gerade mit Vorräten für ein Berg-bauschiff beladen wurde, das irgendwo im Orbit hing.

Ich kann es kaum erwarten, in den Pub zu gehen und ein paar Bierchen zu zischen, sagte Ripley sich. Bei Gott, heute werde ich mir sogar ein Importbier geneh-migen.

Die Bauarbeiten kamen gut voran. Langsamer zwar, als Fuchs erwartet hatte, doch Ripley war mit dem Fortschritt zufrieden, den die Crew machte. Er schaute im Kugelhelm nach oben und sah das Habitat im Son-nenlicht funkeln, während es sich langsam wie ein Rie-senrad drehte.

Na schön, sagte er sich, dann sieht es eben aus wie ein Schrotthaufen. Ein Haufen zentrisch angeordneter Raumschiffe, von denen keine zwei exakt identisch waren. Aber der Schrotthaufen stand kurz vor der Fertigstellung; bald würden Menschen oben in diesem Habitat leben und etwa die gleiche Schwerkraft wie auf dem Mond haben.

Zuerst muss ich aber dafür sorgen, dass der Strahlenschutzschirm funktionierte, sagte er sich. Sechzehn verschiedene Sätze von supraleitenden Magneten, und es würden noch weitere dazukommen. Sie in Betrieb zu nehmen würde ein hartes Stück Arbeit werden.

Überhaupt war die Arbeit so verdammt anstrengend. Die Flachländer auf der Erde glaubten, dass das Arbeiten in der Schwerelosigkeit lustig wäre. Und leicht. Man trieb einfach umher wie in einem Schwimmbecken. Von wegen! Die Realität sah so aus, dass man jede Bewegung bewusst planen musste; im Raumanzug musste man wirklich Kraft aufwenden, um die Arme auszustrecken oder ein paar Schritte zu gehen. Sicher, man konnte wie ein gedoptes Karnickel herumhüpfen, wenn man unbedingt wollte. Verdammt, ich könnte von Ceres abspringen und wie Superman durchs All fliegen, wenn ich Lust dazu hätte – und falls es mir egal wäre, wenn ich mir bei der Landung die Beine breche. Die Arbeit in der Schwerelosigkeit ist *anstrengend*, vor allem in diesen verdammten Anzügen.

Für heute ist jedenfalls Feierabend, sagte er sich und sah, wie das Habitat langsam unter dem stark gekrümmten, zerklüfteten Horizont verschwand. Ceres ist ja so klein, sagte er sich. Nur ein hochgejubelter Felsbrocken, der mitten im Nichts hängt. Ripley schüttelte den Kopf im Kugelhelm; er vermochte es kaum zu fassen, dass er hier draußen an diesem unwirklichen Ort arbeitete. Er setzte den Weg zur Luftschleuse fort und wirbelte trotz aller Vorsicht bei jedem Schritt körnige Staubwolken auf, die sich erst nach langer Zeit wieder setzten. Dann senkte er den Kopf im Helm und sah, dass der Anzug wie üblich bis hinauf zur Überhose mit grauem Staub überzogen war. Die Ärmel und Handschuhe waren auch verschmutzt. Ich werde eine gute halbe Stunde brauchen, um den Anzug von diesem ganzen Siff zu säubern, sagte er sich.

Die Luftschleuse war in eine Kuppel aus Ceres-Steinen integriert; die massive Metallluke war das einzige Anzeichen menschlicher Präsenz an der Oberfläche von Ceres außer den beiden fragilen Raumschiffen, die dort draußen standen. Ripley hatte die Luke fast erreicht, als sie aufschwang und drei mit Raumanzügen bekleidete Gestalten langsam und vorsichtig herauskamen, als ob sie bei jedem Schritt, den sie in dieser minimalen Schwerkraft machten, die Beschaffenheit des Bodens prüfen wollten. Bei allen Raumanzügen prangte ein *HSS*-Logo an der linken Brust, direkt über den Namensschildern. Ripley fragte sich, ob es sich vielleicht um die Typen handelte, die Big George im Pub aufgemischt hatte. Sie waren alle Mitarbeiter von Humphries gewesen, wie er sich erinnerte.

Sie trugen sperrige Kisten, die wahrscheinlich mit Ausrüstungsgegenständen gefüllt waren. In Ceres' niedriger Schwerkraft vermochte ein Mann Lasten zu tragen, für die andernorts ein kleiner Lkw benötigt wurde. Alle drei hatten diverse Werkzeuge an den Koppelgürteln hängen.

»Wohin des Wegs, Kameraden?«, fragte Ripley leutselig auf der allgemeinen Anzugsfunkfrequenz.

»Wir beladen das Boot«, ertönte die Antwort im Ohrhörer.

»Jeden Tag der gleiche Mist«, beklagte sich ein anderer. »Lauter Kram für die Bergbauschiffe oben im Orbit.«

Dann waren sie so nah, dass sie Ripleys Namen lesen

konnten, der auf seinen Hartschalenanzug schablo-
niert war. Ripley sah, dass sie neu auf Ceres waren,
denn sie hatten noch keinen persönlichen Anzug bekommen. Die Anzüge, die sie trugen, hatten sie sich
anscheinend aus dem HSS-Lager besorgt; sie hatten die
Namen auf Klebeband geschrieben und auf die Anzüge geklebt.

»Buchanan, Santorini und Giap«, las Ripley laut.
»Hi. Ich bin Niles Ripley.«

»Wir wissen, wer du bist«, sagte Buchanan etwas an-
gesäuert.

»Der Trompetenspieler«, sagte Santorini.

Ripley setzte sein ›Frieden schaffendes‹ Lächeln auf,
obwohl sie es im Zwielicht wohl kaum sahen.

»He, dieser Streit von vor ein paar Tagen tut mir
Leid«, sagte er besänftigend. »Mein Freund hat sich da
wohl etwas hinreißen lassen.«

Alle drei stellten ihre Kisten auf den geröllübersäten,
staubigen Boden.

»Ich habe gehört, dass man dich den Ripper nennt«,
sagte Buchanan.

»Manchmal«, sagte Ripley zurückhaltend.

»Wo ist eigentlich deine Trompete?«

»In meinem Quartier«, sagte Ripley mit einem leisen
Lachen. »Ich trage sie nicht ständig mit mir rum.«

»Zu dumm. Ich würde sie dir wirklich gern in den
Arsch rammen.«

Ripley lächelte noch immer. »Ach, komm schon. Es
gibt doch keinen Grund, um …«

»Dieser Gorilla, dein Freund, hat Carl mit drei gebro-
chenen Wirbeln auf die Krankenstation geschickt!«

»He, ich habe den Streit nicht angefangen. Und ich
suche auch jetzt keinen.«

Sie drangen auf ihn ein und hielten seine Arme fest.
Im ersten Moment hätte Ripley fast gekichert. Ihr
könnt doch in Raumanzügen keinen Kampf austragen,

um Gottes willen! Es wäre, als ob man in einer Ritter-rüstung boxen wollte.

»He, nun reicht es aber«, sagte Ripley und versuchte die Arme freizubekommen.

Buchanan trat ihm die Beine unter dem Körper weg, und Ripley kippte in der zeitlupenartigen Bewegung, die für die Mikrogravitation charakteristisch war, wie in Trance nach hinten. Sein Fall schien minutenlang zu dauern; unzählige Sterne wanderten in diesem Zeit-raum lautlos und majestätisch durch sein Blickfeld. Schließlich traf er auf dem Boden auf; der Kopf schlug von innen schmerzhaft gegen den Helm, und eine dichte Staubwolke hüllte ihn ein.

»Okay, Ripper«, sagte Buchanan. »Nimm das!«

Er trat Ripley in die Seite des Raumanzugs. Die an-deren lachten und traten ebenfalls zu. Ripley bäumte sich im Raumanzug auf; er vermochte weder aufzuste-hen noch sich zu verteidigen. Anfangs schmerzte es nicht allzu sehr, doch mit jedem Tritt wurde es schlim-mer und er fürchtete, dass sie vielleicht den Luft-schlauch abrissen. Er schmeckte Blut im Mund.

Als sie schließlich aufhörten, ihn zu treten, verspürte Ripley stechende Schmerzen in jedem Körperteil. Sie standen noch immer über ihm. Buchanan starrte für eine Weile stumm auf ihn hinab. Dann nahm er ein Werkzeug vom Koppelgürtel.

»Du weißt, was das ist?«, fragte er und präsentierte es ihm in der behandschuhten Hand. Es war eine grü-ne, dicke und kurze Stange, die von einer flackernden Glasspirale umwendelt wurde. Unten war ein Pistolen-griff. Ein dickes schwarzes Kabel verlief vom Abzug zu einem Akku, der an Buchanans Gürtel befestigt war.

Bevor Ripley etwas zu sagen vermochte, lieferte Buchanan ihm schon die Erklärung.

»Dies ist ein Mark IV Gigawattpuls-Neodymlaser. Er strahlt Pikosekunden-Pulse ab. Wir bohren damit schöne kleine Löcher in Metall. Was glaubst du wohl, was für ein Loch er in dich bohren wird?«

Ripley versuchte sich zu bewegen und wegzukriechen. Doch die Beine trugen ihn nicht. Er sah den Laserstrahl über den Anzug wandern, spürte, wie er den transparenten Helm durchdrang, langsam übers Gesicht lief und sich zwischen den Augen in die Stirn bohrte.

»Trace, nicht!«

Buchanan kniete sich jedoch langsam hin, beugte sich über Ripley und schaute ihm in die Augen. Auf diese kurze Distanz, wo ihre Helme sich fast berührten, sah Ripley eine Art Überschwang in den Augen des Manns, eine geradezu manische Freude. Er bewegte einen Arm und versuchte, seinen Peiniger wegzuschieben. Es gelang ihm aber nur, Buchanan das Namensschild vom Anzug zu reißen.

»Es war nicht die Rede davon, ihn zu töten«, sagte Santorini.

Buchanan lachte. »Jetzt ist Schluss, Radaubruder«, sagte er.

Ripley starb sofort. Der Pikosekunden-Laserpuls verkochte den größten Teil seines Gehirns zu Gelee.

Kapitel 13

Lars Fuchs saß am Schreibtisch und sprach mit der Prospektorin, die die *Starpower* von ihm geleast hatte. Die Frau weigerte sich strikt, das Schiff vor Ablauf der vereinbarten Leasingdauer in vier Monaten herauszugeben.

»Die *HSS*-Leute haben mich schon von zwei schönen Felsen vertrieben«, sagte sie, wobei ihrem Konterfei auf Fuchs' Wandbildschirm der Zorn deutlich anzusehen war. »Ich werde nun zum anderen Ende des Gürtels fliegen und mir einen dicken, fetten metallhaltigen Asteroiden schnappen. Und jedem, der mir zu nahe kommt, werde ich mit dem Laser eins draufbrennen!«

Fuchs betrachtete ihr Gesicht. Sie war nicht viel älter als dreißig und hatte wie er einen Hochschulabschluss. Dennoch wirkte sie viel härter und viel entschlossener als irgendein Hochschulabsolvent, an den er sich erinnerte. Keine Spur von Make-up; ihr dunkles Haar war raspelkurz geschoren, und sie hatte ein hageres, hungriges Gesicht.

»Ich könnte für Sie den Transfer zu einem anderen Schiff arrangieren, das als Leasingobjekt verfügbar ist«, schlug Fuchs ihr vor.

Die Prospektorin schüttelte den Kopf. »Vergessen Sie es. Ich werde auf die andere Seite hinüberfliegen. Morgen um die gleiche Zeit wird es eine halbe Stunde dauern, bis eine Nachricht mich erreicht. Sayonara, Lars.«

Der Bildschirm wurde dunkel. Fuchs lehnte sich auf dem knarrenden Schreibtischstuhl zurück, und die Gedanken drehten sich langsam im Kreis. Ich habe keine Handhabe, um sie zu zwingen, die *Starpower* zurückzubringen. Sie ist auf dem Weg zur anderen Seite und wird in frühestens vier Monaten zurückkommen. Und wenn sie zurückkommt, wird sie entweder ihren Anspruch auf einen reichen metallhaltigen Asteroiden anmelden müssen, oder sie wird so am Ende sein, dass sie nicht einmal die Leasing-Abschlussrate zahlen kann.

Von welcher Seite auch immer er es betrachtete, er fand keine Antwort auf sein Problem. Falls wir überhaupt zur Erde zurückkehren, werden wir als Passagiere in einem fremden Schiff mitfliegen müssen.

Amanda kam im selben Moment aus dem Tunnel durch die Tür, als das Telefon läutete. »Antworten«, sagte Fuchs automatisch zum Telefon, doch dann sah er den entsetzten Ausdruck im Gesicht seiner Frau.

»Was ist denn?«, fragte er und erhob sich vom Stuhl. »Stimmt etwas nicht?«

»Ripley«, sagte sie mit verängstigt klingender Stimme. »Man hat ihn draußen vor der Luftschleuse gefunden. Er ist tot.«

»Tot?« Fuchs war schockiert. »Wie ist das denn passiert?«

»Genau darüber möchte ich mit Ihnen sprechen«, sagte Kris Cardenas vom Wandbildschirm.

Fuchs und Amanda drehten sich beide zu ihrer Abbildung um.

Cardenas schaute finster. »Man hat Ripleys Leiche zu mir auf die Krankenstation gebracht.«

»Was ist ihm denn zugestoßen?«, fragte Fuchs.

Cardenas schüttelte matt den Kopf. »Am Anzug lag es jedenfalls nicht. Er ist weder erstickt noch an einer Dekompression gestorben. Der Anzug ist zwar stark lädiert, aber es gab keinen Systemausfall.«

»Was dann«, fragte Amanda.

Sie runzelte unsicher die Stirn. »Ich werde versuchen, es mit einem Multispektral-Scan herauszufinden. Eigentlich rufe ich Sie auch nur aus dem Grund an, weil ich in Erfahrung bringen will, ob er irgendwelche Angehörigen hier auf Ceres hatte.«

»Nein, seine Angehörigen leben in New Jersey in den Vereinigten Staaten«, sagte Fuchs. »Ich werde Ihnen seine Personaldatei schicken.«

»Er hat am Habitat gearbeitet?«, fragte Cardenas, obwohl sie die Antwort bereits kannte.

»Ja«, sagte Fuchs abwesend. »Nun werden wir das Projekt stoppen müssen, bis wir einen Ersatzmann für ihn gefunden haben.«

»Wir kommen zur Krankenstation, Kris«, sagt Amanda. »Wir werden in fünf Minuten dort sein.«

»Warten Sie noch«, sagte Cardenas. »Geben Sie mir etwa eine Stunde, um diesen Scan durchzuführen. Dann werde ich mehr wissen.«

Amanda und Fuchs nickten zustimmend.

Trotz ihrer jugendlichen Erscheinung wirkte Kris Cardenas düster, beinahe zornig, als sie Amanda und Fuchs in die kleine Krankenstation führte. Es war die einzige medizinische Einrichtung auf Ceres – überhaupt die einzige medizinische Einrichtung zwischen dem Asteroidengürtel und den Forschungsstationen auf dem Mars. Cardenas vermochte Unfallopfer zu behandeln, wenn die Verletzungen nicht allzu schlimm waren, und sie hatte auch Medikamente gegen die üblichen Infektionen und Zipperlein. Die schweren Fälle wurden nach Selene evakuiert, während Cardenas hier bei den Felsenratten blieb.

Sie war gleich zweifach im Exil. Weil ihr Körper mit Nanomaschinen geschwängert war, würde keine Regierung auf der Erde ihr eine Landeerlaubnis auf ihrem Territorium gewähren. Das hatte sie bereits ihren Ehemann und ihre Kinder gekostet; wie die meisten Erdenbewohner fürchteten auch sie sich vor der Möglichkeit, dass außer Kontrolle geratene Nanos Epidemien verursachten oder Städte verschlangen wie eine unaufhaltsame Ameisenarmee, die alles zu einem grauen Brei zerkaute.

Ihr Ärger auf die Erde und ihre unbegründeten Ängste hatten in letzter Konsequenz dazu geführt, dass sie Dan Randolph auf dem Gewissen hatte. Obwohl sie nicht direkt dafür verantwortlich war, hatte Selene sie aus ihrem eigenen Nanotech-Labor verbannt – als Bestrafung für ihre Tat und um zu verhindern, dass in Zukunft noch einmal Nanos aus persönlichen Motiven eingesetzt wurden. Also verließ sie Selene, ging zu den Felsenratten ins Exil und nutzte ihre profunden Kenntnisse der Humanphysiologie, um die Krankenstation auf Ceres einzurichten.

»Wissen Sie schon, woran Ripley gestorben ist?«, fragte Amanda, als sie und Fuchs auf den Stühlen vor Cardenas Schreibtisch Platz nahmen.

»Normalerweise hätte ich es gar nicht gesehen«, sagte Cardenas mit belegter Stimme. »Ich bin keine Pathologin. Es wäre mir, verdammt noch mal, fast entgangen.«

Das kleine Büro war mit den drei Leuten schon überfüllt. Cardenas tippte auf eine Tastatur auf dem Schreibtisch, und die Wand gegenüber dem Eingang verwandelte sich in eine Falschfarbendarstellung von Niles Ripleys Körper.

»Es gab zunächst nichts Verdächtiges«, begann sie. »Kein sichtbares Trauma, außer ein paar kleinen Quetschung an Brust und Rücken.«

»Wodurch wurden sie verursacht«, fragte Fuchs.

»Vielleicht durch den Sturz im Anzug.«

Fuchs schaute sie finster an. »Ich bin auch schon im Raumanzug umgefallen. Dabei zieht man sich doch keine Prellungen zu.«

Cardenas nickte. »Ich weiß. Ich habe auch schon in Erwägung gezogen, dass er an einem Herzinfarkt oder

124

einer Herzattacke gestorben ist. Und dann habe ich den Scan durchgeführt«, erklärte sie. »Die Herzkranzgefäße sind jedoch sauber, und am Herzen selbst gibt es auch keine sichtbaren Schäden.«

Fuchs schielte aufs Bild. Ein menschlicher Körper, sagte er sich. In diesem Moment lebt er noch, und im nächsten ist er schon tot. Was ist mit dir passiert, Ripley?

Amanda artikulierte seine Gedanken. »Was ist ihm also zugestoßen?«

Cardenas' Ausdruck wurde noch ernster. »Als Nächstes habe ich nach Anzeichen für einen Schlaganfall gesucht. Das ist noch immer die Todesursache Nummer eins, sogar auf der Erde.«

»Und?«

»Schauen Sie sich mal sein Gehirn an.«

Fuchs schaute auf den Wandbildschirm, aber er wusste nicht, was bei dieser Falschfarbendarstellung normal war und was nicht. Er sah nur die weißen Konturen des Schädels und die darin enthaltene rosige Gehirnmasse. Ein Gewirr, von dem er annahm, dass es sich um Blutgefäße handelte, wickelte sich um das Gehirn und verschwand darin, als ob der Schädel ein Schlangennest sei.

»Sehen Sie es?«, fragte Cardenas mit einer Stimme so scharf wie ein Bajonett.

»Nein, ich sehe nichts ... Moment mal!« Fuchs sah, dass der größte Teil des Gehirns eine rosige Färbung hatte – doch da war ein Bereich mit einer dunkleren Färbung, fast ein Blutorange, der von vorn nach hinten geradewegs durch die Gehirnmasse verlief.

»Dieses Orange?«, fragte er unsicher.

»Dieses Orange«, wiederholte Cardenas mit eisiger Stimme.

»Was ist das«, fragte Amanda.

»Das, was ihn getötet hat«, sagte Cardenas. »Zerstörte Neuronen und Gliazellen von der Stirn bis zum Hinterkopf. Es hat so viel Schaden angerichtet wie eine Kugel, ohne die Haut jedoch aufzureißen.«

»Ein Mikrometeor?«, platzte Fuchs heraus und wusste schon in dem Moment, wo er den Mund aufmachte, dass das Quatsch war.

»Aber sein Anzug wurde doch nicht beschädigt«, wandte Amanda ein.

»Was auch immer es war«, sagte Cardenas, »es drang durch den transparenten Kunststoff des Helms, durch die Haut – ohne sie jedoch zu verletzen –, durch den Schädelknochen und hat dann die Gehirnzellen zermanscht.«

»Mein Gott«, murmelte Fuchs.

»Ich habe noch weitere Beweise«, sagte Cardenas. Sie klang immer mehr wie ein polizeilicher Ermittler.

Die Abbildung auf dem Wandbildschirm verschwand, und es erschien das Gesicht des toten Ripleys. Fuchs spürte, wie Amanda neben ihm schauderte und ergriff ihre Hand. Ripleys Augen waren weit aufgerissen, der Mund stand offen und die milchschokoladenfarbene Haut war fahler, als Fuchs sie in Erinnerung hatte. Das ist das Antlitz des Todes, sagte er sich. Es hätte ihn selbst fast geschaudert.

Cardenas betätigte wieder die Tastatur, und der Bereich direkt über Ripleys Nasenwurzel wurde bildschirmfüllend vergrößert.

»Sehen Sie diese schwache Verfärbung?«, fragte Cardenas.

Fuchs sah nichts Außergewöhnliches, doch Amanda sagte: »Ja, es ist nur ein winzig kleiner Kreis. Er sieht … fast so aus, als ob er leicht verschmort wäre.«

Cardenas nickte düster. »Ein weiteres Stück des Puzzles. »Sie griff in die Schreibtischschublade.

Fuchs sah, dass sie einen schmalen, nicht einmal zehn Zentimeter langen Klebestreifen herausholte.

»Das da klebt an Ripleys rechtem Handschuh, als man ihn fand«, sagte Cardenas und reichte Fuchs den Klebestreifen.

Er starrte ihn an. BUCHANAN stand in Blockbuchstaben und mit wischfester Tinte auf dem Klebestreifen.

»Buchanan ist Mechaniker bei *Humphries Space Systems*«, sagte Cardenas wie ein Racheengel. »Er hat Zugang zu Werkzeugen wie Handlasern.«

»Ein Handlaser?«, fragte Fuchs. »Sie glauben, dass Ripley mit einem Handlaser getötet wurde?«

»Ich hatte mir mal einen aus dem *HSS*-Lagerhaus beschafft und eine Sojafrikadelle damit gebraten«, sagte Cardenas. »Ein Puls von einer Pikosekunde hatte die Struktur des Sojabratlings genauso zerstört, wie Ripleys Gehirnzellen zerstört wurden.«

»Wollen Sie damit sagen, dass dieser Buchanan Ripley vorsätzlich ermordet hätte?«, fragte Amanda schockiert und mit matter Stimme.

»Genau das will ich damit sagen«, sagte Cardenas so hart und unbarmherzig wie der Gevatter Tod selbst.

Kapitel 14

Als er und Amanda zu ihrer Unterkunft zurückkamen, kochte Fuchs bereits vor Wut. Er ging schnurstracks zum Schrank neben der Miniküche und durchwühlte ihn.

»Lars, was hast du denn vor?«

»Mörder!«, knurrte Fuchs und kramte in den Werkzeugen und Ausrüstungsgegenständen, die auf den Schrankregalen aufbewahrt wurden. »Das ist es, was er uns beschert hat. Auftragskiller!«

»Aber was willst du nun tun?«

Er brachte ein Akku-Schraubendreher zum Vorschein und wog ihn in der Hand. »Es ist zwar nicht viel, aber es wird reichen müssen. Er ist jedenfalls schwer genug, um einen brauchbaren Knüppel abzugeben.«

Amanda streckte die Hand nach ihm aus, aber er schob sie weg.

»Wo willst du hin?«, fragte sie atemlos vor Angst.

»Diesen Buchanan suchen.«

»Allein? Ohne Hilfe?«

»An wen soll ich mich denn wenden? Wie viel Zeit haben wir noch, bevor dieser Buchanan in einem von Humphries' Schiffen von Ceres verschwindet?«

»Du darfst ihn nicht verfolgen!«, sagte Amanda flehentlich. »Überlass das dem Gesetz!«

»Das Gesetz?«, brüllte er, während er zur Tür stürmte. »Welches Gesetz? Wir haben doch noch nicht einmal einen Stadtrat. Es gibt hier kein Gesetz!«

»Lars, wenn er wirklich ein Auftragsmörder ist, wird er dich auch töten!«

Er hielt an der Tür inne und steckte den Schraubendreher in den Hosenbund. »Ich bin doch kein Volltrottel, Amanda. Ich werde nicht zulassen, dass er mich tötet oder sonst jemanden.«

»Aber wie willst du …?«

Er packte die Tür, schob sie auf, stapfte in den Tunnel hinaus und ließ sie dort stehen. Staubwolken markierten seinen Weg.

Im Pub war es rappelvoll, als Fuchs dort erschien. Er musste sich einen Weg zur Bar bahnen.

Der Barkeeper erkannte ihn, wirkte aber nicht übermäßig erfreut. »Hallo, Lars. Willst du wieder eine Versammlung anberaumen?«

»Kennst du jemanden namens Buchanan?«, fragte Fuchs ohne eine Begrüßung.

Der Barkeeper nickte.

»Weißt du auch, wo ich ihn finde?«

Die Blickrichtung des Manns verschob sich etwas, und dann richtete er den Blick wieder auf Fuchs. »Was willst du denn von ihm?«

»Ich muss unbedingt mit ihm reden«, sagte Fuchs, wobei er möglichst gleichmütig und ruhig zu klingen versuchte.

»Er ist ein schlimmer Finger, Lars.«

»Ich bin nicht hier, um eine Schlägerei anzufangen«, sagte Fuchs. Das meinte er sogar ehrlich.

»Nun gut, Buchanan steht dort am Ende der Bar.«

»Danke dir.«

Fuchs ließ sich einen von diesen reifüberzogenen Alukrügen mit Bier geben und bahnte sich damit einen Weg durch die Menge, bis er in Buchanans Nähe angelangt war. Der Mann war in Begleitung von zwei Freunden hier und schäkerte mit einem Trio junger Damen in Miniröcken. Ihre Drinks standen vor ihnen auf der Bar. Buchanan war groß, hatte breite, hängende Schultern und einen flachen Bauch, was seinen noch jungen Jahren geschuldet war. Das blonde Haar war kurz geschoren bis auf eine längere Strähne am Hinterkopf, die dem Zopf eines Matadors nachempfunden war. Sein schmales, glattes Gesicht wirkte entspannt.

»Sie sind also Mr. Buchanan?«, fragte Fuchs und stellte den Aluminiumkrug auf die Bar.

Buchanan drehte sich zu Fuchs um und taxierte ihn. Er sah eine stämmige, ältere Felsenratte in einem formlosen grauen Velourspullover und einer verknitterten Hose, mit dem Körperbau eines Wiesels und einem düsteren Ausdruck im breiten, grobschlächtigen Gesicht. Der Typ hatte eine Art Werkzeug im Gürtel stecken.

»Ich bin Buchanan«, sagte er. »Und wer zum Fuck bist du?«

»Ich bin ein Freund des kürzlich verstorbenen Niles Ripley«, erwiderte Fuchs.

Er sagte es ruhig und leise, aber er hätte die Worte genauso gut durch ein elektrisches Megafon brüllen können. Jeder im Pub hielt inne. Unterhaltungen, Gelächter, selbst Bewegungen schienen zu erstarren.

Buchanan stützte sich auf dem rechten Ellbogen auf die Bar und wandte sich Fuchs zu. »Ripley wird hier jedenfalls nicht mehr ins Horn stoßen«, sagte er grinsend. Einer der Männer hinter ihm kicherte etwas nervös.

»Man hat dein Namensschild in seiner Hand gefunden«, sagte Fuchs.

»Ach, da war es also. Ich fragte mich schon, wo ich es wohl verloren hatte.«

»Du hast ihn getötet.«

Buchanan griff langsam hinter sich und zog einen Handlaser aus dem Beutel, den er sich um die Hüfte gebunden hatte. Er legte ihn neben dem Drink vorsichtig auf die Bar. Das Stromkabel schlängelte sich zum Gürtel; die Mündung wies auf Fuchs.

»Selbst wenn ich ihn getötet hätte, was willst du deswegen unternehmen?«

Fuchs atmete durch. Der heiße Zorn, den er noch vor ein paar Minuten verspürt hatte, war nun in eine Eiseskälte umgeschlagen. Er war ruhig, die Ruhe in Person und doch kein Iota weniger wütend als zuvor.

»Ich schlage vor, wir beide fliegen nach Selene und lassen den Mord von den dortigen Behörden untersuchen.«

Buchanan klappte die Kinnlade herunter. Er starrte Fuchs, der wie ein sturer kleiner Bulle vor ihm stand, mit offenem Mund an. Dann hob er den Kopf und stieß eine brüllende Lache aus. Seine beiden Freunde lachten auch.

Sonst lachte aber niemand.

Fuchs schlug Buchanan hart in sein lachendes Gesicht. Schockiert fasste Buchanan sich an die blutende Lippe und griff nach dem Laser, der auf der Bar lag. Fuchs war jedoch darauf vorbereitet. Er presste Buchanans Hand mit einem schraubstockartigen Griff auf die Bar und zog mit der rechten Hand den Schraubendreher aus dem Gürtel.

Der Laser wurde ausgelöst. Fuchs' Aluminiumkrug drehte sich um die eigene Achse, und Bier lief aus einem kleinen Loch aus, während Fuchs den Schraubendreher einschaltete und ihn Buchanan in die Brust stieß. Blut spritzte, und Buchanan schaute fassungslos – dann sackte er auf den Boden und hauchte mit einem kurzen Gurgeln sein Leben aus.

Fuchs hob den Handlaser auf; der Mann war mit Buchanans Blut besudelt und hielt noch immer den surrenden Schraubendreher in der rechten Hand. Bei Buchanans Fall war das Stromkabel aus dem Griff gerissen worden.

Er warf einen Blick auf die Leiche und schaute dann auf Buchanans zwei Freunde. Sie standen mit großen Augen und offenem Mund da. Unwillkürlich wichen sie beide vor Fuchs zurück.

Ohne ein Wort drehte Fuchs sich um und ging aus dem totenstillen Pub.

DREI WOCHEN SPÄTER

Es fand eine Art Gerichtsverhandlung statt. Fuchs selbst veranlasste, dass die Bevölkerung von Ceres nach Sichtung der computerisierten Personalakten einen Richter ernannte: eine Frau, die als Justiziarin für *Humphries Space Systems* arbeitete. Dann wurde noch eine Jury zusammengestellt, wobei keine der ausgewählten Personen dieser Verpflichtung sich entziehen durfte.

Fuchs verteidigte sich selbst. Und keine geringere Person als der Inhaber des Pubs übernahm freiwillig die Rolle des Staatsanwalts.

Die Verhandlung fand im Pub statt und dauerte insgesamt fünfundvierzig Minuten. Man hatte zwei Stühle und einen Tisch an der Bar aufgestellt, wo der Angeklagte und die Anwälte saßen. Die Richterin thronte auf einem hohen Laborstuhl hinter der Bar. Alle anderen Anwesenden mussten stehen.

Sechs verschiedene Zeugen machten im Wesentlichen die gleiche Aussage: Fuchs habe Buchanan aufgefordert, zum Zweck einer formellen Untersuchung des Mordes an Ripley mit ihm nach Selene zu fliegen. Buchanan habe daraufhin zum Laser gegriffen. Und dann habe Fuchs ihn mit dem Elektrowerkzeug erstochen. Selbst Buchanans zwei Kumpane bestätigten, dass es sich so zugetragen habe.

Fuchs' perforierter Bierkrug wurde als Beweis dafür präsentiert, dass Buchanan den Laser mit dem Vorsatz zu töten abgefeuert hatte.

Die einzige Frage lautete von Seiten der Staatsanwältin, weshalb Fuchs die Bar überhaupt mit dem Werkzeug betreten habe, mit dem Buchanan schließlich getötet worden war.

»Ich wusste, dass der Mann gefährlich war«, erwiderte Fuchs ohne Umschweife. »Ich wusste, dass er Niles Ripley ermordet hatte.«

»Das ist unzulässig«, wies die Richterin auf dem hohen Stuhl hinter der Bar ihn zurecht. »In diesem Verfahren geht es um Sie, Mr. Fuchs, und nicht um Ripleys Tod.«

»Ich musste davon ausgehen, dass er gefährlich ist«, sagte Fuchs mit einem leichten Stirnrunzeln. »Man hatte mir gesagt, dass er zuvor schon hier in diesem Pub Streit angefangen hätte. Und dass er ein paar Freunde dabeigehabt hätte.«

»Deshalb haben Sie sich mit einer tödlichen Waffe bewaffnet«, fragte der Staatsanwalt.

»Ich sagte mir, dass ich sie als Knüppel gebrauchen könnte, falls es zu einem Kampf käme. Ich hatte aber nicht die Absicht, ihn zu erstechen.«

»Aber genau das haben Sie getan.«

»Ja. Als er mich erschießen wollte, habe ich reagiert, ohne an die Konsequenzen zu denken. Ich habe mich nur verteidigt.«

»Mit durchschlagendem Erfolg«, grummelte die Richterin.

Das Urteil hatte im Grunde von vornherein festgestanden. Fuchs wurde freigesprochen, weil er in Notwehr gehandelt hatte. Dann löste der Staatsanwalt die Richterin hinter der Bar ab und verkündete, dass die nächste Runde aufs Haus ginge.

Amanda freute sich über den Freispruch, doch Fuchs war die nächsten paar Tage in einer gedrückten Stimmung.

»Die Sache ist noch nicht ausgestanden«, sagte er zu ihr, als sie zu Bett gingen.

»Lars, Liebling«, sagte Amanda, »du darfst dich deswegen nicht so grämen. Du hast doch in Notwehr gehandelt.«

»Ich wäre wirklich mit ihm nach Selene gegangen«, sagte Fuchs. »Aber ich wusste, dass er niemals mitgekommen wäre. Niemals.«

»Es ist nicht deine Schuld, dass du ihn töten musstest. Es war Selbstverteidigung. Alle wissen das. Du brauchst dir deshalb keine Vorwürfe zu machen.«

»Das tue ich doch gar nicht!« Er wandte ihr das Gesicht zu. Im dunklen Raum, der nur vom Glühen der Digitaluhrziffern in der Ecke des Wandbildschirms erhellt wurde, konnte er kaum den verwirrten Ausdruck in ihrem schönen Gesicht erkennen.

»Ich mache mir nicht die geringsten Vorwürfe, weil ich diesen Verbrecher getötet habe«, sagte Fuchs mit leiser und fester Stimme. »Ich wusste, dass ich es würde tun müssen. Ich wusste, dass er keinem vernünftigen Argument zugänglich gewesen wäre.«

Amanda schaute überrascht, beinahe erschrocken. »Aber Lars …«

»Niemand hätte in dieser Sache etwas unternommen. Ich wusste, dass ich der Einzige war, der ihn seiner gerechten Strafe zuzuführen vermochte.«

»Du wusstest es? Du hattest es von vornherein gewusst?«

»Ich *wollte* ihn töten«, sagte Fuchs. Seine Stimme bebte schier vor Leidenschaft. »Er hatte den Tod verdient. Ich wollte diesen heimtückischen Dreckskerl töten.«

»Lars … so kenne ich dich überhaupt nicht.«

»Worüber ich mir aber Sorgen mache«, sagte er, »ist Humphries' Reaktion auf diesen Vorfall. Die Verhandlungen für die Übernahme von Helvetia sind offensichtlich gescheitert. Buchanan war Teil seines Plans, uns aus dem Gürtel zu vertreiben. Was wird er als Nächstes versuchen?«

Amanda sagte für eine Weile nichts. Fuchs betrachte-

139

te ihr liebreizendes Gesicht, das so betrübt und von Sorge um ihn erfüllt war.

Sie sagte sich, dass ihr Mann sich in einen zornigen Rächer verwandelt hatte. Es war erst eine gute Stunde her, dass Lars mit dem Vorsatz in den Pub gegangen war, einen Menschen zu töten. Und es hatte ihm nicht einmal etwas ausgemacht – er hatte getötet, ohne mit der Wimper zu zucken.

Das machte ihr Angst.

Was soll ich tun, fragte Amanda sich. Wie kann ich verhindern, dass er verroht? Er hat das nicht verdient; es ist nicht gerecht, wenn er sich gezwungenermaßen in ein Monster verwandelt. Sie zermarterte sich das Gehirn, aber sie sah nur einen Ausweg.

»Lars, wieso sprichst du nicht direkt mit Martin?«, fragte sie schließlich.

Er grunzte überrascht. »Direkt? Mit ihm?«

»Persönlich.«

»Über diese Entfernung ist das schlecht möglich.«

»Dann fliegen wir eben nach Selene.«

Sein Gesichtsausdruck verhärtete sich. »Ich will dich nicht in seiner Nähe haben.«

»Martin wird mir schon nichts tun«, sagte sie. »Du bist der Mann, den ich liebe«, fuhr sie fort und fuhr ihm mit der Hand über die breite Brust. »In dieser Hinsicht hast du weder etwas von Martin noch von irgendeinem andern Mann zu befürchten.«

»Ich will dich in Selene nicht dabeihaben«, flüsterte er.

»Bevor wir zur Erde zurückkehren können, müssten wir ein wochenlanges Training absolvieren.«

»Die Zentrifuge«, murmelte er.

»Ich werde hier bleiben, Lars, wenn du es willst. Du fliegst nach Selene und diskutierst das mit Martin aus.«

»Nein«, sagte er impulsiv. »Ich werde dich nicht hier zurücklassen.«

»Aber …?«

»Du kommst mit mir nach Selene. Ich werde mit Humphries sprechen, vorausgesetzt, dass er überhaupt mit mir reden will.«

Amanda lächelte und küsste ihn auf die Wange. »Wir gelangen zu einer Einigung, ehe noch ein regelrechter Krieg ausbricht.«

Fuchs drückte sie an sich und sagte sanft: »Das hoffe ich. Das hoffe ich wirklich.«

Sie seufzte. Das ist schon besser, sagte sie sich. Das sieht schon eher nach dem Mann aus, den ich liebe.

Doch er sagte sich: Es ist Amanda, was Humphries in Wirklichkeit will. Und um Amanda zu bekommen, müsste er über meine Leiche gehen.

»Sie kommt hierher?«, fragte Martin Humphries. Er wagte kaum zu glauben, was seine Assistentin ihm soeben eröffnet hatte. »Hierher nach Selene?«

Diane Verwoerd ließ es zu, dass ein leiser Ausdruck der Missbilligung die Stirn kräuselte. »Mit ihrem Mann«, sagte sie.

Humphries erhob sich vom komfortablen Bürostuhl und tänzelte förmlich um den Schreibtisch herum. Trotz des säuerlichen Blicks der Assistentin fühlte er sich wie ein kleines Kind, das sich auf Weihnachten freut.

»Aber sie kommt nach Selene«, bekräftigte er. »Amanda kommt nach Selene.«

»Fuchs möchte mit Ihnen persönlich sprechen«, sagte Verwoerd und verschränkte die Arme vor der Brust. »Ich bezweifle, dass er seine Frau näher als einen Kilometer an Sie herankommen lassen wird.«

»Das glaubt *er* vielleicht«, entgegnete Humphries. Er drehte sich zum elektronischen Fenster an der Wand hinterm Schreibtisch um und tippte mehrmals auf die Armbanduhr. Das Stereobild durchlief ein paar schnelle Veränderungen. Humphries hielt es bei einem Alpenpanorama an: Es zeigte ein Bergdorf mit spitzgiebeligen Dächern und einem Kirchlein vor einer Kulisse schneebedeckter Gipfel.

Das ist ›Schnee von gestern‹, sagte Verwoerd sich. Seit den großen Lawinen gibt es kaum noch Schnee in den Alpen.

Humphries wandte sich wieder zu ihr um und sagte: »Fuchs kommt her, um sich zu ergeben. Er wird versuchen, so viel wie möglich von den zehn Millionen abzugreifen, die wir ihm geboten haben. Und er bringt Amanda mit, weil er weiß – vielleicht nicht bewusst, aber im Unterbewusstsein –, dass es mir eigentlich nur um Amanda geht.«

»Ich glaube, wir sollten die Sache etwas realistischer betrachten«, sagte Verwoerd und näherte sich langsam dem Schreibtisch.

Humphries musterte sie kurz. »Sie glauben, ich sei unrealistisch?«

»Ich glaube, dass Fuchs nur hierher kommt, um über die Übernahme seiner Firma zu verhandeln. Ich bezweifle stark, dass seine Frau Teil des Geschäfts sein wird.«

Er lachte. »Mag sein, dass Sie das nicht glauben. Mag sein, dass er es auch nicht glaubt. Aber ich glaube es. Und nur darauf kommt es an. Und ich wette, dass Amanda es auch glaubt.«

Verwoerd musste an sich halten, um nicht demonstrativ den Kopf zu schütteln. Er ist verrückt nach dieser Frau. Geradezu von ihr besessen. Dann lächelte sie insgeheim. Wie kann ich seinen Wahn in meinen Vorteil ummünzen?

Nachdem er die Schule der Neuen Moralität im Alter von siebzehn Jahren beendet hatte, wurde Oscar ins ferne Bangladesh entsandt, um dort den zweijährigen Sozialdienst abzuleisten. Dieser Dienst war obligatorisch; die Neue Moralität verlangte diesen zweijährigen Arbeitsdienst als teilweisen Ausgleich für die Investitionen, die man in die Ausbildung und Erziehung eines Jugendlichen investierte.

Oscar arbeitete hart in dem, was von Bangladesh noch übrig war. Der ständig steigende Meeresspiegel und die verheerenden Stürme im Gefolge des allsommerlichen Monsuns verwüsteten die tiefer gelegenen Landstriche. Tausende wurden von den Fluten des Ganges mitgerissen. Oscar sah, dass viele der Armen und Elenden den Fluss sogar um Gnade anflehten. Vergeblich. Der angeschwollene Strom ertränkte die Heiden ohne Erbarmen. Oscar sah jedoch, dass auch genauso viele Gläubige umkamen.

Das Glück war ihm wieder hold, als er den Zweijahresdienst beendet hatte. Der Leiter der Neuen Moralität in Dacca, ein Amerikaner aus Kansas, drängte Oscar, einen Job im Weltraum in Betracht zu ziehen, fernab der Erde.

Oscar wusste, dass es unklug war, sich mit Autoritäten zu streiten, aber er war doch so überrascht von diesem Ansinnen, dass er herausplatzte: »Aber ich bin doch gar kein Astronaut.«

Der Administrator setzte ein gütiges Lächeln auf. »Es gibt dort oben alle möglichen Stellen, die besetzt werden müssen. Du bist für viele von ihnen voll qualifiziert.«

»Wirklich?« Soweit Oscar wusste, bestanden seine Qualifikationen nämlich nur im Zuarbeiten, Erstellen einfacher Rechnungen und dem Befolgen von Anweisungen.

143

»Ja«, sagte der Administrator mit einem Nicken. »Und natürlich ist auch Gottes Werk zu vollbringen, da draußen inmitten all der gottlosen Humanisten und ungehobelten Grenzer.«

Wer vermochte sich schon zu weigern, Gottes Werk zu vollbringen? Also ging Oscar Jiminez nach Ceres und wurde von der Helvetia GmbH als Lagerarbeiter eingestellt.

Kapitel 16

Das Management des Hotels Luna in Selene hatte schon ein paarmal gewechselt, seit es von der Yamagata Corporation erbaut worden war.

In diesen frühen Tagen, kurz nachdem die Mondsiedlung den kurzen, heftigen Krieg gegen die Vereinten Nationen gewonnen und die Unabhängigkeit erklärt hatte, schien der Tourismus eine sprudelnde Geldquelle für das neu gegründete Selene zu sein. Raumclipper, die von der Firma Masterson Aerospace im Weltraum montiert wurden, reduzierten die Transportkosten von der Erde auf ein Maß, wo auch der durchschnittlich begüterte Tourist – der Typ, der einen ›Abenteuerurlaub‹ in der Antarktis, dem Amazonas-Regenwald oder anderen, ebenso unwirtlichen wie exotischen Gefilden buchte – sich das größte Abenteuer überhaupt zu leisten vermochte: einen Flug zum Mond.

Leider fiel die Eröffnung des Hotels fast auf den Tag mit den ersten Vorboten der Klimakatastrophe zusammen. Nach fast einem halben Jahrhundert wissenschaftlicher Debatten und politischer Auseinandersetzungen bewirkten die in der Erdatmosphäre und den Weltmeeren akkumulierten Treibhausgase einen abrupten Übergang im Weltklima. Katastrophale Überschwemmungen zerstörten die meisten Küstenstädte. Erdbeben verwüsteten Japan und den Westen der Vereinigten Staaten. Gletscher und Eiskappen schmolzen ab und verursachten einen weltweiten Anstieg des Meeresspiegels. Das filigrane Geflecht der Stromleitungen riss in großen Teilen der Welt und warf mehrere hundert Millionen Menschen in die Kälte und Dunkelheit des vorindustriellen Zeitalters zurück. Über eine Milliarde Menschen verloren ihr Zuhause, ihre Heimat und ihr ganzes Lebenswerk. Hunderte Millionen kamen um.

Der Tourismus wurde zu einer Domäne der Superreichen, die auf ihren Geldbergen in Saus und Braus lebten, während ihre Mitmenschen bittere Not litten.

Das Hotel Luna wurde praktisch zu einem Geisterhaus, aber nie geschlossen. Jeder neue Eigentümer versuchte ebenso verbissen wie hoffnungsvoll und zugleich erfolglos, zumindest etwas Geld damit zu verdienen.

Einem aufmerksamen Betrachter hätte die prunkvolle und großzügige Lobby des Hotels leicht heruntergekommen angemutet: Die Teppiche waren an manchen Stellen schon fadenscheinig, die orientalischen Tische und Stühle waren teilweise verschrammt, und die schmuckvollen künstlichen Blumengebinde ließen so tief den Kopf hängen, dass eine Erneuerung unbedingt geboten schien.

Doch in Lars Fuchs' Augen erschien die Lobby des Hotels Luna wie ein Palastgemach aus Tausendundeiner Nacht. Er und Amanda fuhren auf der Rolltreppe vom Hoteleingang oben auf der Grand Plaza abwärts. Glitzernde Vorhänge aus echtem, leibhaftigem Wasser strömten über schräge Granitplatten, die man aus dem Mondhochland gebrochen hatte. Das Wasser war natürlich wiederaufbereitet, aber dass es hier überhaupt Wasserspiele gab! Welche Eleganz!

»Schau!«, rief Fuchs und deutete auf die Becken, in die das Wasser sprudelte. »Fische! Lebendige Fische!«

Amanda neben ihm lächelte und nickte. Sie war vor Jahren ein paarmal bei Verabredungen ins Hotel ausgeführt worden. Sie erinnerte sich an das Restaurant Erdblick mit den Hologramm-Fenstern. Martin Humphries war mit ihr hier gewesen. Die Fische in diesen Becken standen auf der Speisekarte des Restaurants. Amanda sah jedoch, dass der Fischreichtum im Vergleich zu damals stark abgenommen hatte.

Als sie die Etage der Lobby erreichten und von der Rolltreppe hinuntertraten, erkannte Fuchs die Musik, die leise aus den Deckenlautsprechern drang: ein Haydn-Quartett. Bezaubernd. Trotzdem fühlte er sich in seinem schlichten grauen Overall hier völlig fehl am Platz. Mit Amanda am Arm spielte das aber keine Rolle. Sie trug einen ärmellosen weißen Hosenanzug; obwohl der Reißverschluss bis zum Hals geschlossen war, vermochte er die anmutigen Rundungen ihres Körpers nicht zu verbergen.

Fuchs fiel gar nicht auf, dass die weitläufige Lobby praktisch leer war. Die beruhigende Stille war einmal eine wohltuende Abwechslung nach dem permanenten Surren der Lüfterventilatoren und dem leisen Schnattern der Pumpen, die Teil des alltäglichen Hintergrunds von Ceres waren.

Als sie die Rezeption erreichten, erinnerte Fuchs sich wieder in aller Deutlichkeit, dass Martin Humphries ihre Hotelrechnung zahlte. Humphries hatte darauf bestanden. Fuchs wollte dagegen protestieren, als sie mit einem von Humphries' Fusionsschiffen von Ceres nach Selene flogen, doch Amanda hatte ihm das ausgeredet.

»Soll er doch für das Hotel zahlen, Lars«, hatte sie mit einem wissenden Lächeln gesagt. »Ich bin sicher, dass er es von der Summe abziehen wird, die er dir für Helvetia zahlt.«

Widerwillig hatte Fuchs sich von ihr überreden lassen, Humphries' großzügiges Angebot zu akzeptieren. Und wo er nun an der Rezeption stand, reute es ihn schon wieder.

Bei der Eröffnung des Hauses als Yamagata Hotel hatte es uniformierte männliche und weibliche Pagen gegeben, die das Gepäck trugen und Zimmerservice-Orders ausführten. Diese Zeiten waren längst passé.

An der Rezeption aus poliertem schwarzem Basalt war nur ein Angestellter zu sehen. Er drückte auf eine Taste: Eine selbst fahrende Karre kam summend aus einer verborgenen Nische zu Fuchs und Amanda gerollt. Sie stellten die beiden Reisetaschen darauf, und die Karre folgte ihnen zum Aufzug, der sie zur Etage hinunterbrachte, wo ihre Suite sich befand.

Fuchs machte noch größere Augen, als sie erst einmal die Suite betraten.

»Luxus«, sagte er, und ein verhaltenes Lächeln hellte sein ansonsten griesgrämiges Gesicht auf. »Das ist echter Luxus.«

Selbst Amanda schien beeindruckt. »Ich bin noch nie in einem der Hotelzimmer gewesen.«

Plötzlich wich Fuchs' Lächeln einem argwöhnischen Blick. »Er hat die Räume vielleicht verwanzt.«

»Wer? Martin?«

Fuchs nickte bedächtig, als ob er Angst hätte zu reden.

»Wieso sollte er die Räume denn verwanzen?«

»Um zu erfahren, was wir ihm sagen wollen, wie unsere Verhandlungsposition ist, welchen Betrag wir mindestens verlangen.« Da war noch mehr, aber er hatte Bedenken, es ihr zu sagen. Pancho hatte angedeutet, dass Humphries seine eigenen sexuellen Abenteuer im Schlafzimmer seines palastartigen Heims aufzeichnete. Ob der Mann auch in *diesem* Schlafzimmer Kameras versteckt hatte?

Abrupt ging er zur Telefonkonsole am Kopfende des Tisches und rief die Rezeption an.

»Sir?«, fragte das Bild des Angestellten auf dem Wandbildschirm. Eben hatte es noch ein Vickrey-Gemälde mit Nonnen und Schmetterlingen gezeigt.

»Diese Suite gefällt uns gar nicht«, sagte Fuchs, während Amanda ihn nur anstarrte. »Ist noch eine andere frei?«

Der Hotelangestellte grinste. »Yessir, wir hätten noch ein paar freie Suiten. Sie können sich eine aussuchen.«

Fuchs nickte. Humphries kann doch nicht alle verwanzt haben, sagte er sich.

»Ich freue mich über Ihren Entschluss, mich persönlich zu sprechen«, sagte Martin Humphries und lächelte hinter dem wuchtigen Schreibtisch. »Ich glaube, so können wir das Problem viel angenehmer lösen.«

Er lehnte sich zurück und neigte den Bürostuhl so stark, dass Fuchs schon glaubte, der Mann wollte die Füße auf den Schreibtisch legen. Humphries schien sich pudelwohl zu fühlen im Büro des Anwesens, das er sich tief unter der Mondoberfläche errichtet hatte. Fuchs saß angespannt auf dem gepolsterten Armstuhl vorm Schreibtisch; er spürte Unbehagen und Argwohn und fühlte sich eingeengt durch den grauen Geschäftsanzug, den Amanda ihm zu einem horrenden Preis im Laden des Hotels gekauft hatte. Er hatte Amanda im Hotel zurückgelassen; er wollte nämlich nicht, dass sie gleichzeitig in einem Raum mit Humphries war. Sie hatte seinem Wunsch entsprochen und sagte ihrem Mann, dass sie in der Grand Plaza einen Einkaufsbummel machen würde, während er in der Besprechung war.

Humphries wartete darauf, dass Fuchs etwas sagte. »Ich hoffe, Sie haben letzte Nacht gut geschlafen«, sagte Humphries schließlich.

Plötzlich dachte Fuchs wieder an die versteckten Kameras. Er räusperte sich und sagte: »Ja, danke.«

»Fühlen Sie sich wohl im Hotel? Ist alles in Ordnung?«

»Das Hotel ist in Ordnung.«

Die dritte Person im Raum war Diane Verwoerd. Sie saß auf dem anderen Stuhl vorm Schreibtisch. Sie hatte sich so hingesetzt, dass sie mehr Fuchs als Humphries zugewandt war. Wie ihr Chef trug sie einen Geschäftsanzug. Während Humphries' burgunderfarbener Anzug jedoch mit filigranen Silberfäden durchwirkt war, bestand Verwoerds Kleidung aus einem schlichteren Material. Der geschlitzte Hosenrock zeigte jedoch einiges von ihren langen schlanken Beinen.

Das Schweigen zog sich in die Länge. Fuchs schaute aufs Holofenster hinter Humphries' Schreibtisch. Es zeigte den üppigen Garten vorm Haus mit den bunten Blumen und exotischen Bäumen. Schön, sagte er sich, aber künstlich. Konstruiert. Eine Demonstration von Reichtum und Macht, quasi der Triumph des Willens. Wie vielen hungernden, heimatlosen Menschen auf der Erde könnte Humphries helfen, wenn er wollte, anstatt sich in dieser Illusion eines Gartens Eden auf dem Mond zu verbarrikadieren.

»Wir sind hier, um die letzten Modalitäten des Verkaufs der Helvetia GmbH an *Humphries Space Systems* zu klären«, sagte Verwoerd schließlich geschäftsmäßig.

»Nein, sind wir nicht«, sagte Fuchs.

Humphries richtete sich auf dem Stuhl auf. »Sind wir nicht?«

»Noch nicht«, sagte Fuchs zu ihm. »Vorher müssen wir uns noch mit ein paar Mordfällen befassen.«

Humphries schaute Verwoerd an; in diesem Moment verriet er Zorn. Doch er erlangte die Contenance fast sofort wieder zurück.

»Und was genau meinen Sie damit?«, fragte sie ruhig.

»Mindestens drei Prospektoren-Schiffe sind in den letzten zwei Wochen verschwunden«, sagte Fuchs. *Humphries Space Systems* hat irgendwie die Rechte an den Asteroiden erworben, die diese Prospektoren eigentlich beanspruchen wollten.«

»Mr. Fuchs«, sagte Verwoerd mit dem Anflug eines spöttischen Lächelns, »Sie machen aus einer Koinzi-

150

denz eine Verschwörung. *Humphries Space Systems* hat Dutzende von Schiffen im Gürtel stationiert.«

»Ja, und das ist auch verdammt teuer«, ließ Humphries sich vernehmen.

»Und dann wäre da noch der Mord, der auf Ceres von einem Humphries-Mitarbeiter an Niles Ripley verübt wurde«, fuhr Fuchs ungerührt fort.

»Dem Vernehmen nach haben Sie das schon selbst in die Hand genommen«, blaffte Humphries. »Selbstjustiz, nicht wahr?«

»Ich habe vor Gericht gestanden, und man hat auf Notwehr erkannt.«

»Gericht«, sagte Humphries sarkastisch. »Mit Ihren Felsenratten-Kumpels besetzt.«

»Ihr Mitarbeiter hat Niles Ripley ermordet!«

»Nicht auf meine Anweisung«, erwiderte Humphries ungehalten. »Wenn irgendein Hitzkopf auf meiner Lohnliste einen Streit anfängt, kann ich doch nichts dafür.«

»Aber Sie profitieren davon«, sagte Fuchs schroff.

»Wie gelangen Sie zu dieser Schlussfolgerung?«, fragte Verwoerd cool.

»Ripley war die Schlüsselfigur bei unserem Habitatbau-Programm. Weil er nun fehlt, musste die Arbeit eingestellt werden.«

»So?«

»Wenn Sie nun Helvetia übernehmen, ist *HSS* die einzige Organisation, die noch in der Lage wäre, das Projekt zum Abschluss zu bringen.«

»Inwiefern sollte ich davon profitieren?«, fragte Humphries heftig. »Durch die Fertigstellung Ihres blöden Habitats würde ich keinen einzigen Penny verdienen.«

»Vielleicht nicht direkt«, sagte Fuchs. »Wenn Ceres dadurch aber sicherer und ›wohnlicher‹ wird, werden auch mehr Menschen in den Gürtel gelockt. Und wenn

Ihre Firma dann den Nachschub kontrolliert und die Versorgung mit Lebensmitteln und Atemluft, wie sollten Sie davon nicht profitieren?«

»Sie beschuldigen mich also …«

»Meine Herren, wir sind doch hier, um den Verkauf von Helvetia zu verhandeln«, unterbrach Verwoerd die sich zuspitzende Auseinandersetzung. »Und nicht, um über die Zukunft des Asteroidengürtels zu diskutieren.«

Humphries schaute sie finster an; dann atmete er tief durch und sagte widerstrebend: »Richtig.«

Bevor Fuchs etwas zu sagen vermochte, ergänzte Verwoerd: »Was geschehen ist, ist geschehen, und niemand vermag es rückgängig zu machen. Falls ein *HSS*-Mitarbeiter einen Mord begangen hat, haben Sie schließlich dafür gesorgt, dass er den vollen Preis bezahlt hat.«

Fuchs suchte nach einer Erwiderung.

»Und nun sollten wir zur Sache kommen«, sagte Verwoerd, »und uns auf einen Preis für Helvetia einigen.«

Humphries sprang sofort darauf an: »Mein ursprüngliches Angebot basierte auf Ihren kompletten Aktiva, die sich durch das Feuer im Lagerhaus allerdings in Rauch aufgelöst haben.«

»Das absichtlich gelegt wurde«, sagte Fuchs.

»Absichtlich gelegt?«

»Es war kein Unfall. Es war Brandstiftung.«

»Sie haben einen Beweis dafür?«

»Wir haben keine Gerichtsmediziner auf Ceres. Auch keine polizeilichen Ermittler.«

»Dann haben Sie also keinen Beweis.«

»Mr. Fuchs«, sagte Verwoerd, »wir sind bereit, Ihnen drei Millionen internationale Dollar für die restlichen Aktiva der Helvetia GmbH zu zahlen, was – offen gesagt – kaum mehr als dem Goodwill entspricht, den Sie unter den Bergleuten und Prospektoren verbreitet haben.«

152

Fuchs schaute sie eine Weile schweigend an. Sie ist sich so sicher, sagte er sich. So cool und unbewegt und, ja, sogar schön – auf eine kalte, distanzierte Art. Sie ist wie eine Skulptur aus Eis.

»Nun?«, fragte Humphries. »Drei Millionen sind wirklich ein schönes Geschenk. Ihre Firma ist real nicht einmal die Hälfte wert.«

»Dreihundert Millionen«, murmelte Fuchs.

»Was? Was haben Sie gesagt?«

»Sie könnten mir auch dreihundert Millionen anbieten. Oder drei Milliarden. Es spielt keine Rolle. Ich werde nicht an Sie verkaufen.«

»Das ist doch Unsinn!«, platzte Humphries heraus.

»Ich werde zu keinem Preis an Sie verkaufen. Niemals! Ich werde nach Ceres zurückkehren und noch einmal von vorn anfangen.«

»Sie sind verrückt!«

»Wirklich? Vielleicht bin ich es. Aber ich wäre lieber verrückt, als Ihnen gegenüber nachzugeben.«

»Sie werden dabei nur draufgehen«, sagte Humphries.

»Soll das etwa eine Drohung sein?«

Erneut richtete Humphries den Blick auf Verwoerd, dann wandte er sich wieder an Fuchs. Er lächelte dünn. »Ich äußere keine Drohungen, Fuchs. Ich mache Versprechen.«

Fuchs erhob sich. »Dann will ich meinerseits auch ein Versprechen machen. Wenn Sie einen Kampf wollen, werde ich kämpfen. Wenn Sie Krieg wollen, werde ich Krieg gegen Sie führen. Meine Art zu kämpfen wird Ihnen nicht gefallen, das verspreche ich Ihnen. Ich habe Militärgeschichte studiert; das war Pflichtfach in der Schule. Ich verstehe zu kämpfen.«

Humphries lehnte sich auf dem Schreibtischstuhl zurück und lachte.

»Lachen Sie nur«, sagte Fuchs und wies mit einem

kurzen Finger auf ihn. »Aber bedenken Sie: Sie haben viel mehr zu verlieren als ich.«

»Sie sind ein toter Mann, Fuchs«, blaffte Humphries.

Fuchs nickte zustimmend. »Einer von uns wird am Ende tot sein.«

Sprach's, drehte er sich um und verließ Humphries' Büro.

Für eine Weile starrten Humphries und Verwoerd auf die Tür, durch die Fuchs verschwunden war.

»Wenigstens hat er die Tür nicht zugeschlagen«, sagte Humphries grinsend.

»Sie haben ihn zum Kampf provoziert«, sagte Verwoerd mit einem besorgten Stirnrunzeln. »Sie haben ihn in die Ecke gedrängt, und nun glaubt er, dass er durch einen Kampf nichts mehr zu verlieren hätte.«

»Er?« Humphries lachte lauthals. »Diese kleine Ratte? Das ist doch lachhaft. Er versteht angeblich zu kämpfen! Er will Militärgeschichte studiert haben!«

»Vielleicht stimmt das auch«, sagte sie.

»Na und?«, erwiderte Humphries unwirsch. »Er stammt aus der Schweiz, um Gottes willen. Keine sehr kriegerische Nation. Was will er denn tun – mich in einem Fonduetopf ersticken? Oder zu Tode jodeln?«

»Ich würde das trotzdem nicht auf die leichte Schulter nehmen«, sagte Verwoerd, den Blick noch immer auf die Tür gerichtet.

Kapitel 17

»Piraterie?«

Hector Wilcox' Augenbrauen wölbten sich fast bis zum silbergrauen Haaransatz.

Erek Zar schaute unbehaglich und unglücklich drein, während die beiden Männer den Weg durch den Park direkt vor dem IAA-Bürogebäude entlangspazierten. Der Frühling lag in der Luft: Die Bäume schlugen aus, die Bevölkerung von St. Petersburg flanierte im Park und freute sich über die Wärme. Frauen sonnten sich im Gras; sie hatten die langen Wintermäntel geöffnet und zeigten ihre plumpen, dicklichen Leiber, die nur in knappe Bikinis gehüllt waren. Da kann man als Mann aufs Zölibat schwören, sagte Wilcox sich und musterte sie mit Abscheu.

Zar war normalerweise ein gemütlicher und freundlicher Schreibstubenhengst, der keine höheren Ansprüche stellte als hin und wieder ein paar zusätzliche freie Tage, um ein verlängertes Wochenende bei seiner Familie in Polen zu verbringen. Doch nun war das derbe runde Gesicht des Mannes todernst. Er wirkte regelrecht aufgewühlt.

»So lautet der Vorwurf«, sagte Zar. »Piraterie.«

Wilcox war nicht gewillt, seine Siestastimmung von einer durchgeknallten unteren Charge beeinträchtigen zu lassen.

»Wer ist diese Person?«

»Sein Name ist Lars Fuchs. Tomasselli hat sich in dieser Sache an mich gewandt. Fuchs beschuldigt *Humphries Space Systems* der Piraterie im Asteroidengürtel.«

»Aber das ist doch lächerlich!«

»Das finde ich auch«, sagte Zar eilig. »Tomasselli hat es aber ernst genommen und einen Vorgang angelegt.«

»Tomasselli«, sagte Wilcox, als ob das Wort einen schlechten Beigeschmack hätte. »Dieser reizbare Italiener. Er hat schon eine Verschwörung gewittert, als Yamagata der *Astro Corporation* dieses Übernahmeangebot machte.«

»Die Übernahme hat aber nie stattgefunden«, legte Zar dar. »Insbesondere aus dem Grund, weil Tomasselli den GEC dazu bewog, sich dagegen auszusprechen.«

»Und nun nimmt er den Vorwurf der *Piraterie* ernst? Gegen *Humphries Space Systems*?«

Zar nickte zerknirscht und sagte: »Er behauptet zwar, die Anschuldigung ließe sich durch Beweise erhärten, doch soweit ich sehe, handelt es sich nur um Indizien.«

»Was, um alles in der Welt, erwartet er nun von mir?«, knurrte Wilcox. Er war nicht der Mann, der die Selbstbeherrschung verlor. Unter gar keinen Umständen. Man gelangte in der komplexen Hierarchie der Internationalen Astronautenbehörde nämlich nicht so weit nach oben, wenn man unkontrolliert Dampf abließ.

»Der Vorgang ist jedenfalls aktenkundig anhängig«, sagte Zar, als ob er um Entschuldigung heischte.

»Ja. Ich werde mich wohl damit befassen müssen.« Wilcox seufzte. »Aber im Ernst – *Piraterie*? Im Asteroidengürtel? Und selbst wenn es wahr wäre, was sollten wir wohl dagegen unternehmen? Wir haben nicht einmal einen Administrator auf Ceres, um Himmels willen. Es gibt im ganzen Gürtel keine IAA-Präsenz.«

»Wir haben zwei Fluglotsen auf Ceres.«

»Pah!« Wilcox schüttelte den Kopf. »Wie nennen die sich dort draußen noch gleich? Felsenratten? Sie sind stolz auf ihre Unabhängigkeit. Sie hatten uns abblitzen lassen, als wir eine offizielle Vertretung auf Ceres einrichten wollten. Und nun jammern sie uns etwas von wegen Piraterie vor.«

»Diese Anschuldigung wird nur von einer Person erhoben: von diesem Fuchs.«

»Zweifellos ein Querulant«, sagte Wilcox.

»Oder ein erbärmlicher Verlierer«, pflichtete Zar ihm bei.

Er richtete sich auf – keine leichte Übung im Raumanzug – und schaute sich um. Die *Waltzing Matilda* hing
wie eine große Hantel am sternenübersäten Himmel
über seinem Kopf. Das Habitat und die Logistikmodu-
le, die an beiden Enden eines kilometerlangen Buck-
minsterfulleren-Kabels hingen, rotierten langsam um
das Antriebsmodul in der Mitte.

Verdammt lang her, seit du zuletzt was bekommen
hast, eh?, sagte er zu seinem Magen. Es wird auch noch
ein paar Stunden dauern, bevor wir was zu futtern
kriegen, und selbst dann wird es nur eine ziemlich kleine Portion sein.

Der Asteroid, auf dem George stand, war ein schmutziger kleiner Gesteinsbrocken – ein dunkler kohlenstoff-
haltiger Asteroid, der mit Hydraten und organischen
Mineralien gesättigt war. Auf Selene wäre er ein Vermögen wert. Aber danach sah er gar nicht aus: nur ein öder
schmutziger Brocken, der überall vernarbt war, als ob er
die Pocken hätte. Geröll, Steine und Felsbrocken waren
über die ganze Oberfläche verstreut. Die Schwerkraft
war nicht einmal stark genug, um eine Feder am Boden
zu halten. Ein hässlicher Felsbrocken, mehr bist du
nicht, sagte George stumm zum Asteroiden. Und du
wirst noch hässlicher werden, bis wir mit dir fertig sind.

George wurde sich nun erst richtig bewusst, dass er
Millionen Kilometer von der Zivilisation entfernt allein
in dieser Kälte und Dunkelheit war – außer dem Türken, der in der *Matilda* saß und die Steuerung über-
wachte. Und er hockte hier auf diesem hässlichen Felsbrocken, schwitzte in diesem Anzug wie ein Schuljunge

bei seiner ersten Verabredung, und ihm knurrte der Magen, weil die Rationen so knapp bemessen waren.

Und trotzdem war er glücklich. So frei wie ein Vogel. Er musste an sich halten, um kein Liedchen zu trällern. Er wusste, dass er den Türken damit nur erschrecken würde. Der Junge ist mit dieser Situation eh schon überfordert.

George schüttelte den Kopf im Kugelhelm, machte sich wieder an die Arbeit und richtete den Schneidlaser ein. Er schloss das Steuergerät an den Akku an. Dann befreite er die kupfernen Sonnenspiegel gründlich vom Staub und vergewisserte sich, dass sie exakt und ohne Spiel auf den Halterungen platziert waren. Es war eine harte körperliche Arbeit, obwohl die Ausrüstung in der minimalen Gravitation des Asteroiden praktisch nichts wog. Es bedurfte aber einer bewussten Willensanstrengung, um im steifen, plumpen Raumanzug nur die Arme zu heben, sich zu bücken und zu drehen; man musste dafür mehr Muskelkraft aufwenden, als ein Flachländer sich vorstellen konnte. Schließlich hatte George alles aufgebaut: Die Zielspiegel des Lasers wiesen exakt auf den Punkt, wo er mit dem Fräsen anfangen wollte, und die supraleitende Spule des Akkus war geladen und einsatzbereit.

George wollte ›handliche‹ Brocken aus dem Asteroiden fräsen und mit der *Matilda* nach Selene transportieren. Der Prospektor, der den Felsen für sich beansprucht hatte, würde keinen Penny daran verdienen, bevor George das Erz verschiffte, und George lag weit im Zeitplan zurück, weil der verdammte Laser immer wieder aussetzte. Kein Erz, kein Geld: Das war das Prinzip der Bergbaugesellschaften. Und nichts zu essen, wie George wusste. Dies war ein Rennen, bei dem es darum ging, eine ordentliche Erzladung nach Selene zu transportieren, ehe die Speisekammer der *Matilda* endgültig leer war.

Bei der Arbeit schlich sich eine Erinnerung aus der Kindheit, aus der Schulzeit in Adelaide ins Bewusstsein; eine Ballade von einem Yankee, der vor fast 200 Jahren beim Goldrausch am Yukon dabei gewesen war:

Wer je da draußen in der Öde allein
Wer das Schweigen der Berge gefühlt
   in des Mondes eiskaltem Schein
Wo nur einsam ein Wolf sein Geheul
   hören ließ
Wer je halb tot dort verspürt, wie die Gier nach
   Gold ihn zerriss
Derweil über ihm, flammend gelb, rot und grün
Das Nordlicht erstrahlte in glühender Pracht –
Der ahnt, was in der Musik verborgen lag …
Hunger und Sterne und Nacht.

George nickte bedächtig, als er den Laser überprüfte. Hunger und Dunkelheit und die Sterne, klarer Fall. Davon haben wir reichlich. Und eine öde, tote Welt bist du doch auch, oder nicht?, sagte er zu dem stummen Asteroiden. Und wo wir schon dabei sind, du hast doch sicher auch ein wenig Gold in dir versteckt, was? War schon eine verkehrte Welt, wo Wasser nun einen größeren Wert hatte als Gold. Der Preis von Gold ist auf seinen Wert als Industriemetall gefallen. Den Juwelieren auf der Erde muss der Arsch auf Grundeis gehen.

»George?« Die Stimme des Türken im Helmlautsprecher schreckte ihn auf.

»Hä? Was iss' denn?«

Der Name des Jungen war Nodon. »Irgendetwas wandert aus dem Rand des Radar-Erfassungsbereichs aus.«

»Wandert?« George glaubte im ersten Moment, dass dieser Asteroid vielleicht noch einen kleinen Begleiter hatte, einen kleinen Mond. Aber am äußersten Rand des Suchradars? Höchst unwahrscheinlich.

»Es hat eine beträchtliche Geschwindigkeit. Er nähert sich sehr schnell.«

So wortreich hatte der Junge sich bisher auf dem ganzen Flug nicht geäußert. Er klang besorgt.

»Es ist aber nicht auf Kollisionskurs«, sagte George.

»Nein, aber es fliegt trotzdem in unsere Richtung. Und zwar schnell.«

George versuchte im Anzug die Achseln zu zucken, was ihm aber nicht gelang. »Na gut, halt ein Auge darauf. Es ist vielleicht ein anderes Schiff.«

»Das glaube ich auch.«

»Schon irgendeine Nachricht von ihnen?«

»Nein. Noch nichts.«

»In Ordnung«, sagte George irritiert. »Sag ›hallo‹ zu ihnen und bitte sie, sich zu identifizieren. Ich werde derweil hier das Erz abbauen.«

»Jawohl«, sagte der Junge respektvoll.

George fragte sich, was – oder wer – sich da draußen wohl herumtrieb und betätigte den Einschalter. Der Laser bohrte sich tief in den steinigen Leib des Asteroiden. In der luftlosen Dunkelheit war kein Ton zu hören; George spürte nicht einmal die Vibrationen der großen Maschine. Das taube Gestein verdampfte geräuschlos entlang einer feinen Linie. Der Schneidlaser emittierte im Infrarotbereich, und der Leitstrahl des Hilfslasers war auch unsichtbar, bis durchs Fräsen so viel Staub aufgewirbelt wurde, dass er den dünnen roten Strahl reflektierte.

Es wäre viel leichter, wenn wir Nanomaschinen einsetzen könnten, sagte George sich. Ich muss Kris Cardenas mal auf die Zehen treten, wenn wir nach Ceres zurückkommen und ihr sagen, dass wir dringend ihre Hilfe brauchen. Die kleinen Heinzelmännchen würden das Gestein nach den jeweiligen Elementen trennen – Atom für Atom. Den Schotter müssten wir dann nur noch ausbaggern und in ein Schiff verladen.

Stattdessen musste George richtig zupacken: Er fräste mit dem heißen Laserstrahl riesige, hausgroße Brocken aus dem Asteroidengestein, brach sie heraus und vertäute sie mit Buckminsterfulleren-Leinen. Dann transportierte er sie zum Antriebsmodul der *Matilda*, das mit Befestigungspunkten für Fracht ausgerüstet war. Nachdem er drei Transporte durchgeführt hatte, war er klatschnass geschwitzt. Er musste das Tornistertriebwerk des Anzugs einsetzen, um die großen Brocken überhaupt bewegen zu können und fühlte sich wie Superman, während er die massereichen, aber schwerelosen Erztonnagen bewegte.

»Ich komme mir in diesem Anzug wie in einem verdammten Sumpf vor«, nörgelte er, als er zum Asteroiden zurückflog. »Er riecht auch so.«

»Es ist ein Schiff«, sagte Nodon.

»Bist du sicher?«

»Ich sehe die Abbildung auf dem Bildschirm.«

»Dann funke sie noch mal an und frage, wer sie sind.« George gefiel die Vorstellung überhaupt nicht, dass ein anderes Schiff in der Nähe war. Das ist kaum ein Zufall, sagte er sich.

Er landete ungefähr fünfzig Meter von der Stelle, wo der Laser noch immer das Gestein tranchierte, auf dem Asteroiden. Wieso sollte ein Schiff überhaupt Kurs auf uns nehmen? Wer ist das, verdammt noch mal?

Dorik Harbin saß an der Steuerung der *Shanidar*. Das dunkle bärtige Gesicht war unbewegt, und die noch dunkleren Augen waren unverwandt auf die CCD-Anzeige der optischen Sensoren des Schiffs gerichtet. Er sah den Funkenflug des vom Laser erhitzten Gesteins und die Lichtreflexe, die auf die im Asteroidenorbit geparkte *Waltzing Matilda* fielen. Die Informationen von Grigor waren wie immer zutreffend gewesen. Das Schiff befand sich genau an der Stelle, die Grigor bezeichnet hatte.

Der Tod war kein Fremder für Dorik Harbin. Er war seit der Geburt verwaist und kaum so groß gewesen wie das Sturmgewehr, das die Dorfältesten ihm gaben, als Harbin zusammen mit den anderen Kindern – die noch nicht einmal zehn Jahre alt waren – zum Dorf weiter unten an der Straße marschierte, wo die bösen Leute lebten. Sie hatten seinen Vater getötet, bevor Harbin noch geboren wurde und seine schwangere Mutter ein paarmal vergewaltigt. Die anderen Jungen sagten manchmal im Spott, dass Dorik von einem der Vergewaltiger gezeugt worden sei und nicht von seinem Vater, den die Vergewaltiger mit ihren Macheten zerhackt hatten.

Er und seine zusammengewürfelte Truppe waren also zu diesem bösen Dorf marschiert und hatten jeden Bewohner erschossen: Männer, Frauen, Kinder und Babies. Der auf Rache brennende Harbin erschoss sogar die Dorfhunde. Dann hatte er unter den gnadenlosen Blicken der hartgesichtigen Ältesten jedes einzelne Haus im Dorf in Brand gesetzt. Sie übergossen die Leichen mit Benzin und verbrannten die Toten. Ein paar von ihnen waren indes nur verwundet und stellten sich tot, um dem Sturm zu entkommen, den sie geerntet hatten – bis ihre Kleidung in Flammen aufging.

Harbin gellten ihre Schreie heute noch in den Ohren.

Als die Blauhelm-Friedenstruppen in die Region gekommen waren, um das Morden zu beenden, war Harbin aus seinem Dorf fortgelaufen und hatte sich den Nationalen Streitkräften angeschlossen. Nachdem er viele Monate in den Bergen gelebt und sich vor den Aufklärungsflugzeugen und Satelliten der Friedenstruppen versteckt hatte, gelangte er zu der bitteren Erkenntnis, dass die so genannten Nationalen Streitkräfte auch nicht mehr waren als eine Bande von Renegaten, die ihre eigenen Landsleute bestahlen, Dörfer plünderten und Frauen vergewaltigten.

Er lief wieder davon, diesmal zu einem Flüchtlingslager, wo gut gekleidete Fremde Lebensmittel verteilten, während Männer aus den nahe gelegenen Dörfern den Flüchtlingen gleichzeitig Haschisch und Heroin verkauften. Schließlich schloss Harbin sich diesen Blauhelmsoldaten an; sie suchten Rekruten und boten regelmäßigen Sold für relativ ungefährliche Einsätze. Sie bildeten ihn gut aus, und was noch wichtiger war, sie ernährten ihn und löhnten ihn und versuchten, ihm ein Gefühl für Disziplin und Ehre zu vermitteln. Doch er verlor immer wieder die Beherrschung und kam so oft in die Brigg, dass ein Feldwebel ihn als ›Knastvogel‹ bezeichnete.

Der Feldwebel versuchte, Harbins Ungestüm zu bändigen und ihn zu einem guten Soldaten zu machen. Harbin nahm ihre Nahrung und ihr Geld und versuchte ihre seltsamen Vorstellungen davon zu begreifen, wann es angebracht war, jemanden zu töten und wann nicht. Nach ein paar Jahren Dienst in den Elendsregionen Asiens und Afrikas lernte er jedoch, dass es überall das Gleiche war: töten oder getötet werden.

Er wurde für eine Spezialausbildung ausgewählt und mit einer Hand voll anderer Soldaten der Friedenstruppe zum Mond geschickt, um gegenüber den abtrünnigen Kolonisten der Mondbasis dem Gesetz wieder Geltung zu verschaffen. Man gestattete den handverlesenen Soldaten sogar den Konsum von Designerdrogen, die angeblich die Anpassung an die niedrige Gravitation begünstigten. Harbin wusste aber, dass das nur Bestechung war, um die ›Freiwilligen‹ bei der Stange zu halten.

Der Versuch, die hartnäckigen Verteidiger der Mondbasis in einem Raumanzug zu bekämpfen, war eine Erfahrung der besonderen Art für Harbin. Die Friedenstruppen versagten, obwohl die Mondkolonisten peinlich darauf bedacht waren, niemanden von ihnen zu töten. Schließlich traten sie den Rückzug zur Erde an – nicht nur besiegt, sondern geradezu gedemütigt. Sein nächster Einsatz bei den Hungeraufständen in Delhi war zugleich der letzte bei den Friedenstruppen. Er bewahrte seine Abteilung davor, von den tobenden Horden der Aufständischen überrannt zu werden, doch tötete er so viele ›unbewaffnete‹ Zivilisten, dass die Internationale Friedenstruppe ihn ausmusterte.

Der erneut verwaiste Harbin schloss sich einer der Sicherheitsagenturen an, die bei den großen multinationalen Konzernen unter Vertrag standen. Immer bestrebt, sich zu verbessern, lernte er Raumschiffe zu fliegen. Und er erkannte auch schnell, wie zerbrechlich so ein Raumschiff war. Ein gut gezielter Laserschuss vermochte ein Raumschiff in einem Wimpernschlag in ein Wrack zu verwandeln; man konnte seine Besatzung aus einer Distanz von tausend Kilometern töten, ehe sie überhaupt merkte, dass sie angegriffen wurde.

Schließlich wurde er in die Zentrale von *Humphries Space Systems* bestellt – es war das erste Mal, dass er nach dem Abzug der Friedenstruppen zum Mond zurückkehrte. Der Sicherheitschef war ein Russe namens Grigor. Er sagte Harbin, er hätte eine schwierige, aber entwicklungsfähige Stelle für einen mutigen und entschlossenen Mann.

»Wen soll ich töten?«, fragte Harbin nur.

Grigor sagte ihm, dass er die unabhängigen Prospektoren und Bergleute aus dem Gürtel verjagen sollte. Diejenigen, die bei *HSS* beziehungsweise *Astro* unter Vertrag standen, sollten unbehelligt bleiben. Es waren die Unabhängigen, die ›entmutigt‹ werden sollten. Harbin grinste bei dem Wort. Männer wie Grigor und die anderen Bewohner von Selene vermochten sich gepflegt auszudrücken, doch was sie damit meinten, war alles andere als gepflegt. Töte die Unabhängigen. Töte so viele von ihnen, dass der Rest entweder den Gürtel verlässt oder bei *HSS* oder der *Astro Corporation* anheuert.

Also mussten diese hier auch sterben, wie die anderen.

»Hier ist die *Waltzing Matilda*«, hörte er die Worte aus dem Lautsprecher. Das Gesicht auf dem Bildschirm gehörte einem jungen männlichen Asiaten mit kahl geschorenem Kopf und großen, unsteten Augen. Seine Wangen waren tätowiert. »Bitte identifizieren Sie sich.«

Rabin verzichtete darauf. Es bestand keine Notwendigkeit dafür. Je weniger er mit denen sprach, die er töten sollte, je weniger er über sie wusste, desto besser. Es war ein Spiel, sagte er sich – wie die Computerspiele, die er während der Ausbildung bei den Friedenstruppen gespielt hatte. Zerstöre das Ziel und sammle Punkte. Nur dass bei dem Spiel, das er nun spielte, die Punkte internationale Dollars waren. Mit Geld konnte man sich fast alles kaufen: eine schöne Wohnung in einer sicheren Stadt, guten Wein, willige Frauen und Drogen, welche die Erinnerungen an die Vergangenheit vertrieben.

»Wir bearbeiten diesen Asteroiden«, sagte der junge Mann; seine zittrige Stimme war noch etwas höher als kurz zuvor. »Der Anspruch ist bei der Internationalen Astronautenbehörde angemeldet.«

Harbin holte tief Luft. Die Versuchung, ihm zu antworten war schier übermächtig. Es spielt keine Rolle, was du beanspruchst hast oder was du tust, antwortete er stumm. Der bleiche Finger hat deinen Namen schon ins Buch des Todes geschrieben, und weder deine Frömmigkeit noch dein Verstand vermögen es, dass auch nur eine halbe Zeile daraus gestrichen wird; genauso wenig wie all deine Tränen auch nur ein Wort davon auslöschen werden.

Nach dem achten Erztransport war George hundemüde. Und am Verhungern.

Er schaltete den Laser aus und sagte ins Helmmikrofon: »Ich komme jetzt rein.«

»Verstanden«, erwiderte der Türke nur.

»Die Brühe schwappt schon im Anzug«, sagte George. »Der Akku muss auch wieder aufgeladen werden.«

»Verstanden«, sagte Nodon.

George nahm den Akku ab und trug ihn in beiden Armen zurück zur Luftschleuse der *Matilda*. Das Teil war doppelt so groß wie er selbst, und obwohl es praktisch nichts wog, ging er doch vorsichtig damit um. Eine so große Masse vermochte einen Menschen zu zerquetschen, egal bei welcher Schwerkraft. Die Wirkung der Masseträgheit war schließlich nicht aufgehoben worden.

»Was macht denn unser Besucher?«, fragte er, als er die Außenluke der Schleuse schloss und die Kammer mit Sauerstoff flutete.

»Behält den Kurs bei.«

»Hat er sich schon gemeldet?«

»Nein.«

Dies beunruhigte George. Als er sich aus dem stinkenden Anzug geschält und den Akku ans Ladegerät des Schiffes angeschlossen hatte, war Nahrungsaufnahme jedoch seine höchste Priorität.

Halb ging, halb schwebte er den Durchgang zur Bordküche hinauf.

»Den Spin ein bisschen beschleunigen, Nodon«, rief er zur Brücke. »Gib mir etwas Gewicht, damit das Essen auch in den Magen gelangt.«

»Ein Sechstel Ge?«, drang die Stimme des Türken durch den Gang.

»Das sollte genügen.«

Ein angenehmes Gefühl der Schwere kehrte zurück, als George einen bescheidenen Imbiss aus dem Tiefkühlfach zog. Hätte mehr Proviant bunkern sollen, sagte er sich. Hätte aber auch nicht erwartet, so lang hier draußen sein.

Plötzlich hörte er einen Schrei von der Brücke. Der Druckabfall-Alarm wurde ausgelöst, und die Schotts schlugen zu. Im Schiff gingen die Lichter aus. Um George war Dunkelheit.

Kapitel 18

Amanda war perplex. »Du hast dich geweigert, überhaupt zu verkaufen?«

Fuchs nickte grimmig. Der heiße Zorn, den er während der Besprechung mit Humphries verspürt hatte, war zum Teil verflogen, doch der Ärger brannte noch immer tief in den Eingeweiden. Eins stand jedenfalls fest: Er würde kämpfen. Auf dem Weg von Humphries Büros zu ihrer Hotelsuite hatte Fuchs eine unumstößliche Entscheidung getroffen. Er würde schon dafür sorgen, dass Humphries dieses selbstgefällige Grinsen verging – was auch immer es kosten würde.

Amanda saß im Wohnzimmer ihrer Suite, als Fuchs zornig und ungeduldig zur Tür hereinkam. Er sah ihren erwartungsvollen Gesichtsausdruck und wurde sich bewusst, dass sie die ganze Zeit auf ihn gewartet hatte; sie war weder einkaufen gegangen noch hatte sie sonst etwas getan, außer auf seine Rückkehr zu warten.

»Ich konnte es nicht tun«, sagte Fuchs so leise, dass er sich nicht sicher war, ob sie ihn überhaupt gehört hatte. Er räusperte sich und wiederholte: »Ich konnte nicht an ihn verkaufen. Um nichts in der Welt.«

Amanda ließ sich auf eins der kleinen Sofas sinken, die im Raum verteilt waren. »Lars … wie soll es denn nun weitergehen?«

»Ich weiß nicht«, sagte er. Das entsprach zwar nicht ganz der Wahrheit, aber er wusste nicht, ob er mit der ganzen Wahrheit herausrücken sollte. Er setzte sich auf den Stuhl neben Amanda und nahm ihre Hände in seine. »Ich sagte ihm, dass ich wieder nach Ceres gehen und noch einmal von vorn anfangen würde.«

»Noch einmal von vorn anfangen? Wie denn?«

Er rang sich ein Lächeln für sie ab, um seine wahren Gefühle zu verbergen. »Wir haben noch immer die *Starpower*. Wir könnten wieder als Prospektoren arbeiten.«

»Wieder in einem Schiff hausen«, murmelte sie.

»Ich weiß, dass es ein Schritt zurück ist.« Er zögerte und fand dann den Mut zu sagen: »Du musst nicht mit mir kommen. Du kannst auf Ceres bleiben. Oder … oder wo du sonst gern leben möchtest.«

»Du würdest auch ohne mich gehen?« Das schien sie zu verletzen.

Fuchs wusste, dass Amanda entsetzt wäre, wenn er ihr von seinen wirklichen Plänen und seinem wahren Ziel erzählte. Sie würde es ihm auszureden versuchen. Und noch schlimmer, wenn sie erst einmal erkannt hatte, dass er sich davon nicht abbringen ließ, würde sie darauf bestehen, ihn auf jedem Schritt des Weges zu begleiten.

Also hielt er sich bedeckt. »Liebste Amanda … ich kann doch nicht von dir verlangen, wieder wie damals zu leben. Ich habe den Schlamassel angerichtet, und nun muss ich auch …«

»Lars, er wird dich umbringen!«

Er sah, dass sie wirklich Angst hatte.

»Wenn du allein zum Gürtel zurückkehrst«, sagte Amanda dringlich, »wird er jemanden auf dich ansetzen und dich umbringen lassen.«

Fuchs erinnerte sich an Humphries' Worte: *Sie sind ein toter Mann, Fuchs.*

»Ich kann schon auf mich aufpassen«, sagte er grimmig.

Ich muss mit ihm gehen, sagte Amanda sich. Martin wird nichts gegen Lars unternehmen, wenn die Gefahr besteht, dass ich dabei zu Schaden komme.

»Ich weiß, dass du auf dich aufpassen kannst, Liebling«, sagte sie sanft und beschwichtigend zu ihrem Mann, »aber wer wird dann auf mich aufpassen?« Sie streichelte ihm die Wange.

»Du würdest mit mir gehen?«

»Natürlich.«

»Du *willst* mit mir gehen?« Er vermochte sein Glück kaum zu fassen.

»Ich will bei dir sein, Lars«, sagte Amanda leise. »Wo auch immer du hingehst.«

Martin hat es im Grunde nur auf mich abgesehen, sagte sie sich. Ich bin der eigentliche Grund für diese ganze Malaise. Ich bin der Grund, weshalb mein Mann in einer solchen Gefahr ist.

Und Fuchs sagte sich, sie will vor Humphries fliehen. Sie hat Angst vor ihm. Sie befürchtet, dass, wenn ich nicht nah genug bei ihr bin, um sie zu beschützen, er sie mir wegnimmt.

Und die Glut seines Zorns wurde wieder zu heißer Wut angefacht.

Die Notbeleuchtung schaltete sich ein; sie war zwar trübe, aber besser als völlige Dunkelheit. George tastete sich im Zwielicht durch den engen Gang von der Bordküche zur geschlossenen Luke der Brücke. Er tippte den Code in die Tastatur am Schott ein, und die Luke öffnete sich einen Spalt weit.

Wenigstens ist kein Druckabfall auf der Brücke erfolgt, sagte George sich, während er die Luke ganz öffnete. Sonst hätte die Luke sich nämlich nicht geöffnet.

Nodon saß auf dem Pilotensitz; die Augen hatte er im Schock oder aus Angst weit aufgerissen, und die Hände huschten nur so über die Tastatur der Konsole. Die normale Beleuchtung ging wieder an, aber sie schien schwächer als sonst.

»Was, zum Fuck, ist passiert, Kumpel?«, fragte George und glitt auf den Sitz des Copiloten.

»Ich habe einen Stromschlag bekommen«, sagte Nodon. »Ein Funken ist aus der Konsole übergesprungen, und dann ging das Licht aus.«

George sah, dass der Junge sämtliche Systeme des Schiffs ausprüfte. Die Anzeigen der Steuerkonsole flackerten fast so schnell, dass das Auge nicht mehr mitkam, während Nodon eine Systemdiagnose nach der andern durchlaufen ließ.

Der Junge ist gut, sagte George sich. Ihn einzustellen war die richtige Entscheidung gewesen.

Nodon war ein dünner junger Mann, der sein Alter mit fünfundzwanzig angab, doch George hatte den Eindruck, dass der Junge gerade erst Anfang zwanzig war. Er hatte auf Ceres am Computer gearbeitet und

175

verfügte sonst über keine Berufserfahrung. Er hatte aber Elan und einen ausgeprägten Erfolgswillen, weshalb George ihn als Besatzungsmitglied für dieses Bergbauprojekt ausgesucht hatte. George nannte ihn ›Türke‹, doch war Nodon eigentlich Mongole, was durch die spiraligen Schmucktätowierungen auf beiden Wangen dokumentiert wurde. Er sagte, er sei auf dem Mond geboren worden und der Sohn von Bergleuten, die von der Erde geflohen waren, als die Wüste Gobi das Grasland der Heimat ihrer Vorfahren verschlungen hatte. Er bestand nur aus Haut und Knochen, hatte eine pergamentartige Haut, einen kahl geschorenen Kopf und große ausdrucksvolle, braune Augen. Er hätte wirklich gut ausgesehen, wären da nicht diese hässlichen Narben gewesen, sagte George sich. Er wollte sich einen Bart wachsen lassen; bisher war es aber nur ein leichter Flaum, durch den die Oberlippe schmutzig wirkte.

Nodon, der angespannt auf dem Pilotensitz saß, trug nur ein leichtes Netzhemd über einer verschlissenen Shorts. Er führte diese Diagnose so schnell durch, dass George kaum noch zu folgen vermochte.

»Der Stromgenerator ist abgeschaltet«, sagte er. »Daher ist auch das Licht ausgegangen.«

»Wir sind auf Batterie?«, fragte George.

»Ja, und …«

Der Alarm blökte wieder, und George spürte ein Knacken in den Ohren. Die luftdichte Luke hatte sich erneut geschlossen.

»Mein Gott!«, rief George. »Das Arschloch schießt auf uns!«

Dorik Harbin schaute finster auf die Bildschirme. Mit dem ersten Schuss hatte er eigentlich das Habitatmodul des Schiffs treffen wollen, doch sie hatten den Spin gerade in dem Sekundenbruchteil erhöht, als er gefeuert hatte. *Dass* er etwas getroffen hatte, stand fest, aber es war eben kein Volltreffer.

Es hatte ein paar Minuten gedauert, um den großen Laser wieder aufzuladen; somit hatte Harbin genug Zeit gehabt, das Ziel genau aufzufassen. Er hatte die Risszeichnung der *Matilda* auf dem Bildschirm – Danksagung an *Humphries Space Systems*. Ihre nachrichtendienstlichen Daten waren nahezu perfekt. Harbin wusste, wo die Schiffe waren, hinter denen er her war, und er kannte auch den Aufbau jeden Schiffes.

Keine große Herausforderung für einen Soldaten, sagte er sich. Aber welcher Soldat sucht überhaupt die Herausforderung? Wenn man schon das Leben aufs Spiel setzt, sollte der Auftrag wenigstens so leicht wie möglich sein. Er wurde sich der Tatsache bewusst, dass er auf unbewaffnete Zivilisten schoss. Vielleicht befand sich auch eine Frau an Bord dieses Schiffes, obwohl dies aus den nachrichtendienstlichen Daten von *HSS* nicht hervorging. Und wenn schon, sagte er sich. Das ist das Ziel, und du wirst dafür bezahlt, es zu zerstören. Es ist viel leichter, als einem Menschen ins Gesicht zu sehen und ihn zu töten, wie du es in Delhi tun musstest.

Das war vielleicht ein Schlamassel gewesen, geradezu ein Fiasko. Ein Söldnerbataillon versuchte ein Lagerhaus mit Lebensmitteln gegen eine ganze Stadt zu verteidigen. Dieser Idiot von Kommandant! Ein blöder Franzose. Harbin sah noch immer die verzerrten Gesichter der zerlumpten, halb verhungerten Inder, die mit bloßen Händen gegen Sturmgewehre und Maschinengewehre anstürmten. Und trotzdem hätten sie uns fast überrannt. Erst als er den Fehler machte, eine Frau so nah an sich herankommen zu lassen, dass sie ihn mit einem Messer angreifen konnte, fiel er in einen rettenden Blutrausch. Er erschoss sie aus nächster Nähe und führte dann einen wilden, mörderischen Angriff, der die Menge in die Flucht schlug. Er hörte erst auf, den Fliehenden in den Rücken zu schießen, als das Gewehr wegen Überhitzung Ladehemmung hatte.

Er verdrängte diese albtraumhaften Bilder aus dem Bewusstsein und konzentrierte sich auf die Arbeit. Als er wieder schussbereit war, hatte das Habitatmodul sich durch den Spin der *Matilda* so weit bewegt, dass es teilweise von den großen Erzbrocken abgeschirmt wurde, die die Bergleute am zentralen Antriebsmodul aufgehängt hatten. Aber die Hauptkommunikations-antenne lag in seinem Blickfeld. Er gab einen Schuss ab. Die Kondensatoren des Lasers knackten laut, und er sah einen Lichtblitz am Rand der Antenne. Ein Treffer.

Und nun die Hilfsantennen, sagte er sich. Ich muss näher herangehen.

»Er schießt auf uns?«, sagte Nodon mit schriller Stimme.

»Abgefuckter Bastard«, knurrte George. »Steig in deinen Anzug. Schnell!«

Nodon sprang vom Stuhl auf und ging zur Luke. Er gab schnell den Tastencode ein, und die Luke öffnete sich.

»Der Luftdruck fällt«, rief er über die Schulter zu George, der ihm bereits durch den Gang zur Luftschleuse folgte.

Wenn wir den verdammten Laser an Bord hätten, sagte George sich, könnten wir dem Bastard von seiner eigenen Medizin zu schmecken geben. Doch der Laser war auf dem Asteroiden und der Akku wurde gerade geladen; jedenfalls war er geladen worden, bis der Generator einen Treffer abbekommen hatte.

»Wir fahren das Schiff besser herunter«, sagte George, während sie eilig in die Anzüge stiegen. »Um die Batterien zu schonen.«

Nodon stülpte sich schon den Kugelhelm über den

Kopf. »Ich gehe auf die Brücke und erledige das«, sagte er mit durch den Helm gedämpfter Stimme.

»Schalte alles ab!«, rief George ihm nach. »Sie sollen glauben, dass wir tot sind!«

Obwohl sie damit gar nicht mal so falsch liegen würden, fügte er stumm hinzu.

Nodon kam von der Brücke zurück, als George gerade die Halsdichtung des Helms schloss. Er beugte sich zum Jungen hinüber, bis die Helme sich berührten und sagte: »Benutze nicht einmal den Anzugsfunk. Stell dich tot.«

Der Junge schaute besorgt, doch er lächelte starr und nickte George zu.

Sie erreichten die Luftschleuse und stiegen zusammen aus. George packte Nodon am Anzugsarm und stieß sich – ohne das Rückentornistertriebwerk zu zünden – zu den großen Erzbrocken ab, die am Fusionstriebwerk der *Matilda* befestigt waren. Versteck dich im Schatten der Klötze, sagte er sich. Im Kernschatten wird dieser abgefuckte Killer uns vielleicht nicht ausmachen.

In der Mikrogravitation besteht jedoch die Gefahr, dass die Perspektive verzerrt wird. Als George und der Junge den nächsten Brocken erreichten, schien es, als ob sie nebeneinander auf einem riesigen Bett lägen und zu ihrem Habitatmodul aufschauten, das langsam um die Leine rotierte.

Das andere Schiff glitt in Georges Blickfeld. Es war klein, kaum größer als ein separates Habitatmodul, das man auf ein Fusionstriebwerk und bauchige Treibstofftanks gesetzt hatte. Es mutete beinahe an wie eine Weintraube mit unterschiedlich großen Beeren. Dann erkannte er die Konturen eines Hochleistungslasers, der direkt unterm Habitatmodul hing. Dieses Schiff war als reiner Zerstörer konzipiert.

Der Leitstrahl vom Hilfslaser des Schiffs spielte

übers Habitatmodul der *Matilda*. George sah, wie das kleinere Schiff gemächlich manövrierte und der unheimliche rote Punkt des Leitstrahls sich vom Habitatmodul löste. Für einen Moment verlor er sich in der Tiefe des Raums, doch dann verkrampfte George sich das Herz in der Brust. Der rote Punkt wanderte über den Erzbrocken zu der Stelle, wo er und Nodon sich befanden.

Er weiß, wo wir sind, sagte George sich, und der Schweiß brach ihm aus. Er wird uns tranchieren!

Doch dann wanderte der rote Punkt mehr als zehn Meter von ihren Stiefeln entfernt über den Brocken. Er verharrte an der trichterförmigen Düse des Fusionstriebwerks und wanderte dann gemächlich zur Öffnung der Düse. Es blitzte. George blinzelte bei dem plötzlichen Lichteffekt.

Nodon stieß mit dem Helm gegen Georges. »Das Triebwerk!«, sagte er kläglich.

Noch ein Blitz. Diesmal sah George Metallteile von der Raketendüse absplittern. Sie funkelten flüchtig im fahlen Sonnenlicht und verschwanden dann taumelnd in der Dunkelheit.

Der Laser feuerte erneut und traf die Rohrleitung, die flüssigen Wasserstoff in die Kühlkapillaren der Düse leitete. Der abgefuckte Bastard versteht sein Handwerk, sagte George sich grimmig. Er hat das Triebwerk mit nur drei Schüssen lahm gelegt.

Das angreifende Schiff führte ein gemächliches Manöver durch und tauchte aus Georges Blickfeld unter den Rand des Erzbrockens ab, wo er und Nodon sich versteckten. Für Momente, die ihnen wie Stunden erschienen, verharrten die beiden Männer dort reglos. Was sollen wir nun tun, fragte George sich. Wie sollen wir ohne das Haupttriebwerk wieder nach Hause kommen?

In der Dunkelheit spürte George, wie Nodon ihn

wieder mit dem Helm touchierte. »Glauben Sie, dass er verschwunden ist?«, fragte der junge Mann.

Bevor George noch zu antworten vermochte, nahm er aus dem Augenwinkel wieder ein Glitzern wahr. Er stieß sich etwas vom Erzbrocken ab und sah, dass der Angreifer Löcher in ihre Treibstofftanks schoss. Dünne Ströme flüssigen Wasserstoffs und Helium-3 entwichen lautlos ins Vakuum und blähten sich kurz zu weißlichen Gasschwaden aus, bis sie sich im nächsten Moment in der Leere des Raums auflösten.

»Wir bewegen uns«, murmelte George, obwohl Nodon ihn gar nicht zu hören vermochte. Wie ein Luftballon, aus dem man die Luft herausließ, schoben die aus den perforierten Tanks entweichenden Gase die *Matilda* langsam vom Asteroiden weg.

»Wir machen eine abgefuckte Reise durchs Sonnensystem«, sagte George laut. »Eine Schande, dass wir zu tot sein werden, um den Flug zu genießen.«

Kapitel 19

»Es wundert mich, dass er uns noch nicht aus seinem Hotel geworfen hat«, sagte Fuchs trübsinnig.

Pancho Lane versuchte aufmunternd zu lächeln. Lars und Amanda wirkten beide so niedergeschlagen, so – *verstört* war das richtige Wort, befand Pancho. Überwältigt von den Ereignissen und ihren eigenen Emotionen.

»He, macht euch keine Sorgen wegen des Hotels«, sagte sie bemüht fröhlich. »*Astro* übernimmt die Zeche, falls Humphries widerruft.«

Fuchs war noch immer in dem hellgrauen Geschäftsanzug, den er zur Besprechung mit Humphries getragen hatte. Amanda trug einen türkisfarbenen knielangen Rock, der ziemlich züchtig wirkte. Dennoch fühlte Pancho sich neben ihr wie Aschenputtel – wie gehabt. Das lag überhaupt nicht in Mandys Absicht, doch immer wenn Pancho in ihrer Nähe war, kam sie sich vor wie eine Bohnenstange neben einem Videostar.

»Wir gehen nach Ceres zurück«, sagte Amanda. »Und arbeiten wieder als Prospektoren.

Die beiden saßen missmutig auf dem Sofa, das unter einem Hologramm von Valles Marineris auf dem Mars aufgestellt war: die größte Schlucht im ganzen Sonnensystem.

»Und was wird aus der Helvetia GmbH?«, fragte Pancho. »Du wirst dich von Humphries doch nicht aus dem Geschäft drängen lassen, oder?«

Fuchs grunzte. »Was für ein Geschäft? Unser Bestand ist doch in Flammen aufgegangen.«

»Ja, aber die Versicherung müsste den größten Teil

des Schadens ersetzen, wenn ihr noch einmal von vorn anfangt.«

Fuchs schüttelte müde den Kopf.

»Du hast viele Freunde dort draußen auf Ceres«, sagte Pancho nachdrücklich. »Du solltest sie nicht einfach so fahren lassen.«

Amanda zog hoffnungsvoll die Brauen hoch.

»Du willst doch nicht etwa, dass Humphries ein Monopol bekommt, nicht wahr, Lars, alter Kumpel?«

»Ich würde ihn lieber erwürgen«, knurrte Fuchs.

Pancho lehnte sich auf dem Stuhl zurück und streckte die langen Beine aus. »Ich sag dir was: *Astro* wird dir einen Kredit für die neue Bestückung deines Lagerhauses geben – bis zum Limit, das die Versicherung dir zahlen wird.«

Fuchs schaute sie an. »Das könntest du tun?«

»Ich beherrsche inzwischen die Spielregeln im Vorstand. Ich habe schon ein paar Leute auf meine Seite gezogen. Sie wollen genauso wenig wie du, dass Humphries den Gürtel monopolisiert.«

»Ist deine Hausmacht überhaupt schon stark genug, um das Angebot zu realisieren, das du uns gerade gemacht hast?«, fragte Amanda.

»Mein Wort drauf«, erwiderte Pancho und nickte.

Amanda wandte sich an ihren Mann: »Lars, wir könnten mit Helvetia noch einmal von vorn anfangen«, sagte sie hoffnungsvoll.

»Aber mit einem kleineren Bestand«, grummelte er. »Die Versicherung wird uns nämlich nicht den gesamten Verlust ersetzen.«

»Aber es wäre schon einmal ein Anfang«, sagte Amanda mit einem von Herzen kommenden Lächeln.

Fuchs erwiderte das Lächeln jedoch nicht. Er wandte den Blick von seiner Frau ab. Pancho glaubte, dass irgendetwas in seinem Kopf vorging, und er nicht wollte, dass sie es mitbekam.

»Ich werde wieder als Prospektor arbeiten«, sagte er, den Blick auf die entgegengesetzte Wand des Wohnzimmers gerichtet.

»Aber ...«

»Ich werde die *Starpower* wieder übernehmen, sobald der derzeitige Leasingvertrag abgelaufen ist.«

»Aber was ist mit Helvetia?«, fragte Amanda.

Er drehte sich zu ihr um. »Du wirst Helvetia leiten müssen. Du kannst auf Ceres bleiben, während ich mit dem Schiff unterwegs bin.«

Pancho musterte sie. Da ging irgendetwas zwischen ihnen vor, eine versteckte Agenda, die sie nicht zu ermessen vermochte.

»Lars«, sagte Amanda mit sehr leiser Stimme, »bist du sicher, dass du das tun willst?«

»Das ist das, was ich tun muss, Liebling.« Seine Stimme klang unbeugsam.

Pancho lud sie beide zum Abendessen im Restaurant Erdblick in der Hotellobby ein.

»Das soll ein gemütlicher Abend werden«, sagte sie ihnen. »Kein Wort über Humphries oder Ceres oder übers Geschäft überhaupt. In Ordnung?«

Sie erklärten sich halbherzig einverstanden.

Also sprachen sie beim Essen natürlich übers Geschäft. Über Panchos Geschäft.

Der stehende Witz übers ›Erdblick‹ war, es sei das beste Restaurant im Umkreis von vierhunderttausend Kilometern. Was durchaus der Wahrheit entsprach: Die beiden anderen Restaurants in Selene, oben in der Grand Plaza, waren bessere Bistros. Das im zweiten Tiefgeschoss gelegene ›Erdblick‹ hatte Panorama-Fensterwände, die holografische Abbildungen der Mondoberfläche zeigten. Man hatte förmlich den Eindruck, durch echte Fenster auf den rissigen Boden des riesigen Kraters Alphonsus zu schauen und auf die erodierten, eingefallenen Ringwall-Berge. Und immer stand die Erde an diesem dunklen Himmel – sie hing dort wie ein glühendes Juwel aus tiefem Blau und reinstem Weiß, das sich ständig veränderte und trotzdem immer gegenwärtig war.

Das ›Erdblick‹ warb damit, dass es menschliches Personal hatte und keine Roboter. Pancho war der Ansicht, dass ein wirklich erstklassiges Restaurant Tischdecken benutzen sollte, doch stattdessen gab es im ›Erdblick‹ glitzernde Platzdeckchen aus lunarem Wabenkern-Metall, das so dünn und geschmeidig wie Seide war.

Keiner von ihnen hatte sich zum Abendessen umgezogen. Fuchs trug noch immer den grauen Anzug und Amanda das türkisfarbene knielange Kleid. Pancho, die ein Faible für Overalls und Softboots hatte, hatte den Tag in einem geschäftlichen Ensemble aus einer schokoladenbraunen Hose, einem hellgelben Sweater und einer beigefarbenen Weste aus Wildleder begonnen. Amanda hatte ihr eine kastanienfarbene irische Spitzenstola geliehen, um ›dein Outfit aufzupeppen‹.

Nachdem der gut aussehende junge Kellner die Getränke gebracht und die Essensbestellungen entgegengenommen hatte, trat am Tisch ein Schweigen ein. Sie hatten sich darauf geeinigt, nicht übers Geschäft zu sprechen. Doch worüber sollten sie sich sonst unterhalten?

Pancho nippte an ihrer Margarita und schaute dem Kellner nach. Ein schöner knackiger Hintern, sagte sie sich. Ob er verheiratet ist?

»Was hast du denn in letzter Zeit so gemacht, Pancho?«, fragte Amanda schließlich – mehr um das Schweigen zu brechen als aus sonst einem Grund.

»Ich? Ich bin an einer Sache dran, von der Dan Randolph schon vor Jahren gesprochen hat: Fusionsbrennstoffe vom Jupiter abzapfen.«

Fuchs spitzte die Ohren. »Fusionsbrennstoffe?«

»Ja. Helium-drei, Tritium und andere Isotope, weißt du. Die Jupiteratmosphäre ist voll davon.«

»Jupiter hat aber eine steile Gravitationsquelle«, sagte Amanda.

»Das kannst du laut sagen«, sagte Pancho. »Stell dir vor, es sind ein paar Verrückte an mich herangetreten, die durch die Jupiteratmosphäre fliegen wollten – als ein Stunt! Sie hatten sogar einen Netzwerkproduzenten dabei.«

»Wahnsinn«, murmelte Fuchs.

»Ja, sicher. Und dann gibt es da noch ein paar Wissenschaftler, die eine Forschungsstation im Orbit um Jupiter einrichten wollen. Um die Monde zu studieren und so.«

»Aber die Strahlung«, sagte Amanda.

»Ein enger Orbit unter den Van Allen-Gürteln des Jupiter. Wäre vielleicht machbar.«

»*Astro* würde das finanzieren?«

»Nein, zum Teufel!«, platzte Pancho heraus. »Die Universitäten müssen für die Finanzierung sorgen. Wir werden dafür den Sauger bauen.«

»Und ihn als Plattform zum Abschöpfen der Jupiter-Atmosphäre verwenden«, ergänzte Amanda.

Pancho lächelte sie an. Manchmal vergesse ich, wie klug sie doch ist, sagte Pancho sich. Ich lasse mich von ihrem Engelsgesicht und den schönen Brüsten täuschen.

Dann schaute sie auf Fuchs. Er saß mit dem unberührten Drink vor sich da und starrte in ein privates Universum. Woran auch immer er denkt, sagte Pancho sich, er ist eine Myriade Kilometer von hier entfernt.

Nachdem sie ins Schiff zurückgekehrt waren, brauchten George und Nodon noch einmal Stunden, um die Löcher zu stopfen, mit denen der Laser des Angreifers die Hülle perforiert hatte und alle Systeme auszuprüfen. Sie waren beide todmüde, als sie endlich in der Lage waren, die Raumanzüge auszuziehen und ebenso müde wie ängstlich zur Brücke zu stapfen.

George setzte sich auf den Sitz des Kommandanten, und Nodon glitt auf den Sitz zu seiner Rechten.

»Du führst eine Diagnose des Stromgenerators durch«, sagte George. »Ich werde den Navigationsrechner überprüfen und sehen, wohin, zum Fuck, wir überhaupt fliegen.«

Schweigend arbeiteten sie noch einmal zwanzig Minuten.

»Ich kann den Generator reparieren«, sagte Nodon schließlich. »Es sind nur ein paar Elektroden defekt. Wir haben Ersatzteile dabei.«

George nickte. »In Ordnung. Wenn du den Generator wieder zum Laufen bringst, müssen wir uns wenigstens keine Sorgen wegen des Stroms für die Lebenserhaltungssysteme machen.«

»Das ist mal eine gute Nachricht«, sagte Nodon und nickte.

»Richtig. Und hier ist die schlechte Nachricht. Ohne ein Ruder sind wir im Arsch.«

Nodon sagte nichts. Sein hageres Gesicht blieb völlig ausdruckslos, doch George sah, dass sein kahl geschorener Kopf mit einem glitzernden Schweißfilm überzogen war. Das liegt sicher nicht an der Temperatur hier drin, sagte George sich. Auf der Brücke war es nämlich inzwischen ausgesprochen kühl.

»Er hat genug Löcher in die Treibstofftanks geballert, um uns noch tiefer in den Gürtel zu schicken«, sagte George mit einem schweren Seufzer.

»Und das Haupttriebwerk ist irreparabel beschädigt.«

»Wahrscheinlich.«

»Dann werden wir sterben.«

»Sieht jedenfalls so aus, Kumpel. Es sei denn, uns kommt jemand zu Hilfe.«

»Das Funkgerät ist auch stumm. Er muss die Antennen mit dem Laser zerstört haben.«

George nickte. »Darauf hatte der verdammte Bastard es also abgesehen.«

»Er hat ganze Arbeit geleistet.«

George saß da, starrte auf die Steuerkonsole, auf der die Hälfte der Signallampen rot leuchtete und versuchte nachzudenken.

»Die Lebenserhaltung funktioniert jedenfalls«, dachte er laut.

»Aber erst, wenn der Generator wieder läuft«, klärte Nodon ihn auf. »Sonst werden die Batterien in ...« – er blickte auf die Anzeigen – »elf Stunden erschöpft sein.«

»Dann sollten wir den Generator lieber reparieren. Das ist unsere höchste Priorität.«

Nodon erhob sich vom Sitz. »Und die zweite Priorität?«, fragte er nach kurzem Zögern.

»Wir müssen sehen, ob wir eine Flugbahn einschlagen können, die uns in die Nähe von Ceres bringt, bevor wir verhungern.«

Kapitel 20

Amanda wäre zu gern noch für ein paar Tage in Selene geblieben, doch Fuchs bestand darauf, dass sie sobald wie möglich wieder nach Ceres aufbrachen. Er hatte von Pancho erfahren, dass am nächsten Tag ein *Astro*-Schiff nach Ceres starten würde; es war mit Ausrüstung beladen, die Helvetia noch vor dem Brand im Lagerhaus bestellt hatte.

»Wir werden mit diesem Schiff zurückfliegen«, sagte Fuchs zu seiner Frau.

»Aber das ist doch ein Frachter. Er hat keine Unterbringungsmöglichkeiten für Passagiere«, wandte Amanda ein.

»Wir werden mit dem Schiff zurückfliegen«, wiederholte er und starrte grimmig geradeaus.

Amanda fragte sich, wieso ihr Mann darauf bestand, so schnell wie möglich zurückzukehren. Sie packte widerwillig ihre Reisetasche, während Fuchs Pancho anrief, um den Flug zu arrangieren.

Am nächsten Morgen fuhren sie auf der automatisierten kleinen Zugmaschine durch den Tunnel, der zum Raumhafen Armstrong führte, und gingen an Bord des spinnenbeinigen Shuttles, das sie zur *Harper* hinaufbringen würde. Das Schiff befand sich auf einer Mondumlaufbahn, rotierte aber mit einem Sechstel Ge. Fuchs war dankbar, dass er die Schwerelosigkeit nur für die paar Minuten würde aushalten müssen, die der Zubringer für den Flug brauchte.

»Das neueste Schiff im Sonnensystem«, sagte der Kapitän, als er sie an Bord begrüßte. Er war jung, schlank, gut aussehend und bewunderte unverhohlen Amandas frauliche Formen. Fuchs, der neben ihr stand, fasste seine Frau besitzergreifend am Arm.

»Leider ist es nicht für die Beförderung von Passagieren ausgelegt«, sagte der Kapitän, während er sie durch den Mittelgang des Habitatmoduls führte. »Ich kann Ihnen höchstes diese Kabine anbieten.«

Er schob eine ziehharmonikaartige Tür zurück. Die Kabine war gerade einmal so groß, dass zwei Personen darin zu stehen vermochten.

»Sie ist ziemlich klein«, sagte der Kapitän um Entschuldigung heischend und lächelte Amanda an.

»Das wird schon reichen«, sagte Fuchs. »Der Flug dauert ja nur sechs Tage.«

Er ging vor Amanda ins Abteil.

»Wir scheren in dreißig Minuten aus dem Orbit aus«, sagte der Kapitän, der draußen auf dem Gang stehen geblieben war.

»Gut«, sagte Fuchs. Dann schob er die Tür zu.

»Lars, du warst definitiv unhöflich zu ihm!«, sagte Amanda kichernd.

»Ich glaubte schon, ihm würden die Augen aus dem Kopf fallen, so hat er dich angestarrt«, sagte er grinsend.

»Ach Lars, das hat er doch gar nicht. Oder etwa doch?«

»Ganz bestimmt hat er das.«

»Was glaubst du, was dabei in seinem Kopf vorging?«, fragte Amanda mit einem verschmitzten Gesichtsausdruck.

»Ich werde es dir zeigen«, sagte er mit einem wölfischen Grinsen.

Die vierteljährlichen Vorstandssitzungen der *Astro Manufacturing Corporation*, die vor der tropischen Kulisse von LaGuaira an der Karibikküste Venezuelas stattfanden, hatten den Charakter kriegerischer Auseinandersetzungen angenommen. Martin Humphries hatte sich eine Hausmacht geschaffen und versuchte die Kontrolle über den Vorstand zu erringen. Seine Gegenspielerin war Pancho Lane, die in den fünf Jahren im Vorstand ebenfalls gelernt hatte, einen Stimmenblock auf sich zu vereinigen.

Die Vorstandsvorsitzende, Harriet O'Banian versuchte, nach Möglichkeit nicht zwischen die Fronten zu geraten. Sie war nämlich der Auffassung, dass ihr Auftrag allein darin bestand, *Astro* so profitabel wie möglich zu machen. Und ein großer Teil dessen, was Humphries unternehmen wollte, war wirklich gewinnträchtig, auch wenn Pancho praktisch jeden Vorschlag ablehnte, den Humphries oder einer seiner Leute vorlegte.

Doch nun machte Pancho einen Vorschlag, der auf eine ganz neue Produktlinie für *Astro* hinauslaufen würde, und Humphries betrieb Totalopposition.

»Gas von der Jupiteratmosphäre abzapfen?«, sagte Humphries spöttisch. »Vermag man sich etwas vorzustellen, das noch riskanter wäre?«

»Ja«, sagte Pancho schroff. »Zuzulassen, dass jemand anders einen Fuß in die Tür des Fusionsbrennstoff-Markts bekommt.«

Temperamentsausbrüche waren der rothaarigen Hattie O'Banian selbst nicht fremd. Aber nicht, wenn sie dem Vorstand vorsaß. Sie klopfte mit den Fingerknöcheln auf den langen Konferenztisch. »Wir werden die Ordnung hier einhalten«, sagte sie bestimmt. »Mr. Humphries hat das Wort.«

Pancho ließ sich wieder auf den Stuhl fallen und nickte pikiert. Sie saß Humphries am Tisch fast genau gegenüber. O'Banian musste an sich halten, um sie nicht anzulächeln. Pancho hatte große Fortschritte gemacht, seit sie quasi als ungeschliffener Diamant in den Vorstand gekommen war. Hinter dem Westtexas-

Slang und dem Flintenweibgebaren verbargen sich hohe Intelligenz, schnelle Auffassungsgabe und die Fähigkeit, mit der Intensität eines Laserstrahls sich auf ein Thema zu konzentrieren. Mit Hatties Hilfe hatte Pancho sich die Etikette eines Vorstandsmitglieds angeeignet: Heute trug sie einen roséfarbenen Hosenanzug, der mit dezentem Schmuck akzentuiert war. Trotzdem fand Hattie, dass sie ihr burschikoses Wesen auf Dauer nicht zu unterdrücken vermochte. Sie sah so aus, als ob sie sich am liebsten über den Tisch gebeugt und Humphries eine vor den Latz geknallt hätte.

Was Humphries betraf, so schien er sich in einem legeren dunkelblauen Strickanzug und einem hellgelben Stehkragenhemd pudelwohl zu fühlen. Er versteht es, sich zu kleiden, sagte Hattie sich, und er versteht es noch besser, seine Gedanken zu verbergen.

»Martin«, sagte O'Banian. »Haben Sie dem noch etwas hinzuzufügen?«

»Gewiss«, sagte Humphries mit einem listigen Lächeln. Er richtete für ein Moment den Blick auf Pancho und schaute dann wieder auf O'Banian. »Ich bin gegen unausgegorene Pläne, die einen Goldschatz am Ende des Regenbogens verheißen, in Wirklichkeit aber mit untragbaren technischen Risiken behaftet sind. Und mit Risiken für Menschen. Ein Schiff auf eine Himmelfahrtsmission zum Jupiter zu entsenden, um Wasserstoff- und Heliumisotope aus der Atmosphäre dieses Planeten zu schöpfen, ist schlicht und ergreifend totaler Wahnsinn.«

Ein halbes Dutzend der Vorstandsmitglieder nickten zustimmend. O'Banian sah, dass auch ein paar darunter waren, die bei diesen Auseinandersetzungen normalerweise nicht auf Humphries' Seite standen.

»Ms. Lane? Haben Sie noch mehr zur Unterstützung Ihres Vorschlags vorzubringen?«

Pancho setzte sich stocksteif auf und schaute Humphries direkt ins Gesicht. »Auf jeden Fall. Ich habe die Fakten präsentiert, die technische Analyse, die Kostenschätzungen und die Gewinnprognosen. Aus den Zahlen geht hervor, dass die Abschöpfung von Fusionsbrennstoffen innerhalb der Möglichkeiten der bestehenden Technologie liegt. Es muss nichts Neues erfunden werden.«

»Ein Schiff soll im Sturzflug in die Jupiteratmosphäre eintauchen und seine Gase abschöpfen?«, platzte einer der älteren Männer am Tisch heraus. Er hatte ein pausbäckiges rotes Gesicht und eine Glatze.

Pancho bedachte ihn mit einem angestrengten Lächeln. »Ein Schiff, das vom Jupiterorbit aus in Telepräsenz gesteuert wird. Es ist durchaus im Bereich des Machbaren.«

»Es gibt im Jupitersystem aber noch keine Basis für eine Telepräsenzmannschaft; wir würden sie erst einrichten müssen.«

»Das ist wahr«, sagte Pancho gleichmütig. »Ich habe auch nicht behauptet, dass die Infrastruktur schon existiert. Aber es ist innerhalb unserer Möglichkeiten. Wir müssen die Basis nur bauen und testen.«

»Aber zu welchen Kosten?«, fragte die grauhaarige Frau, die zwei Stühle von Pancho entfernt saß.

»Sie ersehen die entsprechenden Zahlen aus meiner Präsentation«, sagte Pancho und wandte sich an O'Banian: »Wenn ich meinen Vortrag nun ohne weitere Unterbrechung beenden dürfte, bitte?«

O'Banian nickte. »Lassen wir Pancho also die gleiche Höflichkeit zuteil werden, wie wir sie Martin gewährt haben«, sagte sie mit leicht erhobener Stimme. »Das gilt für alle.«

»Dank in die Runde«, sagte Pancho. »Die Erde braucht Energiequellen, die keine Treibhausgase in die Atmosphäre entlassen. Fusion ist die Antwort, und Fusion auf der Basis von Helium-drei ist das effizienteste Fusionssystem, das bisher angewandt worden ist. Es warten Billiarden Dollar *pro Jahr* auf das Unternehmen, das Fusionsbrennstoffe an die Erde liefert. Und vergessen Sie nicht, dass Helene, die Mars-Basen, Ceres und viele andere Einrichtungen im Weltraum auch Fusionsbrennstoff brauchen. Gar nicht zu reden vom Markt für Raumschiffantriebe.«

»Wir beziehen schon von Selene Deuterium-drei«, sagte der rotgesichtige, kahlköpfige Mann. »Sie gewinnen es im Tagebau.«

»Es gibt aber nicht genug Deuterium auf dem Mond, um die potenzielle Marktnachfrage zu befriedigen«, entgegnete Pancho.

»Aber der weite Flug bis zum Jupiter … das wird den Preis verdammt hochtreiben, nicht wahr?«

»Nicht, wenn wir den Betrieb erst einmal aufgenommen haben. Es wird eine lange Frachtstrecke sein, gewiss eine Pipeline-Operation. Wir werden Selenes Preis gar nicht mal unterbieten müssen; wir müssen nur eine Million Mal mehr Fusionsbrennstoff anbieten, als Selene zu fördern vermag.«

Der Mann war dennoch nicht überzeugt und nuschelte etwas in den Bart.

Pancho schaute wieder auf O'Banian, doch bevor die Vorsitzende noch etwas zu sagen vermochte, fuhr sie fort: »Noch etwas. Wenn wir es nicht tun, wird *Humphries Space Systems* es tun.«

Humphries schoss förmlich vom Stuhl in die Höhe und wies mit dem Finger anklagend auf Pancho. »Das ist eine dreiste Unverschämtheit!«

»Das ist die Wahrheit, und Sie wissen es!«, erwiderte Pancho ebenso hitzig.

Im Vorstandszimmer wurde ein ärgerliches Geraune laut.

O'Banian schlug heftig auf den Tisch. »Ruhe! Das gilt für alle.«

196

»Habe ich noch das Wort?«, fragte Pancho, nachdem der Aufruhr sich gelegt hatte. Humphries schaute sie von der anderen Seite des Tischs finster an.

O'Banian warf Pancho einen ärgerlichen Blick zu. »Solange Sie sich persönlicher Angriffe auf die anderen Mitglieder des Vorstands enthalten«, antwortete sie steif.

»Okay«, sagte Pancho. »Aber es scheint mir trotzdem der Fall zu sein, dass wir ein Problem haben. Mr. Humphries hier ist in einer Position, neue Ideen zu blockieren und sie in seinem eigenen Unternehmen umzusetzen.«

»Sie werfen mir unethisches Verhalten vor!«, blaffte Humphries.

»Verdammt richtig«, sagte Pancho.

»Einen Moment! Ruhe!«, sagte O'Banian. »Ich werde nicht zulassen, dass diese Besprechung in einen persönlichen Streit ausartet.«

Das älteste Vorstandsmitglied, ein zerbrechlich wirkender Herr, der kaum jemals ein Wort sagte, meldete sich. »Ich habe den Eindruck«, sagte er mit flüsternder Stimme, »dass hier tatsächlich ein Interessenkonflikt vorliegt.«

»Das ist doch Unsinn«, sagte Humphries schroff.

»Ich befürchte, dass wir uns mit diesem Punkt befassen müssen«, entgegnete O'Banian. Sie versuchte sich so gemäßigt und neutral wie möglich auszudrücken, aber sie würde diesen Punkt trotzdem nicht ohne eine ausführliche Debatte abhaken. Sie mied bewusst den Blickkontakt mit Pancho, weil sie befürchtete, dass die ihr ihre Dankbarkeit zeigen würde.

Die Diskussion zog sich für fast zwei Stunden hin. Jedes Vorstandsmitglied wollte einen Kommentar abgeben, egal ob jemand anderes sich schon in diesem Sinne geäußert hatte oder nicht. O'Banian ließ das alles geduldig über sich ergehen und beobachtete, wie jeder sein Ego ausbreitete. Sie fragte sich, wie sie diesen Punkt zur Abstimmung bringen sollte. Humphries aus dem Vorstand werfen? Liebend gern. Nur würde sie dafür nicht genügend Stimmen bekommen. Im besten Fall konnte sie darauf hoffen, ihm die Zähne zu ziehen.

Humphries war kein Narr. Er hörte sich die immergleichen Einlassungen der Vorstandsmitglieder auch an; er war offensichtlich ungeduldig und rechnete sich offensichtlich seine Chancen aus. Als er an der Reihe war, sich zu seiner Verteidigung zu äußern, hatte er bereits eine Entscheidung getroffen.

Er stand auf und sagte langsam und ruhig: »Ich werde die von Ms. Lane vorgebrachten Anschuldigungen nicht dadurch aufwerten, indem ich mich dagegen verteidige. Ich glaube, die Tatsachen sprechen für sich ...«

»Das tun sie sicher«, murmelte Pancho so laut, dass jeder es hörte.

Humphries beherrschte sich mühsam. »Deshalb«, fuhr er fort, »gebe ich meinen Widerstand gegen dieses Jupiter-Konzept auf.«

O'Banian merkte, dass sie die Luft angehalten hatte. Sie stieß sie aus und wunderte sich darüber, wie unbehaglich sie sich fühlte. Sie hatte gehofft, dass Humphries sich wie ein Gentleman verhalten und vom Vorstand zurücktreten würde.

»Aber ich sage Ihnen eins«, fügte Humphries mit erhobenem Finger hinzu. »Wenn die Kosten aus dem Ruder laufen und die ganze Sache sich als Rohrkrepierer erweist, dann sagen Sie nicht, dass ich Sie nicht gewarnt hätte.«

O'Banian holte erneut Luft und sagte: »Martin, ich danke Ihnen im Namen des Vorstands.«

Humphries' Fraktion im Vorstand sprach sich jedoch noch immer gegen das Jupiter-Projekt aus. Immerhin erklärte sie sich dazu bereit, Pancho die Suche nach einem Partner zu gestatten, der mindestens ein Viertel der Projektkosten übernahm. Falls ihr das nicht gelang, würde der Vorstand kein grünes Licht für den Start des Programms geben.

»Einen Partner?«, fragte Pancho missmutig. O'Banian warf ihr einen warnenden Blick zu. Wenn Pancho offen beklagte, dass niemand auf eine solche Partnerschaft mit *Astro* sich einlassen würde, würde das nur Humphries' These stützen, dass die Idee ein Hirngespinst sei.

»Sie sollten vielleicht das Gespräch mit den großen Energieversorgungsunternehmen suchen«, schlug O'Banian vor. »Sie hätten von einer gesicherten Versorgung mit Fusionsbrennstoffen schließlich am meisten zu gewinnen.«

»Ja«, nuschelte Pancho. »Stimmt.«

Als die Versammlung sich auflöste und die Vorstände murmelnd und tuschelnd den Konferenzraum verließen, ging Humphries zu O'Banian hin.

»Sind Sie nun zufrieden?«, fragte er leise und in einem vertraulichen Ton.

»Es tut mir Leid, dass es so weit kommen musste, Martin«, erwiderte sie.

»Ja, ich sehe schon, wie Leid es Ihnen tut.« Er ließ den Blick durch den Raum schweifen und sah, wie Pancho mit dem alten rotgesichtigen Mann den Raum verließ. Sie sprachen miteinander. »Clever eingefädelt, Pancho als trojanisches Pferd gegen mich zu benutzen.«

O'Banian war richtiggehend schockiert. »Ich? Ich soll …?«

»Schon gut«, sagte Humphries mit einem verkniffenen Grinsen. »Ich rechne eh mit gelegentlichen Angriffen aus dem Hinterhalt. Das gehört zum Spiel.«

»Aber, Martin, ich hatte doch keine Ahnung …«

»Nein, natürlich hatten Sie keine Ahnung. Dann machen Sie mit diesem Jupiter-Unsinn weiter, falls Sie überhaupt jemanden finden, der dumm genug ist, sich mit Ihnen einzulassen. Wenn es dann schief geht, werde ich es gegen Sie verwenden, um Sie aus dem Vorstand zu entfernen. Und diese verdammte Mechanikerin dazu.«

»Ich frage mich nur«, sagte George, »woher der abgefuckte Bastard überhaupt weiß, wo unsere Antennen
waren.«

Er und Nodon zogen die Raumanzüge aus; sie waren nach einer fünfstündigen EVA hundemüde. Sie hatten die Löcher geflickt, die der Laser in die Treibstofftanks geschossen hatte, doch der Wasserstoff und das
Helium hatten sich größtenteils verflüchtigt. Und die
Kommunikationsantennen – sogar die Reserveanten-
nen – waren verschmort und damit nutzlos.

»Er muss die Pläne für dieses Schiff gehabt haben«,
sagte Nodon, während er den Torso des Hartschalen-
Anzugs hochhob und sorgfältig an seinem Platz auf
dem Gestell deponierte.

»Jedes Detail.«

»Jedes abgefuckte Detail«, pflichtete George ihm bei.
Er saß auf der kleinen Bank vor den Anzugsgestellen
und nahm sie auf ganzer Breite in Anspruch, sodass Nodon sich aufs Deck setzen musste, um sich die Stiefel
auszuziehen. George war zu müde, um sich auch nur
vornüber zu beugen und sich der Stiefel zu entledigen.

Als sie die Anzüge Stück für Stück ausgezogen hatten, gingen sie zur Bordküche. »Weißte, irgendjemand
muss ihm die Daten für dieses Schiff doch gegeben haben«, sinnierte George laut.

»Ja«, pflichtete Nodon ihm bei.

»Aber wer? Dieses Schiff ist Privateigentum, und seine Spezifikationen sind nicht veröffentlicht worden.
Man findet sie auf keiner Website.«

Nodon kratzte sich am spitzen, stoppelbärtigen Kinn

und sagte: »Ob er vielleicht Zugang zu den Herstellerdaten hat?«

»Oder vielleicht auch zu den Wartungsdateien auf Ceres«, murmelte George.

»Ja, das wäre möglich.«

George wurde sich seiner Sache immer sicherer. »Wie dem auch sei, es muss jemand von *Humphries Space Systems* sein. Ihre Leute führen schließlich die Wartungsarbeiten durch.«

»Nicht *Astro*?«

»Nee. *HSS* hat mir einen Sonderpreis angeboten, wenn ich den Wartungsvertrag unterschreiben würde.«

»Dann muss es jemand bei *HSS* sein«, stimmte Nodon ihm zu.

»Aber wieso? Wieso hat der Bastard uns angegriffen?«

»Sicherlich deshalb, um den Anspruch auf den Asteroiden zunichte zu machen.«

George schüttelte verwirrt den Kopf. »Es gibt Millionen Felsbrocken im Gürtel. Und Humphries ist der reichste Mann im Sonnensystem. Wozu sollte er dann einen lausigen Asteroiden beanspruchen wollen?«

»Vielleicht war er es gar nicht«, sagte Nodon. »Sondern jemand aus seinem Unternehmen.«

»Ja.« George nickte. »Vielleicht.«

»Aber die ganze Betrachtung ist rein akademisch«, sagte Nodon mit einem resignierten Achselzucken.

»Wie meinst'n das, Kumpel?«

Nodon tippte mit dem Finger auf den kleinen Wandbildschirm, der den Inhalt der Bordküche abbildete und sagte: »Wir haben noch Rationen für zweiundzwanzig Tage. Vielleicht auch noch für vierzig Tage, wenn wir unsere Tagesration so weit reduzieren, dass wir nicht verhungern müssen.«

George grunzte. »Hat keinen Sinn, dass wir auf Diät gehen. Wir werden sowieso sterben.«

Kapitel 21

Während der wochenlangen Reise auf der *Harper* kam Amanda ihr Mann irgendwie wie ein Fremder vor: Er schien auf eine Art und Weise seltsam und verändert, die sie nicht in Worte zu fassen vermochte. Obwohl – distanziert wirkte er eigentlich nicht. Ganz bestimmt war er nicht distanziert: Lars verbrachte fast den ganzen Flug im Bett mit ihr, und sie trieben es mit einer stürmischen Leidenschaft, die sie noch nie zuvor erlebt hatte.

Doch selbst auf dem Höhepunkt ihrer Leidenschaft wirkte er irgendwie zurückgezogen; da war irgendetwas, das er vor ihr verbarg. Früher war sie immer imstande gewesen, seine Gedanken zu lesen: Nur einen Blick auf die Stellung seines Kinns, und sie wusste Bescheid. Er hatte ihr nie etwas verheimlicht. Nun war seine Miene jedoch reglos, der Gesichtsausdruck stoisch. Die tief in den Höhlen liegenden blauen Augen verrieten ihr nichts.

Die Erkenntnis, dass Lars versuchte, ihr gegenüber ein Geheimnis zu bewahren, ängstigte Amanda. Vielleicht mehr noch als das.

Als sie in ihrem Quartier auf Ceres angekommen waren und sich anschickten, die Reisetaschen auszupacken, beschloss Amanda, das Thema direkt anzusprechen.

»Lars, was ist eigentlich los?«

Er stopfte gerade eine Hand voll Socken und Unterwäsche in eine Schublade. »Was soll denn los sein?«, fragte er, ohne zu ihr aufzuschauen. »Wie kommst du überhaupt darauf, dass etwas los wäre?«

»Dir geht irgendetwas im Kopf herum, und du willst es mir nicht sagen.«

Er richtete sich auf und kam zu ihr ans Bett. »Ich denke an alles, woran wir denken müssen. Die Versicherung, die neuerliche Bestückung des Lagerhauses, die Rückholung der *Starpower*.«

Amanda saß neben ihrer offenen Reisetasche auf dem Bett. »Ja, natürlich. Und woran denkst du noch?«

Er wandte den Blick von ihr ab. »Wie, woran noch? Reicht das denn nicht?«

»Da ist doch noch etwas, Lars. Irgendetwas beschäftigt dich, seit wir Selene verlassen haben.«

Er schaute auf sie herab und richtete die Aufmerksamkeit dann wieder auf die Reisetasche. Er durchwühlte sie und murmelte irgendetwas von seinem Rasierapparat.

Amanda legte die Hand auf seine und unterbrach ihn bei seiner Verrichtung. »Lars, bitte sag es mir.«

Er richtete sich auf. »Es gibt Dinge, von denen du besser nichts wissen solltest, Liebling.«

»Was?« Sie war regelrecht schockiert. »Welche Dinge denn?«

Er lächelte fast. »Wenn ich es dir sagte, dann wüsstest du es ja.«

»Es ist wegen Martin, nicht wahr? Du bist schon seit deiner Besprechung mit ihm so komisch.«

Fuchs holte tief Luft. Sie sah, wie die Brust sich wölbte und wieder zusammenzog. Er stellte die Reisetasche ab und setzte sich neben sie aufs Bett.

»Auf dem ganzen Rückflug«, sagte er mit schwerer, leiser Stimme, »habe ich nach einer Möglichkeit gesucht, wie wir ihn daran hindern können, die Kontrolle über den ganzen Gürtel zu übernehmen.«

»Das ist es also.«

Er nickte, doch sie sah, dass das noch nicht alles war. Sein Blick war besorgt und unstet.

»Darauf hat er es abgesehen. Er will die vollständige Kontrolle über alles und jeden hier draußen. Er will die absolute Macht.«

»Und wenn schon«, platzte Amanda heraus. »Lars, wir müssen doch nicht gegen ihn kämpfen. Wir können es auch gar nicht! Du vermagst ihn nicht aufzuhalten.«

»Irgendjemand muss es aber tun.«

»Aber doch nicht du! Nicht wir! Wir stecken das Geld von der Versicherung ein, gehen zur Erde zurück und vergessen das alles.«

»Vielleicht kannst du das vergessen«, sagte Fuchs und schüttelte langsam den Kopf. »Ich kann es nicht.«

»Du meinst, du willst nicht.«

»Ich kann nicht.«

»Lars, du bist auf einem blöden Macho-Trip. Das ist kein Kampf zwischen dir und Martin. Es gibt nichts, worum man kämpfen müsste! Ich liebe dich. Weißt du das nach all den Jahren immer noch nicht? Glaubst du es nicht?«

»Es geht darüber hinaus«, sagte Fuchs düster.

»Darüber hinaus …?«

»Er hat Menschen getötet. Freunde von uns. Ripley. Die Männer und Frauen an Bord der Schiffe, die verschwunden sind. Er ist ein Mörder.«

»Aber was kannst du dagegen tun?«

»Ich kann kämpfen.«

»Kämpfen?« Nun hatte Amanda wirklich Angst. »Wie denn? Und womit?«

Er hielt die Hände mit den knubbeligen Fingern hoch und ballte sie langsam zu Fäusten. »Mit den bloßen Händen, wenn es sein muss.«

»Lars, das ist doch verrückt! Wahnsinn!«

»Glaubst du, ich wüsste das nicht?«, sagte er schroff. »Glaubst du, es würde mich nicht bis auf den Grund der Seele ängstigen. Ich bin schließlich ein zivilisierter Mensch und kein Neandertaler.«

»Und wieso …?«

»Weil ich *muss*. Weil ein Zorn in mir ist, eine Wut, die mich nicht mehr loslässt. Ich *hasse* ihn! Ich hasse seine bräsige Selbstsicherheit. Ich hasse die Vorstellung, dass er nur einen Knopf drücken muss, und Millionen von Kilometern entfernt werden Menschen ermordet, während er in seinem eleganten Haus sitzt und sich an Fasan delektiert. Und sich in Phantasien über dich ergeht!«

Amanda sank das Herz. Ich bin der Grund für all das, sagte sie sich immer wieder. Ich habe diesen netten, liebevollen Mann in ein wütendes Ungeheuer verwandelt. »Ich würde ihm zu gern die Fresse einschlagen«, knurrte Fuchs. »Und ihn töten, so wie er so viele andere getötet hat.«

»So wie du den Mann im Pub getötet hast«, hörte sie sich sagen.

Er schaute sie an, als ob sie ihm ins Gesicht geschlagen hätte.

»Ach Lars, so habe ich das doch nicht gemeint …«, sagte Amanda entsetzt.

»Du hast Recht«, sagte er schroff. »Absolut Recht. Wenn ich Humphries auf diese Weise töten könnte, würde ich es tun. Ohne mit der Wimper zu zucken.«

Sie streichelte ihm sanft und beschwichtigend die Wange. »Lars, Liebling, bitte – du erreichst damit doch nur, dass du selbst getötet wirst.«

Er schob ihre Hand weg. »Glaubst du nicht, dass ich schon auf der Abschussliste stehe? Er hat doch gesagt, dass er mich töten lassen würde. *Sie sind ein toter Mann, Fuchs.* Das waren seine Worte.«

Amanda schloss die Augen. Es gab nichts, was sie tun konnte. Sie wusste, dass ihr Mann kämpfen würde und dass sie ihn durch nichts davon abzubringen vermochte. Sie wusste, dass er umkommen würde. Noch schlimmer, sie sah, dass er sich selbst in einen Killer verwandelte. Er wurde zu einem Fremden, zu einem Mann, den sie nicht mehr kannte und wiedererkannte. Das machte ihr Angst.

»Welchem Umstand verdanke ich die Ehre Ihres Besuchs?«, fragte Carlos Vertientes.

Er sieht unverschämt gut aus, sagte Pancho sich. Hat die Gesichtszüge eines aristokratischen Kastiliers. Ausgeprägte hohe Wangenknochen. Ein keckes Menjou-Bärtchen. Er sieht so aus, wie ein Professor aussehen sollte, und nicht so wie diese ungepflegten Säcke in Texas.

Sie ging mit dem Dekan des Fachbereichs Plasmadynamik der Universität über die *Ramblas* in Barcelona – mit dem groß gewachsenen renommierten Physiker, der Lyall Duncan geholfen hatte, das Fusionsantriebssystem zu bauen, das nun die meisten Raumschiffe benutzten, die jenseits der Mondumlaufbahn im Einsatz waren. Vertientes wirkte sehr elegant im taubengrauen dreiteiligen Anzug. Pancho trug den grünen Overall, den sie schon bei der Einreise angehabt hatte.

Barcelona war noch immer eine lebendige Stadt trotz des steigenden Meeresspiegels, der Klimaerwärmung und der Flucht von Millionen Menschen. Und die *Ramblas* war noch immer der überfüllte, quirlige und lärmende Boulevard, wo die Einwohner der Stadt sich auf einen Tapas-Imbiss und einen guten Rioja-Wein trafen und die Gelegenheit nutzten, zu sehen und gesehen zu werden. Pancho gefiel das viel besser, als im Büro zu sitzen, obwohl die Menge manchmal so dicht war, dass sie sich mit den Ellbogen einen Weg durch Trauben von Leuten bahnen musste, die für ihren Geschmack zu langsam gingen. Auf jeden Fall zog Pancho das Bad in der Menge einem Büro vor, das vielleicht abgehört wurde.

»Ihre Universität ist ein Anteilseigner der *Astro Corporation*«, sagte Pancho in Beantwortung seiner Frage.

Vertientes' schmale Brauen hoben sich etwas. »Wir sind Teil eines globalen Konsortiums von Universitäten, das in viele große Unternehmungen investiert.«

Er war etwas größer als Pancho und so schlank wie eine Toledoklinge. Sie fühlte sich wohl in seiner Gesellschaft. »Ja«, erwiderte sie mit einem Nicken. »Das habe ich auch herausgefunden, als ich die Liste von *Astros* Aktionären durchging.«

Er lächelte gewinnend. »Sind Sie etwa nach Barcelona gekommen, um Aktien zu verkaufen?«

»Nein, nein«, sagte Pancho und stimmte in sein Lachen ein. »Aber ich habe einen Vorschlag für Sie – und Ihr Konsortium.«

»Und worum handelt es sich dabei?«, fragte er und nahm sie am Arm, um sie an einer Gruppe asiatischer Touristen vorbeizumanövrieren, die für einen Straßenfotografen posierten.

»Was würden Sie davon halten, eine Forschungsstation im Jupiterorbit einzurichten? *Astro* würde drei Viertel der Kosten übernehmen; vielleicht mehr, wenn es uns gelingt, die Bücher etwas zu frisieren.«

Vertientes' Brauen wölbten sich noch höher. »Eine Forschungsstation am Jupiter? Sie meinen eine bemannte Station?«

»Mit einer Besatzung«, sagte Pancho.

Er blieb stehen, sodass sie von der Menge umströmt wurden. »Sie schlagen also vor, dass das Konsortium eine bemannte – und ›beweibte‹ – Station im Jupiterorbit einrichtet, und zwar zu einem Viertel der effektiven Kosten?«

»Vielleicht noch weniger«, sagte Pancho.

Er schürzte die Lippen. »Gehen wir doch in eine Cantina, um das in aller Ruhe zu besprechen.«

»Soll mir recht sein«, sagte Pancho glücklich lächelnd.

George schaute missmutig auf die Bildschirmanzeige.

»Vierhundertdreiundachtzig Tage?«, fragte er. Er saß auf dem Kommandantensitz auf der Brücke, und Nodon saß neben ihm.

»Das meldet jedenfalls das Navigationsprogramm«, sagte Nodon, als ob er um Entschuldigung heischen wollte. »Wir befinden uns auf einer langen elliptischen Flugbahn, die uns in vierhundertdreiundachtzig Tagen wieder in die Nähe von Ceres führen wird.«

»Wie nah an Ceres heran?«

Nodon tippte auf die Tastatur. »Siebzigtausend Kilometer plusminus dreitausend.«

George kratzte sich am Bart. »Nah genug, um sie mit dem Anzugsfunk zu erreichen – aber mit Hängen und Würgen.«

»Vielleicht«, sagte Nodon. »Falls wir bis dahin überhaupt noch leben.«

»Wir wären dann gertenschlank.«

»Wir wären dann tot.«

»Welche Alternative hätten wir«, fragte George.

»Ich bin alle Möglichkeiten durchgegangen«, sagte Nodon. »Wir haben genug Treibstoff für eine kurze Zündung – aber nicht genug, um die Flugdauer zurück nach Ceres so zu verkürzen, dass wir überleben würden.«

»Aber das Triebwerk ist doch hinüber.«

»Vielleicht können wir es reparieren.«

»Noch etwas: Wenn wir den Treibstoff für eine Zündung verwenden, hätten wir keinen mehr für den Generator übrig. Kein Strom für die Lebenserhaltung. Keine Beleuchtung mehr.«

»Nein«, widersprach Nodon. »Ich habe vom restlichen Treibstoff genug reserviert, um den Betrieb des Generators sicherzustellen. Diesbezüglich gibt es keine Probleme. Die Stromversorgung wird nicht zusammenbrechen.«

»Das ist doch schon mal was«, sagte George sarkastisch. »Wenn unsere Leichen wieder im Raum um Ceres auftauchen, wird das abgefuckte Schiff wenigstens leuchten wie ein Weihnachtsbaum.«

»Vielleicht gelingt es uns, das Raketentriebwerk zu reparieren«, wiederholte Nodon.

George kratzte sich am Bart. Er juckte, als ob ein paar ungebetene Gäste sich darin eingenistet hätten. »Ich bin zu abgefuckt müde, um noch mal rauszugehen und mir das Triebwerk anzuschauen. Muss erst mal eine Mütze Schlaf nehmen.«

»Und etwas essen«, sagte Nodon und nickte zustimmend.

»Sofern überhaupt noch etwas da ist«, murmelte George und ließ den Blick über den Bildschirm mit der Liste der arg geschrumpften Vorräte schweifen.

Kapitel 22

Amanda schaute vom Bildschirm auf und lächelte, als Fuchs ihr Einraum-Apartment betrat. Er erwiderte das Lächeln jedoch nicht. Er hatte den Morgen damit verbracht, eine Bestandsaufnahme des Schadens in Helvetias Lagerhaus zu inspizieren. Das Feuer hatte die Felswände der Kammer in einen Hochofen verwandelt und alles geschmolzen, was nicht sofort verbrannt war. Bevor es den ganzen Sauerstoff in der Kammer verzehrt hatte und erstorben war, hatte es Fuchs' gesamtes Inventar – alles, wofür er gearbeitet hatte, seine ganzen Hoffnungen und Träume – zu Asche verbrannt und zu bizarren Metallstümpfen deformiert. Hätte die Luke nicht dichtgehalten, dann hätte das Feuer in Windeseile sich durch die Tunnels ausgebreitet und jeden in Ceres getötet.

Fuchs zitterte vor Wut bei dieser Vorstellung. Das mörderische Kroppzeug hatte sich darüber keine Gedanken gemacht. Es wäre diesem Drecksgesindel egal gewesen. Auch wenn alle in Ceres umgekommen wären, was hätte Humphries das schon bedeutet? Was bedeutet ihm überhaupt irgendetwas, solange er nur seinen Willen bekam und sich den Stachel aus dem Fleisch zog?

Ich bin dieser Stachel, sagte Fuchs sich. Ich bin nur ein kleiner Störenfried, ein kleines Ärgernis in seinem grandiosen Eroberungsplan.

Dieser Stachel in deinem Fleisch wird sich aber tiefer in dich hineinbohren, Humphries, sagte Fuchs sich bei dem Gedanken an die geschwärzte Ruine seines Lagerhauses. Ich werde zu einer schwärenden Wunde, bis

211

du den gleichen Schmerz verspürst, den du so vielen anderen zugefügt hast. Das schwöre ich!

Und doch fühlte er sich eher müde als zornig, als er zur Unterkunft zurückstapfte und im Staub hustete, den er mit seinen Schritten aufwirbelte. Er fragte sich, wie es überhaupt so weit gekommen war, dass diese Bürde der Rache auf seine Schultern gefallen war. Das ist keine Rache, knurrte er innerlich. Das ist Gerechtigkeit. Jemand muss Gerechtigkeit üben; man kann Humphries doch nicht alles durchgehen lassen, ohne dass er gegenüber irgendjemandem Rechenschaft ablegen muss.

Dann schob er die Tür der Unterkunft auf und sah Amandas strahlendes Lächeln. Und der Zorn wallte in ganzer Stärke wieder in ihm auf. Humphries ist auch hinter ihr her, erinnerte Fuchs sich. Aber er bekommt Amanda nur über meine Leiche.

Amanda erhob sich vom Schreibtisch und trat auf ihn zu. Er nahm sie in die Arme, doch anstatt ihn zu küssen, rieb sie die Finger an seiner Wange.

»Du bist verschmiert im Gesicht«, sagte sie lächelnd. »Wie ein kleiner Junge, der auf der Straße gespielt hat.«

»Ruß aus dem Lagerhaus«, sagte er düster.

Sie gab ihm einen Schmatz auf die Lippen und sagte: »Ich habe eine gute Nachricht.«

»Ja?«

»Das Geld von der Versicherung ist heute Morgen auf Helvetias Konto eingegangen. Wir können also noch einmal von vorn anfangen, ohne uns von Pancho etwas leihen zu müssen.«

»Wie viel ist es denn?«

Amandas Lächeln wurde um eine Nuance schwächer. »Etwas weniger als die Hälfte der Summe, die wir geltend gemacht hatten. Ungefähr achtundvierzig Prozent des tatsächlichen Schadens.«

»Achtundvierzig Prozent«, murmelte er und ging zur Toilette.

»Es ist jedenfalls mehr Geld, als wir bei der Gründung von Helvetia hatten, Liebling.«

Er wusste, dass sie ihn aufmuntern wollte. »Ja, das ist wohl wahr«, sagte er, während er sich das Gesicht wusch. Bei dieser Gelegenheit sah er, dass die Hände auch mit Ruß verschmutzt waren.

Er hielt das Gesicht unter den lärmenden, rasselnden Trockner und erinnerte sich an den Luxus richtiger Handtücher, den sie im Hotel in Selene genossen hatten. Wir könnten das hier auch haben, sagte Fuchs sich, und sie auf der Oberfläche absaugen, wie sie es in Selene tun. Wir würden Strom sparen, wenn es uns gelänge, den Staub an der Oberfläche von der Wäsche fern zu halten.

»Irgendeine Nachricht von der *Starpower*?«, fragte er, als er wieder in den Hauptraum zurückkehrte.

»Sie ist auf dem Rückflug«, sagte Amanda. »Sie wird zum Monatsende hier sein, wenn der Leasingvertrag ausläuft.«

»Gut.«

Amandas Gesichtsausdruck wurde ernst. »Lars, hältst du es wirklich für eine gute Idee, mit der *Starpower* wegzufliegen? Kannst du nicht eine Besatzung anheuern und hier bleiben?«

»Eine Besatzung kostet Geld«, sagte er. »Und wir würden alles, was wir finden, mit ihr teilen müssen. Ich kann das Schiff auch selbst fliegen.«

»Aber du wärst dann ganz allein …«

Er wusste, worauf sie hinauswollte. Einige Schiffe waren bereits im Gürtel verschwunden. Obendrein stand er auf Humphries' Abschussliste.

»Es wird mir schon nichts passieren«, sagte er. »Es weiß schließlich niemand, wohin ich fliege.«

Amanda schüttelte den Kopf. »Lars, sie müssten nicht mehr tun, als sich ins Netz der IAA einzuloggen und die Position deiner Funkboje festzustellen. Sie würden dann genau wissen, wo du bist.«

Er lächelte beinahe. »Nicht, wenn die Funkboje an einer Drohne hängt, die ich aussenden werde, kurz nachdem ich Ceres verlassen habe.«

Sie war perplex. »Aber das wäre doch ein Verstoß gegen die IAA-Bestimmungen!«

»Ja, das wäre es. Und es würde mein Leben auch gleich viel sicherer machen.«

Die Aufräumungsarbeiten im verwüsteten Lagerhaus dauerten ein paar Tage. Es war schwer, Leute zu finden, die diese Drecksarbeit überhaupt verrichten wollten; sie verlangten die gleiche Bezahlung, die sie bekämen, wenn sie am Computer arbeiteten oder als Crewmitglieder auf einem Prospektorenschiff mitflogen. Also stellte Fuchs alle vier Teenager auf Ceres an. Sie freuten sich, außerhalb der Unterrichtszeit eine Beschäftigung zu haben, einmal von den Lehrprogrammen wegzukommen und freuten sich noch mehr, richtiges Geld zu verdienen. Trotzdem erledigte Fuchs selbst den größten Teil der Arbeit, weil die Kinder jeden Tag nur ein paar Stunden arbeiten konnten.

Nach ein paar Tagen erschienen die vier Kinder jedoch nicht mehr zur Arbeit. Fuchs rief sie an und durfte sich eine Reihe lahmer Entschuldigungen anhören.

»Meine Eltern wollen nicht mehr, dass ich arbeite.«

»Ich habe zu viel für die Schule zu tun.«

Nur eins der Kinder ließ die Wahrheit durchblicken. »Mein Vater hat eine E-Mail erhalten, die besagte, dass er seinen Job verlieren würde, wenn er mich für Sie arbeiten lässt.«

Fuchs musste gar nicht erst fragen, für wen der Vater denn arbeitete. Es war ein klarer Fall: *Humphries Space Systems*.

Also malochte er allein in der Lagerhaus-Höhle, bis er schließlich auch die letzten verkohlten Trümmer beseitigt hatte. Dann baute er aus in der Instandhaltung gelagertem Stahlblech neue Regalgestelle.

Als Fuchs eines Abends, nachdem er den lieben langen Tag die neuen Regale aufgebaut hatte, müde durch den staubigen Tunnel schlurfte, traten zwei Männer in *HSS*-Overalls ihm in den Weg.

»Sie sind doch Lars Fuchs, nicht wahr?«, sagte der Größere des Duos. Er war jung, gerade erst dem Teenageralter entwachsen: Das schmutzig blonde Haar war raspelkurz geschnitten, und die Ärmel des Overalls hatte er bis über die Ellbogen aufgekrempelt. Fuchs sah Tätowierungen an beiden Unterarmen.

»Der bin ich«, antwortete Fuchs, ohne das Tempo zu verlangsamen.

Sie nahmen ihn in die Mitte und gingen neben ihm her. Der kleinere der beiden war immer noch ein paar Zentimeter größer als Fuchs und hatte die massige Statur eines Gewichthebers. Er hatte langes schwarzes Haar und einen dunklen Teint.

»Ich habe einen guten Rat für Sie«, sagte der Größere. »Nehmen Sie das Geld von der Versicherung und verlassen Sie Ceres.«

»Ihr scheint über mein Geschäft Bescheid zu wissen«, sagte Fuchs und ging weiter durch den Tunnel.

»Verschwinden Sie einfach von hier, bevor es Ärger gibt«, sagte der andere. Er hatte einen Latinoakzent.

Nun blieb Fuchs doch stehen und musterte die beiden von Kopf bis Fuß. »Ärger?«, sagte er. »Der einzige Ärger, den es hier geben wird, ist der, den ihr anfangt.«

Der Größere zuckte die Achseln. »Es kommt nicht darauf an, wer anfängt. Es kommt darauf an, wer zum Schluss noch steht.«

»Vielen Dank«, sagte Fuchs. »Eure Aussagen werden ein wichtiger Beweis sein.«

»Beweis?« Die beiden wirkten erschrocken.

»Haltet ihr mich vielleicht für blöd?«, fragte Fuchs

scharf. »Ich wusste gleich, was ihr wolltet. Ich trage einen Sender, der jedes Wort, das ihr sagt, ans IAA-Hauptquartier in Genf überträgt. Falls mir irgendetwas zustößt, liegt der Stimmenabdruck von euch beiden schon vor.«

Dann machte Fuchs auf dem Absatz kehrt und ließ die beiden Schlägertypen stehen; sie wirkten konsterniert und unsicher. Fuchs ging ruhig und gemessenen Schritts davon und bemühte sich, möglichst wenig Staub aufzuwirbeln. Die beiden sollten nicht glauben, dass er von ihnen davonlief; sie sollten aber auch nicht sehen, dass ihm die Beine zitterten. Und sie sollten schon gar nicht auf die Idee kommen, dass die Sache mit dem Sender nur ein Bluff war, um sie loszuwerden.

Als er zu Hause ankam, zitterte er noch immer, doch nun vor Wut. Amanda begrüßte ihn vom Computerschreibtisch aus mit einem reizenden Lächeln. Fuchs sah beim Blick auf den Wandbildschirm, dass sie Waren bestellte, um das Lagerhaus damit zu bestücken. Die meisten Maschinenteile und Elektroausrüstung orderte sie bei der *Astro Corporation*. Und dann bestellte sie bei anderen Firmen Proviant und Bekleidung. Er ging ins Bad, als sie gerade sehnsüchtig auf die neueste Mode von der Erde schaute.

Als er den Raum wieder betrat, war sie mit dem Computer fertig. Sie legte ihm die Arme um den Hals und küsste ihn.

»Was möchtest du zum Abendessen?«, fragte sie. »Ich habe gerade eine Ladung Meeresfrüchte von Selene bestellt; ich sterbe vor Hunger.«

»Mach einfach irgendetwas«, sagte er, löste sich von ihr und setzte sich an den Computertisch.

»Wirst du fertig sein, wenn die Lieferung eintrifft?«, fragte Amanda und ging zur Tiefkühltruhe.

Fuchs, der am Computer saß und den Blick auf die Anzeige des Wandbildschirms gerichtet hatte, nickte knapp. »Ja, ich werde fertig sein«, murmelte er.

Amanda sah, dass er die Spezifikationen für tragbare Laser studierte.

»Das sieht doch wie der Laser aus, mit dem dieser Buchanan Ripley getötet hat«, sagte sie mit einem leichten Stirnrunzeln.

»Ist er auch«, sagte Fuchs. »Mich wollte er ebenfalls damit töten.«

»Ich habe schon sechs Stück bestellt und eine Option auf ein weiteres halbes Dutzend.«

»Ich spiele mit dem Gedanken, auch einen für mich zu bestellen«, sagte Fuchs.

»Für die *Starpower*?«

Er schaute mit grimmigem Gesicht zu ihr auf. »Für mich selbst«, sagte er. »Zur Verteidigung.«

Kapitel 23

Die *Starpower* drehte sich träge am dunklen Sternen-himmel über Ceres. Seltsam, sagte Fuchs sich, als er an Bord des Zubringers ging, dass der Himmel trotz der vielen Sterne immer noch so schwarz war. Das sind andere Sonnen, sagte er sich – Milliarden Sonnen, die ihr Licht seit Äonen ins All schleuderten. Und doch wirkte hier, auf der geröllübersäten Oberfläche von Ceres, die Welt dunkel und voller bedrohlicher Schatten.

Fuchs schüttelte den Kopf im Kugelhelm, erklomm die Leiter und duckte sich durch die Luke des Zubringers. Es hat keinen Sinn, den Anzug abzulegen, bevor ich in der *Starpower* bin, sagte er sich. Es würde nur zehn Minuten dauern, bis der Zubringer ihn von der Oberfläche des Asteroiden zu seinem wartenden Schiff gebracht hätte.

Das Habitatmodul des Zubringers war eine Kuppel aus Glasstahl. Es waren schon zwei andere Prospekto-ren an Bord, die darauf warteten, zu ihren Raumschif-fen gebracht zu werden. Fuchs grüßte sie flüchtig über den Anzugsfunk.

»He, Lars, was gedenkst du wegen des Habitats zu tun?«, fragte einer von ihnen.

»Ja«, fiel der andere ein. »Wir haben gutes Geld in den Bau investiert. Wann wird es fertig, damit wir ein-ziehen können?«

Fuchs sah ihre Gesichter durch die Helme. Sie schauten nicht anklagend, nicht einmal ungeduldig. Wenn überhaupt, dann wirkten sie neugierig.

Er rang sich ein Lächeln für sie ab. »Ich hatte bisher

219

noch keine Gelegenheit, einen neuen Projektingenieur einzustellen, der Ripley ersetzt.«

»Ach so. Tut mir Leid um den Ripper.«

»Du hast eine gute Tat vollbracht, Lars. Dieser Bastard hat den Ripper kaltblütig ermordet.«

Fuchs quittierte ihr Lob stumm mit einem Kopfnicken. Die Stimme des IAA-Controllers ertönte und meldete, dass der Zubringer in zehn Sekunden abheben würde. Der Computer spulte den Countdown herunter.

Die drei mit Raumanzügen bekleideten Männer standen im Habitatmodul; es gab hier keine Sitzgelegenheiten und überhaupt keine Ausstattung außer einem T-förmigen Pult, das die Steuerung des Schiffs übernahm – die für diesen kurzen Flug aber nicht gebraucht wurde – und Fußschlaufen am Boden, um die Passagiere in der Mikrogravitation am Boden zu halten.

Beim Abheben war kaum mehr als ein sanfter Ruck zu spüren, doch dann löste das Schiff sich so schnell von Ceres' vernarbter, geröllübersäter Oberfläche, dass Fuchs sich der Magen umdrehte. Ehe er die aufsteigende Galle hinunterzuschlucken vermochte, waren sie auch schon in der Schwerelosigkeit. Fuchs hatte sich in der Schwerelosigkeit noch nie wohl gefühlt; doch er fügte sich darein, während der IAA-Controller den Zubringer per Fernsteuerung zum Schiff der anderen zwei Männer manövrierte, das im Orbit geparkt war. Dann musste es den Asteroiden fast umkreisen, um zur *Starpower* zu gelangen.

Fuchs spielte mit dem Gedanken, einen Ersatz für Ripley einzustellen. Die Finanzierung fürs Habitat war halbwegs gesichert. Er hatte Amanda mit dieser Aufgabe betraut. Sie wird es tun müssen, sagte Fuchs sich. Sie wird sich auf ihr Urteilsvermögen verlassen müssen; ich habe genügend andere Dinge zu tun.

Andere Dinge. Er zuckte innerlich zusammen, als er sich an die Worte erinnerte, die er Humphries im Zorn entgegengeschleudert hatte: *Ich habe Militärgeschichte studiert ... ich verstehe es zu kämpfen.* Wie pathetisch! Was wirst du nun tun; losfliegen und Humphries' Schiffe abschießen? Seine Mitarbeiter töten? Was wirst du damit erreichen, außer dass du verhaftet oder vielleicht sogar getötet wirst? Du denkst zu viel, Lars Fuchs. Du gerätst zwar schnell in Rage, doch dann macht das Gewissen dir wieder einen Strich durch die Rechnung.

Er hatte sich mit dem Gedanken getragen, *HSS*-Schiffe zu zerstören. Ich sollte es Humphries mit gleicher Münze heimzahlen. Aber er wusste, dass er dazu nicht imstande war.

Nach all den großen Worten und dem heißen Zorn fiel ihm schließlich nichts anderes ein, als einen Asteroiden zu suchen, einen Anspruch darauf anzumelden und zu warten, bis Humphries' gedungene Mörder ihn aufspürten. Dann hätte er den erforderlichen Beweis, um die IAA zu veranlassen, offizielle Maßnahmen gegen Humphries zu ergreifen.

Falls er das überhaupt überlebte.

Als das Zubringer die *Starpower* erreicht und an der Hauptluftschleuse angelegt hatte, betrat Fuchs sein Schiff und entledigte sich des Raumanzugs. Er war dankbar für das Gefühl der Schwere, die der Spin des Schiffs ihm vermittelte. Der kühne Rächer, sagte er sich selbstironisch. Will sich selbst als Köder anbieten, um Humphries zur Strecke zu bringen. Ein Lamm, das einem Tiger eine Falle zu stellen versucht.

Als er übellaunig die Brücke betrat, stach ihm schon der gelbe Schriftzug SIE HABEN EINE NACHRICHT ERHALTEN auf dem Kommunikationsbildschirm in die Augen.

Er wusste, dass die Botschaft von Amanda kam.

Und wirklich füllte ihr schönes Gesicht den Bildschirm aus, als er die Nachricht aufrief.

Doch sie schaute besorgt und betrübt.

»Lars, es ist wegen George Ambrose. Sein Schiff wird vermisst. Vor ein paar Tagen ist plötzlich der Funkkontakt abgebrochen. Die IAA bekommt nicht einmal mehr seine Telemetrie. Sie befürchten, dass er tot ist.«

»George?« Fuchs starrte das Bild seiner Frau an. »Sie haben George getötet?«

»Es sieht so aus«, sagte Amanda.

Amanda schaute aufs Gesicht ihres Manns, das auf dem Wandbildschirm in ihrer Unterkunft abgebildet wurde. Er sah aus wie der leibhaftige Tod.

»Sie haben George getötet«, wiederholte er.

Sie wollte schon sagen, nein, es muss ein Unfall gewesen sein. Doch die Worte kamen ihr nicht über die Lippen.

»*Er* hat George töten lassen«, murmelte Fuchs. »Er hat ihn ermorden lassen.«

»Es gibt nichts, was wir tun könnten«, hörte Amanda sich sagen. Es klang eher wie ein Flehen als eine Feststellung, selbst für ihre Ohren.

»Wirklich nicht?«, knurrte er.

»Lars, bitte ... begib dich nicht in Gefahr«, bat sie ihn.

Er schüttelte langsam den Kopf. »Durch das Leben an sich begibt man sich schon in Gefahr«, sagte er.

Dorik Harbin saß allein auf der Brücke der *Shanidar* und betrachtete den Navigationsbildschirm. Der blinkende orangefarbene Cursor, der die Position seines Schiffs markierte, stand exakt auf der dünnen blauen Kurve, die seine programmierte Annäherung an das Versorgungsschiff darstellte.

Harbin hatte für mehr als zwei Monate im Gürtel gekreuzt – mutterseelenallein außer den Drogen und den Virtuelle-Realität-Chips, die seine einzige Abwechslung darstellten. Eine tolle Kombination, sagte er sich. Die Drogen verstärkten die elektronische Illusion und ermöglichten es ihm, einzuschlafen, ohne von den Gesichtern der Sterbenden zu träumen und ihre Schreie zu hören.

Das Schiff war lautlos unterwegs; weder Ortungsbojen noch Telemetriesignale verrieten seine Präsenz im Weltraum. Seine Order hatte gelautet, bestimmte Prospektoren und Bergleute zu suchen und zu eliminieren. Dies hatte er mit großer Effizienz erledigt. Nun waren die Vorräte fast aufgebraucht, und er nahm Kurs auf ein Versorgungsschiff von Humphries. Er wusste, dass er neue Befehle erhalten würde, während die *Shanidar* Proviant und Treibstoff bunkerte.

Ich werde auch die Wassertanks spülen und auffüllen lassen, sagte Harbin sich, während er sich dem Schiff näherte. Nach ein paar Monaten schmeckt wiederaufbereitetes Wasser eklig nach Urin.

Er legte am Versorgungsschiff an und blieb nur solange, bis sein Schiff versorgt war. Er verließ sein Schiff nicht außer einer Stippvisite in der Privatkabine des weiblichen Kapitäns des Versorgungsschiffs. Sie überreichte ihm einen versiegelten Briefumschlag, den Harbin in die Brusttasche der Springerkombi steckte.

»Müssen Sie wirklich schon wieder gehen?«, fragte der Captain. Sie war in den Dreißigern, schätzte Harbin – nicht gerade eine Schönheit, doch in ihrer katzenhaften, selbstsicheren Art attraktiv. »Wir haben alle Arten von ... äh ... Annehmlichkeiten an Bord.«

Harbin schüttelte den Kopf. »Nein danke.«

»Die neusten Designerdrogen.«

»Ich muss wieder zu meinem Schiff zurück«, sagte er kurz angebunden.

»Nicht einmal etwas zu essen? Unser Koch ...«

Harbin drehte sich um und griff nach der Klinke der Kabinentür.

»Sie brauchen keine Angst zu haben«, sagte der Captain mit einem spöttischen Lächeln.

Harbin schaute sie scharf an. »Angst? Vor Ihnen?« Er stieß ein abschätziges Lachen aus. Dann verließ er ihre Kabine und kehrte unverzüglich auf sein Schiff zurück.

Erst nachdem er vom Versorgungsschiff abgelegt hatte und Kurs in die Tiefen des Gürtels nahm, entfernte er den Chip vom Umschlag und öffnete ihn. Wie erwartet enthielt er eine Liste von Schiffen, die er zerstören sollte. Die Kurse und Baupläne waren beigefügt. Eine neue Todesliste, sagte Harbin sich, während er die Bilder studierte, die über den Bildschirm liefen.

Abrupt brachen die Spezifikationsgrafiken ab, und Grigors schmales, melancholisches Gesicht erschien auf dem Monitor.

»Dies ist in letzter Minute noch hinzugekommen«, sagte Grigor, und sein trübsinniges Gesicht wich der Abbildung eines Raumschiffs. »Der Name des Schiffs ist *Starpower*. Den Kurs haben wir zwar noch nicht, aber die Daten werden per Bündellaser an Sie übermittelt, sobald wir sie haben.«

Harbins Augen verengten sich. Das bedeutet, dass ich die festgelegte Position erreichen muss, um den Laserstrahl zu empfangen. Ich muss mich dort herumtreiben, bis sie die Daten senden. Die Vorstellung zu warten gefiel ihm nicht.

»Das hat höchste Priorität«, legte Grigors Stimme sich über die Abbildung der Konstruktionsdetails der *Starpower*. »Das muss erledigt werden, bevor Sie sich mit den anderen Schiffen befassen.«

Harbin wünschte, er könnte mit Grigor sprechen, Fragen stellen und weitere Informationen erhalten.

Grigors Gesicht erschien wieder auf dem Bildschirm. »Zerstören Sie nur noch dieses eine Schiff, und dann müssen Sie sich vielleicht gar nicht mehr mit den anderen beschäftigen. Vernichten Sie die *Starpower*, und Sie dürfen vielleicht für immer zur Erde zurückkehren.«

»Ich habe eine gute Nachricht«, sagte Nodon, als George sich durch die Luke in die Brücke schob. »Während du außenbords warst, habe ich den Hilfslaser ans Kommunikationssystem angeschlossen.«

George quetschte sich auf den rechten Sitz. »Den Hilfslaser?«

»Aus dem Inventar im Laderaum.«

»Und es funktioniert?«

»Ja«, sagte Nodon strahlend. »Der Laser ist in der Lage, unsere Funksignale zu tragen. Wir sind nun imstande, einen Notruf abzusetzen.«

»Wir müssen ihn auf Ceres ausrichten«, sagte George mit einem verhaltenen Lächeln.

»Und das Ausrichten ist das Problem«, sagte Nodon schon nicht mehr so enthusiastisch. »Wir sind viel zu weit von Ceres entfernt. Der Strahl fächert sich zu stark auf.«

»Dann müssen wir ihn also direkt auf die optischen Empfänger richten.«

»Falls uns das gelingt.«

»Und der abgefuckte Asteroid dreht sich in ungefähr neun Stunden oder so, stimmt's?«

»Ich glaube schon«, sagte Nodon. »Ich werde aber noch einmal nachschauen.«

»Dann heißt das also, dass wir die optischen Empfänger genau in dem Moment treffen müssen, wenn sie auf uns gerichtet sind.«

»Ja«, sagte Nodon.

»Wie ein abgefucktes Dartspiel über eine Entfernung von ein paar tausend Kilometern.«

»Ein paar hunderttausend.«

»Eine tolle Trefferwahrscheinlichkeit.«

Nodon senkte den Kopf. Im ersten Moment glaubte George, er würde vielleicht beten. Dann schaute er jedoch wieder auf und fragte: »Was ist mit dem Triebwerk? Kannst du die Schubdüsen reparieren?«

George grunzte. »Ja, sicher. Unbedingt.«

»Wirklich?«

»Wenn ich eine Werkstatt zur Verfügung hätte, ein halbes Dutzend Schweißer, Klempner und andere Hilfskräfte.«

»Oh.«

»Wir werden uns auf den Laser verlassen müssen, Kumpel«, sagte George mit einem müden Seufzer. »Das abgefuckte Triebwerk ist nämlich nur noch Schrott.«

Kapitel 24

Lars Fuchs brauchte nicht länger als fünf Minuten, um eine Entscheidung zu treffen. Er rief die Flugdatenhistorie der *Waltzing Matilda* auf. Aus den Daten, die sie telemetrisch an die IAA gesendet hatten, ging unzweifelhaft hervor, dass Big George und sein Besatzungsmitglied an einem recht großen kohlenstoffhaltigen Asteroiden gearbeitet hatten. Sie hatten begonnen, ihn auszubeuten, als die Verbindung zu ihrem Schiff plötzlich abgebrochen war. Versuche der IAA-Controller auf Ceres, Kontakt zu ihnen aufzunehmen, waren erfolglos geblieben.

Ich brauche Beweise, sagte Fuchs sich, während er die Flugdaten auf dem Hauptbildschirm studierte. Wenn es mir gelingt, die *Waltzing Matilda* zu finden und Beweise dafür zu erbringen, dass das Schiff angegriffen wurde, habe ich endlich etwas in der Hand. Dann müssen die Behörden auf der Erde eingreifen und gründliche Untersuchungen über den Verbleib der verschollenen Schiffe anstellen.

Er saß allein auf der Brücke der *Starpower* und gab die Koordinaten des Asteroiden, an dem George gearbeitet hatte, in den Navigationscomputer ein. Seine Hand schwebte jedoch über der Taste, die das Programm aktivieren würde.

Ob ich der IAA überhaupt sagen soll, wohin ich fliege, fragte er sich.

Die Antwort war ein klares *Nein*. Wer auch immer die Schiffe der Prospektoren und Bergleute zerstört, muss genaue Informationen über ihren Kurs und ihre Position haben. Sie vermögen die Schiffe anhand der telemetrischen Daten aufzuspüren, die jedes Schiff automatisch aussendet.

Ich muss ›inkognito‹ fliegen, sagte Fuchs sich. Nicht einmal Amanda darf wissen, wo ich bin. Der Gedanke an das Risiko verursachte ihm Unbehagen; die Telemetriesignale wurden schließlich aus dem Grund gesendet, damit die IAA den Standort jedes Schiffs kannte. Aber wozu sollte das überhaupt gut sein, fragte Fuchs sich. Wenn ein Schiff in Not gerät, kommt ihm doch niemand zu Hilfe. Dafür ist der Gürtel einfach zu groß. Wenn ich ein Problem habe, bin ich auf mich gestellt. Durch die telemetrischen Daten erfährt die IAA lediglich, *wo* ich den Löffel abgegeben habe.

Fuchs brauchte fast den ganzen Tag, um den Telemetrie-Sender der *Starpower* auszubauen und ihn im Rettungsboot wieder zu installieren. Jedes Schiff verfügte mindestens über eine Rettungskapsel, in der sechs Personen für einen Monat zu überleben vermochten. Ein Beispiel für die so genannten Sicherheitsbestimmungen, die die IAA als wichtig erachtete, die aber in der Praxis sinnlos und geradezu lächerlich waren. Eine Rettungskapsel hatte Sinn bei einem Raumschiff, das in der Erde-Mond-Region unterwegs war – ein Rettungsschiff vermochte sie in ein paar Tagen, oft sogar innerhalb weniger Stunden zu erreichen. Hier draußen im Gürtel war eine Rettung jedoch Illusion. Dafür waren die Entfernungen einfach zu groß und der Rettungsschiffe zu wenige. Die Prospektoren wussten, dass sie auf sich selbst gestellt waren, sobald sie Ceres verließen.

Fuchs grinste insgeheim beim Gedanken daran, wie die Rettungsboote zweckentfremdet wurden: Als fliegende Lager, fliegende Unterkünfte und Mikrogravitations-Liebesnester – wenn man die Kapsel vom rotierenden Schiff trennte, wurde sie schwerelos.

Aber du, sagte er sich, während er den Telemetrie-

Sender in die Rettungskapsel der *Starpower* einbaute, du wirst ein Lockvogel sein. Man wird dich für mich halten, während ich heimlich Kurs auf Georges Asteroiden nehme.

Nachdem er auf die Brücke zurückgekehrt war und auf dem Kommandantensitz Platz genommen hatte, dachte er an Amanda. Soll ich ihr sagen, was ich vorhabe? Er hätte es liebend gern getan, aber er befürchtete, dass die Nachricht von Humphries' Leuten abgefangen wurde. Es ist offensichtlich, dass sie die IAA infiltriert haben, sagte Fuchs sich. Vielleicht haben sie sogar den Flug-Controller auf Ceres bestochen.

Falls der Rettungskapsel etwas zustößt, wird Amanda glauben, ich sei getötet worden. Wie soll ich ihr Bescheid geben?

Dann spürte er den Griff einer eisigen Hand ums Herz. Was würde Amanda tun, wenn sie mich für tot hält? Würde sie um mich trauern? Würde sie versuchen, mich zu rächen? Oder würde sie letztendlich zu Humphries zurückkehren? Das ist es, was *er* will. Deshalb will er mich tot sehen. Wird Amanda seinem Drängen nachgeben, wenn sie glaubt, dass ich nicht mehr bin?

Er hasste sich selbst dafür, so etwas auch nur zu denken. Aber der Gedanke drängte sich ihm auf. Er verzog das Gesicht zu einem zornigen Stirnrunzeln und biss die Zähne so fest zusammen, dass der Kiefer schmerzte. Dann haute er Befehle in die Tasten und schickte die Kapsel auf eine lange parabolische Flugbahn, die sie durch den Gürtel führen würde. Mit einer Willensanstrengung hielt er sich davon ab, eine Botschaft an seine Frau zu schicken.

Nun bin ich allein, sagte Fuchs sich und steuerte die *Starpower* in die Richtung des Asteroiden, vom dem Georges letztes Lebenszeichen gekommen war.

Diane Verwoerd las ihre Lieblingspassage in der Bibel: Die Geschichte vom ungetreuen Haushälter, der seinen Herrn betrog, um sich im Alter sanft zu betten.

Immer wenn sie Gewissensbisse wegen ihrer Handlungsweise bekam, schlug sie in Lukas 16, 1–3 nach. Das beruhigte sie dann wieder. Die wenigsten Menschen verstanden nämlich die wahre Botschaft der Geschichte, sagte sie sich, während sie die uralten Worte auf dem Wandbildschirm ihres Apartments las.

Der Diener wurde entlassen, als sein Herr schließlich von seinem Betrug erfuhr. Die Quintessenz der Geschichte war aber die, dass der Diener seinen Herrn nicht um eine so große Summe betrogen hatte, dass es den Herrn nach Rache gelüstete. Er feuerte den Kerl nur. Und in all den Jahren, die der Diener für seinen Herrn gearbeitet hatte, hatte er genug zurückgelegt, um sich einen gemütlichen Lebensabend zu machen. Eine Art Reservefallschirm, von dem der Boss nichts wusste.

Verwoerd lehnte sich behaglich im Liegesessel zurück. Er passte sich an die Kurven ihres Körpers an und spendierte ihr eine sanfte und entspannende Massage. Das Möbel hatte ursprünglich Martin Humphries gehört, doch dann hatte sie ihm eine Anzeige für ein neueres Modell gezeigt, das er sich sofort beschafft hatte. Er hatte sie angewiesen, das alte Teil zu entsorgen. Also hatte sie es aus seinem Büro entfernt und in ihrer Unterkunft aufgestellt.

Per Sprachbefehl wies sie den Computer an, einen Auszug ihres Investmentkontos abzubilden. Die Zahlen füllten den Wandbildschirm sofort aus. Nicht schlecht für ein Mädchen aus den Slums von Amsterdam, beglückwünschte sie sich. Du hast die allgegenwärtigen Versuchungen der Prostitution und Drogenabhängigkeit konsequent gemieden und bist nicht einmal in die Verlegenheit gekommen, die Mätresse so eines reichen Furzes werden zu müssen. Soweit, so gut.

Sie sprach wieder mit dem Computer, und die Liste der Asteroiden, die sie persönlich beanspruchte, erschien auf dem Bildschirm. Es war nur ein halbes Dutzend der kleineren Gesteinsbrocken, doch sie produzierten reichlich Erz und warfen hohe Profite ab. Die Steuern würden den Gewinn zwar erheblich schmälern, aber Verwoerd erinnerte sich daran, dass keine Regierung Steuern auf Geld erheben kann, das man gar nicht hat. Zahl die Steuern und freu dich über deinen Besitz, sagte sie sich.

Natürlich glaubte Martin, dass HSS die Rechte an diesen Asteroiden hielt. Doch bei den vielen anderen Dingen, die er in seinen Klauen hatte, lag ein bloßes halbes Dutzend unterhalb seiner Wahrnehmungsschwelle. Zumal er sich ohnehin immer vertrauensvoll an seine Assistentin wandte, wenn er irgendetwas kontrollieren wollte.

Sie löschte die Liste vom Bildschirm, und die Bibelverse wurden wieder eingeblendet.

In ein paar Jahren werde ich in der Lage sein, in einen sehr komfortablen Ruhestand zu gehen, sagte Verwoerd sich. Es läuft alles prima, solange ich nicht zu gierig werde – und solange ich mir Martin vom Hals halte. In dem Moment, wo ich ihm nachgebe, sind meine Tage als Angestellte bei HSS gezählt.

Sie sah ihr Bild im Spiegel auf der anderen Seite des Raums und lächelte. Vielleicht werde ich es noch mal kurz mit ihm versuchen, bevor ich den Absprung mache. Wenn er mich feuert, bekomme ich eine Abfindung. Oder zumindest ein nettes kleines Abschiedsgeschenk von Martin. So ist er eben.

Sie wandte sich von ihrem Spiegelbild ab und widmete sich wieder den Bibelworten. Beim letzten Vers runzelte sie die Stirn:

Kein Knecht kann zwei Herren dienen: entweder wird er den einen hassen und den andern lieben oder er wird dem einen anhangen und den andern verachten. Ihr könnt nicht Gott dienen und dem Mammon.

Vielleicht, sagte Diane Verwoerd sich. Aber ich diene Martin Humphries auch nicht. Ich arbeite nur für ihn. Ich werde ziemlich wohlhabend durch ihn. Aber ich bin keines Herren Knecht.

Man musste eine qualifizierte Ausbildung haben, um für eine Arbeit auf Selene infrage zu kommen. Die Mondnation stellte Ingenieure und Techniker ein, keine Obstpflücker. Joyces Eintrittskarte für den Mond war ein ramponierter alter Palmtop-Computer, den sie von ihrem Vater bekommen hatte. Damit hatte sie Zugang zu praktisch jedem Lehrgang an jeder Universität im Internet. Sie studierte jede Nacht, selbst wenn sie so müde war vom Pflücken, dass sie kaum die Kraft hatte, den verschrammten Kunststoffdeckel des Computers aufzuklappen.

Weil die anderen Pflücker sich darüber beschwerten, dass der flackernde Bildschirm sie am Schlafen hinderte, ging Joyce nach draußen vor die Baracke und studierte unter den Sternen. Wenn sie zum Mond aufschaute und den Leitstrahl von Selene sah, schien es ihr, als ob dieser helle Laserstrahl sie rief.

Einmal stahl ein Kerl, mit dem sie ein Techtelmechtel hatte, ihr den Palmtop; er spazierte einfach damit weg, als ob er ihm gehörte. Panisch und wütend zugleich spürte Joyce ihn im nächsten Camp auf und schlug ihm mit einer Karate-Kombination fast den Kopf ab. Die Wachtposten des Besitzers ließen sie gehen, nachdem sie ihnen die ganze Geschichte erzählt hatte. Sie hatten keine Verwendung für Diebe und schon gar nicht für solche, die sich von einem dürren orientalischen Mädchen vertrimmen ließen.

Nach drei Jahren hatte Joyce ihren Abschluss in EDV-Systemanalyse der California Coast University. Sie bewarb sich auf eine Stellenausschreibung in Selene. Sie bekam die Stelle nicht. Vierhundertsiebenundzwanzig Personen, von denen die meisten so verzweifelt und bedürftig waren wie Joyce, hatten sich auf diese eine Stelle beworben.

An dem Tag, als sie die Absage von Selene bekam, erhielt sie noch eine Nachricht: Ihre beiden Eltern waren beim Erdbeben, das die Elendssiedlungen in den Hügeln oberhalb der im Meer versunkenen Ruinen von San Francisco zerstört hatte, bei einer Massenkarambolage auf dem Freeway ums Leben gekommen.

Kapitel 25

Nichts.

Fuchs schaute missmutig auf die Computerbildschirme, die sich bogenförmig um den Kommandantensitz zogen und warf dann einen Blick aus den Fenstern der Brücke. Keine Spur von der *Waltzing Matilda*. Es war nichts zu sehen außer der plumpen, unregelmäßigen Form eines Asteroiden, der langsam in der öden Leere taumelte – dunkel und vernarbt und mit Geröll und Felsbrocken übersät.

Dies war die letzte, der IAA bekannte Position von Big Georges Schiff. Die Telemetrie der *Matilda* war genau hier an dieser Stelle abgebrochen. Vom Schiff selbst war aber nichts zu sehen.

Ohne bewusste Überlegung brachte er die *Starpower* in eine enge Umlaufbahn um den kleinen Asteroiden. War George wirklich hier, fragte er sich. Wenn ja, würde er sich wahrscheinlich nicht …

Doch dann machte er auf dem Asteroiden einen Bereich aus, wo gleichmäßige rechteckige Brocken aus dem Gestein gefräst worden waren. George war hier gewesen! Er hatte tatsächlich angefangen, den Asteroiden auszubeuten.

Fuchs schaltete das Teleskop auf maximale Vergrößerung und sah, dass noch immer ein paar Ausrüstungsgegenstände auf der Oberfläche herumstanden. George war überstürzt aufgebrochen, wurde Fuchs sich bewusst, und hatte keine Zeit mehr gehabt, die ganze Ausrüstung mitzunehmen.

Es war ein Schneidlaser, wie Fuchs nun sah, der einsam und verlassen am Rand eines der ausgeschnittenen Rechtecke stand. Ich muss ihn bergen, sagte er sich. Er ist vielleicht ein Beweis.

Die einfachste Möglichkeit wäre, den Raumanzug anzulegen und auf eine EVA zu gehen. Weil außer ihm aber niemand im Schiff war, entschied Fuchs sich gegen diese Möglichkeit. Stattdessen manövrierte er die *Starpower* in einen Orbit, der mit dem Spin des Asteroiden synchron war. Vor lauter Konzentration schob er die Zunge zwischen die Zähne und brachte das Schiff langsam auf ein Dutzend Meter an die steinige Oberfläche heran.

Mit den Greifarmen des Ausrüstungsmoduls der *Starpower* holte Fuchs den Laser vom Asteroiden und verstaute ihn in der Ladebucht. Als er damit fertig war, war er völlig nass geschwitzt, aber auch stolz auf seine fliegerische Leistung.

Fuchs wischte sich den Schweiß von der Stirn und widerstand der Versuchung, Ceres anzurufen und zu fragen, ob sie schon neue Daten über Georges Schiff hatten. Nein, rief er sich zur Ordnung. Du musst Funkstille halten.

Vielleicht tut George das Gleiche, sagte er sich. Er hält Funkstille, um sich zu tarnen. Offensichtlich ist er überstürzt aufgebrochen. Mit größter Wahrscheinlichkeit wurde er angegriffen und vielleicht sogar getötet. Wenn er aber zu entkommen vermochte, wird er nun Funkstille halten, um den Angreifer nicht wieder auf seine Fährte zu locken.

Aber wie soll ich ihn dann finden, fragte Fuchs sich.

Er verließ die Brücke und ging zur Bordküche. Das Gehirn braucht Nahrung, sagte er sich. Mit leerem Bauch kann ich nicht denken. Er wurde sich bewusst, dass das verschwitzte T-Shirt noch an ihm klebte. Ohne Schweiß kein Preis, sagte er sich. Aber es roch halt nicht gut.

Nachdem er sich gewaschen und ein Fertiggericht

verzehrt hatte, war er sich über die weitere Vorgehensweise immer noch nicht ganz im Klaren.

Finde George, sagte er sich. Ja, aber wie?

Er ging wieder auf die Brücke und rief das Such- und
Rettungsprogramm im Computer auf. »Aha!«, sagte er
laut. Ausgreifende Spirale.

Das Standardverfahren bei einer Suchmission bestand
darin, eine ständig sich erweiternde Spirale von der letzten bekannten Position des verschollenen Raumschiffs
zu fliegen. Jedoch musste Fuchs auch die Möglichkeit in
Betracht ziehen, dass George im stumpfen Winkel von
der Ekliptik weggeflogen war. Während die Umlaufbahnen der großen Planeten nur ein paar Grad von der
Ebene der Ekliptik abwichen, zogen viele Asteroiden
zwanzig oder sogar dreißig Grad ober- beziehungsweise unterhalb dieser Ebene ihre Bahn. Angenommen,
George war mit starkem Schub abgeflogen? Fuchs wusste, dass er ihn in diesem Fall nie finden würde.

Und überhaupt war der Asteroidengürtel so groß,
dass George – auch wenn er sich dicht an die Ekliptik
hielt – schon Gott weiß wo sein konnte. Ein paar Tage
mit hohem Schub konnten ein Schiff zurück zur Erde
befördern. Oder in Gegenrichtung zum Jupiter hinaus.

Dennoch blieb Fuchs nichts anderes übrig, als die
ausgreifende Spirale zu fliegen und mit dem Radar die
Bereiche hoch über und unter seiner Position abzusu-
chen, während er sich vom Asteroiden entfernte.

Er legte den Kurs fest, stieg in den Raumanzug und
rutschte durchs lange Buckminsterfulleren-Kabel, welches das Habitatmodul der *Starpower* mit dem Ausrüs-
tungsmodul verband. Das hohle Kabel war breit genug,
dass eine Person sich hindurchzuquetschen vermochte,
aber es war nicht mit Druck beaufschlagt. Man musste
einen Anzug tragen, und dies erschwerte das Kriechen
durch den kilometerlangen Schlauch ganz gewaltig.
Trotzdem hatte Fuchs keine andere Wahl, zumal er den

Laser begutachten wollte, den George zurückgelassen hatte.

Dorik Harbin war ebenfalls auf der Suche.

Er hatte die Telemetriesignale der *Starpower* vor ein paar Stunden aufgefangen, nachdem Fuchs Ceres verlassen hatte und folgte dem Schiff nun in sicherer Entfernung.

Dann aber war das Telemetriesignal jedoch abrupt abgebrochen. Harbin zog in Erwägung, sich dem Schiff so weit zu nähern, um es visuell auszumachen; bevor er aber noch eine diesbezügliche Entscheidung zu treffen vermochte, setzte die Telemetrie wieder ein und zeigte, dass die *Starpower* erneut Fahrt aufgenommen hatte: Sie flog mit hohem Schub quer durch den Gürtel.

Wohin er wohl fliegt, fragte Harbin sich. Er muss ein ganz bestimmtes Ziel ansteuern, wenn er mit dieser Geschwindigkeit fliegt.

Er passte sich in Kurs und Geschwindigkeit der *Starpower* an und hielt sich so weit hinter dem Raumschiff, dass er nicht entdeckt wurde. Selbst wenn Fuchs so umsichtig war, auch den Bereich hinter sich mit dem Radar zu überwachen, sagte Harbin sich, würde der Radarstrahl durch den Abgasstrahl seines Triebwerks so stark aufgefächert, dass er mich auf gar keinen Fall sieht. Er blieb also im Schatten von Fuchs' Emissionen und folgte der *Starpower* – glaubte er jedenfalls.

Er erinnerte sich an Grigors Versprechen: Zerstöre die *Starpower*, und das ganze Jagen und Töten hat vielleicht ein Ende. Ich werde mein Geld und einen ordentlichen Bonus bekommen, sagte Harbin sich. Ich darf wieder zur Erde zurückkehren, mir ein sicheres Plätzchen suchen und für den Rest meines Lebens wie ein Fürst leben.

Was wäre wohl der beste Platz auf der Erde? Ich suche mir einen Ort aus, wo es schön warm ist, der sicher vorm ansteigenden Meeresspiegel ist und wo es keine Erdbeben, dafür aber eine stabile Regierung gibt. Ein reiches Land und keins, wo die eine Hälfte der Bevölkerung Hunger leidet und die andere Hälfte eine Revolution anzettelt. Kanada vielleicht. Oder Australien. Sie haben zwar sehr strenge Einwanderungsbestimmungen, doch mit genug Geld erhält man überall Eintritt. Vielleicht auch Spanien, sagte er sich. Barcelona ist noch immer bewohnbar, und in Madrid hat es seit Jahren keine Hungeraufstände mehr gegeben.

Kapitel 26

Die Rekrutierung zuverlässiger Leute verursachte Amanda die größten Kopfschmerzen. Außerdem machte sie sich Sorgen um ihren Mann, der ganz allein da draußen im Gürtel umher flog und wie so viele andere auf der Suche nach dem großen Los war. Aber war er das wirklich? Ihre größte Sorge war aber, dass Lars Rache an Humphries nehmen wollte, indem er *HSS*-Schiffe angriff. Auch wenn er nicht dabei ums Leben kam, würde er doch ein Gesetzloser, ein Ausgestoßener werden.

Sie versuchte diese Gedanken zu verdrängen, während sie daran arbeitete, ihre Versorgungsgüter-Großhandlung mit dem Geld wiederaufzubauen, das sie von der Versicherung für den Brandschaden bekommen hatten.

Arbeitskräfte waren Mangelware auf Ceres. Die meisten Leute, die in den Gürtel kamen, waren als Prospektoren tätig. Sie suchten nach ergiebigen Asteroiden, deren Erz sie teuer verkaufen wollten. Selbst die alten Hasen, die aus bitterer Erfahrung gelernt hatten, dass die meisten Prospektoren kaum die Gewinnschwelle erreichen, während die Großkonzerne den Profit durch den Verkauf des Erzes einstrichen, machten sich trotzdem immer wieder auf die Suche nach dem ›großen Brocken‹, mit dem sie ausgesorgt hätten. Oder sie arbeiteten als Bergleute und schürften entweder als Konzernangestellte oder Subunternehmer einer der großen Gesellschaften das Erz aus den Asteroiden. Die Bergleute wurden dabei nicht reich, aber sie mussten auch nicht hungern.

Amanda hatte am College Betriebswirtschafts-Vorlesungen belegt. Sie wusste also, je mehr Asteroiden ausgebeutet würden und je ergiebiger sie an Metallen und Mineralien waren, desto wertloser wurden sie. Ein Konzern wie *Astro* oder *HSS* vermochte auch mit einer kleinen Gewinnmarge zu arbeiten, weil sie so gewaltige Mengen an Erz umschlugen. Ein einzelner Prospektor musste jedoch zu Marktpreisen verkaufen, und der Preis war immer viel niedriger als die Dollarzeichen, die sie in den Augen hatten.

Sie runzelte die Stirn, als sie sich für einen neuen Arbeitstag ankleidete. Wieso betätigt Lars sich dann da draußen als Prospektor? Er kennt die Situation doch so gut wie jeder andere. Und wieso hat er mir keine Nachricht geschickt? Er hatte mir zwar gleich gesagt, dass er das nicht tun würde, aber ich hätte schon erwartet, dass er mir nach ein paar Tagen wenigstens mitteilen würde, ob bei ihm alles in Ordnung sei.

Im Grunde kannte sie die Antwort schon, aber sie wollte es nicht glauben. Er arbeitet gar nicht als Prospektor. Er ist auf einer Wahnsinnsmission, um mit Martin abzurechnen. Er will zurückschlagen – ein Mann gegen den mächtigsten Konzern im Sonnensystem. Er wird dabei draufgehen, und es gibt nichts, womit ich das verhindern könnte.

Das schmerzte sie am meisten, dieses Gefühl der völligen Machtlosigkeit; die Gewissheit, dass sie keine Möglichkeit hatte, den Mann, den sie liebte, zu schützen oder ihm auch nur zu helfen. Er hat sich von mir abgewandt, wurde sie sich bewusst. Nicht nur körperlich; Lars hat sich von mir verabschiedet – von unserer Ehe, von unserer Beziehung. Er hat es zugelassen, dass sein Zorn unsere Liebe überwältigt hat. Er führt nun einen Rachefeldzug ohne Rücksicht auf Verluste.

Sie unterdrückte die aufsteigenden Tränen, bootete den Computer und machte weiter, wo sie letzte Nacht aufgehört hatte – mit der Suche nach Leuten, die bereit waren, im Lagerhaus zu arbeiten. In ihrer Verzweiflung hatte sie sogar eine Nachricht an Pancho Lane auf der Erde gesendet. Als der Wandbildschirm hell wurde, sah sie, dass Pancho geantwortet hatte.

»Zeige Pancho Lanes Nachricht an«, befahl sie dem Computer.

Pancho Lanes mokkafarbenes Gesicht grinste sie an. Sie schien in einem Büro irgendwo in den Tropen zu sein. Wahrscheinlich in der *Astro*-Zentrale in Venezuela.

»Habe deine traurige Botschaft erhalten, Mandy. Kann mir vorstellen, wie schwierig es ist, zuverlässige Leute für die Arbeit in eurem Lagerhaus zu gewinnen. Wünschte, ich könnte euch ein paar von meinen Leuten 'rüberschicken, aber niemand mit einem guten Job hier wird freiwillig nach Ceres gehen – es sei denn, er würde vom Asteroidenfieber befallen und glauben, in sechs Wochen reich wie Krösus zu werden.«

Pancho beugte sich näher zur Kamera und fuhr fort: »Ich muss dich aber dringend warnen: Unter den Leuten, die vielleicht bereit sind, für dich zu arbeiten, könnten *HSS*-Spione sein. Überprüfe jeden Einzelnen von ihnen auf Herz und Nieren, Mädchen. Ich wette, es sind ein paar faule Äpfel darunter.«

Amanda schüttelte matt den Kopf. Als ob ich nicht schon genug Probleme hätte, sagte sie sich.

Pancho lehnte sich zurück und sagte: »Ich bin zurzeit in Lawrence in Kansas. Habe eine Konferenz mit einem internationalen Universitäts-Konsortium. Will einen Deal mit ihnen machen, um eine Forschungsstation im Jupiter-Orbit zu bauen. Sind vielleicht ein paar Hochschulabgänger dabei, die einen Job suchen. Die Arbeitslosigkeit ist weiß Gott hoch genug. Ich will sehen, was ich für dich tun kann. In der Zwischenzeit pass gut auf dich auf. Dieser alte Stecher will noch immer *Astro* übernehmen, und du und Lars steht ihm dabei im Wege.«

Mit einem fröhlichen Winken verabschiedete Pancho sich. Amanda hätte sich am liebsten wieder ins Bett verkrochen und wäre bis zu Lars' Rückkehr dort geblieben.

Falls er überhaupt zurückkehrte.

Wie lange soll ich denn noch suchen, fragte Fuchs sich. Ich bin schon drei Tage unterwegs, und noch immer keine Spur von George. Nicht die geringsten Anzeichen.

Der Verstand sagte ihm, dass der Gürtel ein fast völlig leerer Raum war. Er erinnerte sich noch daran, dass man den Gürtel schon im Astronomie-Einführungskurs mit einem großen, leeren Theater verglichen hatte, in dessen weitem Raum nur ein paar Staubpartikel umherdrifteten. Nun sah er es in der Praxis. Beim Blick aus den Brückenfenstern der *Starpower* und bei der Betrachtung der Monitore, welche die Radar- und Teleskopbilder zeigten, sah er, dass es nichts da draußen gab – nichts außer leerem Raum, Dunkelheit und ewiger Stille.

Er fragte sich, wie die Besatzung von Kolumbus sich wohl gefühlt haben musste: Sie war ganz allein mitten im Atlantik, ohne auch nur einen Vogel zu sehen; und es gab nichts außer einem leeren Meer und einem noch leereren Himmel.

Dann piepte plötzlich das Funkgerät.

Fuchs erschrak durch das unerwartete Geräusch. Er drehte sich auf dem Kommandantensitz um und sah, dass der Kommunikationsbildschirm den Eingang einer Nachricht anzeigte, die vom optischen Kommunikationssystem empfangen worden war.

Ein optisches Signal? Irritiert wies er den Kommunikationscomputer an, die Nachricht darzustellen.

Auf dem Bildschirm erschien ein kaleidoskopartiges buntes Wabern, während zugleich ein Zischen und Pfei-

fen aus den Lautsprechern drang. Nur Hintergrund-
rauschen, sagte Fuchs sich. Wahrscheinlich ein Sonnen-
sturm oder ein Gammaburst.

Nur dass die anderen Sensoren keinerlei Anzeichen
eines Sonnensturms zeigten, und bei näherer Überlegung fragte Fuchs sich, ob ein Gammaburst überhaupt
vom optischen Empfänger registriert worden wäre.

Er befahl dem Navigationsprogramm, die *Starpower*
wieder in den Bereich zu bringen, wo das optische Signal entdeckt worden war. Das Wenden eines Schiffs mit
der Masse der *Starpower* war keine leichte Aufgabe. Es
war zeit- und energieaufwändig. Schließlich meldete
der Navigationsrechner jedoch den Vollzug des Manö-
vers.

Nichts. Das Kommunikationssystem blieb stumm.

Es war ein Blindsignal, sagte Fuchs sich. Eine Ano-
malie. Trotzdem musste *irgendetwas* sie verursacht haben, und er war sich sicher, dass es sich nicht um einen
Fehler in der Kommunikationsausrüstung handelte.
Unsinn, sagte der Teil des Gehirns, wo der Verstand be-
heimatet war. Du bist davon überzeugt, weil es ein Signal sein soll. Du räumst der Hoffnung Vorrang vor
dem Urteilsvermögen ein.

Ja, das stimmt wohl, gestand Fuchs sich ein. Trotzdem gab er dem Navigationssystem den Befehl, die
Starpower auf dem Vektor entlangzuführen, woher das
seltsame Signal gekommen war.

In der Hoffnung, dass das Bauchgefühl zuverlässiger war als das rationale Bewusstsein, folgte Fuchs
dem Kurs für eine Stunde, zwei Stunden, bis …

… der Kommunikationsbildschirm sich erhellte und
ein unscharfes, körniges Bild von etwas erschien, das
Fuchs wie ein kahlköpfiger, ausgemergelter Asiate anmutete.

»Hier ist die *Waltzing Matilda*. Wir sind ein antriebs-
und steuerloses Wrack. Wir brauchen dringend Hilfe.«

Fuchs klappte die Kinnlade herunter. Er starrte für ein paar Minuten auf das schlierige, verschwommene Bild und brach dann regelrecht in Hektik aus. Er versuchte die Position der *Matilda* zu bestimmen und schnellstmöglich zu ihr zu gelangen, während er gleichzeitig auf jedem Kanal, auf dem sein Kommunikationssystem zu senden vermochte, ein Signal an sie abstrahlte.

Dorik Harbin schäumte vor Wut.

Das ist ein Lockvogel, sagte er sich zornig. Ein verdammter Lockvogel. Und du bist darauf reingefallen. Du bist ihm wie ein blödes Arschloch auf halbem Weg in die Hölle gefolgt!

Eher aus Langeweile als aus einer konkreten Veranlassung heraus hatte er die *Shanidar* etwas aus dem Abgasstrahl dessen herausmanövriert, das er für die *Starpower* gehalten hatte. Er war den telemetrischen Signalen des Schiffs seit Tagen gefolgt, um herauszufinden, welches Ziel es ansteuerte. Seine stehenden Befehle von Grigor lauteten, zu warten, bis ein Schiff in eine Umlaufbahn um einen bestimmten Asteroiden ging und es dann zu zerstören. Harbin wusste, auch ohne dass Grigor es ihm sagte, dass *HSS* dann einen Anspruch auf den Asteroiden erhob.

Auch nach ein paar Tagen gab es immer noch keinerlei Anzeichen dafür, dass sein Opfer auf der Suche nach einem Asteroiden war. Es zuckelte einfach nur mit geringem Schub vor sich hin wie ein Touristenboot, das die lokalen Sehenswürdigkeiten abklapperte. Nur dass es hier draußen keine Touristen gab und auch keine Sehenswürdigkeiten, die man hätte präsentieren können; der Asteroidengürtel war kalt und leer.

Nun sah Harbin klar und deutlich auf den Bildschirmen, dass das, was er verfolgt hatte, mitnichten die *Starpower* war, sondern ein Rettungsboot, eine elende Rettungskapsel.

Das war kein Zufall. Fuchs hatte ihn auf eine falsche Fährte gelockt und war dann in eine ganz andere Richtung geflogen. Aber wohin? Grigor würde nicht eben begeistert sein, wenn er von diesem Patzer erführe. Harbin schwor sich, dass er Fuchs aufspüren und diesen krummen Hund fertig machen würde.

Wenn er auf Gegenkurs ging, würde ihn das so viel Treibstoff kosten, dass er in ein paar Tagen schon wieder tanken musste. Und das nächste *HSS*-Schiff war mindestens drei Tage entfernt. Harbin überflog die Sensorschirme. Was er brauchte, war ein mittelprächtiger Felsbrocken, der nah genug war …

Dann fand er einen – einen Asteroiden, der genug Masse für das Manöver hatte, das ihm vorschwebte. Er war zwar zu klein für einen Swingby, doch Harbin näherte sich dem zwölf Kilometer langen Gesteinsbrocken dicht an und brachte die *Shanidar* dann in eine enge Umlaufbahn. Er überprüfte den Navigationscomputer zweimal, bevor er das Programm aktivierte. Exakt im richtigen Moment zündete er die Triebwerke, und die *Shanidar* schoss vom namenlosen Asteroiden in die von Harbin gewünschte Richtung. Dabei wurde nur ein Bruchteil des Treibstoffs verbraucht, den eine angetriebene Wende gekostet hätte.

Nun flog er mit Volldampf in die Region zurück, wo die *Starpower* den Lockvogel abgesetzt hatte. Diese Stelle war leicht zu finden: Es musste dort sein, wo die Telemetrie-Signale der *Starpower* für ein paar Stunden ausgesetzt hatten. Während dieser Zeit hatte der schlaue Hund den Sender in der Rettungskapsel installiert. Seitdem hält er Funkstille.

Vielleicht auch nicht, sagte Harbin sich. Vielleicht kommuniziert er auf einem anderen Kanal mit Ceres. Oder er funkt andere Schiffe an.

Also hielt Harbin sämtliche Kommunikationsempfänger offen, während er mit Höchstgeschwindigkeit in den Raumsektor zurückflog, wo Fuchs ihn auf die falsche Fährte gelockt hatte.

Das Glück ist mit dem Tüchtigen. Nachdem er zwei Tage mit Vollgas geflogen war, fing Harbin das ferne, schwache Signal auf, mit dem Fuchs den Notruf der *Waltzing Matilda* beantwortete.

Dahin will er also, sagte Harbin sich mit einem Nicken. Er freute sich, dass er nun die *Starpower* vernichten *und* die Sache mit der *Waltzing Matilda* zu Ende bringen konnte.

George hatte auf dem Sitz des Copiloten Platz genommen, um etwas zu schlafen, und Nodon mit der Überwachung der Steuerkonsole beauftragt. Es gab freilich nicht viel zu überwachen. Sie trieben noch immer hilflos und einsam durch den Raum und waren dem Hungertod geweiht.

»Ich habe ein Signal!«, rief Nodon plötzlich aufgeregt.

Sein Ruf riss George aus einem Traum, der davon handelte, dass er mit einer schönen Frau im Restaurant ›Erdblick‹ in Selene dinierte. Schlaftrunken rieb George sich die Augen und fragte sich, was ihm im Traum wohl wichtiger wäre – die Frau oder das Futter.

»Was für ein Signal?«, nuschelte er.

Nodon zitterte förmlich vor Aufregung. »Sieh selbst!« Er wies mit einem knochigen Finger auf den Kommunikationsbildschirm. »Sieh selbst!«

George blinzelte ein paarmal. Hagel und Granaten, das war doch Lars Fuchs' düsteres, todernstes Gesicht auf dem Bildschirm. George hatte noch nie ein so liebreizendes Antlitz gesehen.

»Ich habe euren Notruf empfangen und nähere mich eurer Position mit vollem Schub. Bitte peilt meine Boje an und wiederholt das Signal, damit mein Navigationssystem eine exakte Peilung bekommt.«

Nodons Finger huschten schon über die Tastatur auf der Steuerkonsole.

»Frag ihn, wie lang er brauchen wird, um uns zu erreichen«, sagte George.

»Ich habe die Daten schon in den Computer eingege-

251

ben.« Nodon betätigte noch ein paar Tasten. »Aha. Da hätten wir die Antwort schon. Zweiundfünfzig Stunden.«

»Etwas mehr als zwei Tage.« George setzte ein schiefes Grinsen auf. »Zwei Tage werden wir wohl noch durchhalten, nicht wahr, Kumpel?«

»Ja! Sicher!«

Kapitel 27

Harbin lauschte konzentriert den Nachrichten, die Fuchs sendete. Wenn der Narr sich auf Lasersignale beschränken würde, sagte er sich kalt, wäre es mir nicht gelungen, ihn aufzuspüren. Funksignale expandieren aber im Raum wie ein sich aufblähender Ballon. Wie eine Blume, die sich der Sonne öffnet. Eine Todesblüte, sagte er sich.

Er wusste, dass er Treibstoff sparen musste; der Pegel war schon so niedrig, dass er sich Sorgen machen musste. Die Situation war zwar noch nicht akut, aber er vermochte sich auch nicht mit vollem Schub auf die Beute zu stürzen – nicht, wenn er noch genügend Saft übrig behalten wollte, um einen HSS-Tanker zu erreichen. Aber es gab gar keinen Grund zur Eile. Soll Fuchs die Leute doch retten, die in der *Matilda* überlebt haben, sagte er sich. Ich werde einfach Kurs auf sie halten und die *Starpower* auf dem Rückflug nach Ceres abfangen.

Er hielt die Kommunikationsempfänger offen, und bald darauf hörte er Fuchs aufgeregt an Ceres melden, dass er die *Waltzing Matilda* geortet hätte und dass die beiden Besatzungsmitglieder noch am Leben wären.

»Aber nicht mehr lange«, knurrte Harbin grinsend.

Und dann kam ihm ein neuer Gedanke. Es war nicht ungewöhnlich, dass ein Prospektorenschiff in der Weite und Einsamkeit des Gürtels verschwand. Er hatte selbst schon ein paar Schiffe zerstört; andere waren ohne seine Mitwirkung verschollen. Es war durchaus möglich, dass bei einem einzelnen Schiff wie der *Waltzing Matilda* plötzlich der Funkkontakt abbrach, ohne jemals wieder etwas von ihm zu hören und den Grund für das Verschwinden zu erfahren. Es gab natürlich vereinzelte Gerüchte über Piraterie, doch wurden die von niemandem ernst genommen.

Andererseits, wenn die Besatzung der *Matilda* noch lebt, wird sie ausplaudern, was wirklich passiert ist. Sie werden der IAA melden, dass sie vorsätzlich angegriffen wurden und dass man sie vermeintlich tot zurückgelassen hatte. Ich darf nicht zulassen, dass sie überleben.

Andererseits, fragte Harbin sich, wie das wohl aussähe, wenn das Schiff, das die Besatzung der *Matilda* rettet, auch noch verschwindet? Das wird die Gerüchte über Piraterie anheizen und könnte eine umfassende Untersuchung zur Folge haben.

Er schüttelte den Kopf und versuchte die Gedanken zu sortieren. Ich bin allein hier draußen; ich kann weder Grigor noch sonst jemanden anrufen und um Instruktionen bitten. Ich muss die Entscheidung hier und jetzt treffen.

Er brauchte weniger als eine Minute, um einen Entschluss zu fassen. Soll die *Starpower* die Besatzung der *Matilda* eben retten, und ich werde dann zwei Fliegen mit einer Klappe schlagen. Vielleicht gelingt es mir sogar, sie zu töten, bevor sie die ganze Geschichte Ceres oder der IAA erzählen.

Amanda verkrampfte sich das Herz in der Brust, als sie auf das Signal EINGEHENDE NACHRICHT auf dem Computer reagierte und Lars' Bild auf dem Wandbildschirm Gestalt annahm.

Er wirkte angespannt und hatte dunkle Ringe unter den Augen. Aber er hatte ein breites Grinsen im normalerweise ernsten und düsteren Gesicht.

»Ich habe sie gefunden! George und seinen Schiffskameraden. Sie sind am Leben, und ich werde sie aufsammeln.«

»Was ist ihnen denn zugestoßen?«, fragte Amanda und vergaß dabei, dass ihr Mann zu weit entfernt war für eine interaktive Unterhaltung.

»Ihr Schiff ist ein Wrack«, sagte Fuchs, »aber sie sind beide unverletzt. Das ist alles, was ich im Moment weiß. Ich werde weitere Information senden, wenn ich sie an Bord genommen habe.«

Der Bildschirm wurde dunkel und ließ Amanda mit tausend Fragen zurück. Doch keine einzige war wirklich von Bedeutung. Lars geht es gut, und er tut auch nichts, womit er sich in Gefahr bringen würde. Er wird George und seinen Schiffskameraden retten, und dann wird er hierher zurückkommen – zurück zu mir, sagte sie sich erleichtert.

In der Luftschleusenkammer wurde es eng, als George und sein Schiffskamerad in den klobigen Raumanzügen durch die Luke kamen. Als sie sich anschickten, aus den Anzügen zu steigen, hätte Fuchs sich bei dem Gestank fast übergeben.

»Ihr beiden müsst erst mal unter die Dusche«, sagte er so feinfühlig, wie es ihm möglich war.

George grinste verlegen durch den verfilzten Bart. »Ja. Schätze, wir duften nicht sehr gut, was?«

Der Asiate sagte nichts, wirkte aber peinlich berührt. Fuchs sah, dass er fast noch ein Junge war.

Als Fuchs sie durch den Gang zur Nasszelle führte, sagte George fröhlich: »Ich hoffe, ihr habt eine gut gefüllte Speisekammer.«

Fuchs nickte und widerstand dem Drang, sich die Nase zuzukneifen. »Was ist euch überhaupt passiert?«, fragte er dann.

George schob den schweigenden Nodon in die Duschkabine und antwortete: »Was passiert ist? Wir wurden angegriffen, das ist uns passiert.«

»Angegriffen?«

»In Stücke geschossen von einem Irren, dessen Schiff mit einem Hochleistungslaser bestückt war.«

»Ich wusste es«, murmelte Fuchs.

Nodon trat verschämt in die Duschkabine, bevor er sich aus dem Overall pellte. Dann hörten sie Wasser plätschern und sahen Dampfschwaden aus der Kabine aufsteigen.

»Wir sind wohl nicht die Ersten, denen so etwas passiert ist«, sagte George. »Die *Lady of the Lake*. Und die *Aswan* … mindestens noch vier oder fünf weitere.«

»Mindestens«, pflichtete Fuchs ihm bei. »Wir werden die IAA darüber informieren müssen. Vielleicht werden sie nun endlich eine Untersuchung durchführen.«

»Zuerst was zu essen«, sagte George. »Mir knurrt schon seit Tagen der Magen.«

»Zuerst eine Dusche«, desillusionierte Fuchs ihn energisch. »Dann gibt es was zu essen.«

George lachte. »Soll mir recht sein.« Dann fügte er mit erhobener Stimme hinzu: »Falls unser Kamikaze überhaupt wieder aus der abgefuckten Dusche rauskommt.«

Harbin geriet beim Training auf dem Hometrainer richtig ins Schwitzen. Die *Shanidar* flog mit einem Sechstel Ge, der gleichen Gravitation wie auf dem Mond, doch Harbins Biografie als Soldat motivierte ihn, seine Kondition an irdischen Gravitationsstandards auszurichten. Während er in die Pedale trat und emsig die Griffstange betätigte, betrachtete er den Bildschirm an der Wand vor sich.

Es war ein Kampfsporttrainingsvideo, das Harbin schon Dutzende Male gesehen hatte. Jedes Mal schnappte er jedoch etwas Neues auf, ein kleines Detail, das er beim letzten Mal übersehen oder schon wieder vergessen hatte. Nach den obligatorischen zwanzig Kilometern auf dem Fahrrad würde er das Video wieder von vorn abspielen und die schwierigen Übungen erneut absolvieren.

Die Gedanken schweiften jedoch immer wieder zum zentralen Problem ab, vor dem er stand. Wie kann ich verhindern, dass Fuchs Ceres über das Schicksal der *Waltzing Matilda* informiert? Er hat schließlich schon eine kurze Nachricht an seine Frau geschickt. Wenn er die ganze Geschichte publik macht, wird die IAA eine groß angelegte Untersuchung starten.

Er lächelte schief. Wenn das passiert, ist meine Karriere als Pirat im Eimer. Grigors Vorgesetzte würden vielleicht sogar zu dem Entschluss kommen, dass es sicherer wäre, mich zu eliminieren anstatt auszuzahlen.

Also muss ich die *Starpower* unbedingt so schnell wie möglich zum Schweigen bringen. Aber wie? Den Funkverkehr vermag ich nicht zu stören; mir fehlt die entsprechende Ausrüstung.

Ich könnte beschleunigen, mich mit Höchstgeschwindigkeit auf sie stürzen und wegputzen, bevor sie eine Nachricht an Ceres senden. Nur dass ich dann nicht mehr genug Treibstoff hätte, um einen Tanker zu erreichen. Ich würde Grigor Bescheid sagen müssen, dass er mir einen Tanker schicken soll.

Und wie könnten sie mich diskreter loswerden, als mich allein hier draußen treiben zu lassen, bis ich entweder verhungere oder die Recycler den Geist aufgeben? Auf diese Weise würden Grigor und seine Bosse bei *HSS* mich für immer zum Schweigen bringen, ohne sich die Hände schmutzig machen zu müssen.

Mit einem grimmigen Kopfschütteln beschloss Harbin, den gegenwärtigen Kurs und die Geschwindigkeit beizubehalten. Er würde der *Starpower* entgegenfliegen und das Schiff zerstören. Fuchs würde sterben. Harbin hoffte nur, dass er den Auftrag erledigen konnte, bevor Fuchs Ceres über die Vorgänge informierte.

Das liegt im Schoß der Götter, sagte er sich. Es bleibt dem Zufall überlassen. Ein Vierzeiler aus dem *Rubaiyat* kam ihm in den Sinn:

> O Liebe! Könntest du und ich im Schicksal
>   zusammenkommen,
> Um es zu packen, das traurige Weltgeschehen,
> Würden wir es nicht in Trümmer schlagen –
>   und dann
> Es wiederaufzubauen – näher an des Herzens
>   Wunsch!

Ja, sagte Harbin sich. Das wäre eine wahre Freude, diese Welt zu zertrümmern und aus ihren Ruinen etwas Besseres zu erschaffen. Eine Frau an meiner Seite zu haben, die mich liebt und die meines Herzens Freude ist.

Das sind Hirngespinste, sagte er sich ungehalten. Die Realität ist diese gottverlassene Leere und dieses lausige Schiff. Die Realität handelt von verschiedenen Arten des Tötens.

Die Realität, sagte er sich mit einem entsagungsvollen Seufzer, ist wie dieser verdammte Hometrainer: Er bringt mich nirgendwohin, aber ich muss meine ganze Energie aufwenden, um dorthin zu gelangen.

Kapitel 28

Fuchs saß in der Bordküche und sah fassungslos zu, wie George so viel Essen hinunterschlang, dass ein normaler Mensch für eine ganze Woche davon satt geworden wäre. Sein Schiffskamerad, Nodon, hielt sich zwar vergleichsweise zurück, futterte aber auch wie ein Scheunendrescher.

»Und nachdem er dann die Antennen zerballert hatte«, sagte George mit dem Mund voll Sojaburger und rehydrierter Kartoffeln, »hat er die Schubdüse gezündet und unsere Treibstofftanks perforiert.«

»Er war wohl sehr gründlich«, sagte Fuchs.

George nickte. »Er muss wohl geglaubt haben, dass wir noch immer im Habitatmodul waren. Nodon und ich haben uns tot gestellt, bis er verschwunden ist. Bis dahin war die alte *Matilda* schon in die ungefähre Richtung von Alpha Centauri abgedriftet.«

»Er hat geglaubt, ihr wärt tot.«

»Oder so gut wie.«

»Ihr müsst das alles der IAA melden«, sagte Fuchs.

»Wenn wir den Schneidlaser an Bord gehabt hätten, dann hätte ich dem Bastard selbst eins draufgebrannt. Er hatte uns erwischt, als der Laser auf dem Asteroiden stand und der Akku aufgeladen wurde.«

»Ich habe euren Laser«, sagte Fuchs. »Er ist in der Ladebucht.«

Nodon schaute vom Essen auf. »Ich werde ihn überprüfen.«

»Tu das«, sagte George. »Ich werde derweil die IAA in Selene anrufen.«

»Nein«, sagte Fuchs. »Wir werden das IAA-Hauptquartier auf der Erde anrufen. Diese Geschichte muss den richtigen Leuten vorgetragen werden, und zwar schnell.«

»Okay. Sobald ich mir noch 'nen Nachtisch reingezogen habe. Was haste denn noch so im Kühlschrank?«

»Ich habe auch einen Schneidlaser«, wandte Fuchs sich an Nodon. »Er steht bei eurem in der Ladebucht.«

»Soll ich sie beide ans Bordnetz anschließen?«, fragte der Asiate leise.

Fuchs sah den Ausdruck ruhiger Zuversicht in den tief liegenden braunen Augen des jungen Mannes. »Ja, es kann wohl nichts schaden, beide einsatzbereit zu halten.«

George hatte ihre kurze Unterhaltung verfolgt, während er aufstand und zur Kühltruhe ging. »Wie willst du sie überhaupt aus der Ladebucht abfeuern, Kumpel?«

»Klarer Fall – indem die Luken geöffnet werden«, sagte Fuchs.

»Dann sollte man wohl besser einen Anzug anziehen.«

Mit einem Kopfnicken bekundete Nodon stillschweigende Zustimmung.

»Ihr beiden glaubt also, dass er zurückkommen wird«, sagte Fuchs.

»Vielleicht«, antwortete Nodon.

»Dann sollten wir besser darauf vorbereitet sein«, sagte George, während er die Bestandsliste auf dem Monitor der Tiefkühltruhe überflog. »Ich will nicht noch einmal mit heruntergelassenen Hosen erwischt werden. Könnte tödlich enden.«

Diane Verwoerd sah förmlich, dass ihr Boss kalte Füße bekam. Martin Humphries wirkte unbehaglich, fast nervös, als sie das weitläufige Wohnzimmer seines Anwesens betrat.

»Wie sehe ich aus?«, fragte er sie – etwas, das er sonst nie machte.

Er war mit einem Smoking bekleidet und trug dazu eine Fliege und einen karierten Kummerbund. Sie lächelte und unterdrückte den Drang, ihm zu sagen, dass er wie ein pummeliger Pinguin aussah.

»Sie sehen richtig schick aus«, sagte sie.

»Diese blöde formelle Kleidung. Man sollte meinen, dass man nach ein paar Jahrhunderten sich etwas Besseres hätte einfallen lassen können, das man zu gesellschaftlichen Anlässen trägt.«

»Ich bin beeindruckt, dass Sie die Fliege so perfekt gebunden haben.«

Er schaute sie stirnrunzelnd an. »Sie ist vorgebunden, und Sie wissen das. Hören Sie auf, mir zu schmeicheln.«

Verwoerd trug ein bodenlanges Silbermetallickleid; der lange Rock war fast bis zur Hüfte geschlitzt.

»Stavenger hat mich doch wohl kaum aus reiner Herzensgüte in diese verdammte Oper eingeladen«, nörgelte Humphries, als sie zur Tür gingen. »Er will etwas von mir und glaubt, dass ich in einer angenehmen und entspannten Atmosphäre aufgeschlossener wäre.«

»Cocktails und Dinner und dann *Der Troubadour*«, murmelte Verwoerd. »Das reicht, um sich bis zur Bewusstlosigkeit zu entspannen.«

»Ich hasse Opern«, grummelte er, als er die Tür öffnete.

»Wieso haben Sie dann die Einladung überhaupt angenommen?«, fragte Verwoerd und trat hinter ihm in den Garten hinaus.

Er schaute sie finster an. »Das wissen Sie doch. Pancho wird auch da sein. Stavenger hat einen Trumpf im Ärmel. Offiziell mag er zwar zurückgetreten sein, doch er regiert Selene noch immer – er ist die graue Eminenz. Er muss nur die Stirn runzeln, und alle überschlagen sich, um ihm zu Diensten sein.«

»Ich frage mich, was er diesmal will?«, sagte Verwoerd, während sie zwischen den üppig blühenden Sträuchern und Bäumen hindurchgingen, die die Höhle ausfüllten.

Humphries warf ihr einen missmutigen Blick zu. »Um das herauszufinden, bezahle ich Sie schließlich.«

Der Cocktailempfang fand im Freien statt, unter der Kuppel der Grand Plaza gleich neben dem Amphitheater, in dem alle Theatervorführungen in Selene stattfanden. Als Humphries und Verwoerd eintrafen, stand Pancho Lane schon in der Nähe der Bar und war in eine angeregte Unterhaltung mit Douglas Stavenger vertieft.

Doug Stavenger, der fast doppelt so alt wie Humphries war, wirkte noch immer so jung und vital wie ein Dreißigjähriger. In seinem Körper wimmelte es von Nanomaschinen, die ihn gesund und jung erhielten. Zweimal hatten sie ihn schon vorm Tod bewahrt und Schäden am Körper repariert, die normalerweise tödlich gewesen wären.

Überhaupt war Stavenger kein gewöhnlicher Mensch. Seine Familie hatte die ursprüngliche Mondbasis gegründet und sie aus einer kleinen Forschungsstation in ein großes Zentrum für die Nanomaschinenfertigung von Raumschiffen verwandelt. Stavenger selbst hatte den ebenso kurzen wie heftigen Kampf gegen die alte UN geführt, durch den die Mondsiedlung die Unabhängigkeit von der Weltregierung erlangt hatte. Er hatte auch den Namen Selene ausgewählt.

Mit Verwoerd am Arm schob Humphries sich durch die angeregt plaudernde Menge aus Männern im Smoking und schmuckbehängten Frauen im Abendkleid, bis sie Stavenger und Pancho erreicht hatten. Er drängte sich fast zwischen die beiden.

»Hallo, Martin«, sagte Stavenger mit einem ruhigen

Lächeln. Er war ein stattlicher Mann mit einem Gesicht, das zwischen markant und schön changierte. Seine Haut war etwas heller als Panchos und hatte eine tiefgoldene Farbe. Humphries war immer wieder erstaunt, wenn er sah, dass Stavenger deutlich größer war als er; die kompakte Statur und die breiten Schultern des Mannes kaschierten seine wahre Größe.

»Es sieht so aus, als ob Sie heute Abend halb Selene mobilisiert hätten«, sagte er, ohne sich indes die Mühe zu machen, Verwoerd vorzustellen.

Stavenger lachte ungezwungen. »Die andere Hälfte tritt in der Oper auf.«

Humphries sah, dass die beiden Frauen sich von Kopf bis Fuß musterten und taxierten wie zwei Gladiatoren, die die Arena betraten.

»Wer ist denn Ihre Freundin?«, fragte Pancho. Sie trug auch ein bodenlanges Kleid, das tiefschwarz war wie die Smokings der Männer. Ihr kurz geschnittenes Haar war mit irgendeinem Glitzerzeug bestäubt. Das Diamanthalsband und -armband, das sie trug, bestand wahrscheinlich aus Asteroidengestein, mutmaßte Humphries.

»Diane Verwoerd«, sagte Humphries. »Pancho Lane. Doug kennen Sie bereits, nicht wahr?«

»Sein Ruf eilt ihm voraus«, sagte Verwoerd mit ihrem strahlendsten Lächeln. »Und ich freue mich auch, endlich einmal Ihre Bekanntschaft zu machen, Ms. Lane.«

»Pancho.«

»Pancho will mich überreden, in eine Forschungsstation zu investieren, die im Jupiter-Orbit eingerichtet werden soll«, sagte Stavenger.

Darum geht es also, sagte Humphries sich.

»Selene erzielt einen ordentlichen Gewinn mit dem Bau von Raumschiffen«, sagte Pancho. »Und der Gewinn ließe sich sogar noch steigern, wenn man Fusionsbrennstoffe vom Jupiter importiert.«

»Was sie sagt, hat Hand und Fuß«, sagte Stavenger. »Was halten Sie eigentlich von der Idee, Martin?«

»Ich bin definitiv dagegen«, sagte Humphries unwirsch. Als ob er das nicht wüsste, sagte er sich grummelnd.

»Das ist mir auch schon zu Ohren gekommen«, gestand Stavenger.

Eine Glocke läutete im Dreiklang. »Zeit zum Dinner«, sagte Stavenger und trug Pancho seinen Arm an. »Kommen Sie, Martin, lassen Sie uns beim Essen darüber reden.«

Humphries folgte ihm zu den Tischen, die auf dem gepflegten Rasen vorm Amphitheater aufgebaut waren. Verwoerd ging neben ihm; sie war davon überzeugt, dass die vier auch bei der Oper über dieses Jupiter-Geschäft sprechen würden – sogar bei den *Lodernden Flammen*.

Das sollte ihr nur recht sein. Denn sie hasste den ›Troubadour‹.

Kapitel 29

Während Nodon in der Ladebucht zugange war, gelang es Fuchs endlich, George aus der Küche zu lotsen und mit ihm auf die Brücke zu gehen.

»Du musst das Vorkommnis der IAA melden«, sagte Fuchs und setzte sich auf den Kommandantensitz.

George nahm den Sitz des Copiloten ein; er quoll förmlich über. Er war vielleicht ausgehungert, sagte Fuchs sich, aber Gewicht hatte er trotzdem kaum verloren.

»Liebend gern, Kumpel«, sagte George jovial. »Hol sie nur an die Strippe.«

Fuchs befahl dem Kommunikationscomputer, Francesco Tomasselli im IAA-Hauptquartier in Sankt Petersburg anzurufen.

»Oh, oh«, sagte George.

Fuchs sah, dass er auf den Radarschirm zeigte. Ein einzelnes Echo erschien in der oberen rechten Ecke des Bildschirms.

»Er ist hier«, sagte George.

»Es könnte auch ein Asteroid sein«, hörte Fuchs sich sagen, obwohl er es selbst nicht glaubte.

»Es ist ein Schiff.«

Fuchs machte eine Tastatureingabe. »Ein Schiff«, stimmte er ihm dann zu. »Und es ist auf einem Abfangkurs.«

»Ich sollte mir lieber einen Anzug anziehen und zu Nodon in die Ladebucht gehen. Du legst auch den Anzug an.«

Während er George zur Luftschleusenkammer folgte, wo die Raumanzüge aufbewahrt wurden, hörte Fuchs die synthetische Stimme des Kommunikationscomputer: »Signor Tomasselli ist zurzeit nicht erreichbar. Möchten Sie eine Nachricht hinterlassen?«

Eine Viertelstunde später war er wieder auf der Brücke. Er trug nun den klobigen Raumanzug und fühlte sich darin wie in einer mittelalterlichen Ritterrüstung.

Das Radarecho stand bereits in der Mitte des Monitors. Fuchs warf einen Blick aus dem Fenster, vermochte in der dunklen Leere aber nichts zu erkennen.

»Er nähert sich uns noch immer?«, ertönte Georges Reibeisenstimme im Helmlautsprecher.

»Ja.«

»Wir haben den Laser an die Hauptstromversorgung angeschlossen. Unsere ist ausgefallen; irgendetwas hat sie lahm gelegt.«

»Aber die hier funktioniert?«

»Ja. Dreh das Schiff, damit wir ihn ins Blickfeld bekommen.«

»George«, sagte Fuchs, »angenommen, es ist nicht das Schiff, das euch angegriffen hat?«

Es trat ein kurzes Schweigen ein. »Du meinst, jemand würde rein zufällig hier vorbeikommen? Das ist verdammt unwahrscheinlich.«

»Schießt erst auf ihn, wenn er auf uns feuert«, sagte Fuchs.

»Du hörst dich an wie ein verdammter Yankee«, grummelte George. »Nicht schießen, ehe ihr nicht das Weiße in ihren Augen seht.«

»Ich wollte damit nur sagen …«

Der Kommunikationsbildschirm leuchtete plötzlich hell auf und wurde wieder dunkel. Mit behandschuhten Fingern gab Fuchs einen Diagnosebefehl ein.

»Ich glaube, er hat die Hauptantenne getroffen«, sagte er zu George.

»Dreh das verdammte Schiff, damit ich zurückschießen kann!«

Der Luftdruck-Alarm schrillte, und Fuchs hörte die Sicherheitsluke hinter sich zuschlagen.

»Er hat ein Loch in die Hülle geschossen!«

»Wende, verdammt noch mal!«

Fuchs hoffte, dass die Steuerung noch funktionierte und hörte zugleich eine ängstliche Stimme im Kopf: Mein Gott, wir sind in einem Raumkampf!

Es scheint doch noch zu klappen, sagte Harbin sich.

Der erste Schuss hatte die Hauptkommunikationsantennen der *Starpower* zerstört. Und gerade noch rechtzeitig. Fuchs hatte nämlich schon einen Ruf an die IAA auf der Erde abgesetzt.

Mit dem zweiten Schuss hatte er ihr Habitatmodul perforiert – dessen war er sich sicher. Sie drehten das Schiff und versuchten das Habitatmodul zu schützen, indem sie es hinter die Ladebucht manövrierten. Harbin studierte die Risszeichnung der *Starpower*, während er wartete, bis der Laser wieder aufgeladen war.

Es hatte keinen Sinn, Zeit und Energie zu vergeuden. Er wollte eigentlich auf die Treibstofftanks schießen, damit sie ausliefen und das Schiff hilflos immer tiefer in den Gürtel driftete.

Doch dann schüttelte er den Kopf. Nein, zuerst muss ich die Antennen zerstören. Und zwar alle. Sie könnten sonst die IAA um Hilfe rufen, während ich die Tanks durchlöchere. Sie könnten die ganze Geschichte erzählen, bevor sie abdriften und verhungern. Wenn sie bei Verstand wären, würden sie nun auf allen Frequenzen senden. Sie müssen aber in Panik geraten sein und vermögen vor lauter Angst keinen klaren Gedanken mehr zu fassen.

Ihr habt allen Grund, euch zu fürchten, sagte Harbin stumm zu den Leuten an Bord der *Starpower*. Ihr spürt den Flügelschlag des Todesengels.

»Was macht er gerade?«, fragte George.

»Er hat uns ein paar Treffer verpasst«, sagte Fuchs ins Helmmikrofon. »Er scheint sich aber aufs Habitatmodul zu konzentrieren.«

»Er hat es wieder auf die Antennen abgesehen, genau wie bei uns.«

»Die Antennen?«

»Damit wir nicht um Hilfe rufen können.«

Fuchs wusste, dass das nicht stimmte. Welchen Sinn hätte es denn, wenn wir um Hilfe riefen? Zumal das Signal allein schon zehn Minuten oder noch länger brauchte, um Ceres zu erreichen. Wie sollte uns da jemand zu Hilfe kommen?

»Ich sehe ihn!«, rief Nodon.

»Nun können wir das Feuer erwidern«, sagte George aufgeregt. »Halte uns ruhig, verdammt.«

Fuchs betätigte die Bremsdüsen, die die Lage des Schiffs regelten, während die Gedanken sich überschlugen. Er will nicht nur verhindern, dass wir um Hilfe rufen, wurde er sich bewusst. Er will verhindern, dass wir den Angriff melden. Er will uns verschwinden lassen wie die anderen Schiffe, die auf geheimnisvolle Art und Weise im Gürtel verschollen sind. Wenn wir einen Notruf absetzen, wird jeder wissen, dass Schiffe vorsätzlich zerstört werden. Jeder wird wissen, dass Humphries Menschen tötet.

Er rief die Diagnose des Kommunikationssystems auf. Sämtliche Antennen waren ausgefallen – nichts außer einer Kette Unheil verkündender roter Lichter glühte auf dem Bildschirm.

Was sollen wir tun, fragte Fuchs sich. Was sollen wir nur tun?

George blinzelte wegen des Schweißes, der ihm heftig in den Augen brannte.

»Bist du bereit?«, rief er zu Nodon, obwohl sein im

Raumanzug steckender Schiffskamerad kaum drei Meter von ihm entfernt war. Sie standen auf beiden Seiten des wuchtigen Schneidlasers. Das Ensemble aus Rohrleitungen, Pumpen und Schläuchen schien so kompliziert, dass man ihm kaum zutraute, richtig zu funktionieren. Doch George sah Nodon mit zusammengepressten Lippen im Kugelhelm nicken.

»Bereit«, sagte er.

George warf einen Blick auf die Schalttafel, die schräg aus der gekrümmten Wand der Ladebucht ragte. Er sah, dass alle Lampen grün leuchteten. Gut. Dann schaute er nach oben durch die offene Luke der Ladebucht und sah den winzigen Punkt des angreifenden Schiffes: ein Ensemble schimmernder, von der Sonne angestrahlter Sicheln vor den dunklen Tiefen der Unendlichkeit.

»Feuer!«, sagte George und drückte so fest auf den roten Knopf, dass er vom Metalldeck abhob. Er bremste sich mit einer behandschuhten Hand an der Decke ab und stieß sich dann leicht ab, bis er spürte, dass die Stiefel wieder die Deckplatten berührten.

Der Schneidlaser war ein kontinuierliches Wellengerät, das dafür ausgelegt war, Gestein zu durchtrennen. Das Zielsystem war so primitiv, dass George den Gegner mit dem bloßen Auge auffassen musste. Der Infrarotstrahl war unsichtbar, und der rote Strahl des schwachen Führungslasers verschwand in der Leere des Raums. Im Vakuum der Ladebucht war kein Laut zu hören, und es traten nicht einmal Schwingungen auf, die George zu spüren vermocht hätte.

»Haben wir ihn getroffen?«, fragte Nodon mit unnatürlich hoher Stimme.

»Woher, zum Fuck, soll ich das denn wissen?«, sagte George unwirsch. »Ich bin nicht mal sicher, ob das abgefuckte Trumm überhaupt funktioniert.«

»Und ob es funktioniert! Schau auf die Konsole.«

Na gut, es funktioniert, sagte George sich. Aber nutzt es auch etwas?

Dass die *Starpower* zurückschoss, bemerkte Harbin erst, als auf der Steuerkonsole plötzlich ein halbes Dutzend gelber Warnlampen aufleuchteten. Ohne zu zögern betätigte er die Steuerdüsen, um ein Ausweichmanöver mit der *Shanidar* durchzuführen. Dadurch ging sein Schuss zwar ins Leere, aber er brachte sich selbst auch aus der Schusslinie. Vorerst.

Harbin schaute stirnrunzelnd auf die Anzeigen und sah, dass ein Treibstofftank aufgerissen war. Dann richtete er den Blick zur *Starpower*, die dort draußen hing und sah, dass die große Luke der Ladebucht des Schiffs offen stand. Sie müssen dort einen Laser in Stellung gebracht haben, wahrscheinlich einen Schneidlaser, den sie zum Schürfen benutzen. Und nun beschießen sie mich damit.

Er manövrierte die *Shanidar* von der offenen Ladeluke weg und kontrollierte die Systeme des Schiffs. Zum Glück war der Treibstofftank, den sie getroffen hatten, ohnehin fast leer gewesen. Harbin konnte ihn bedenkenlos abwerfen. Dennoch befürchtete er, dass sie vielleicht auch die übrigen Tanks trafen, bevor er die Möglichkeit hatte, sie fertig zu machen.

Während Harbin auf die hantelförmige *Starpower* starrte, die vorm Hintergrund der entfernten, gleichmütigen Sterne langsam rotierte, verzogen seine Züge sich zu einem grausamen Lächeln.

»Töten oder getötet werden«, flüsterte er.

Kapitel 30

Amanda hatte die Helvetia GmbH erst seit ein paar
Tagen allein geleitet, als sie zum Schluss gelangte, dass
sie keinen Ersatzmann für Niles Ripley einstellen musste. Ich bin selbst imstande, das Systemmanagement zu
erledigen, wurde sie sich bewusst.

Das Habitat war mehr als zur Hälfte fertig gestellt,
sodass quasi ein Generalist als Bauleiter gebraucht
wurde: ein Koordinator, der sich in den verschiedenen
technischen Bereichen auskannte, auf denen das Bau-
programm beruhte. Amanda hatte während der Ausbildung zur Astronautin und der anschließenden Praxis selbst beachtliche technische Fertigkeiten erworben.
Nun musste sie nur noch die Frage beantworten, ob sie
die Stärke und das Rückgrat hatte, eine Kompanie von
Bautechnikern zu führen.

Die meisten von ihnen waren nämlich Männer, und
die meisten Männer waren wiederum jung und stan-
den voll im Saft. Überhaupt herrschte in Ceres ein
Männerüberschuss im Verhältnis von sechs zu eins.
Die Quote beim Bauprojekt war jedoch günstiger: Im
Team kamen ›nur‹ drei Männer auf eine Frau, wie
Amanda bei der Durchsicht der Personaldatei sah.

Sie saß am Schreibtisch und sagte sich, wenn Lars hier
wäre, dann wäre alles in Butter. Andererseits würde
Lars, wenn er denn hier wäre, die Aufgabe selbst übernehmen oder jemanden dafür einstellen. Also bleibt es
an dir hängen, altes Mädchen, sagte Amanda sich kopf-
schüttelnd. Du musst es für Lars tun und für alle Leute,
die hier in Ceres leben.

Nein. Nicht nur für sie, sagte Amanda sich, als sie in

den Spiegel über der Frisier- und Ankleidekommode ihres Einraum-Quartiers schaute. Du musst es für dich tun.

Sie stand auf und musterte sich im Spiegel. Es ist das immergleiche, alte Problem: Die Männer werden mich als Sexualobjekt betrachten, und die Frauen werden mich als Konkurrenz ansehen. Das hat natürlich auch seine Vorteile, doch in diesem Fall überwiegen die Nachteile die Vorteile. Also waren ein Schlabber-Sweatshirt und eine weite Hose angesagt. Sparsames Make-up und hochgesteckte Haare.

Ich kann es schaffen, sagte sie sich. Lars wird stolz auf das sein, was ich zustande gebracht habe.

Sie steckte sich ein Ziel: Ich werde dieses Projekt so gut managen, dass Lars, wenn er zurückkommt, mich bis zur Fertigstellung dabeihaben will.

Obwohl sie sich dagegen wehrte, vermochte sie nicht die ängstliche Stimme in ihrem Bewusstsein zu verdrängen, die sagte, *falls* Lars zurückkehrt.

»Er kommt näher!«, rief Nodon.

George zuckte im Kugelhelm zusammen und sagte unwirsch: »Das sehe ich selbst! Und ich kann dich, verdammt noch mal, auch hören. Kein Grund so zu schreien.«

Die beiden Männer in den Raumanzügen zogen am großen Zielspiegel des Schneidlasers; die Anzüge beeinträchtigten sie in ihrer Bewegungsfreiheit, während sie versuchten, die zwei miteinander verbundenen Kupferplatten in der Drehpfanne zu montieren. Dabei war die Montage der Spiegel an sich gar nicht einmal das Problem, sondern die präzise Ausrichtung. Der Laser war dafür gedacht, Erzproben aus Asteroiden zu fräsen und nicht etwa kleine, bewegliche Ziele zu treffen.

»Lars, du musst uns drehen, damit wir ihn im Blick behalten«, rief George zur Brücke.

»Ich tue mein Bestes«, sagte Fuchs unwirsch. »Ich muss aber alles von Hand erledigen. Das Steuerprogramm ist dafür nicht konzipiert.«

George versuchte die Spiegel als Visierlinie zu nehmen und schlug mit der gewölbten Vorderseite des Helms gegen das Gerät. Wüst fluchend richtete er den Laser aus, so gut es eben ging.

»So bleiben«, sagte er zu Fuchs. »Der Bastard kommt direkt auf uns zu.«

»Sag mir, wenn ich feuern soll«, sagte Nodon und beugte sich übers Steuerpult.

»Jetzt«, sagte George. »Drück drauf!«

Er schaute angestrengt, ob der Strahl irgendeine Wirkung auf das sich nähernde Schiff zeigte. Wir können ihn gar nicht verfehlen – nicht auf diese Entfernung, sagte George sich. Trotzdem schien sich zunächst nichts zu tun. Das angreifende Schiff kam immer näher. Plötzlich brach es seitlich aus und fiel nach unten weg.

»Er manövriert!«, stellte Nodon überflüssigerweise fest.

»Schalte den Laser aus«, befahl George ihm und rief zu Fuchs auf der Brücke hinauf: »Dreh uns, verdammt! Wie soll ich ihn denn treffen, wenn wir den abgefuckten Laser nicht auf ihn richten?«

Eine weitere rote Lichterkette leuchtete auf Harbins Steuerkonsole auf. Die Treibstofftanks. Er durchlöchert sie.

Er war nun im Raumanzug. Als er sich bewusst geworden war, dass die *Starpower* das Feuer erwiderte, hatte er den Anzug angelegt und dann die *Shanidar* wieder in die Schlacht geführt.

Das Steuerprogramm lief aus dem Ruder. Das Schwein hatte einen fast vollen Tank getroffen, und der aus dem Leck austretende Treibstoff wirkte wie eine

Schubdüse, die ihn seitlich und nach unten von der Richtung abbrachte, die er eigentlich einschlagen wollte. Er musste den störenden Schub manuell ausgleichen, denn er hatte keine Zeit, die Steuerung neu zu programmieren, damit sie den Ausgleich automatisch vornahm. Zumal der Tank leer wäre, bis er den blöden Computer neu programmiert hätte, und dann müsste er ohnehin keinen Schub mehr ausgleichen.

Dennoch half ihm der entweichende Treibstoff in gewisser Weise. Er veranlasste die *Shanidar* nämlich zu einer ebenso abrupten wie unerwarteten Kursänderung, die es dem Feind erschwerte, ihn im Visier des Lasers zu halten.

Aber ich kann es mir nicht leisten, Treibstoff zu verlieren, tobte Harbin stumm. Sie werden mich umbringen.

Die Amphetamine, die er manchmal einwarf, bevor er in den Kampf zog, nützten ihm nun auch nichts. Er war schon hellwach, und die Nerven waren bis zum Zerreißen gespannt. Er hätte nun eher etwas gebraucht, das ihn beruhigte, ohne jedoch die Reaktionsfähigkeit zu beeinträchtigen. Er hatte wohl einen Vorrat mit solchen Präparaten an Bord. Doch im Raumanzug war dieser Drogenvorrat unerreichbar und nutzlos für ihn.

Ich brauche keine Drogen, sagte er sich. Ich kann sie auch so schlagen.

Er schaltete die optischen Sensoren auf die höchste Vergrößerung und konzentrierte sich auf den Bereich, wo er das rote Licht ihres Führungslasers hatte aufblitzen sehen. Von dort droht Gefahr. Wenn ich den Strahl ihres Ziellasers sehe, dann können sie mich auch mit dem Infrarotschneider treffen.

Er legte sich schnell einen Schlachtplan zurecht. Ich muss die Schubdüsen so zünden, dass ich aufwärts durch ihr Blickfeld fliege. Wenn ich das Licht ihres

Führungslasers sehe, feuere ich auf sie. Ich gebe einen Schuss ab und bin nach oben aus ihrem Blickfeld verschwunden, bevor sie das Feuer erwidern können. Wenn ich ihren Laser erst einmal außer Gefecht gesetzt habe, kann ich sie nach Belieben in Stücke schießen.

Auf den Monitoren, die sich im Halbkreis um ihn zogen, sah Fuchs, wie das angreifende Raumschiff nach unten wegfiel und als geisterhafter Gasschwaden, der im Licht der fernen Sonne schwach glitzerte, sich von ihnen entfernte. Er sah einen langen dünnen Riss, der über einen der bauchigen Treibstofftanks des Schiffs verlief.

»Du hast ihn getroffen, George!«, sagte Fuchs ins Helmmikrofon. »Ich sehe die Trefferstelle!«

»Dann dreh uns, damit ich ihm noch einen Treffer verpassen kann!«, erwiderte George. Er klang gereizt.

Fuchs betätigte die Steuertastatur und wünschte sich, er hätte mehr Geschick beim Fliegen eines Raumschiffs. Die *Starpower* war schließlich nicht für Kunstflüge gebaut. Pancho hat Recht, sagte er sich. Wir sind zu langsam und träge.

In der Ladebucht starrte George in die Leere.

»Wo, zum Fuck, ist er?«, nörgelte er.

»Noch immer unterhalb der Visierlinie«, ertönte Fuchs' Antwort in den Ohrhörern.

»Dann dreh uns in seine Richtung!«

»Das Gerät muss sich noch abkühlen«, sagte Nodon. »Der Kühlmittelfluss ist zu schwach.«

»Ich brauche eh nur ein paar Sekunden, Kumpel«, sagte George, »wenn wir ihn erst wieder im Blickfeld haben.«

Er ging zum Rand der Ladeluke und schaute nach unten in die Richtung, in die das angreifende Schiff verschwunden war.

»Da ist er!«, rief George. »Kommt uns wieder entgegen.«

Der Angreifer kam schnell auf sie zu. George drehte sich zum Laser um. »Feuer!«, rief er Nodon zu.

»Feuer!«, bestätigte Nodon.

Ein gleißender Lichtblitz schockte George. Er wurde von den Füßen gerissen, und dann prallte irgendetwas mit einer solchen Wucht gegen ihn, dass er wie ein außer Kontrolle geratenes Gyroskop umherwirbelte. Verschwommen und mit Tränen in den Augen sah er einen Arm im Raumanzug an sich vorbeifliegen. Blut spritzte aus der direkt überm Ellbogen abgetrennten Extremität, und dann verschwand sie wirbelnd aus seinem Blickfeld. Er hörte jemanden vor Schmerz und Wut schreien, bis er sich bewusst wurde, dass er selbst es war.

Ich bin ein toter Mann, sagte Harbin sich.

Seltsamerweise schien diese Erkenntnis ihm keine Angst zu machen. Er lehnte sich entspannt im Raumanzug zurück, nachdem die Anspannung des Gefechts nun von ihm abgefallen war.

Sie haben mich erwischt, sagte er sich. Ich frage mich, ob sie das auch wissen.

Sein Plan, den feindlichen Laser auszuschalten, hatte immerhin funktioniert. Er war förmlich in ihr Blickfeld geplatzt und hatte ihnen eine Ladung verpasst, als er den roten Punkt ihres Führungslasers sah. Es war ihnen nicht gelungen, ihren Laser rechtzeitig aufzuladen und auf ihn zu schießen; dessen war er sich sicher.

Harbin wusste, dass er ihren Laser mit diesem ›Schuss aus der Hüfte‹ zerstört hatte. Allerdings war der kontinuierliche Strahl des Bergbaulasers dabei quer über die *Shanidar* gewandert. Er hatte einen langen Riss in zwei der restlichen Treibstofftanks gefräst und sich dann tief ins Habitatmodul gebohrt.

Ich werde diesen verdammten Anzug anbehalten müssen, sagte er sich missmutig. Und für wie lang? Bis die Luft knapp wird. Sie wird noch für ein paar Stunden, vielleicht auch für einen Tag oder so reichen. Aber nicht länger.

Er stieß sich vom Kommandantensitz ab und sagte sich, natürlich könnte ich auch die Sauerstofftanks des Schiffs anzapfen. Wenn der Recycler nicht beschädigt ist, würde die Luft noch für Monate, vielleicht sogar ein ganzes Jahr oder noch länger reichen. Dann würde ich eben verhungern anstatt zu ersticken.

Aber darauf kommt es ohnehin nicht mehr an. Ich bin im freien Fall und habe zu wenig Treibstoff, um einen Tanker oder irgendeine andere Hilfe zu erreichen. Er beugte sich etwas vornüber, um die Steueranzeigen durch den Anzugshelm zu überprüfen und sah, dass der Stromgenerator des Schiffs unbeschädigt war. Also hätte er auf jeden Fall genug elektrische Energie, um die Systeme aufrechtzuerhalten. Er könnte sogar die Hülle des Habitatmoduls flicken, den Luftdruck wieder normalisieren und den Anzug ablegen.

Aber wozu? Um hilflos durch den Gürtel zu treiben, bis ich sterbe.

Du könntest den nächsten Tanker anrufen und ihn bitten, dich an Bord zu nehmen, sagte er sich. Im Computer sind alle Positionen gespeichert, und du könntest sie mit einem Bündellaser-Signal anfunken.

Aber würden sie mir überhaupt zu Hilfe kommen? Nicht, ehe sie mit der HSS-Zentrale Rücksprache gehalten hätten. Grigor wird gar nicht erfreut sein, wenn er erfährt, dass es mir nicht gelungen ist, die *Starpower* zu eliminieren. Inzwischen werden Fuchs und seine Freunde der IAA wahrscheinlich alles brühwarm erzählen. Würde Grigor ihnen sagen, dass sie mich bergen sollen, oder würde er sich sagen, dass es besser wäre, mich still und leise sterben zu lassen?

Still und leise. Harbin lächelte. Das ist der Schlüssel. *Geh nicht still in diese schöne Nacht hinaus*, rezitierte er stumm. *Schrei aus voller Kehle gegen das ersterbende Licht an.*

Auf einem freien Kanal setzte er einen Ruf an Grigor ab.

Kapitel 31

Als George aufwachte, sah er Fuchs und Nodon über sich gebeugt. Fuchs schaute düster und gereizt. Nodon hatte angstgeweitete Augen. Ein komischer Anblick, sagte George sich, wenn dieses Gesicht mit den martialischen Tätowierungen so ängstlich schaut.

»Dann bin ich also nicht im Himmel«, sagte er mit einem bemühten Grinsen. Seine Stimme klang angestrengt und sehr schwach.

»Noch nicht«, grummelte Fuchs.

George wurde sich bewusst, dass er in einer der kleinen Privatkabinen der *Starpower* lag. Den Raumanzug hatten sie ihm ausgezogen. Entweder haben sie mich gefesselt, oder ich bin so abgefuckt schwach, dass ich zu keiner Regung fähig bin.

»Was ist passiert?«, fragte er.

Nodon warf einen Blick auf Fuchs, leckte sich die Lippen und sagte: »Der Gegner hat unseren Laser zerstört. Dabei sind die Spiegel abgebrochen und ... haben Ihnen den Arm abgerissen.«

Er stieß die letzten Worte hastig hervor, als ob er sich ihrer schämte. George schaute an sich hinab und wunderte sich darüber, welche Anstrengung es ihn kostete, den Kopf zu drehen. Dann sah er, dass der Arm kurz unterhalb des Ellbogens endete. Der Stumpf war mit einem Sprühverband bedeckt.

Er war mehr verwirrt als schockiert. Er verspürte nur einen Anflug von Schmerz, wo er nun darüber nachdachte. Keine Angst. Keine Sorgen. Sie müssen mich ganz schön mit Dope voll gepumpt haben.

»Der Rest des Arms ist in der Tiefkühltruhe«, sagte

Fuchs. »Wir fliegen mit Vollschub nach Ceres zurück. Ich werde vorab Kris Cardenas verständigen.«

George schloss die Augen und erinnerte sich daran, dass er gesehen hatte, wie der noch im Ärmel des Raumanzugs steckende Arm auf einer spiralförmigen Bahn aus der Luke gesegelt war.

Er schaute auf Nodon. »Ihr habt die Blutung gestillt, wie?«

Der junge Mann nickte.

»Und den Anzugsarm versiegelt«, fügte George hinzu.

»Er ist auf eine EVA gegangen und hat deinen Arm geborgen«, sagte Fuchs. »Zuerst glaubte ich schon, dass wir ihn verlieren würden.«

»Hast du das wirklich getan?«, sagte George leise. Er kam sich dumm dabei vor. »Danke, Kumpel.«

Nodon zuckte verlegen die Achseln. Er wechselte das Thema. »Sie müssen dem anderen Schiff einen schweren Treffer versetzt haben. Es ist mit hoher Geschwindigkeit geflohen.«

»Das ist gut.«

»Wir werden in vierzehn Stunden auf Ceres sein«, sagte Fuchs.

»Das ist auch gut.« George wusste nicht, was er sonst noch sagen sollte. Irgendwo, im hintersten Winkel des Bewusstseins, wusste er, dass er eigentlich schreien sollte. Verdammte Prothesen – ich habe den abgefuckten Arm verloren!

Die Drogen betäubten aber nicht nur den körperlichen, sondern auch den emotionalen Schmerz. Nichts schien wirklich von Bedeutung zu sein. Alles, was George wollte, war, dass sie ihn in Ruhe und schlafen ließen.

Fuchs schien das Gott sei Dank zu spüren. »Du ruhst dich jetzt aus«, sagte er mit vor Bitterkeit heruntergezogenen Mundwinkeln. »Ich muss der IAA einen ausführlichen Bericht übermitteln, sobald wir eine Antenne repariert haben.«

»Nicht schon wieder dieser Fuchs«, nörgelte Hector Wilcox.

Erek Zar und Francesco Tomasselli saßen vor Wilcox' Schreibtisch. Zar spürte ganz offensichtlich Unbehagen, und Tomasselli zitterte beinahe vor gerechtem Zorn.

Wilcox' Büro war repräsentativ, wie es dem Vorsitzenden der Internationalen Astronautenbehörde auch zukam. Wilcox war schlank und wirkte wie aus dem Ei gepellt. Er trug einen anthrazitfarbenen Anzug mit einer perlgrauen Krawatte, der schön mit dem silbernen Haar und gepflegten Oberlippenbart kontrastierte. Damit war er jeden Zentimeter der erfolgreiche Administrator, für den er sich hielt. Er hatte schon so manchen Unternehmenskonflikt geschlichtet, die Bürokratie dazu gebracht, Sicherheitsvorschriften zu erlassen und Importzölle auf Weltraumprodukte erhoben und er hatte die schlüpfrige Karriereleiter der Rechtsabteilung der IAA erklommen, bis er an der Spitze angekommen war. Da saß er nun unangefochten und wurde von den anderen Bürokraten als ein Musterbeispiel für Geduld, Intelligenz und – vor allem – Ausdauer gewürdigt.

Nun musste er sich aber mit dem Vorwurf der Piraterie befassen, und das ging ihm regelrecht an die Nieren.

»Er hat einen vollständigen Bericht übermittelt«, sagte Tomasselli eifrig. Seine dunklen Augen funkelten.

»Fuchs behauptet, sein Schiff sei angegriffen worden«, warf Zar ein.

»Er *meldet*«, fuhr Tomasselli mit Betonung dieses Worts fort, »dass nicht nur sein Schiff angegriffen worden sei, sondern noch ein weiteres und dass einer der Männer schwer verletzt sei.«

»Von einem Piratenschiff.«

Zars Bauerngesicht lief noch roter an, als es ohnehin schon war. »Das behauptet er.«

»Und der Beweis?«

»Sein Schiff ist beschädigt«, sagte Tomasselli, bevor Zar auch nur den Mund aufzumachen vermochte. »Er bringt den Verwundeten nach Ceres.«

»Über welche Schiffe sprechen wir hier?«, fragte Wilcox mit einem deutlichen Ausdruck von Abscheu im schmalen Patriziergesicht.

Mit einer Handbewegung gebot Zar seinem Untergebenen zu schweigen. »Fuchs' Schiff trägt den Namen *Starpower*. Das andere Schiff, das laut seiner Aussage angegriffen worden sein soll, ist die *Waltzing Matilda*.«

»Ist sie auch auf dem Weg nach Ceres?«

»Nein«, ließ Tomasselli sich wieder vernehmen. »Das Schiff musste aufgegeben werden. Die drei kommen mit der *Starpower*: Fuchs und die beiden Männer von der *Waltzing Matilda*.«

Wilcox schaute den Italiener säuerlich an. »Und Fuchs bezichtigt *Humphries Space Systems* der Piraterie?«

»Ja«, sagten beide Männer simultan.

Wilcox trommelte mit den Fingern auf dem Schreibtisch und sah aus dem Fenster auf den Fluss, der St. Petersburg durchzog. Er wünschte sich, er wäre in Genf oder London oder sonst wo – nur nicht hier in diesem Büro mit diesen beiden Nasen und dem lächerlichen Vorwurf der Piraterie. Piraterie! Im einundzwanzigsten Jahrhundert! Das war doch absurd, völlig unmöglich. Diese Felsenratten tragen im fernen Asteroidengürtel ihre Privatfehden aus und wollen nun auch noch die IAA da hineinziehen.

»Wir werden wohl eine Untersuchung durchführen müssen«, sagte er missmutig.

»Fuchs hat formell Anzeige erstattet«, sagte Tomasselli. »Er hat eine Anhörung beantragt.«

Als deren Vorsitzender ich fungieren muss, sagte Wilcox sich. Ich werde im besten Fall eine Lachnummer abgeben.

»Er müsste in wenigen Stunden auf Ceres landen«, sagte Zar.

Wilcox schaute auf das verdrießliche Gesicht des Manns und richtete den Blick dann auf Tomasselli, der kaum noch an sich zu halten vermochte.

»Sie müssen nach Ceres fliegen«, sagte er und wies mit einem langen, manikürten Finger auf den Italiener.

»Ich werde die Anhörung dort durchführen?«, fragte Tomasselli mit leuchtenden Augen.

»Nein«, blaffte Wilcox. »Sie werden diesen Fuchs und die beiden anderen befragen und die drei dann in IAA-Gewahrsam hierher bringen. Nehmen Sie ein paar Soldaten von der Friedenstruppe mit.«

»Blauhelme?«, fragte Zar.

Wilcox schaute ihn mit einem verschmitzten Lächeln an. »Ich will damit zeigen, dass die IAA die Sache durchaus ernst nimmt. Wenn diese Leute schon glauben, dass sie von Piraten angegriffen worden seien, dann sollten wir auch Präsenz demonstrieren und ihnen Schutz angedeihen lassen, nicht wahr?«

»O ja, natürlich!«

»Einer der Männer ist verwundet«, sagte Tomasselli, »und alle leben schon so lang in der Mikrogravitation, dass sie gar nicht sofort zur Erde zurückkehren könnten. Sie müssten erst ein paar Wochen Rekonditionierungstraining absolvieren.«

Wilcox kam ein leises Zischen über die Lippen – das bisher erste Anzeichen von Unbehagen. Und er wusste, dass er auf dem schmalen Grat zwischen Beherrschung und einem Tobsuchtsanfall wandelte.

»Also gut«, sagte er eisig. »Bringen Sie sie nach Selene.«

»Ich werde die Anhörung dort durchführen?«, fragte Tomasselli begierig.

»Nein«, erwiderte Wilcox. »*Ich* werde die Anhörung dort durchführen.«

Zar war perplex. »Sie wollen nach Selene?«

»Ich bin im Dienste der Internationalen Astronautenbehörde nicht so hoch aufgestiegen«, entgegnete Wilcox würdevoll, »weil ich den schwierigen Aufgaben aus dem Weg gegangen bin.«

Das war zwar eine ausgemachte Lüge, doch Wilcox hielt sie selbst fast für wahr, und für Zar war das Wort seines Vorgesetzten ohnehin das Evangelium.

Kapitel 32

George sah schon an Dr. Cardenas' Gesichtsausdruck, dass sie keine guten Nachrichten hatte.

Fuchs und Nodon hatten ihn, gleich nachdem sie gelandet waren, in die winzige Krankenstation von Ceres gebracht. Nodon trug den isolierten Kunststoffbehälter mit Georges abgetrenntem Arm. Außerdem hatte die halbe Bevölkerung sich in die Krankenstation zu quetschen versucht – ein paar aus morbider Neugier, die meisten aber aus dem Grund, weil sie von Big Georges Verwundung gehört hatten und den rothaarigen Australier kannten und mochten. Cardenas hatte die Zuschauer aus der Station in den Tunnel verwiesen und nur Amanda den Aufenthalt gestattet.

Fuchs umarmte seine Frau, und sie schlang ihm die Arme um den Hals und küsste ihn innig.

»Geht es dir gut, Lars?«, fragte sie.

»Ja. Bestens. Ich habe keinen einzigen Kratzer abbekommen.«

»Ich hatte mir solche Sorgen gemacht!«

»George ist verwundet worden. Nicht ich.«

Cardenas schob George durch den Computertomografen; dann nahm sie Nodon den Behälter ab und verschwand im Labor, das an die Krankenstation angrenzte. George, der in einem der drei Betten der Station saß, wurde derweil von Amanda, Fuchs und Nodon umringt.

»Seid ihr wirklich von einem anderen Schiff angegriffen worden?«, fragte Amanda. Sie vermochte es immer noch nicht zu glauben.

George hielt den Stumpf des linken Arms hoch. »Termiten waren das jedenfalls nicht.«

»Ich habe einen vollständigen Bericht über den Angriff an das IAA-Hauptquartier geschickt«, sagte Fuchs.

»Sie haben schon eine Bestätigung gesendet«, erwiderte Amanda. »Einer ihrer Administratoren wird hierher kommen und dich und George und ...« – sie warf einen Blick auf Nodon, dessen Bekanntschaft sie gerade erst gemacht hatte – »und Sie, Mr. Nodon, nach Selene bringen, wo eine Anhörung vor dem Leiter der Rechtsabteilung der IAA stattfinden wird.«

»Eine Anhörung!«, rief Fuchs erfreut. »Gut!«

»In Selene.«

»Noch besser. Wir werden Humphries eine Heimniederlage bereiten.«

»Ist George überhaupt reisefähig?«, fragte Amanda.

»Wieso nicht?«, sagte George.

Just in diesem Moment kam Cardenas in die Krankenstation zurück. Ihr Gesichtsausdruck war düster und besorgt.

George überblickte die Lage sofort. »Keine guten Nachrichten, eh?«

Cardenas schüttelte den Kopf. »Der Arm ist leider schon zu sehr verfallen. Die Nerven sind zu stark geschädigt. Und bis wir in Selene sind, wird der Verfallsprozess noch weiter fortgeschritten sein.«

»Können Sie ihn denn nicht hier wieder annähen?«, fragte George.

»Ich bin keine so gute Chirurgin, George. Im Grunde bin ich überhaupt keine Ärztin. Ich spiele die Rolle nur.«

George legte sich im Bett zurück. Es war schwer zu sagen, was hinter seinem struppigen, verfilzten Bart und unter der Haarmähne im Kopf vorging.

»In Selene gibt es Regenerations-Spezialisten. Mit ein paar Stammzellen von Ihnen wird es ihnen gelingen, den Arm in ein paar Monaten nachzuzüchten.«

»Könntest du das nicht mit Nanotechnologie erledigen?«, fragte Amanda.

Cardenas warf ihr einen merkwürdigen Blick zu: teils Zorn, teils Schuld, teils Frustration.«

»Die Regeneration könnte durchaus mit Nanotechnologie durchgeführt werden«, sagte sie reserviert, »aber ich bin dazu nicht in der Lage.«

»Aber du bist doch eine Expertin in Nanotechnologie«, sagte Fuchs. »Eine Nobelpreisträgerin.«

»Das ist lange her«, sagte Cardenas. »Außerdem habe ich geschworen, nie wieder mit Nanotechnologie zu arbeiten.«

»Geschworen? Wem denn?«

»Mir selbst.«

»Ich verstehe nicht.«

Cardenas rang offensichtlich mit sich. »Dies ist nicht der richtige Zeitpunkt, um meine traurige Lebensgeschichte zu erzählen, Lars.«

»Aber …«

»Geh nach Selene. Dort gibt es Regenerationsexperten, George. Sie werden deinen Arm reparieren.«

George zuckte die Achseln. »Hauptsache, er ist vor der Anhörung noch nicht wieder dran«, sagte er launig und wackelte mit dem Stumpf. »Diese IAA-Dösbaddel sollen nur mal sehen, wie diese Bastarde mich zugerichtet haben.«

Fuchs klopfte George auf die Schulter. »Und ich will, dass Humphries es auch sieht.«

Fuchs und Amanda verbrachten eine heiße Nacht im Bett. Ohne Worte, ohne die Vergangenheit zu erwähnen und ohne Diskussionen darüber, was die Zukunft vielleicht bringen würde. Nichts außer animalischer Hitze und Leidenschaft.

Als er danach im Raum, der nur von den trüben Ziffern der Digitaluhr erhellt wurde, neben ihr lag, sagte Fuchs sich, dass er Amanda geliebt hatte, als ob er sie niemals wieder sehen würde. Er hatte auch etwas gelernt in diesem Raumkampf: Seine erste Begegnung mit dem Tod hatte ihn gelehrt, sein Leben so zu leben, als wäre jeder Tag der letzte.

Ich habe keine Zukunft, sagte er sich in der Stille des verdunkelten Raums. Solange ich im Krieg gegen Humphries bin, gibt es keine Hoffnung für mich. Ich muss für den Augenblick leben, darf nichts erwarten und muss mit allem rechnen. Nur so vermag ich der Furcht zu entrinnen – nur indem ich die Zukunft verdränge, vermag ich die Gegenwart zu bewältigen.

Er dachte an die tiefgekühlten Zygoten, die in Selene lagerten. Falls ich getötet werde, sagte Fuchs sich, wird Amanda wenigstens in der Lage sein, ein Kind von mir zu bekommen – so sie es denn will.

Die neben ihm liegende Amanda stellte sich schlafend. Aber sie dachte ebenfalls nach. Was vermag Lars mit dieser IAA-Anhörung überhaupt zu erreichen? Selbst wenn sich herausstellt, dass Humphries hinter den Angriffen auf die Schiffe steckt, was sollten sie dagegen unternehmen? Was auch immer geschieht, es wird Martin nur noch mehr gegen Lars aufbringen.

Wenn Lars seinen Rachefeldzug doch nur aufgeben und diesen Krieg beenden würde. Aber das wird er nie tun. Er wird weiterkämpfen, bis er umkommt. Er wird weiterkämpfen, bis er genauso mörderisch und hasserfüllt ist wie seine Gegner. Er wird niemals aufhören, auch wenn ich ihn noch so sehr darum bitte. Er entfernt sich von mir und wird mir fremd. Nicht einmal im Bett ist er noch derselbe.

Kapitel 33

»Dann hat er also eine Anhörung bei der IAA«, sagte Humphries, während er sich einen Wodka-Tonic mixte.

Die Bar in seinem palastartigen Heim war ein großzügiger Raum, der zugleich als Bibliothek diente. Bis zur Decke reichende Bücherregale zogen sich an zwei Wänden entlang. An einer dritten Wand verliefen Regale mit Video-DVDs und Cyberbook-Chips; sie waren um zwei Holofenster angeordnet, die außerirdische Szenerien aus langsam sich verändernden Perspektiven zeigten.

Humphries hatte jedoch kein Auge für den wunderschönen Sonnenuntergang auf dem Mars oder die stürmisch quirlende Wolkendecke des Jupiter. Seine Gedanken galten einzig und allein Lars Fuchs.

»Die Anhörung wird in der IAA-Niederlassung hier in Selene stattfinden«, sagte Diane Verwoerd. Sie saß auf einem gepolsterten Hocker an der edlen Mahagoni-Bar und hielt ein schlankes, hohes Glas mit giftgrünem Pernod und Wasser in der Hand.

Verwoerd war mit Humphries allein im Raum. Sie trug noch immer die Bürokleidung: Eine weiße ärmellose Rundhalsbluse unter einem kastanienfarbenen Blazer und eine schwarze Hose, die ihre langen Beine betonte. Humphries hatte sich bereits für den Feierabend umgezogen und war mit einem lässigen T-Shirt und sandfarbenen Chinos bekleidet.

»Bringt er auch seine Frau mit?«, fragte Humphries und trat hinter der Bar hervor.

»Wahrscheinlich.« Verwoerd drehte sich auf dem Hocker und schaute ihm nach, wie er zwischen den Reihen der in Leder gebundenen Bücher entlangschlenderte.

»Sie wissen es nicht mit Bestimmtheit?«

»Ich könnte es aber leicht herausfinden«, sagte sie.

»Er würde sie niemals auf diesem Felsen zurücklassen«, murmelte Humphries.

»Es hat Ihnen nicht gut getan, als er sie das letzte Mal mitbrachte.«

Er warf ihr einen giftigen Blick zu.

»Wir haben auch ganz andere Sorgen«, sagte Verwoerd. »Dieser Harbin.«

Humphries' Gesichtsausdruck änderte sich. Freundlicher wurde er allerdings nicht, sondern nahm nur eine andere Ausprägung von Zorn an.

»Deshalb wollten Sie unter vier Augen mit mir sprechen«, sagte er.

Sie wölbte leicht eine Braue. »Ja, aus diesem Grund habe ich Ihre Einladung auf einen Drink angenommen.«

»Aber nicht zum Abendessen.«

»Ich habe schon andere Pläne für heute Abend«, sagte sie. »Außerdem sollten Sie sich mit Harbin beschäftigen. Und zwar intensiv.«

»Wie ist die Lage?«

Sie nippte am Drink und stellte das Glas dann sachte auf die Bar. »Offensichtlich ist es ihm nicht gelungen, Fuchs zu eliminieren.«

»Nach dem, was ich gehört habe, hätte Fuchs beinahe *ihn* eliminiert.«

»Sein Schiff wurde beschädigt, und er musste den Angriff auf die *Starpower* abbrechen. Anscheinend hatte Fuchs ihn schon erwartet; zumindest glaubt Harbin das.«

»Es interessiert mich einen feuchten Kehricht, was er glaubt. Ich bezahle ihn für Resultate, und er hat versagt. Und nun muss ich mit ansehen, wie die idiotische IAA ihn in die Mangel nimmt.«

Humphries trat gegen eine Ottomane, die ihm im

Weg stand, und ließ sich auf das Sofa gegenüber der Bar sinken. Sein Gesicht war ein Bild puren Abscheus.

»Sie müssen sich auch um Harbin kümmern.«

»Was?« Er schaute finster zu ihr auf. »Wie meinen Sie das?«

»Er weiß genug, um Ihnen zu schaden. Schwer zu schaden.«

»Er hat mich doch nie zu Gesicht bekommen. Er hatte nur mit Grigor zu tun.«

»Wenn Harbin der IAA erzählt, was er getan hat«, sagte Verwoerd wie zu einem begriffsstutzigen Kind, »was glauben Sie wohl, wen man verantwortlich machen wird – Grigor oder Sie?«

»Sie können aber nicht …«

»Meinen Sie nicht, dass sie intelligent genug sind, um zu wissen, dass Grigor niemals Angriffe auf Prospektorenschiffe autorisieren würde, wenn Sie ihm nicht den Befehl dazu gegeben hätten?«

Humphries machte den Eindruck, als ob er ihr sein Glas an den Kopf werfen wollte. Der Bote, der eine schlechte Nachricht überbringt, lebt gefährlich, sagte Verwoerd sich.

»Dann werden Sie auch Harbin eliminieren müssen«, sagte er. »Vielleicht sogar Grigor.«

Und dann mich?, fragte Verwoerd sich. »Harbin hat diese Möglichkeit auch schon in Betracht gezogen«, entgegnete sie laut. »Er behauptet, er habe Kopien vom Logbuch seines Schiffs an Freunde auf der Erde geschickt.«

»Unsinn! Wie hätte er denn …«

»Bündellaser-Verbindungen. Codierte Daten. Das geschieht jeden Tag. Auf diese Art hatte er auch mit unseren Tankern draußen im Gürtel kommuniziert.«

»Ist das denn die Möglichkeit – Nachrichten über diese große Entfernungen zur Erde zu schicken?«

Verwoerd griff wieder zu ihrem Drink. »Das geschieht jeden Tag«, wiederholte sie.

»Er blufft doch nur«, nuschelte Humphries.

Sie rutschte vom Hocker und ging zum Sofa, wo er saß. Sie richtete die Ottomane mit dem Fuß aus und setzte sich darauf. Dann beugte sie sich zu ihm hinüber, die Arme auf die Knie gestützt und den Drink in beiden Händen.

»Selbst wenn er bluffen sollte, können wir dieses Risiko trotzdem nicht eingehen. Ihn zu eliminieren wird nicht leicht sein. Er ist ein gut ausgebildeter Soldat und ein zäher Hund.«

»Er kommt mit einem *HSS*-Schiff nach Selene, nicht wahr?«, konstatierte Humphries. »Die Besatzung kann ihn doch unterwegs abservieren.«

Verwoerd seufzte wie eine Lehrerin, die es mit einem Schüler zu tun hatte, der seine Hausaufgaben nicht gemacht hatte. »Dann wären es gleich ein halbes Dutzend Leute, die etwas gegen Sie in der Hand hätten. Zumal ich glaube, dass nicht einmal die ganze Besatzung etwas gegen ihn ausrichten könnte. Wie gesagt, er ist gut trainiert und zäh. Die Lage könnte kritisch werden, wenn wir versuchen, ihn zu beseitigen.«

»Wie lautet Ihre Empfehlung?«, fragte er verdrießlich.

»Lassen Sie mich mit ihm sprechen – persönlich.«

»Sie?«

Sie nickte. »Halten Sie Grigor da raus. Harbin rechnet sicher damit, dass wir ihn aus dem Weg räumen wollen – vor allem, da er bei Fuchs versagt hat und genug weiß, um uns alle vor Gericht zu bringen. Lassen Sie mich ihn vom Gegenteil überzeugen. Ich werde ihm einen Bonus anbieten und ihn mit einem dicken Bankkonto zur Erde zurückschicken.«

»Damit er mich für den Rest seines Lebens erpressen kann.«

»Ja, natürlich. Genau das wird er glauben. Und wir werden ihn auch in diesem Glauben lassen, bis er auf der Erde einen Erpressungsversuch startet. Nur dass er dann schutzlos ist.«

Humphries' Lippen kräuselten sich in einem listigen Lächeln.

»Delilah«, murmelte er.

Verwoerd sah, dass er mit ihrem Plan zufrieden war. Sie nahm einen kräftigen Schluck vom Pernod mit Lakritzaroma und pflichtete ihm dann bei: »Delilah.«

»Werden Sie auch mit ihm ficken?«, fragte Humphries mit einem sardonischen Lächeln.

Sie zwang sich, das Lächeln zu erwidern. »Wenn es sein muss.«

Und dann sagte sie sich: Du weißt noch nicht, *wer* hier Federn lassen wird, Martin. Jeder ist irgendwo angreifbar; selbst jemand wie du.

Fuchs hatte sich vor diesem Moment gefürchtet. Aber er hatte gewusst, dass er kommen würde. Es führte kein Weg daran vorbei. Der IAA-Vertreter würde schon in wenigen Stunden auf Ceres eintreffen.

Er schickte sich an, die Reisetasche für den Flug nach Selene zu packen. Als Amanda ihre Tasche aus dem Schrank holte und sie neben seiner aufs Bett legte, sagte er ihr, dass er ohne sie fliegen würde.

»Wie meinst du das?«, fragte Amanda. Sein Entschluss schockierte sie offensichtlich.

»Genauso, wie ich es sage. George, Nodon und ich werden gehen. Ich möchte, dass du hier bleibst.«

Sie schaute verwirrt und verletzt. »Aber, Lars, ich …«

»Du wirst *nicht* mit mir gehen!«, sagte Fuchs scharf.

Amanda war schockiert angesichts seiner Schroffheit. Sie starrte ihn mit offenem Mund an, als ob er ihr ins Gesicht geschlagen hätte.

»Das ist endgültig«, sagte er barsch.

»Aber, Lars …«

»Kein ›aber‹ und keine Diskussion mehr«, sagte er.

»Du bleibst hier und leitest das, was vom Geschäft noch übrig ist, während ich in Selene bin.«

»Lars, du kannst nicht ohne mich gehen. Ich werde dich nicht gehen lassen!«

Er versuchte sie mit seinem Blick zur Räson zu bringen. Das ist der härteste Teil, wurde er sich bewusst. Ich muss sie so verletzen, weil es einfach keine andere Möglichkeit gibt.

»Amanda«, sagte er und versuchte streng zu klingen, versuchte seine Zweifel und Schmerzen aus der Stimme, aus dem Gesicht zu verdrängen. »Ich habe eine Entscheidung getroffen. Ich brauche dich hier. Ich bin kein kleiner Junge mehr, der ständig am Schürzenzipfel seiner Mutter hängt.«

»Deine Mutter!«

»Was auch immer«, sagte er. »Ich werde jedenfalls ohne dich fliegen.«

»Aber wieso?«

»Weil ich es so will«, sagte er mit erhobener Stimme. »Ich weiß, du glaubst, dass ich in deiner Gegenwart sicher wäre und dass Humphries mich nicht angreifen würde, weil er glaubt, dann auch dich zu treffen. Papperlapapp! Ich brauche deinen Schutz nicht. Ich will ihn nicht.«

Sie brach in Tränen aus und floh auf die Toilette; er blieb voller Seelenqualen neben dem Bett stehen.

Wenn er mich wirklich töten will, wird es ihm egal sein, ob Amanda bei mir ist oder nicht. Je mehr ich ihm zusetze, desto verzweifelter wird er. Sie wird hier sicherer sein – unter Freunden und Menschen, die ihr vertraut sind. Er hat es schließlich auf mich abgesehen, nicht auf sie. Ich werde ihm ohne sie gegenübertreten. Das ist besser so.

Er war sich sicher, dass er Recht hatte. Wenn er sie nur nicht hinter der Tür hätte weinen hören.

Hector Wilcox fühlte sich äußerst unbehaglich auf dem Flug zum Mond. Schon der Transfer vom Münchner Raumhafen war ihm trotz allen guten Zuredens der Mitarbeiter der *Astro Corporation* ein Graus gewesen. Der kompakte, kleine Raumclipper mutete ihn noch robust genug an, als er ihn bestieg. Der Flugbegleiter, der ihn zu seinem Platz führte, schwadronierte über die diamantene Hülle des Schiffs und die mittlerweile sprichwörtliche Zuverlässigkeit der Raumclipper. Alles schön und gut, sagte Wilcox sich. Er schnallte sich auf seinem Platz an – für den Flug gerüstet mit ein paar Whiskys vor sich und einem Medikamentenpflaster in der Armbeuge, um ihn von der Raumkrankheit zu schützen. Dann umklammerte er die Armlehnen des Sitzes und lauschte mit zunehmender Besorgnis dem Countdown.

Der Start war die reinste Qual für ihn. Es war wie eine Explosion, die ihn bis in die Grundfesten erschütterte. Er wurde auf dem Sitz zusammengestaucht, und ehe ihm noch eine Unmutsbekundung über die Lippen kam, war er schon schwerelos und zerrte am Sicherheitsgurt. Der Magen drohte ihm trotz des Pflasters in die Kehle hinaufzusteigen. Er schluckte Galle und griff nach den Papiertüten, die in der Tasche an der Rückenlehne des Vordersitzes steckten.

Als der Raumclipper an der Raumstation angelegt hatte, wünschte Wilcox sich, dass er darauf bestanden hätte, die verdammte Anhörung auf der Erde abzuhalten. Es waren viele lächelnde uniformierte *Astro*-Stewards zugange, um ihm aus dem Raumclipper in den Zubringer zu helfen, mit dem er den Rest der Strecke zum Mond zurücklegen würde. Wilcox stöhnte in der Schwerelosigkeit; er ließ sich von ihnen wie ein hilfloser Invalide abführen und im Zubringer – der wesentlich unkomfortabler war als der Raumclipper – auf einem Sitz platzieren.

Wenigstens stellte sich ein leichtes Gefühl der Schwere ein, als der Zubringer den Hochgeschwindigkeitsflug zum Mond startete. Jedoch ließ dieses Gefühl allzu schnell wieder nach, und für die nächsten paar Stunden fragte Wilcox sich, ob er diese Reise überhaupt überleben würde.

Allmählich fühlte er sich jedoch besser. Das flaue Gefühl im Magen legte sich, und der Druck hinter den Augen wurde gelindert. Wenn er nicht den Kopf drehte und abrupte Bewegungen machte, war die Schwerelosigkeit sogar fast angenehm.

Nachdem sie auf dem Raumhafen Armstrong in Selene gelandet waren, vermittelte die leichte Mondschwerkraft Wilcox ein erneutes Gefühl für ›oben‹ und ›unten‹. Er vermochte ohne fremde Hilfe den Sicherheitsgurt zu lösen und sich vom Sitz zu erheben. Anfangs stolperte er zwar, doch nachdem er durch den Zoll gegangen war und ein paar Stiefel mit Bleibeschwerung ausgeliehen hatte, fühlte er sich fast normal.

Die beruhigende Eleganz der Lobby des Hotels Luna vermittelte Wilcox sogar noch stärker das Gefühl, zu Hause zu sein. Er hatte ein Faible für stillen Luxus, und obwohl die Lobby stellenweise etwas heruntergekommen wirkte, vermittelte die Atmosphäre dieses Orts ihm trotzdem ein Gefühl der Sicherheit. Die örtlichen IAA-Fritzen hatten die beste Suite im Hotel von Selene für ihn reserviert. Ein Hotelangestellter brachte ihn zur Suite, packte das Gepäck für ihn aus und verweigerte sogar höflich die Annahme des Trinkgelds, das Wilcox ihm geben wollte. Das Hotelpersonal hatte alles für ihn vorbereitet, einschließlich einer gut bestückten Bar. Ein ordentlicher Schluck Whisky, und Wilcox fühlte sich fast wieder wie ein Mensch. Es werden keine Kosten gescheut, sagte er sich und ließ den Blick durch das gediegene Wohnzimmer schweifen, solange der Steuerzahler die Brieftasche öffnen muss und nicht ich.

Plötzlich klopfte es, und bevor Wilcox noch etwas zu sagen vermochte, glitt die Tür auf, und ein livrierter Kellner schob einen mit abgedeckten Speisen und einem halben Dutzend Flaschen Wein beladenen Servierwagen herein.

»Das habe ich doch gar nicht bestellt …«, sagte Wilcox verwirrt.

Und dann kam Martin Humphries mit einem strahlenden Lächeln hereinspaziert.

»Ich sagte mir, dass Sie ein gutes Mahl wohl zu schätzen wüssten«, sagte Humphries. »Das Essen kommt aus meiner eigenen Küche und nicht aus der Hotelküche.« Er wies auf die Flaschen und fügte hinzu: »Und die sind aus meinem Weinkeller.«

»Na so was, Martin«, sagte Wilcox mit einem erfreuten Lächeln. »Das ist wirklich nett von Ihnen.«

»Man sollte uns besser nicht in einem öffentlichen Restaurant zusammen sehen«, erklärte Humphries, während der Kellner stumm den Tisch deckte. »Und ich hätte Sie auch nicht in mein Haus einladen können, ohne einen falschen Eindruck zu erwecken …«

»Das stimmt wohl«, pflichtete Wilcox ihm bei. »Es gibt zu viele verdammte Schnüffler, die einem immer gleich das Schlimmste unterstellen.«

»Also habe ich beschlossen, mit dem Essen zu Ihnen zu kommen. Ich hoffe, Sie haben nichts dagegen.«

»Überhaupt nicht! Ich freue mich, Sie wiederzusehen. Wie lang ist es eigentlich schon her?«

»Ich lebe nun schon seit über sechs Jahren in Selene.«

»Ist es wirklich schon so lange her?« Wilcox fuhr sich mit dem Finger über den Bart. »Aber, äh … gehen wir nicht trotzdem das Risiko ein, einen falschen Eindruck zu erwecken? Schließlich steht die Anhörung kurz bevor …«

»Es besteht nicht das geringste Risiko«, sagte Humphries ungerührt. »Dieser Mann ist ein loyaler Mitarbeiter von mir, und auf die Diskretion der Hotelangestellten können wir uns auch verlassen.«

»Ich verstehe.«

»Man kann dieser Tage gar nicht vorsichtig genug sein; vor allem jemand, der eine so hohe Vertrauens-position innehat wie Sie.«

»Richtig«, sagte Wilcox und schaute lächelnd zu, wie der Kellner die erste Weinflasche öffnete.

Kapitel 34

Dorik Harbin schaute sich im leeren Einraum-Apartment um. Das wird reichen, sagte er sich. Er wusste, dass in Selene die Wohnungen umso teurer waren, je tiefer sie gelegen waren. Obwohl das eigentlich Unsinn war: Fünf Meter unter der Mondoberfläche war man nämlich genauso sicher wie in einer Tiefe von fünfzig oder sogar siebzig Metern. Doch die Leute ließen sich von ihren Emotionen leiten – genauso wie sie auf der Erde mehr für eine obere Etage in einem Hochhaus bezahlten, auch wenn die Aussicht vielleicht durch das Hochhaus daneben verstellt wurde.

Auf dem Flug vom Asteroidengürtel war er ziemlich angespannt gewesen. Er hatte die angeschlagene *Shanidar* bei einem *HSS*-Tanker zurückgelassen und dann von Grigor die Order erhalten, sich in Selene zu melden. Man hatte ihm eine winzige Kabine auf einem *HSS*-Frachter zugewiesen, der Erze zum Mond transportierte. Harbin wusste, dass, wenn man ihn ermorden wollte, dies der richtige Zeitpunkt und Ort gewesen wäre.

Anscheinend glaubten Grigor und seine Vorgesetzten seine Behauptung, dass er vollständige Aufzeichnungen von der Kaperfahrt der *Shanidar* an ein paar Freunde auf der Erde gesendet hatte. Sonst hätten sie ihn schon beseitigt oder es zumindest versucht. Nur dass Harbin keine Freunde hatte – weder auf der Erde noch sonst wo. Höchstens Bekannte; ein paar verstreute Leute, denen er bedingt vertrauen konnte. Aber keine Familie; die war ausgelöscht worden, als er noch ein Kind war.

Harbin hatte eine Kopie des Logbuchs der *Shanidar* an drei Personen gesendet, die er seit vielen Jahren kannte:

Eine an den Feldwebel, der ihn bei den Friedenstruppen ausgebildet hatte und der nun im Ruhestand in einem Ort namens Pennsylvania lebte; die zweite an den alten Imam aus seinem Heimatdorf und die dritte an die Witwe eines Mannes, dessen Ermordung er beim letzten Besuch in seinem Heimatland gerächt hatte.

Die Anweisungen respektive die Bitte, die er zusammen mit den Logbüchern abgeschickt hatte, besagten, dass die Empfänger die Daten an die Medien weiterleiten sollten, falls sie von Harbins Tod erfuhren. Er wusste, wenn Grigor den Auftrag erhalten hatte, ihn zu töten, würde vermutlich niemand auf der Erde jemals von seinem Tod erfahren. Doch schon die vage Möglichkeit, dass das Logbuch der *Shanidar* der Öffentlichkeit zugänglich gemacht wurde, genügte, um Grigor zurückzuhalten. Zumindest glaubte Harbin, dass es sich so verhielt.

Man hätte seine Ermordung aber leichter vertuschen können, wenn sie ihn an Bord des Schiffs umgebracht hätten, sagte Harbin sich. Der Umstand, dass er nun in diesem Einraum-Apartment in Selene einquartiert war, sagte ihm, dass sie nicht vorhatten, ihn zu töten. Zumindest jetzt noch nicht.

Er entspannte sich ein wenig. Zumal der Raum gar nicht mal so schlecht war: fast schon geräumig, jedenfalls im Vergleich zu den beengten Verhältnissen eines Raumschiffs. Der Kühlschrank und die Küchenschränke waren gut bestückt; Harbin beschloss jedoch, alles im Recycler zu entsorgen und in Selenes Lebensmittelmarkt einkaufen zu gehen.

Er schaute gerade unter dem Spülbecken nach, um zu kontrollieren, ob die Wasserversorgung mit irgendwelchen Gimmicks manipuliert wurde, als er ein leichtes Klopfen an der Tür hörte.

Grigor, sagte er sich. Oder einer seiner Leute.

Er stand auf, schloss den Küchenschrank und legte die

sechs Schritte zur Tür zurück; er spürte die beruhigende Solidität des Elektrodolchs, den er unter dem weiten Ärmel des Gewands an der Innenseite des rechten Handgelenks befestigt hatte. Er hatte den Akku im Griff des Dolchs aufgeladen, gleich nachdem er das Apartment betreten hatte – sogar noch vor dem Auspacken.

Er schaute auf den kleinen Monitor neben der Tür. Es war aber nicht Grigor. Sondern eine Frau. Harbin zog die ziehharmonikaartige Tür langsam zurück, wobei er auf den Zehenballen balancierte und bereit war, schnell zur Seite zu springen, falls die Frau eine Waffe auf ihn richtete.

Sie wirkte überrascht. Harbin sah, dass sie beinahe so groß war wie er: Sie war schlank, hatte dunkle Haut und noch dunkleres Haar, dessen Locken ihr über die Schulter fielen. Sie trug einen ärmellosen, schlichten Sweater, der wenig enthüllte, aber viel andeutete. Dazu eine enge Hose und weiche, geschmeidige Stiefel.

»Sie sind Dorik Harbin?«, fragte sie in einem samtigen Contraalt.

»Und wer sind Sie?«, lautete seine Gegenfrage.

»Diane Verwoerd«, sagte sie und betrat den Raum, wobei Harbin sich vom Eingang zurückdrehen musste, um sie durchzulassen. »Ich bin Martin Humphries' persönliche Assistentin.«

Diane musterte ihn von Kopf bis Fuß und sah einen großen, schlanken, *hart* blickenden Mann mit einem dunklen Rauschebart und dem Argwohn der ganzen Welt in den kalten blauen Augen. Seltsame, erschreckende Augen, sagte sie sich. Die Augen eines toten Mannes. Killeraugen. Er trug einen gewöhnlichen Overall, der durch das lange Tragen zwar ausgebleicht, doch so sauber und akkurat wie eine Militäruniform war. Ein starker, muskulöser Körper steckte unter der Kleidung, sagte sie sich. Ein beeindruckender Mann für einen angeheuerten Killer.

»Ich hätte eigentlich Grigor erwartet«, sagte Harbin.

»Ich hoffe, Sie sind jetzt nicht enttäuscht«, sagte sie und ging durch den Raum zum Sofa.

»Überhaupt nicht. Sie sagten, Sie seien Humphries' persönliche Assistentin?«

Sie setzte sich und schlug die langen Beine übereinander. »Ja.«

»Werde ich ihn sehen?«

»Nein. Sie werden mit mir vorlieb nehmen müssen.«

Harbin sagte nichts. Stattdessen ging er zum Kühlschrank und nahm eine Flasche Wein heraus. Sie schaute zu, wie er sie öffnete und dann im Küchenschrank über der Spüle nach Weingläsern suchte. Ob er versucht, Zeit für eine Antwort zu schinden, fragte Verwoerd sich. Schließlich holte er zwei einfache Wassergläser heraus und schüttete etwas Wein hinein.

»Ich bin erst vor ein paar Stunden angekommen«, sagte er und gab ihr ein Glas. Dann zog er den Schreibtischstuhl heran und setzte sich ihr gegenüber. »Ich muss mich erst noch zurechtfinden.«

»Ich hoffe, Sie fühlen sich in diesem Raum wohl«, sagte sie.

»Es geht.«

Sie wartete darauf, dass er noch etwas sagte, aber er musterte sie nur mit diesen stechenden blauen Augen. Nicht dass er sie mit den Augen ausgezogen hätte. Es lag absolut nichts Sexuelles in diesem Blick. Er war … sie suchte nach dem richtigen Wort: *beherrscht*. Das ist es: Er hat sich völlig unter Kontrolle. Jede Geste, jedes Wort, das er sagt. Ich frage mich, wie er hinter diesem Bart aussieht, sagte Verwoerd sich. Ist er der markante, gut aussehende Typ oder kaschiert der Bart nur ein sanftes Weichei-Kinn? Markant und gut aussehend, vermutete sie.

Das Schweigen zog sich in die Länge. Sie nahm einen Schluck Wein. Etwas herb. Vielleicht wird er besser, wenn er eine Weile geatmet hat. Harbin rührte seinen Wein indes nicht an; er hielt das Glas in der linken Hand und schaute sie unverwandt an.

»Wir haben viel zu besprechen«, sagte sie schließlich.

»Wohl wahr.«

»Sie scheinen zu befürchten, dass wir Sie loswerden wollen.«

»Ich würde das jedenfalls versuchen, wenn ich in Ihrer Lage wäre. Ich bin nun eine Hypothek für Sie, nicht wahr?«

Er ist von einer geradezu brutalen Offenheit, sagte sie sich. »Mr. Harbin, ich möchte Ihnen versichern, dass wir durchaus nicht die Absicht haben, Ihnen etwas anzutun.«

Bei diesen Worten lächelte er, und sie sah kräftige weiße Zähne hinter dem dichten schwarzen Bart.

»Vielmehr hat Mr. Humphries mir gesagt, dass ich Ihnen einen Bonus für die Arbeit geben soll, die Sie geleistet haben.«

Er schaute sie für eine Weile finster an und sagte dann: »Was soll diese Scharade? Sie wollten, dass ich Fuchs töte, und ich habe versagt. Nun ist er hier in Selene und bereit auszusagen, dass Sie hinter den Angriffen auf die Prospektorenschiffe stehen. Wieso sollten Sie mir *dafür* einen Bonus zahlen wollen?«

»Wir wollen für Ihr Schweigen zahlen, Mr. Harbin.«

»Weil Sie genau wissen, dass das Logbuch des Schiffs an die Medien geht, wenn Sie mich töten.«

»Wir haben nicht die Absicht, Sie zu töten.« Verwoerd nickte in Richtung seines unberührten Glases. »Sie können den Wein unbesorgt trinken.«

Er stellte das Glas auf den dünnen Teppichboden. »Mrs. Verwoerd ...«

»Diane«, bot sie ihm spontan an.

Er neigte leicht den Kopf. »Also Diane. Lassen Sie mich erklären, wie das in meinen Augen aussieht.«

»Bitteschön.« Sie wurde sich bewusst, dass er ihr nicht anbot, ihn mit dem Vornamen anzureden.

»Ihre Firma hat mich angestellt, um die unabhängigen Prospektoren aus dem Gürtel zu vertreiben. Ich habe ein paar ihrer Schiffe außer Gefecht gesetzt, doch dann ist dieser Fuchs mir in die Quere gekommen. Und dann haben Sie mich beauftragt, Fuchs zu beseitigen, und das ist nicht gelungen.«

»Wir sind zwar enttäuscht, Mr. Harbin, aber das bedeutet doch nicht, dass Sie einen Grund haben, um Ihre Sicherheit zu fürchten.«

»Wirklich nicht?«

»Diese Anhörung ist kein Problem für uns. Sie bietet uns sogar die Gelegenheit, Fuchs auf eine andere Art und Weise beizukommen. Sie haben Ihren Part in dieser Operation gespielt. Nun möchten wir Sie nur noch auszahlen und Ihnen für Ihre Arbeit danken. Ich weiß, dass es nicht leicht für Sie war.«

»Leute wie Sie wenden sich auch nicht mit leichten Aufträgen an Leute wie mich«, sagte Harbin.

Er hat gar keine Angst, erkannte Verwoerd. Er ist weder ängstlich noch enttäuscht oder zornig. Er ist wie ein Eisblock. Keine sichtbaren Emotionen. Nein, korrigierte sie sich. Er ist eher wie ein Panther, ein geschmeidiger, tödlicher Räuber. Er hat jeden Muskel im Körper unter Kontrolle und ist jederzeit zum Sprung bereit. Er könnte mich im Handumdrehen töten, wenn er wollte.

Sie verspürte ein seltsames Verlangen. Ich frage mich, wie er wohl wäre, wenn es mir gelänge, diese Kontrolle zu überwinden. Was wäre es für ein Gefühl, diese ganze aufgestaute Energie in mir zu haben? Sie spürte ein Kribbeln im Unterleib. Nicht jetzt. Später, rief sie sich zur Ordnung. Wenn die Anhörung vorbei ist. Wenn wir unbeschadet aus der Anhörung herauskommen, dann werde ich mich von ihm ficken lassen. Und wenn nicht … ich würde es hassen, damit beauftragt zu werden, ihn zu töten. Wenn es wirklich dazu kommt, werden wir ein ganzes Team für den Job brauchen. Ein Team aus Spitzenleuten.

Aber wieso sollte man überhaupt in Erwägung ziehen, ihn umzubringen, fragte sie sich. Stattdessen sollte man ihn lieber benutzen!

Ob es mir gelingt, mich seiner Loyalität zu versichern, fragte sie sich. Ob ich ihn für meine persönlichen Ziele einspannen kann? Das wäre toll, sagte sie sich mit einer innerlichen Befriedigung. Das wäre vielleicht sehr angenehm.

»Da wäre aber noch etwas, das Sie für uns erledigen könnten, bevor Sie ... äh, in den Ruhestand gehen«, sagte sie laut.

»Und das wäre?«, fragte er ruhig und schaute ihr in die Augen.

»Sie müssen nach Ceres fliegen. Ich kann einen Expressflug für Sie arrangieren. Aber das muss ohne jedes Aufsehen stattfinden; niemand darf davon erfahren. Nicht einmal Grigor.«

Er schaute sie für eine Weile durchdringend an. »Nicht einmal Grigor?«, murmelte er.

»Nein. Sie werden direkt mir berichten.«

Harbin lächelte wieder, und sie fragte sich erneut, wie er wohl ohne diesen Bart aussehen würde.

»Rasieren Sie sich eigentlich nie?«, fragte sie.

»Das hatte ich gerade vor, als Sie anklopften.«

Ein paar Stunden später lag Diane schweißgebadet neben ihm im Bett. Wow! Sie grinste triumphierend. Delilah zu sein war ein Hochgenuss.

Harbin drehte sich zu ihr um und streichelte ihr die Taille. »Diese Angelegenheit auf Ceres«, sagte er zu ihrer Überraschung.

»Ja?«

»Wen soll ich umbringen?«

Kapitel 35

Zu Hector Wilcox' Verdruss schaltete Douglas Stavenger sich persönlich in die Anhörung ein. Zwei Tage vor dem Beginn der Anhörung lud Stavenger Wilcox zum Abendessen ins Restaurant ›Erdblick‹ ein. Wilcox wusste, dass es sich nicht um einen rein gesellschaftlichen Anlass handelte.

Wenn der jugendliche Gründer von Selene bei der Anhörung anwesend sein wollte, vermochte der IAA-Chef ihm das nicht abzuschlagen, ohne ihn zu brüskieren.

Stavenger gab sich natürlich sehr diplomatisch. Er bot ihm einen Konferenzraum in Selenes Büros an, oben in einem der Türme, die die Kuppel der Grand Plaza trugen. Und der Preis der Gastfreundschaft bestand darin, ihn der Anhörung beiwohnen zu lassen.

»Es wird aber ziemlich langweilig werden«, gab Wilcox beim Essen zu bedenken. Es war dies sein zweiter Abend auf dem Mond.

»Ach wo, das glaube ich nicht«, sagte Stavenger mit jugendlicher Begeisterung. »Alles, was Martin Humphries betrifft, verspricht interessant zu werden.«

Darum geht es also, sagte Wilcox sich und stocherte im Obstsalat. Er verfolgt Martins Fährte.

»Mr. Humphries wird bei der Anhörung nicht anwesend sein, müssen Sie wissen«, sagte er.

»Wirklich?« Stavenger schaute überrascht. »Ich dachte, dass Fuchs ihn der Piraterie bezichtigen würde.«

Wilcox legte die Stirn in schier abgrundtiefe Falten. »Piraterie«, sagte er spöttisch. »Papperlapapp.«

Stavenger lächelte fröhlich. »Darum geht es doch bei

der Anhörung, nicht wahr? Es soll der Wahrheitsgehalt dieser Anschuldigung geprüft werden?«

»Ach ja, natürlich«, sagte Wilcox hastig. »Genau darum geht es.«

Fuchs hatte die beiden ersten Nächte in Selene schlecht geschlafen, und in der Nacht vor der Anhörung glaubte er vor lauter Nervosität überhaupt nicht schlafen zu können. Seltsamerweise schlief er jedoch die ganze Nacht durch. Pancho war nach Selene gekommen und hatte ihn zu einem schönen Abendessen im Restaurant ›Erdblick‹ eingeladen. Vielleicht hat der Wein dem Schlaf etwas nachgeholfen, sagte er sich, als er sich an diesem Morgen die Zähne putzte.

Er wusste, dass er geträumt hatte, aber er konnte sich kaum noch an die Träume erinnern. Amanda kam darin vor, und George, und eine vage dräuende Gefahr. An die Details erinnerte er sich aber nicht mehr.

Als das Telefon läutete, glaubte er schon, es sei Pancho, die ihn abholen und zur Anhörung begleiten wollte.

Stattdessen zeigte der Wandbildschirm Amandas schönes Gesicht. Fuchs verspürte eine jähe Freude wegen ihres Anrufs. Doch dann sah er, dass sie abgespannt und besorgt wirkte.

»Lars, Liebling, ich rufe an, um dir alles Gute für die Anhörung zu wünschen und dir zu sagen, dass ich dich liebe. Hier ist soweit alles in Ordnung. Die Prospektoren erteilen uns mehr Aufträge, als wir bewältigen können, und die HSS-Leute haben bisher überhaupt keine Schwierigkeiten gemacht.«

Natürlich, sagte Fuchs sich. Sie wollen keinen Verdacht erregen, während diese Anhörung läuft.

»Viel Glück bei der Anhörung, Liebling. Ruf mich an und sag mir, wie es ausgegangen ist. Ich vermisse dich. Ich liebe dich!«

Ihr Bild verblasste, und der Wandbildschirm wurde wieder dunkel. Fuchs warf einen Blick auf die Nachttischuhr und wies den Computer an, ihre Nachricht zu beantworten.

»Die Anhörung beginnt in einer halben Stunde«, sagte er. Er wusste, dass die Veranstaltung fast schon angefangen haben würde, wenn Amanda seine Worte hörte. »Es tut mir Leid, dass ich dich nicht mitgenommen habe. Ich vermisse dich auch – ganz schrecklich. Ich werde dich anrufen, sobald die Anhörung zu Ende ist. Und ich liebe dich auch, mein Schatz. Von ganzem Herzen.«

Das Telefon läutete erneut. Diesmal war es aber Pancho. »Komm aus den Federn, Lars, alter Kumpel. Schwing die Hufe.«

Fuchs war enttäuscht, dass Humphries nicht zur Anhörung erschien. Bei näherer Betrachtung wunderte es ihn freilich nicht. Der Mann ist ein Feigling, der andere vorschickt, um die Drecksarbeit für ihn zu erledigen, sagte er sich.

»He, schau mal«, sagte Pancho, als sie den Konferenzraum betraten. »Doug Stavenger ist auch da.«

Stavenger und ein halbes Dutzend anderer Leute saßen auf den bequemen, mit Rollen versehenen Stühlen, die an einer Wand des Raums aufgereiht waren. Der Konferenztisch war an der rückwärtigen Wand aufgestellt und mit Getränken und Kanapees bestückt. Ein kleinerer Tisch stand auf der anderen Seite des Raums; er wurde von zwei Stühlen flankiert, auf denen Männer in Geschäftsanzügen saßen. Einer von ihnen hatte Übergewicht, ein gerötetes Gesicht und rote Haare; der andere war so schmal und nervös wie ein Windhund. Der Wandbildschirm hinterm Tisch zeigte das schwarzsilberne Logo der Internationalen Astronautischen Gesellschaft. Zwei Stuhlfelder waren vor dem Tisch arrangiert worden. George und Nodon hatten bereits Platz genommen. Fuchs sah, dass das andere Feld komplett von Leuten belegt war, von denen er annahm, dass es sich um *HSS*-Personal handelte.

»Viel Glück, Kumpel«, flüsterte Pancho und bedeutete Fuchs, auf einem der vorderen Stühle Platz zu nehmen. Sie selbst setzte sich neben Stavenger.

Fuchs fragte sich beiläufig, wer wohl die Zeche für die Speisen und Getränke zahlte, die dort angerichtet waren, und nahm den Stuhl zwischen Big George und Nodon. Er hatte sich kaum hingesetzt, als einer der vorn sitzenden Männer verkündete: »Die Anhörung ist eröffnet. Mr. Hector Wilcox, Leiter der Internationalen Astronautenbehörde, ist der Vorsitzende.«

Alle erhoben sich, ein grauhaariger, distinguierter Herr in einem noblen dreiteiligen Anzug trat durch die Seitentür ein und nahm seinen Platz hinterm Tisch ein. Er stellte einen Palmtop-Computer auf den Tisch und klappte ihn auf. Fuchs bemerkte, dass ein Aluminiumkrug, an dem Kondenswasser perlte und ein Kristallglas in einer Ecke des Tischs standen.

»Bitte setzen Sie sich«, sagte Hector Wilcox. »Wir wollen es möglichst kurz machen.«

Es geht los, sagte Fuchs sich; sein Herz pochte gegen die Rippen, und die Handflächen wurden plötzlich feucht.

Wilcox schaute in seine Richtung. »Wer von Ihnen ist Lars Fuchs?«

»Ich«, sagte Fuchs.

»Sie bezichtigen *Humphries Space Systems* der Piraterie, nicht wahr?«

»Das stimmt so nicht.«

Wilcox' Brauen schossen förmlich zum Haaransatz hoch. »Das stimmt so nicht?«

Fuchs wunderte sich selbst über seine Courage. »Ich beschuldige kein Unternehmen pauschal krimineller

Handlungen«, hörte er sich sagen. »Ich beschuldige eine Person, und zwar den Mann, der dieses Unternehmen leitet: Martin Humphries.«

Wilcox' Erstaunen verwandelte sich in offensichtliches Missfallen.

»Wollen Sie damit sagen, dass die Handlungen, die Sie als Piraterie bezeichnen – und die überhaupt erst noch verifiziert werden müssen – von Mr. Humphries angeordnet worden seien?«

»Genau das will ich damit sagen, Sir.«

Auf der anderen Seite des Gangs erhob sich langsam eine große, dunkelhaarige Frau.

»Euer Ehren, ich bin Mister Humphries' persönliche Assistentin, und in seinem Namen bestreite ich diesen Vorwurf kategorisch. Er ist geradezu lächerlich.«

Big George sprang auf und fuchtelte mit dem Armstumpf herum. »Du findest das lächerlich? Das hier hab ich mir wohl kaum beim Blümchenpflücken eingefangen!«

»Ruhe!« Wilcox schlug mit der flachen Hand auf den Tisch. »Sie beide setzen sich wieder. Ich dulde keine emotionalen Ausbrüche bei dieser Anhörung. Wir werden die Sache ruhig und sachlich verhandeln.«

Verwoerd und George setzten sich.

Wilcox wies mit einem knochigen Finger auf Fuchs und sagte: »Nun, Sir, wenn Sie über Beweise verfügen, mit denen Sie die Beschuldigung der Piraterie zu stützen vermögen, dann möchten wir sie gern hören. Wir können die Verantwortlichkeit für solche Handlungen nämlich erst dann prüfen, wenn wir uns davon überzeugt haben, dass sie auch wirklich stattgefunden haben.«

Fuchs erhob sich langsam. Er spürte Zorn in sich aufwallen. »Ihnen liegen die Abschriften des Gefechts zwischen meinem Schiff, der *Starpower*, und dem Schiff, das uns angegriffen hat, vor. Sie haben die Schäden gesehen, die die *Starpower* davongetragen hat. Und Mr. Ambrose hat einen Arm in diesem Gefecht verloren.«

Wilcox schaute über die Schulter auf den rotgesichtigen IAA-Funktionär; der nickte kurz. »Notiert«, sagte er zu Fuchs.

»Dasselbe Schiff hatte zuvor schon Mr. Ambroses Schiff, die *Waltzing Matilda* angegriffen und ihn und sein Besatzungsmitglied als vermeintlich tot zurückgelassen.«

»Haben Sie weitere Belege dafür außer Ihren unbewiesenen Tatsachenbehauptungen?«, fragte Wilcox.

»Die *Waltzing Matilda* treibt im Gürtel. Wir können Ihnen die ungefähren Koordinaten für eine Suche geben, wenn Sie eine durchführen möchten.«

Wilcox schüttelte den Kopf. »Ich bezweifle, dass eine solche Suche erforderlich sein wird.«

»In der Vergangenheit«, fuhr Fuchs fort, wurden bereits mehrere Schiffe angegriffen: die *Lady of the Lake*, *Aswan*, die *Star* ...«

»Es gibt keine Beweise dafür, dass auch nur eins dieser Schiffe angegriffen wurde«, rief Verwoerd von ihrem Platz aus.

»Sie sind spurlos verschwunden«, sagte Fuchs unwirsch. »Ihre Signale sind abrupt abgebrochen.«

»Das ist aber noch kein Beweis, dass sie angegriffen wurden«, sagte Verwoerd mit einem Lächeln.

»Das ist richtig«, sagte Wilcox.

»In den meisten Fällen wurden die Asteroiden, die diese Schiffe beanspruchten, später von *Humphries Space Systems* beansprucht«, führte Fuchs aus.

»Na und?«, wandte Verwoerd ein. »*HSS*-Schiffe haben schon viele hundert Asteroiden beansprucht. Und wenn Sie die Statistik sorgfältig prüfen, werden Sie sehen, dass vier der fraglichen sechs Asteroiden von anderen Gesellschaften als *HSS* beansprucht wurden.«

Wilcox wandte sich dem schlanken Assistenten zu

seiner Linken zu. Der Mann nickte hastig und sagte: »Drei wurden von einer Firma namens *Bandung Associates* beansprucht, und der vierte von der *Kirche des Geschriebenen Wortes*. Keine dieser Gesellschaften ist mit *HSS* verbunden; ich habe das sehr gründlich überprüft.«

»Dann stützt diese Anhörung sich also ausschließlich auf Ihre Behauptung, angegriffen worden zu sein«, sagte Wilcox wieder an Fuchs gewandt.

»Für die ich Beweise habe, die Ihnen auch vorliegen«, sagte Fuchs. Er kochte innerlich.

»Ja, ja«, sagte Wilcox. »Es besteht kein Zweifel, dass Sie angegriffen wurden. Aber angegriffen von wem? Das ist die eigentliche Frage.«

»Von einem Schiff, das für *HSS* unterwegs war«, sagte Fuchs. Er fragte sich, wieso er das noch einmal betonen musste, wo es doch so offensichtlich war. »Im Auftrag von Martin Humphries.«

»Können Sie das auch beweisen?«

»Kein Mitarbeiter von *HSS* würde einen solchen Schritt ohne die persönliche Zustimmung von Humphries persönlich tun«, insistierte Fuchs. »Er hat sogar einen meiner Leute töten lassen – er wurde kaltblütig ermordet!«

»Sie beziehen sich auf den Mord an Niles Ripley, nicht wahr?«, fragte Wilcox.

»Ja. Ein vorsätzlicher Mord, um den Bau des Habitats zu stoppen, an dem wir arbeiten ...«

Verwoerd meldete sich zu Wort. »Wir räumen ein, dass Mr. Ripley von einem Mitarbeiter von *Humphries Space Systems* getötet wurde. Aber es war eine Privatangelegenheit; der Angriff auf die genannte Person wurde von *HSS* weder befohlen noch gebilligt. Zumal Mr. Fuchs selbst den Mörder in einem Akt von Selbstjustiz hingerichtet hat.«

Wilcox musterte Fuchs mit strengem Blick. »Lynchjustiz, was? Zu dumm, dass Sie ihn exekutiert haben. Seine Aussage hätte Ihre Position vielleicht gestützt.«

»Wer sonst sollte von all diesen kriminellen Handlungen profitieren?«, echauffierte Fuchs sich.

»Ich hatte gehofft, dass *Sie* mir das sagen könnten, Mr. Fuchs«, sagte Wilcox mit einem listigen Lächeln. »Deshalb haben wir schließlich die ganzen Kosten und Mühen auf uns genommen, um diese Anhörung durchzuführen. Also Butter bei die Fische.«

Fuchs schloss kurz die Augen. Ich will aber Amanda nicht da hineinziehen. Ich will nicht den Eindruck erwecken, dass es sich hier um eine persönliche Auseinandersetzung zwischen Humphries und mir handelt.

Bevor er zu antworten vermochte, stand George wieder auf und sagte in aller Ruhe: »Jeder auf Ceres weiß doch, dass Humphries versucht, Fuchs aus dem Gürtel zu vertreiben. Da können Sie jeden fragen.«

»Mr. …« Wilcox sah auf den Computerbildschirm. »Ambrose, nicht wahr? Mr. Ambrose, was ›jeder weiß‹ gilt vor Gericht nicht als Beweis. Auch nicht in dieser Anhörung.«

George setzte sich wieder und nuschelte etwas in den Bart.

»Fakt ist«, sagte Fuchs, wobei er an sich halten musste, um nicht laut zu werden, »dass irgendjemand Menschen tötet, dass irgendjemand Prospektorenschiffe angreift, dass *irgendjemand* schreckliche Verbrechen im Asteroidengürtel begeht. Die IAA muss tätig werden und uns schützen …« Er hielt inne. Er wurde sich bewusst, dass er bettelte, fast schon winselte.

Wilcox lehnte sich auf dem Stuhl zurück. »Mr. Fuchs, ich gehe mit Ihnen konform, dass Ihr Gebiet ein gewalttätiger, gesetzloser Ort ist. Allerdings hat die Internationale Astronautenbehörde weder die Macht noch die gesetzliche Befugnis, als Polizei im Asteroidengürtel aufzutreten. Es obliegt den Bürgern des Gürtels selbst, für ihren Schutz Sorge zu tragen und eine Polizei zu organisieren.«

»Wir werden systematisch von *Humphries Space Systems*-Personal angegriffen!«, insistierte Fuchs.

»Ich konzediere Ihnen durchaus, dass Sie angegriffen werden«, erwiderte Wilcox mit einem traurigen und zugleich herablassenden Lächeln. »Sehr wahrscheinlich von Renegaten aus Ihrer gesetzlosen Bevölkerung. Mir liegen indes keine Beweise vor, die *Humphries Space Systems* auf irgendeine Art und Weise mit Ihren Problemen in Verbindung bringen.«

»Die wollen Sie nur nicht sehen!«, sagte Fuchs wütend.

Wilcox starrte ihn kalt an. »Die Anhörung ist beendet«, sagte er.

»Aber Sie haben doch noch gar nicht ...«

»Sie ist beendet«, sagte Wilcox schroff. Er stand auf, nahm seinen Computer, klappte ihn zu und verstaute ihn in der Tasche des Jacketts. Dann machte er kehrt und verließ den Raum; Fuchs blieb frustriert und wütend zurück.

Kapitel 36

Diane Verwoerd führte die Schar der Humphries-Mitarbeiter aus dem Anhörungsraum, wobei sie ein zufriedenes Lächeln unterdrücken musste. Fuchs und seine zwei Freunde blieben konsterniert und frustriert zurück.

Draußen im Korridor machte sie höflichen Smalltalk mit Douglas Stavenger und Pancho Lane. Sie schickten sich an zu gehen und schienen enttäuscht vom Ausgang der Anhörung. Verwoerd wusste, dass Pancho Humphries' größte Widersacherin im Vorstand der *Astro Corporation* war und dass Humphries erst dann zufrieden wäre, wenn er die volle Kontrolle über *Astro* erlangt hatte. Was bedeutet, sagte sie sich, dass, wenn wir Fuchs endlich abserviert haben, Pancho die Nächste ist.

Sie eilte zur Rolltreppe, die zu ihrem Büro hinunterführte. Außer ihr war niemand dort. Sie setzte sofort eine Bündellaser-Nachricht an Dorik Harbin ab. Sie wusste, dass er in ungefähr einer Stunde auf Ceres eintreffen musste.

Es dauerte beinahe zwanzig Minuten, bevor sein Gesicht auf ihrem Wandbildschirm erschien: Es sah geradezu unverschämt gut aus ohne den Bart; er hatte ein festes, markantes Kinn und eisblaue, wache Augen.

»Ich weiß, dass du erst nach der Landung auf diese Nachricht reagieren kannst«, sagte sie zu Harbins Bild. »Ich wollte dir auch nur viel Glück wünschen und dir sagen ... nun, ich zähle schon die Minuten, bis du wieder hier bei mir bist.«

Sie holte tief Luft und ergänzte: »Ich habe die *HSS*-Leute auf Ceres verständigt. Die Medikamente, die du benötigst, warten dort auf dich.«

Verwoerd brach die Verbindung ab. Der Bildschirm wurde dunkel. Und dann lächelte sie. Du musst ihn an dich binden, sagte sie sich. Nutze seine Schwächen aus – und seine Stärken. Er wird dir noch sehr nützlich sein; vor allem, falls du dich vor Martin schützen musst.

Sie drehte sich um und betrachtete ihr Bild im Spiegel an der entgegengesetzten Wand des Büros. Delilah, sagte sie sich und lachte.

»Was sollen wir nun machen?«, fragte George, als er, Fuchs und Nodon die Rolltreppe hinunterfuhren.

Fuchs schüttelte resigniert den Kopf. »Ich weiß nicht. Diese Anhörung war eine Farce. Die IAA hat Humphries freie Hand gelassen.«

»Sieht so aus«, pflichtete George ihm bei und kratzte sich den Bart.

Nodon sagte nichts.

»Amanda«, sagte Fuchs. »Ich muss ihr sagen, was passiert ist. Ich muss ihr sagen, dass wir gescheitert sind.«

Harbin ließ den Blick über die acht Männer schweifen, die seinem Kommando unterstellt worden waren. Ein zusammengewürfelter Haufen, wohlwollend ausgedrückt. Draufgänger, Schlägertypen, Kleinkriminelle. Keiner von ihnen hatte auch nur eine militärische Grundausbildung genossen oder verfügte über militärische Disziplin.

Allerdings ist das hier auch keine Militäroperation, erinnerte er sich. Es handelt sich nur um einfachen Diebstahl.

Er hatte den Hochgeschwindigkeitsflug von Selene

dazu genutzt, den Plan und die Hintergrundinformationen zu studieren, die Diane ihm gegeben hatte. Er hätte schon erwartet, mit zuverlässigen Leuten zusammenzuarbeiten und nicht mit einer Horde Hooligans. Dennoch bereitete Harbin sich seelisch-moralisch auf seine Aufgabe vor und leierte stumm das Mantra herunter, wonach der Arbeiter seinem Werkzeug keinen Vorwurf machte und dass der Krieger mit dem kämpfen musste, was er gerade zur Hand hatte. Zunächst einmal musste er diesen Halbaffen beibringen, dass man auch Geld machen konnte, ohne anderen Leuten gleich den Schädel einzuschlagen.

Harbin vermutete, dass keiner der ihm zugewiesenen Schläger sich im Geringsten dafür interessierte, was dem heißblütigen Trace Buchanan zugestoßen war. Die Maxime, auf die sein alter Feldwebel ihn gedrillt hatte, lautete, dass es dem Zusammenhalt und dem Teamgeist einer Einheit förderlich war, nach Möglichkeit Solidarität in der Gruppe aufzubauen.

Also sagte er zu ihnen: »Ihr erinnert euch doch noch daran, was dieser Fuchs Trace Buchanan angetan hat?« Das war eine rein rhetorische Frage.

Sie nickten ungerührt. Buchanan war ein primitiver Schläger gewesen; er hatte keine Freunde gehabt, nur Kollegen, die ängstlich darauf bedacht waren, ihn nicht zu reizen. Keiner von ihnen trauerte dem verstorbenen Mr. Buchanan nach.

Harbin hatte dennoch das Gefühl, seine acht Untergebenen irgendwie motivieren zu müssen. Er hatte sie im beengten, kleinen Büro des HSS-Lagerhauses versammelt: acht Männer, die eigens deshalb nach Ceres geflogen worden waren, weil sie in der Lage waren, Anweisungen Folge zu leisten und das Handwerk des Tötens beherrschten.

»Okay«, sagte Harbin zu ihnen. »Heute Nacht werden wir uns revanchieren. Heute Nacht werden wir in

Fuchs' Lagerhaus einbrechen und die Möbel gerade rücken.«

»Ich hätte eine bessere Idee«, sagte Santorini.

Harbin spürte die alte Wut in sich aufkeimen. Santorini hatte die Intelligenz eines Pavians. »Und was für eine?«

»Wenn du dich bei Fuchs revanchieren willst, wieso schnappen wir uns dann nicht seine Frau?«

Die anderen grinsten bei dieser Vorstellung.

Waren das wirklich die besten Leute, die Diane bekommen konnte, fragte Harbin sich. Oder hat jemand in ihrem Büro nur ein paar Kneipenböden abgekratzt und diese Figuren hier nach Ceres geschickt?

»Wir haben die strikte Anweisung, sie in Ruhe zu lassen«, sagte er scharf. »Diese Anweisung kommt von ganz oben. Kommt nicht einmal in ihre Nähe. Verstanden? Jeder, der auch nur in ihre Richtung schaut, steckt tief in der Scheiße. Ist das klar?«

»Jemand da oben liebt sie wohl«, sagte einer der Blödmänner.

»Jemand da oben ist scharf auf sie«, pflichtete der Halbaffe neben ihm bei.

»Dieser *Jemand* wird eure Eier rösten und sie euch scheibchenweise zu fressen geben«, knurrte Harbin, »wenn ihr die Anweisungen nicht befolgt. Wir haben den Auftrag, uns um das Lagerhaus zu kümmern. Wir gehen rein, räumen es aus und verschwinden wieder. Wenn wir es richtig machen, könnt ihr alle mit einem dicken, fetten Bonus auf dem Konto zur Erde zurückkehren.«

»Dann können wir zu Hause einen draufmachen.«

»Ja, vor allem wenn ihr Geld habt.«

Harbin überließ sie ihren Phantasien, was sie mit ihrem Bonus alles anstellen würden. Hauptsache, sie schlagen sich Fuchs' Frau aus dem Kopf. Diane hatte sich in dieser Hinsicht ganz klar geäußert. Sie darf nicht angegriffen oder auch nur bedroht werden. Weder körperlich noch verbal oder sonst wie.

Im Lagerhaus durften sie die Sau rauslassen.

»Wo, zum Teufel, sind Sie gewesen?«, blaffte Humphries.

Verwoerd gestattete sich ein verhaltenes Lächeln. »Ich habe ein ausgiebiges Mittagessen genossen. Eine Siegesfeier.«

»Den ganzen verdammten Nachmittag?«

Humphries befand sich im Esszimmer des Anwesens; er saß allein am Ende des langen Rosenholztischs und hatte die Reste seines Essens vor sich stehen. Er forderte seine Assistentin nicht auf, sich zu ihm zu setzen.

»Ich hatte eigentlich erwartet, dass Sie sofort nach dem Ende der Anhörung herkommen.«

»Sie haben doch auch ohne mich vom Ergebnis erfahren«, sagte sie cool. »Zumal Sie doch schon wussten, wie die Anhörung ausgehen würde, bevor sie überhaupt angefangen hatte, nicht wahr?«

Die Falten auf seiner Stirn vertieften sich. »Sie sind ziemlich unverschämt heute Abend.«

»Fuchs ist auf dem Rückflug nach Ceres«, sagte sie. »Wenn er dort ankommt, wird er kein Lagerhaus mehr haben. Seine Firma ist am Ende, er ist ruiniert, und Sie sind der König des Asteroidengürtels. Was wollen Sie noch mehr?«

Sie wusste freilich, was er noch wollte. Er wollte Amanda Cunningham-Fuchs. Deshalb wird es nicht reichen, Fuchs nur zu ruinieren, sagte sie sich. Wir werden den Mann töten müssen.

Humphries' Stirnfalten glätteten sich langsam, und er setzte ein listiges Grinsen auf. »Wie ist es denn nun um Ihr Sexleben bestellt, wo Sie Ihren jungen Soldaten nach Ceres geschickt haben?«, fragte er.

Verwoerd versuchte, sich die Überraschung nicht anmerken zu lassen. Der neugierige Bastard lässt mich überwachen!

»Sie haben seine Unterkunft verwanzt«, sagte sie kalt.

»Möchten Sie eine Wiederholung sehen?«, fragte Humphries grinsend.

Sie vermochte nur mit Mühe die Contenance zu wahren. »Er ist ein interessanter Mann«, brachte sie schließlich hervor. »Er zitiert persische Poesie.«

»Beim Vögeln.«

Verwoerd, die noch immer stand, schaute für eine Weile auf ihn hinab. Dann pflichtete sie ihm mit einem knappen Kopfnicken bei und sagte sich, mein Apartment hat er wahrscheinlich auch verwanzen lassen! Ob er über *Bandung Associates* Bescheid weiß?

Humphries schien jedoch mehr amüsiert als verärgert. »Ich möchte Ihnen einen Vorschlag machen.«

»Was für einen Vorschlag?«, fragte sie reserviert.

»Ich möchte, dass Sie mein Kind austragen.«

Diane spürte, dass sie große Augen machte. »*Was?*«

Lachend lehnte Humphries sich auf dem gepolsterten Stuhl zurück und sagte: »Wenn Sie schon nicht mit mir ins Bett gehen wollen, dann können Sie wenigstens mein Kind für mich austragen.«

Sie zog den nächsten Stuhl unterm Tisch hervor und ließ sich langsam darauf sinken.

»*Was sagen Sie da?*«, fragte sie.

»Ich will ein Kind«, sagte Humphries fast beiläufig. »Einen Sohn. Meine medizinischen Experten suchen die besten Eizellen aus, die ich dann befruchten werde. Wir werden mich klonen. Mein Sohn wird mir so ähnlich sein, wie es in der Möglichkeit der modernen Biowissenschaften steht.«

»Das Klonen von Menschen ist aber verboten«, murmelte Verwoerd.

»In den meisten Nationen auf der Erde«, konzedierte Humphries ihr. »Doch selbst auf der Erde gibt es Orte, wo jemand mit den entsprechenden Mitteln sich klonen lassen kann. Und hier in Selene allemal – wieso eigentlich nicht?«

Ein kleiner Martin Humphries, sagte Verwoerd sich. Aber sie sagte es nicht laut.

»Der Vorgang des Klonens hat noch immer etwas von einem Glücksspiel«, sagte er so beiläufig wie jemand, der den Aktienmarkt erörterte, »aber meine Leute müssten in der Lage sein, ein paar lebensfähige befruchtete Eizellen zu produzieren und ein paar Frauen zu beschaffen, die sie austragen.«

»Wozu brauchen Sie mich dann noch?«

Er wedelte mit der Hand. »Sie sind ein sehr gutes physisches Exemplar; Sie müssten ein guter Wirt für meinen Klon sein. Zumal es auch eine poetische Seite hat, finden Sie nicht? Sie wollen keinen Sex mit mir, aber Sie werden meinen Sohn austragen. Ihr junges Spielzeug ist nicht der Einzige mit einer poetischen Seele.«

»Ich verstehe«, sagte Verwoerd; sie war perplex wegen seiner unbekümmerten Arroganz.

»Was ich brauche, sind ein paar Gebärmütter, in denen die Zygoten ausreifen. Ich habe beschlossen, dass Sie die perfekte Frau für den Job sind. Jung, gesund et cetera pe pe.«

»Ich.«

»Ich habe Ihre medizinischen Unterlagen und die Ihrer Familie studiert«, sagte Humphries.« Man könnte sagen, dass ich Sie auswendig kenne.«

Sie war nicht amüsiert.

»Sie tragen meinen Sohn aus«, sagte er. Sein Lächeln verschwand, und sein Ton wurde fordernder. »Sie werden einen sehr beachtlichen Bonus bekommen. Ich werde sogar noch ein paar meiner Asteroiden an Ihre *Bandung Associates* übertragen.«

Sie glaubte ohnmächtig zu werden.

»Glauben Sie etwa, Sie könnten mir drei sehr profitable Asteroiden entwenden, ohne dass ich es bemerken würde?«, fragte Humphries mit einem zufriedenen Grinsen.

Verwoerd wusste, dass es hoffnungslos war. Sie war nur froh, dass sie Dorik auf ihrer Seite hatte.

Kapitel 37

Als sie im Konvoi aus vier Minizugmaschinen zum Eingang des Helvetia-Lagerhauses fuhren, sah Harbin, dass nur zwei Leute dort Dienst taten. Einer davon war eine Frau; sie war grauhaarig und wirkte großmütterlich, hatte aber ein hartes, düsteres Gesicht. Sie war korpulent und gebaut wie eine Gewichtheberin.

»Was wollt ihr Kerle?«, fragte sie schroff, als Harbin von der ersten Zugmaschine abstieg.

»Machen Sie uns keine Schwierigkeiten, Großmutter«, sagte er sanft. »Entspannen Sie sich einfach und tun das, was Ihnen gesagt wird.«

Eine Konfrontation von Angesicht zu Angesicht wie in diesem Fall war etwas ganz anderes, als in der dunklen Leere des Gürtels auf ein Raumschiff zu schießen. Das eine war wie ein Spiel; doch das hier war tödlicher Ernst. Bleib ruhig, sagte er sich. Zwing mich nicht, dich zu töten. Doch er spürte schon wieder den alten Zorn in sich aufwallen: die unkontrollierte Wut mit tödlichem Ausgang.

»Was wollt ihr?«, fragte die Frau unwirsch. »Wer, zum Teufel, seid ihr Arschlöcher?«

Harbin musste mit aller Macht einen Wutausbruch unterdrücken und bedeutete dem undisziplinierten Haufen, das Helvetia-Lagerhaus zu betreten. Sie trugen Atemmasken, womit sie in den staubigen Tunnels von Ceres aber nicht auffielen. Außerdem hatten sie Badekappen auf, die von der Erde eingeflogen worden waren; diese Kappen bedeckten den Kopf so vollständig, dass weder die Haarfarbe noch die Frisur zu erkennen waren. Harbin stellte auch sicher, dass keiner von seiner Crew Namensschilder oder sonstige Identifikationsmerkmale trug. Wenn Trace Buchanan diese simple Vorsichtsmaßnahme getroffen hätte, wäre er zweifellos noch am Leben, sagte Harbin sich.

»Was soll diese gottverdammte Zugmaschinen-Parade?«, fragte die Frau.

Sie trug auch eine Atemmaske – genauso wie der dürre Junge, der ein paar Schritte entfernt im schattigen Gang zwischen hohen Regalen stand.

»Wir sind hier, um euer Lagerhaus auszuräumen«, sagte Santorini und stakste auf sie zu.

»Was, zum Teufel, soll das heißen?«, fragte die Frau zornig und streckte die Hand nach der Telefonkonsole aus.

Santorini schickte sie mit einem Handkantenschlag zu Boden. Der Junge zwischen den Regalen hob im universalen Zeichen der Aufgabe die Hände.

»Kommt«, sagte Santorini und bedeutete den anderen, ihm zu folgen.

Harbin nickte zustimmend. Sie schickten sich an, den Lagerraum zu betreten. Der Junge stand stocksteif da; dem Ausdruck in seinem aschfahlen Gesicht nach zu urteilen war er vor Schreck wie gelähmt. Santorini trat ihm so fest in den Bauch, dass er gegen das Gestell prallte und stöhnend auf dem Boden zusammenbrach.

»Ich hab' den Schwarzgurt in Karate!«, rief Santorini über die Schulter, als die anderen die Minizugmaschinen in Bewegung setzten und ins Lagerhaus rollten, wobei sie schwarze Staubwolken aufwirbelten.

Du kleiner rotznäsiger Angeber, sagte Harbin sich und schaute auf die Frau, die von Santorini niedergeschlagen worden war. Ihre Lippe blutete, doch wenn Blicke hätten töten können … Sie rappelte sich auf und schleppte sich zur Telefonkonsole.

Harbin packte sie an der Schulter. »Passen Sie auf, Großmutter. Sie könnten verletzt werden.«

Die Frau knurrte und schlug Harbin mit der freien Faust an die Schläfe. Der Schlag überraschte ihn mehr, als dass er ihn schmerzte, doch er löste diese innere Wut aus.

»Hören Sie auf damit«, knurrte er und schüttelte sie.

Sie wollte ihm in die Hoden treten. Harbin drehte sich zur Seite, um den Tritt mit der Hüfte abzufangen, aber es schmerzte trotzdem. In blinder Wut zog er den Elektrodolch aus der Scheide und schnitt ihr die Kehle durch.

Die alte Frau spie einen Blutschwall aus und fiel wie ein nasser Sack Zement auf den Boden.

Fuchs' ohnehin schon düstere Stimmung schlug vollends in heißen Zorn um, als er und Nodon an Bord der *Lubbock Lights*, eines Schiffs der *Astro Corporation* gingen, das nach Ceres fliegen würde. In der Nacht zuvor hatten sie in der Pelican Bar mit George eine ausgiebige Abschiedsparty gefeiert.

»Ich werde in den Gürtel zurückkommen, sobald mein Arm nachwächst«, hatte George über vielen Bieren ein paarmal versprochen.

Alle Runden waren auf Pancho gegangen; sie hatte in unverbrüchlicher Kameradschaft mit ihnen getrunken.

Nun hatte Fuchs mit hämmernden Kopfschmerzen und sich steigerndem Hass die höchst unerfreuliche Aussicht auf einen viertägigen Rückflug nach Ceres. Er war unruhig wie ein Tiger im Käfig.

Als er die Nachricht von Amanda erhielt, wurde er fast zum Berserker.

Er war in seiner Privatkabine, in der kaum genug Platz für eine schmale Koje war und versuchte zu schlafen. Doch jedes Mal, wenn er die Augen schloss, sah er sich dem spöttischen Blick von Martin Humphries ausgesetzt. Wieso auch nicht, fragte Fuchs sich zornig. Er ist schließlich mit einem Mord davongekommen. Und mit Piraterie. Und niemand vermag ihn aufzuhalten; es stellt sich ihm nicht einmal jemand in den Weg außer mir, und ich bin machtlos: ein erbärmlicher, machtloser und unnützer Narr.

Stundenlang wälzte er sich nur mit einer kurzen Hose bekleidet in der Koje; er schwitzte, das Haar war verfilzt, und er hatte einen stoppeligen Zweitagebart. Hör auf, dich selbst fertig zu machen, sagte er sich. Es bringt doch nichts, mit dem Kopf durch die Wand zu wollen. Denk nach! Lass dir etwas einfallen! Wenn du dich an Humphries rächen willst, musst du ihn mit seinen eigenen Waffen schlagen: Du musst präzise Pläne und eine Strategie entwerfen, um ihm ein für alle Mal den Rest zu geben. Doch jedes Mal, wenn er klar und logisch zu denken versuchte, loderte der Zorn wie eine Flutwelle aus rot glühender Lava auf und überwältigte ihn.

Das Telefon summte. Fuchs setzte sich in der Koje auf und befahl dem Computer, die eingehende Nachricht zu öffnen.

Amandas Gesicht füllte den Bildschirm an der Wand am Fuß der Koje aus. Sie wirkte angespannt, obwohl sie zu lächeln versuchte.

»Hallo Liebling«, sagte sie und strich sich eine vorwitzige Locke aus dem Gesicht. »Mir geht es gut, aber sie haben das Lagerhaus geplündert.«

»Was? Geplündert?«

Sie vermochte ihn natürlich weder zu hören noch zu sehen, da sie die Nachricht vor einer guten Viertelstunde abgeschickt hatte.

»Sie haben Inga getötet. Aus purer Mordlust, nach dem, was Oskar mir erzählte. Du erinnerst dich doch noch an ihn – Oscar Jiminez. Er ist der Junge, den ich als Lagerhelfer eingestellt habe.«

Sie hat furchtbare Angst, wurde Fuchs sich bewusst,

als er die Linien der Anspannung in ihrem Gesicht sah und ihre Stimme hörte.

»Sie sind in der Nachtschicht gekommen, als nur Inga und Oscar da waren. Laut Oscars Angaben waren es neun oder zehn Leute. Sie haben ihn geschlagen und Inga die Kehle durchgeschnitten. Der Mann, der das getan hat, soll dabei gelacht haben. Dann haben sie das Lagerhaus ausgeräumt. Jede Kiste, jeden Karton, jeden Artikel, den wir hatten. Es ist alles weg. Kein Stück mehr da.«

Fuchs knirschte so fest mit den Zähnen, dass der Kiefer schmerzte. Amanda kämpfte mit den Tränen.

»Mir ist nichts passiert«, sagte sie. »Es ist gestern am späten Abend geschehen. Die Frühschicht fand Inga in einer Blutlache auf dem Boden und Oscar gefesselt und geknebelt im hinteren Bereich des Lagerhauses. Und … das ist auch schon die ganze Geschichte. Ich bin in Ordnung, mir hat niemand etwas getan.« Sie strich sich wieder durchs Haar. »Ich glaube, mehr gibt es in diesem Moment nicht zu sagen. Komm schnell nach Hause, Liebling. Ich liebe dich.«

Der Bildschirm wurde dunkel. Fuchs schlug mit der Faust gegen die massive Wand und stieß ein frustriertes und zorniges Brüllen aus.

Er sprang aus der Koje und riss die dünne Schiebetür des Abteils auf. Nur mit den Shorts bekleidet stürmte er durch den Gang des Schiffs zur Brücke.

»Wir müssen so schnell wie möglich nach Ceres!«, rief er dem weiblichen Besatzungsmitglied zu, das auf dem Sitz des Kommandanten saß. Sie war allein auf der Brücke.

»Geben Sie Gas! Ich muss nach Ceres, bevor man meine Frau ermordet!«

Die Frau schaute Fuchs an, als ob er verrückt geworden wäre, doch sie rief den Kapitän, der in einen knielangen Morgenmantel aus Seide gehüllt auf die Brücke kam und sich den Schlaf aus den Augen rieb.

»Meine Frau ist in Gefahr!«, blaffte Fuchs den Kapitän an. »Wir müssen so schnell wie möglich nach Ceres!«

Für eine Weile ging es auf der Brücke zu wie im Irrenhaus. Fuchs berichtete dem Kapitän hektisch von seinen Befürchtungen, und der begriff schließlich so viel, dass er einen Funkspruch an die IAA-Flugsicherung absetzte und um Erlaubnis bat, die Beschleunigung des Schiffs zu erhöhen. Es dauerte fast eine Stunde, bis die Antwort vom IAA-Hauptquartier auf der Erde eintraf. Eine halbe Stunde, in der Fuchs murmelnd und fluchend auf der Brücke auf und ab ging und sich fragte, was auf Ceres vorging. Der Kapitän schlug vor, dass sie beide sich etwas anziehen sollten und ging in sein Quartier zurück. Nodon erschien, machte ohne ein Wort wieder kehrt und kam ein paar Minuten später mit einem Overall für Fuchs zurück.

Fuchs stieg hinein, schloss die Klettverschlüsse und bat das Crewmitglied, einen Kommunikationskanal nach Ceres zu öffnen. Sie tat das ohne zu zögern.

»Amanda«, sagte er, »ich bin unterwegs. Wir haben um Erlaubnis gebeten, zu beschleunigen, sodass ich dich vielleicht schon vor der geplanten Ankunftszeit erreiche. Ich werde dir Bescheid sagen. Verlass nicht die Unterkunft. Bitte ein paar Leute, die für uns arbeiten, sich als Wachen vor der Tür zu postieren. Ich werde sobald wie möglich bei dir sein, Liebling. Sobald wie möglich.«

Der Kapitän kehrte auf die Brücke zurück; er hatte sich das Gesicht gewaschen, das Haar gekämmt und trug eine gestärkte Springerkombination mit seinen Rangabzeichen an den Ärmeln. In diesem Moment traf die Antwort von der IAA-Leitstelle ein.

Erlaubnis verweigert. Die *Lubbock Lights* wird den gegenwärtigen Geschwindigkeitsvektor beibehalten und wie geplant in dreieinhalb Tagen auf Ceres eintreffen.

Zitternd drehte Fuchs sich vom Bild des roboterhaften IAA-Controllers auf dem Bildschirm zum uniformierten Kapitän um.

»Tut mir Leid«, sagte der Kapitän mit einem bedauernden Achselzucken. »Da kann ich nichts machen.«

Fuchs schaute dem Mann für einen kurzen Moment in sein ausdrucksloses, glatt rasiertes Gesicht und verpasste dem Kapitän dann eine krachende Rechte aufs Kinn. Sein Kopf flog zurück, Blut lief aus dem Mund, und er ging zu Boden. Fuchs wandte sich an die mit offenem Mund dasitzende Frau und sagte: »Maximale Beschleunigung. *Sofort*!«

Sie schaute auf den bewusstlosen Kapitän und dann wieder auf Fuchs. »Aber ich kann doch nicht …«

Er riss eine Stablampe aus der Befestigung an der Wand und schwang sie wie einen Knüppel. »Verschwinden Sie von den Kontrollen!«

»Aber …«

»Runter vom Stuhl!«, befahl Fuchs.

Sie sprang auf, trat zur Seite und rutschte an der gekrümmten Steuerkonsole von ihm weg.

»Nodon!«, rief Fuchs.

Der junge Asiate trat durch die offene Luke. Er warf einen nervösen Blick auf den am Boden liegenden Kapitän und dann auf die erschrockene Frau.

»Pass auf, dass niemand die Brücke betritt«, sagte Fuchs und warf ihm die Lampe zu. »Damit verpasst du jedem eine auf die Birne, der versucht, hier reinzukommen.«

Nodon bedeutete der Frau, zur Luke zu kommen, während Fuchs sich auf den Kommandantensitz setzte und die Instrumente studierte. Kein großer Unterschied zur *Starpower* und den anderen Schiffen, mit denen er schon geflogen war.

»Was ist mit dem Kapitän?«, fragte die Frau. Er stöhnte leise und bewegte die Beine.

»Er bleibt da liegen«, sagte Fuchs. »Er wird schon wieder.«

Sie ging, und Nodon schloss die Luke hinter ihr.

»Verriegle sie«, sagte Fuchs.

Der Kapitän setzt sich auf, rieb sich den Hinterkopf und schaute verwirrt auf Fuchs, der an der Steuerung saß.

»Was, zum Teufel, tun Sie da?«, knurrte der Kapitän.

»Ich versuche, meiner Frau das Leben zu retten«, antwortete Fuchs und erhöhte die Beschleunigung des Schiffs auf das Maximum von der Hälfte der Erdschwerkraft.

»Das ist Piraterie!«, rief der Kapitän.

Fuchs schwang auf dem Kommandantensitz herum. »Ja«, sagte er mit gepresster Stimme. »Piraterie. Die nimmt dieser Tage überhand.«

Kapitel 38

»Er hat *was*?« Hector Wilcox glaubte sich verhört zu haben.

»Er hat die *Lubbock Lights* in seine Gewalt gebracht«, sagte Zar. Er wirkte perplex. »Er beschleunigt mit Höchstgeschwindigkeit nach Ceres. Die Flugsicherung hat ihn zur Aufgabe aufgefordert, doch er beachtet sie nicht.«

Wilcox sank auf dem Schreibtischstuhl zusammen. »Mein Gott, der Mann ist ein Pirat.«

»Es hat zumindest den Anschein«, pflichtete Zar ihm halbherzig bei. »Laut den Aussagen unserer Leute auf Ceres ist jemand in Fuchs' Lagerhaus eingebrochen und hat es komplett ausgeräumt. Und man hat einen von seinen Leuten ermordet, die dort arbeiteten. Eine Frau.«

»Seine Frau?«

»Nein, eine Angestellte. Aber Sie können sich vielleicht vorstellen, dass Fuchs so schnell wie möglich zurück nach Ceres will.«

»Das rechtfertigt aber keine Piraterie«, sagte Wilcox ungehalten. »Ich will, dass unsere Leute ihn festnehmen, sobald er auf Ceres eintrifft.«

Zar blinzelte seinen Chef an. »Das sind nur Fluglotsen und keine Polizisten.«

»Das ist mir egal«, sagte Wilcox streng. »Ich werde nicht zulassen, dass diese Leute sich über IAA-Vorschriften hinwegsetzen. Das ist eine Frage des Prinzips!«

Diane Verwoerd hatte den Morgen überwiegend damit verbracht, ihr Apartment nach Wanzen zu durchsuchen. Sie fand aber keine, was sie beunruhigte. Sie war sich sicher, dass Humphries ihre Unterkunft hatte verwanzen lassen; wie hätte er sonst über ihre Aktivitäten im Bild sein sollen? Trotzdem fand sie keine Mikrofone oder Mikrokameras, die sich vielleicht in den Lüftergittern oder sonst wo hätten verstecken können.

Ob Martin mit *Bandung Associates* nur einen Versuchsballon gestartet hatte? Sie war eigentlich der Ansicht gewesen, dass sie ihre Spuren gut verwischt hätte, aber vielleicht war es doch keine so gute Idee gewesen, ihre Scheinfirma ausgerechnet nach der Stadt zu benennen, aus der ihre Mutter stammte.

Wie auch immer, sagte sie sich. Martin weiß, dass ich ihm ein paar ergiebige Asteroiden abgeluchst habe, und er ist bereit, mir das durchgehen zu lassen – wenn ich sein geklontes Baby für ihn austrage.

Sie schauderte bei der Vorstellung, ein fremdes Wesen in ihrem Bauch zu tragen. Das ist wie die Horrorvideos über außerirdische Invasoren, die wir als Kinder angeschaut hatten, sagte sie sich. Zumal sie auch schon schlimme Geschichten über Frauen gehört hatte, die geklonte Föten ausgetragen hatten. Das war nämlich etwas anderes, als ein normales Baby auszutragen. Dem Vernehmen nach schwollen die Nachgeburten so stark an, dass sie die Frau bei der Geburt töten konnten.

Doch im rationalen Teil ihres Bewusstseins sah sie auch ein paar mögliche Vorteile. Abgesehen vom finanziellen Aspekt könnte mir das eine Machtposition gegenüber Martin Humphries verschaffen, sagte sie sich. Als die Mutter seines Klons würde ich eine Sonderstellung einnehmen. Vielleicht bekomme ich sogar einen Sitz im Vorstand, wenn ich es geschickt anstelle.

Falls ich es überlebe, sagte sie sich mit einem neuerlichen Schauder.

Dann dachte sie an Harbin. Unter dieser ganzen eisernen Selbstbeherrschung steckt ein brodelnder Vulkan, wie sie herausgefunden hatte. Wenn ich ihn richtig zu nehmen weiß, macht er Männchen und frisst mir aus der Hand. Er wäre der richtige Mann an meiner Seite, vor allem wenn ich nach der Geburt des Babys auf Konfrontationskurs mit Martin gehe.

Das Baby. Sie runzelte die Stirn bei dem Gedanken und fragte sich, soll ich Dorik davon erzählen? Irgendwann würde ich es sowieso tun müssen. Aber jetzt noch nicht. Noch nicht. Er ist zu besitzergreifend, zu Macho, um zu akzeptieren, dass ich das Baby eines anderen austrage, während ich mich von ihm vögeln lasse. Ich werde diese kleine Information sehr sorgfältig handhaben müssen.

Sie wanderte rastlos im Apartment umher, zerbrach sich den Kopf und starrte dabei die Wände und die Decke an, als ob sie die elektronischen Wanzen durch schiere Willenskraft enttarnen könnte. Martin schnüffelt mir hinterher, dessen war sie sich sicher. Er hat mich dabei beobachtet, wie ich es mit Dorik getrieben habe.

Mit einem entsagungsvollen Seufzer beschloss sie, sich professioneller Hilfe bei der Untersuchung des Apartments zu bedienen. Das Problem ist nur, sagte sie sich, dass alle mir bekannten Experten *HSS*-Mitarbeiter sind. Ob ich darauf vertrauen kann, dass sie ihre Arbeit auch richtig machen?

Dann fiel ihr eine Alternative ein. Doug Stavenger muss ein paar Experten in Selenes Stammbevölkerung haben. Ich werde Stavenger um Hilfe bitten.

Beide IAA-Fluglotsen erwarteten die Rückkehr von Fuchs in der Höhle, die als Empfangsbereich des Raumhafens von Ceres diente. Er hatte die *Lubbock Lights* im Orbit um den Asteroiden verlassen, das Schiff wieder seinem Kapitän übergeben und war mit einem Zubringer zur Oberfläche geflogen. Die beiden Lotsen verließen ihren Posten im engen IAA-Kontrollzentrum und gingen in den Empfangsbereich, um ihn zu stellen.

Als Fuchs aus dem mit Druck beaufschlagten Tunnel trat, der den Zubringer mit der kahlen Felsenkammer verband, räusperte die Senior-Fluglotsin, eine Mittdreißigerin mit rotem Haar und einem speziellen Ruf bei den Männern, die den Pub frequentierten, sich nervös und sagte:

»Mr. Fuchs, die IAA verlangt, dass Sie sich wegen des Vorwurfs der Piraterie den Behörden stellen.«

Fuchs ignorierte sie und ging zum Tunnel, der zu den unterirdischen Quartieren führte. Sie schaute auf ihren Partner, einen stämmigen jungen Mann mit rundem Gesicht, hoher Stirn und einem langen Pferdeschwanz, der ihm bis zur Mitte des Rückens reichte. Sie beide nahmen die Verfolgung von Fuchs auf.

»Mr. Fuchs, bitte machen Sie es uns nicht unnötig schwer«, sagte er.

»Ich will es Ihnen sogar ganz leicht machen«, sagte Fuchs und wirbelte beim Gang durch den Tunnel dunkelgraue Staubwolken auf. »Verschwinden Sie und lassen Sie mich in Ruhe.«

»Aber, Mr. Fuchs …«

»Ich habe nicht die Absicht, mich Ihnen oder sonst jemandem zu stellen. Lasst mich in Ruhe, bevor ihr noch zu Schaden kommt.«

Die beiden blieben so abrupt stehen, dass die wabernden Staubwolken sie bis zu den Knien einhüllten. Fuchs trabte derweil weiter durch den Tunnel in Richtung der Unterkunft und seiner Frau.

Er war nicht mehr die hilflose Marionette, die an Martin Humphries' Schnüren hing und ständig von ihm hin und her gerissen wurde. Die Wut war zwar noch da, doch nun war sie eiskalt und kalkuliert. Er hatte die Zeit im Transit nach Ceres mit Berechnungen, Planungen und Vorbereitungen verbracht. Nun wusste er genau, was er zu tun hatte.

Es stand kein Posten an der Tür. Mit zitternden Händen schob Fuchs sie auf. Und da saß Amanda am Schreibtisch und machte vor Überraschung große Augen.

»Lars! Es hat mir niemand gesagt, dass du angekommen bist!« Sie sprang vom Stuhl auf und schlang ihm die Arme um den Hals.

»Geht es dir gut?«, fragte er, nachdem er sie geküsst hatte. »Hat dir auch niemand etwas getan?«

»Ich bin in Ordnung, Lars«, sagte sie. »Und du?«

»Die IAA bezichtigt mich der Piraterie. Sie werden mich wahrscheinlich festnehmen und für eine Verhandlung nach Selene zurückbringen wollen.«

Sie nickte ernst. »Ja, ich habe eine entsprechende Benachrichtigung erhalten. Lars, du hättest das Schiff nicht übernehmen dürfen. Mir ist schon nichts passiert.«

Trotz des ganzen Ärgers grinste er sie an. Wo er sie nun in den Armen hielt, lösten seine Ängste sich in Wohlgefallen auf. »Ja«, hauchte er, »du bist mehr als in Ordnung.«

Amanda erwiderte sein Lächeln. »Die Tür ist noch auf«, sagte sie zu ihm.

Er löste sich von ihr, doch anstatt die Tür zu schließen, ging er zum Schreibtisch. Der Wandbildschirm zeigte ein Formular ihrer Versicherungsgesellschaft. Fuchs überflog es bis zu der Zeile, aus der hervorging, dass man ihre Police storniert hatte und löschte den Bildschirm.

»Ich muss zum Lagerhaus«, sagte er. »Nodon wird dort schon auf mich warten.«

»Nodon?«, fragte Amanda. »Georges Partner?«

»Ja«, sagte Fuchs und rief Helvetias Personaldatei auf. »Er hat mit uns an dieser Farce von einer Anhörung in Selene teilgenommen.«

»Ich weiß.«

Er schaute zu ihr auf und fragte: »Wer von diesen Leuten war Zeuge von Ingas Ermordung?«

»Oscar Jiminez«, sagte Amanda, zog den zweiten Stuhl im Raum heran und setzte sich neben ihn.

»Ich muss mit ihm sprechen«, sagte Fuchs. Er erhob sich vom Stuhl und ging zur Tür; Amanda blieb sitzen.

Nodon wartete vor der Lagerhalle auf ihn. Unbehaglich und gereizt bestellte Fuchs Jiminez und die beiden anderen Helvetia-Mitarbeiter, beides junge Männer, zu sich. Als sie sich alle im kleinen Büro des Lagerhauses versammelt hatten, war der Ort überfüllt und erwärmte sich durch die zusammengedrängten Körper. Der schmächtige Jiminez stand mit großen Augen zwischen den beiden anderen Männern.

»In ein oder zwei Tagen«, sagte Fuchs ihnen, »werden wir zum HSS-Lagerhaus gehen und das Material zurückholen, das sie uns gestohlen haben.«

Die Männer schauten sich nervös an. »Und wir werden die Männer zur Verantwortung ziehen, die Inga ermordet haben«, fügte er hinzu.

»Sie sind verschwunden«, sagte Jiminez vor Anspannung eine Tonlage höher.

»Verschwunden?«

»Am Tag nach dem Überfall aufs Lagerhaus«, sagte einer der älteren Männer. »Neun HSS-Mitarbeiter sind auf einem ihrer Schiffe abgeflogen.«

»Mit welchem Ziel?«, wollte Fuchs wissen. »Selene?«

»Das wissen wir nicht. Vielleicht ist es zur Erde geflogen.«

»Wir werden sie nie mehr erwischen, wenn sie auf der Erde sind«, murmelte Fuchs.

»Sie haben eine neue Gruppe mit dem Schiff hergebracht, mit dem die anderen abgeflogen sind«, sagte der andere Mann, ein durchtrainiert wirkendes Weltergewicht mit einem militärischen Kurzhaarschnitt und Juwelen-Piercings in Nase, Augenbrauen und Ohrläppchen.

»Ich vermute, dass sie das *HSS*-Lagerhaus bewachen«, sagte Fuchs und schaute Nodon an. Der sagte nichts und hörte nur zu.

Der junge Mann nickte.

»Also gut«, sagte Fuchs und holte tief Luft. »Wir werden folgendermaßen vorgehen.«

»Es kommt nicht darauf an, was du weißt«, sagte er ihr immer wieder. *»Es kommt darauf an, wen du kennst.«*

Joyce machte eine Karriere von der Pflückerin zur leitenden Angestellten einer der großen Farmmanagement-Gesellschaften. Bewaffnet mit ihrem Abschluss in Computerwissenschaften hatte sie den Mut aufgebracht, den jungen Mann, der das örtliche Büro der Gesellschaft leitete, um einen Job zu bitten. Er bot ihr an, die Möglichkeiten beim Abendessen in seinem Wohnmobil zu sondieren. Sie landeten an jenem Abend in seinem Bett. Sie bekam den Job und lebte die nächsten beiden Jahre mit dem jungen Mann zusammen, der sie ständig an das *»große amerikanische Gewusst wer«* erinnerte.

Als Joyce schließlich seinen Rat befolgte und ihn wegen eines älteren Mannes verließ, der zufällig Topmanager bei Humphries Space Systems war, war der junge Mann schockiert und desillusioniert.

»Aber ich habe doch nur das getan, was du mir die ganze Zeit geraten hast«, erinnerte Joyce ihn.

»Ja«, gestand er geknickt. *»Ich hätte nur nicht gedacht, dass du meinen Rat so wörtlich nehmen würdest.«*

Joyce blieb solange bei dem Topmanager, bis sie eine Stelle im HSS-Hauptquartier in Selene ergattert hatte. Dann verließ sie die müde alte Erde und zog auf den Mond um.

Kapitel 39

Es vergingen zwei Tage.

Amanda versuchte in dieser Zeit herauszufinden, was ihr Mann vorhatte, doch ohne Erfolg. Fest stand nur, dass Lars irgendetwas plante; er heckte einen Plan aus, um es Humphries heimzuzahlen, aber erwähnte ihn ihr gegenüber mit keinem Wort.

Lars ist ein anderer Mensch geworden, sagte sie sich. Ich erkenne ihn kaum noch wieder. Er ist wie ein wildes Tier, das in einen Käfig eingesperrt ist, rastlos in ihm umherstreift und nur auf eine Möglichkeit zum Ausbruch wartet. Er ist felsenfest entschlossen, sich an den Leuten zu rächen, die sein Lagerhaus geplündert und Inga getötet haben, aber mir sagt er keinen Ton davon.

Im Bett entspannte er sich zwar etwas, aber er hielt sich trotzdem bedeckt. »Das einzige Gesetz da draußen ist das Gesetz, das wir selbst durchsetzen«, sagte er, als er in der Dunkelheit neben ihr lag. »Wenn wir uns nicht zur Wehr setzen, wird er uns alle zu seinen Sklaven machen.«

»Lars, er hat ausgebildete Söldner angeheuert. Profikiller«, sagte Amanda flehentlich.

»Abschaum«, antwortete ihr Mann. »Ich weiß, wie ich mit Abschaum umgehen muss.«

»Sie werden dich töten!«

Er drehte sich zu ihr um, und sie spürte die Wärme, die von seinem Körper ausstrahlte. »Amanda, mein Liebling, sie wollen mich sowieso töten. Das ist es, was er im Endeffekt will. Humphries will mich tot sehen, und er wird erst dann zufrieden sein, wenn ich getötet wurde und du ihm auf Gedeih und Verderb ausgeliefert bist.«

»Aber wenn du doch nur …«

»Dann sollte ich wenigstens zuschlagen, wenn und wo er es nicht erwartet«, sagte Fuchs und griff nach ihr. »Sonst würden wir hier nur darauf warten, wie Schafe zur Schlachtbank geführt zu werden.«

»Aber was willst du überhaupt tun? Was hast du …?«

Er legte ihr den Finger auf die Lippen und brachte sie so zum Schweigen. »Es besser, wenn du von nichts weißt, mein Liebling. Ich darf dich da nicht mit hineinziehen.«

Dann liebte er sie wild und leidenschaftlich. Sie genoss seine Leidenschaft, aber sie spürte, dass nicht einmal der wildeste Sex ihn von seinem Ziel abzubringen vermochte. Er würde *HSS* angreifen, Humphries angreifen und Rache für die Morde üben, die sie begangen hatten. Und er würde sich dabei selbst umbringen, dessen war sie sicher.

Seine scheuklappenartige Fixierung auf dieses eine Ziel ängstigte Amanda bis in die Tiefen ihres Seins. Nichts wird ihn auch nur einen Zentimeter davon abbringen, wurde sie sich bewusst. Er stürzt sich in den Tod.

Am Morgen des dritten Tages sah sie, dass eine Nachricht vom IAA-Hauptquartier auf der Erde eingegangen war. Ein Schiff mit einer Abteilung Blauhelmsoldaten war nach Ceres geschickt worden. Ihr Auftrag bestand darin, Lars Fuchs festzunehmen und ihn zur Erde zu bringen, wo er wegen Piraterie angeklagt werden sollte.

Fuchs lächelte grimmig, als sie ihm die Nachricht zeigte.

»Piraterie.« Er spie das Wort förmlich aus. »Er zerstört Schiffe und plündert und mordet, und sie sagen, ich hätte keinen Beweis dafür. Und dann beschuldigen sie *mich* der Piraterie.«

»Geh mit ihnen«, riet Amanda ihm. »Ich werde mit dir kommen. Du kannst ihnen doch sagen, du wärst im Zustand äußerster Erregung gewesen. Das werden sie sicher verstehen …«

»Wenn Humphries die Strippen zieht?«, sagte er schroff. »Sie werden mich hängen.«

Amanda musste einsehen, dass es hoffnungslos war.

Fuchs saß im leeren Helvetia-Lagerhaus und ging mit Nodon seinen Plan durch.

»Es hängt nun alles von den Leuten ab, die du rekrutiert hast«, sagte er.

Nodon pflichtete ihm mit einem Kopfnicken bei.

Die beiden Männer saßen am Schreibtisch direkt neben dem Eingang des Lagerhauses in einem Lichtkegel der einzigen Deckenlampe, die in der ansonsten dunklen Höhle noch leuchtete. Die Regale waren leer, und es war sonst niemand hier. Vom Eingang führte der Tunnel leicht abschüssig zu den Wohnquartieren und der Lebenserhaltungsausrüstung; in der entgegengesetzten Richtung ging es zum *HSS*-Lagerhaus und dem Empfangsbereich, wo ankommende Personen und Fracht sowie abgehende Flüge abgefertigt wurden.

»Und du bist wirklich sicher, dass die Männer zuverlässig sind?«, fragte Fuchs nun schon zum zehnten Mal an diesem Abend.

»Ja«, erwiderte Nodon geduldig. »Es sind Männer *und* Frauen; die meisten von ihnen stammen aus Familien, die ich seit vielen Jahren kenne. Sie sind ehrwürdige Leute und werden tun, was du ihnen sagst.«

»Ehrwürdig«, murmelte Fuchs. Ehre bedeutete, dass eine Person dein Geld nahm und andere Menschen verletzte, ja sogar ermordete, um sich diese Löhnung zu verdienen. Ich habe Auftragskiller angeheuert, sagte er sich. Genauso wie Humphries es getan hat. Den Teufel kann man leider nur mit dem Beelzebub austreiben.

»Sie wissen, was sie zu tun haben?«

Nodon lächelte, was er nur selten tat. »Ich habe es ihnen oft genug erklärt. Sie mögen die europäischen Sprachen zwar nicht sehr gut beherrschen, aber sie haben durchaus verstanden, was ich ihnen gesagt habe.«

Fuchs nickte. Er war fast zufrieden. Über Nodon hatte er sechs Asiaten angeheuert, vier Männer und zwei Frauen. Pancho war damit einverstanden gewesen, dass sie in einem *Astro*-Frachter nach Ceres flogen, und nun warteten sie im halbfertigen Habitat, das den Asteroiden umkreiste. Soweit es Pancho oder sonst jemanden betraf, waren sie angestellt worden, um den Bau des Habitats wieder aufzunehmen. Nur Fuchs und Nodon – und die sechs selbst – wussten Bescheid.

»In Ordnung«, sagte Fuchs und kämpfte gegen die Zweifel und Befürchtungen an, die gegen ihn anbrandeten. »Also um Mitternacht.«

»Mitternacht«, bestätigte Nodon.

»Wir müssen die Sache erledigen«, fügte Fuchs mit einem grimmigen Lächeln hinzu, »bevor die Friedenstruppen eintreffen.«

»Wir werden es schaffen«, sagte Nodon zuversichtlich.

Ja, sagte Fuchs sich, diese Angelegenheit wird in ein paar Stunden erledigt sein – auf die eine oder andere Art.

Das Restaurant war das, was einem Pub auf Ceres am nächsten kam: Verkaufsautomaten boten Snacks und sogar vollwertige, mikrowellengeeignete Mahlzeiten an.

Fuchs führte Amanda an diesem Abend zum Essen aus, was eher untypisch für ihn war. Im Pub herrschte

346

normalerweise ein ziemlicher Lärm, doch an diesem Abend waren die Leute recht still; alle verharrten in gespannter Erwartung.

Das machte Fuchs Sorgen. War die Kunde von seinem geplanten Angriff etwa durchgesickert? Vielleicht warteten Humphries' Leute schon auf ihn, und dann würde er seine Leute vielleicht in eine Falle führen. Ihm gingen all diese Möglichkeiten durch den Kopf, während er lustlos im Essen stocherte.

Amanda beobachte ihn mit sorgenvoller Miene. »Du hast nicht mehr richtig gegessen, seit du von Selene zurückkommen bist«, sagte sie in einem eher besorgten als vorwurfsvollen Ton.

»Ja, da hast du wohl Recht.« Er versuchte ein beiläufiges Achselzucken. »Dafür schlafe ich aber gut. Dank dir.«

Selbst im schummrigen Licht sah er, dass sie rote Wangen bekam. »Versuch nur nicht, das Thema zu wechseln, Lars.« Aber sie lächelte dabei.

»Überhaupt nicht. Ich wollte nur …«

»Hättet ihr etwas dagegen, wenn ich mich zu euch setze?«

Sie schauten auf und sahen Kris Cardenas mit einem Tablett in beiden Händen.

»Nein, natürlich nicht«, sagte Amanda. »Setz dich zu uns.«

Cardenas stellte das Tablett auf den Tisch. »Es ist ganz schön voll hier heute Abend«, sagte sie und nahm auf dem freien Stuhl zwischen ihnen Platz.

»Aber merkwürdig still«, sagte Amanda. »Als ob die Leute hier auf einem Begräbnis wären.«

»Die Friedenstruppen sollen morgen ankommen«, sagte Cardenas und stach mit der Gabel in den Salat. »Das ist für niemanden ein Grund zur Freude.«

»Ach so«, sagte Fuchs mit einem Gefühl der Erleichterung. »Deshalb sind alle so schlecht drauf.«

»Die Leute befürchten, dass das vielleicht die Ouvertüre für eine Übernahme ist«, sagte Cardenas.

»Übernahme?« Diese Vorstellung schien Amanda zu erschrecken. »Wer sollte wohl die Kontrolle über Ceres übernehmen? Etwa die IAA?«

»Oder die Weltregierung.«

»Die Weltregierung? Die hat doch gar keine Befugnisse jenseits des geosynchronen Erdorbits.«

Cardenas zuckte die Achseln. »Es sind jedenfalls ihre Friedenstruppen, die morgen hier eintreffen.«

»Sie haben es auf mich abgesehen«, sagte Fuchs missmutig.

»Was hast du nun vor?«, fragte Cardenas.

»Ich werde jedenfalls nicht gegen die Friedenstruppen kämpfen«, sagte Fuchs und schaute Amanda in die Augen.

Cardenas kaute für eine Weile nachdenklich, schluckte und sagte dann: »In Selene haben wir es getan.«

»Was willst du damit andeuten, Kris?«, fragte Amanda schockiert.

»Nichts. Überhaupt nichts. Ich wollte damit nur sagen, dass sechs Blauhelmsoldaten in ihren schmucken Uniformen nicht Manns genug sind, um dich zu zwingen, sie zur Erde zu begleiten, Lars. Nicht, wenn du nicht gehen willst.«

»Du meinst, wir sollten gegen sie kämpfen?«, sagte Amanda mit vor Furcht zitternder Stimme.

Cardenas beugte sich zu ihr hinüber und erwiderte: »Ich meine, dass ich die Namen von hundert, gar hundertfünfzig Felsenratten nennen könnte, die dich hier gegen die Friedenstruppen beschützen würden, Lars. Du musst nicht mit ihnen gehen, wenn du das nicht willst.«

»Aber sie sind bewaffnet! Sie sind ausgebildete Soldaten!«

»Sechs Soldaten gegen die halbe Bevölkerung von

Ceres? Sogar mehr als die Hälfte? Glaubst du wirklich, dass sie auf uns schießen würden?«

Amanda schaute auf Fuchs und dann wieder auf Cardenas. »Würden sie nicht einfach weitere Truppen schicken, wenn diese sechs erfolglos zurückkehren?«

»Wenn sie das versuchten, würde ich darauf wetten, dass Selene uns zu Hilfe käme.«

»Wieso sollte Selene …?«

»Weil«, erklärte Cardenas, »falls die Weltregierung Ceres übernimmt, Selene annehmen müsste, dass sie die Nächsten wären. Bedenkt, dass die Weltregierung es schon einmal versucht hat.«

»Und gescheitert ist«, sagte Fuchs.

»Es gibt aber immer noch ein paar Spinner auf der Erde, die glauben, dass ihre Regierung auch Selene kontrollieren sollte. Überhaupt alle Menschen im ganzen Sonnensystem.«

Fuchs schloss die Augen; seine Gedanken jagten sich. Er hatte nicht einmal ansatzweise mit dem Gedanken gespielt, dass Selene in seine Auseinandersetzung verwickelt werden würde. Das könnte zu einem Krieg führen, erkannte er. Zu einem ausgewachsenen Krieg mit Blutvergießen und Zerstörung.

»Nein«, sagte er laut.

Beide Frauen wandten sich zu ihm um.

»Ich will nicht der Anlass für einen Krieg sein«, sagte Fuchs.

»Dann wirst du dich morgen also den Friedenstruppen stellen?«, fragte Cardenas.

»Ich will nicht der Auslöser für einen Krieg sein«, wiederholte er.

Nach dem Essen gingen Fuchs und Amanda wieder in ihre Unterkunft. Sie stützte sich schwer auf seinen Arm und gähnte herzhaft.

»Mein Gott, ich weiß gar nicht, wieso ich mich auf einmal so schlapp fühle«, nuschelte sie.

Fuchs wusste es aber. Als Cardenas sich zu ihnen setzte, hatte er schon befürchtet, dass es ihm nicht mehr gelänge, seiner Frau das Barbiturat in den Wein zu schütten. Aber er hatte es geschafft; Kris hatte nichts gesehen, und nun schlief Amanda praktisch in seinen Armen ein.

Sie war viel zu müde, um auch nur noch an Sex zu denken. Er half ihr beim Ausziehen, und als sie den Kopf aufs Kissen bettete, war sie schon eingeschlafen.

Für eine Weile schaute Fuchs auf seine schöne Frau, und ihm traten Tränen in die Augen.

»Auf Wiedersehen, mein Liebling«, flüsterte er. »Ich weiß nicht, ob ich dich jemals wiedersehen werde. Ich liebe dich viel zu sehr, als dass ich es zulassen würde, dass du dein Leben für mich riskierst. Schlaf, meine Liebste.«

Dann drehte er sich abrupt um und verließ ihr Apartment. Er schloss sorgfältig die Tür ab, trat hinaus in den Tunnel und ging zum Lagerhaus, wo seine Leute warteten.

Kapitel 40

Oskar Jiminez war sichtlich besorgt, als Fuchs Nodon und vier weitere Mitarbeiter durch den Tunnel zum *HSS*-Lagerhaus führte.

»Wir sind nur zu sechst«, sagte er mit leiser und zittriger Stimme, als er neben Fuchs durch den staubigen Tunnel schlurfte. »Es ist zwar schon nach Mitternacht, aber sie haben wahrscheinlich trotzdem mindestens zehn Leute im Lagerhaus.«

Fuchs und Nodon waren mit voll aufgeladenen Handlasern bewaffnet. Die anderen mit Profilen aus Asteroidenstahl, die sie von den leeren Regalen im Helvetia-Lagerhaus abmontiert hatten. Und alle trugen Atemmasken, um den Staub zu filtern, den sie beim zielstrebigen Marsch durch den Tunnel aufwirbelten.

»Keine Sorge«, beruhigte Fuchs ihn. »Du wirst schon nicht kämpfen müssen. Wenn alles so läuft, wie ich es geplant habe, wird es keinen Kampf geben.«

»Aber wieso …?«

»Du sollst den Mann identifizieren, der Inga ermordet hat.«

»Er wird nicht da sein«, sagte der Teenager. »Sie sind abgehauen. Das habe ich Ihnen doch schon gesagt.«

»Vielleicht. Wir werden sehen.«

»Außerdem trugen die Verbrecher Atemmasken und eine Art von Hut. Ich könnte den Kerl gar nicht identifizieren, selbst wenn ich ihn sehen würde.«

»Wir werden sehen«, wiederholte Fuchs.

Fuchs wies sie an, an einer der Sicherheitsschleusen stehen zu bleiben, die alle paar hundert Meter im Tunnel installiert waren. Er nickte einem der Männer zu, einem Lebenserhaltungstechniker, worauf der die Abdeckung über den Sensoren der Luke abmontierte.

Fuchs bedeutete seinen Leuten, durch die offene Luke zu gehen, während der Techniker die Sensoren manipulierte.

»Ich hab's«, sagte er schließlich.

Plötzlich ertönte ein Alarm im Tunnel. Fuchs zuckte unwillkürlich zusammen, obwohl er mit dem durchdringenden Geräusch schon gerechnet hatte. Der Techniker schlüpfte im letzten Moment durch die Luke, bevor sie automatisch zuschlug.

»Schnell!«, rief Fuchs und rannte durch den Tunnel.

Ein halbes Dutzend verwirrter HSS-Leute standen vor dem Eingang zum Lagerhaus im Tunnel und ließen den Blick in beide Richtungen schweifen, als ob sie nach dem Ursprung des Alarms suchten. Sie waren in hellbraune Overalls gekleidet, auf denen das HSS-Logo prangte; keiner von ihnen trug eine Atemmaske.

»He, was ist denn los?«, rief einer von ihnen, als er Fuchs und die anderen in einer Staubwolke auf sich zu rennen sah.

Fuchs richtete den Laser auf sie. Er war unhandlich, vermittelte ihm aber ein Gefühl der Sicherheit.

»Nicht bewegen!«, sagte er.

Fünf von den sechs blieben wie angewurzelt stehen. Zwei hoben sogar die Hände über den Kopf.

Doch der Sechste knurrte: »Was, zum Fuck, glaubst du, was du hier für eine Show abziehst?« Er schickte sich an, durch den Eingang ins Lagerhaus zu verschwinden.

Und das zu verhindern, schoss Fuchs ihm ins Bein. Der Laser knisterte einmal, und der Mann jaulte auf und fiel mit dem Gesicht in den Staub. Ein qualmender schwarzer Fleck erschien auf dem Bein des Overalls. Unwillkürlich staunte Fuchs, dass der Laser keinen Rückstoß hatte, dass er weder rauchte noch nach Pulver roch.

Sie trieben die sechs Leute ins Lagerhaus, wobei zwei ihren verwundeten Kameraden mitschleppten. Zwei weitere *HSS*-Leute saßen am Computer und versuchten herauszufinden, was den Alarm ausgelöst hatte, wo alle Lebenserhaltungssysteme doch im grünen Bereich waren. Sie wurden völlig überrascht und hoben die Hände über die Köpfe, als Fuchs den Laser auf sie anlegte.

Sie schauten grimmig, als ihnen bewusst wurde, dass sie Gefangene waren. Fuchs befahl ihnen, sich auf den Boden zu setzen und die Hände auf die Knie zu legen.

Vier kleine Zugmaschinen standen direkt am Eingang des Lagerhauses. Fuchs wählte vier Leute aus, um sie zu starten; dann gingen sie durch die Gänge, nahmen alles mit, das so aussah, als ob es aus dem Helvetia-Lagerhaus stammte und luden es auf die Schlepper.

»Inzwischen dürften ein paar Dutzend von unseren Leuten auf dem Weg hierher sein«, sagte der Mann, den Fuchs angeschossen hatte. Er saß mit seinen Kameraden auf dem Boden und umklammerte mit beiden Händen das Bein. Fuchs sah kein Blut aus der Wunde austreten. Der Laserpuls verschmort das Fleisch beim Eindringen nur, erinnerte er sich.

»Niemand ist hierher unterwegs«, sagte er zu dem Verwundeten. »Der Alarm ist nur in diesem Abschnitt des Tunnels ausgelöst worden. Eure Freunde schlummern selig in ihren Quartieren.«

Schließlich waren die beladenen Zugmaschinen draußen im Tunnel geparkt: Auf den Ladeflächen stapelten sich Kisten und Kartons mit dem Helvetia-Emblem.

»Ich glaube, das wäre alles«, sagte einer von Fuchs' Männern.

»Noch nicht ganz«, sagte Fuchs. Er wandte sich an

Jiminez und fragte: »Erkennst du irgendeinen dieser Männer wieder?«

Der Junge wirkte verängstigt. Er schüttelte Kopf. »Wie ich Ihnen schon gesagt habe, trugen sie Atemmasken. Und so komische Hüte.«

»Der hier vielleicht?« Fuchs tippte auf die Schulter des Manns, den er angeschossen hatte.

»Ich weiß nicht!«, winselte Jiminez.

Fuchs holte tief Luft. »In Ordnung. Bringt die Schlepper zurück in unser Lagerhaus.«

Jiminez flitzte in den Tunnel; er war heilfroh, dass er endlich die Mücke machen konnte.

»Ihr glaubt doch nicht etwa, dass ihr damit durchkommt?«, knurrte der Verwundete. »Wir werden euch dafür in Stücke reißen. Und wir lassen dich zusehen, wie wir deine Frau vergewaltigen. Wir werden es ihr …«

Fuchs wirbelte herum und trat ihm ins Gesicht, sodass er auf den Rücken fiel. Die anderen wichen zurück. »Nicht bewegen!«, rief Nodon und richtete den Laser auf sie.

Rasend vor Wut rannte Fuchs zu einem der Behälter an der Wand und zog eine Rolle Kupferdraht heraus. Er steckte den Laser in den Gürtel, wickelte das eine Ende des Drahts ein paarmal um den Hals des stöhnenden, halb bewusstlosen Manns und zerrte ihn dann auf ein Hochregal zu. Der Mann hustete, und Blut quoll ihm zwischen den eingeschlagenen Zähnen hervor.

Die anderen schauten mit großen Augen zu, wie Fuchs den Draht um den Hals des Manns verknotete und das andere Ende um einen der Stahlträger warf, der das Gestell stützte. Er zog fest am Draht, und der Verwundete wurde hochgehievt. Die Augen traten ihm aus den Höhlen, und er versuchte mit beiden Händen den Draht zu lösen, der ihm in den Hals schnitt. Er wog zwar nur ein paar Kilo in Ceres' leichter Schwerkraft, doch das genügte schon, um den Kehlkopf zu quetschen und ihm die Luft abzuschnüren.

Außer sich vor Wut wirbelte Fuchs zu den anderen HSS-Leuten herum, die im Staub saßen und zuschauten, wie ihr Anführer wild um sich schlug und nach Luft schnappte. Er zappelte mit den Beinen, und ein seltsames, unmenschliches Gurgeln entrang sich seinem blutigen Mund.

»Seht her!«, brüllte Fuchs sie an. »Seht her! So ergeht es jedem, der meine Frau bedroht. Wenn einer von euch meine Frau auch nur *ansieht*, werde ich ihm die Eingeweide mit bloßen Händen herausreißen!«

Das Zappeln des hängenden Manns wurde schwächer. Er verlor die Kontrolle über Blase und Darm und entleerte sie gleichzeitig. Gestank durchzog die Halle. Die Männer auf dem Boden starrten reglos und mit offenem Mund. Sogar Nodon schaute ebenso entsetzt wie fasziniert zu.

»Kommt«, sagte Fuchs schließlich. »Wir sind hier fertig.«

Kapitel 41

Diane Verwoerd lag gerade mit Dorik Harbin im Bett, als das Telefon summte und auf dem Wandbildschirm in leuchtend gelben Lettern WICHTIGE NACHRICHT blinkte.

Sie löste sich aus seiner Umklammerung und setzte sich auf.

»Es ist fast zwei«, grummelte er. »Bist du denn immer im Dienst?«

Diane schaute aber schon auf das angsterfüllte Gesicht des Anrufers und lauschte seinen atemlosen, kaum zusammenhängenden Worten. Dann zeigte der Bildschirm einen Mann, der am Hals aufgehängt war – die Augen waren ihm aus den Höhlen gequollen, und die Zunge hing ihm in geradezu obszöner Manier aus dem Mund.

»Großer Gott«, sagte Harbin.

Verwoerd stand auf und zog sich an. »Ich werde Martin persönlich davon berichten müssen. Das ist nicht die Art von Mitteilung, die man am Telefon macht.«

Humphries war noch wach; er hielt sich allein im großen Spielzimmer des Anwesens auf.

»Es gibt Probleme«, sagte sie beim Betreten des Raums.

Er hatte sich über den Billardtisch gebeugt und hielt einen Queue in der Hand. Humphries hatte viel Zeit darauf verwendet, auf dem Mond Poolbillard spielen zu lernen. Die Schwerkraft von einem Sechstel Ge wirkte sich nur minimal auf die Art und Weise aus, wie die Kugeln rollten oder an der Bande abprallten. Wenn ein Besucher ein paar Runden spielte, stellte er zunächst keinen Unterschied zur Erde fest. Das war der

Zeitpunkt, wo Humphries ihm vorschlug, die nächste Runde um einen geringen Einsatz zu spielen.

»Probleme?«, sagte er voll auf den Stoß konzentriert. Und er gelang ihm; die Kugeln stießen klackend zusammen, eine der bunten Kugeln rollte zu einer Ecktasche und versank darin. Erst dann richtete Humphries sich auf und fragte: »Was für Probleme?«

»Fuchs hat das Lagerhaus überfallen und einen der Männer dort getötet. Er hat ihn aufgehängt.«

Humphries machte große Augen. »Hat ihn aufgehängt? Am Hals?«

»Die anderen haben gekündigt«, fuhr Verwoerd fort. »Sie wollen nicht in diesen Kampf hineingezogen werden.«

Er schnaubte angewidert. »Feige kleine Scheißer.«

»Sie wurden angeheuert, um Leute einzuschüchtern. Sie hätten es aber nie für möglich gehalten, dass Fuchs zurückschlagen würde. Jedenfalls nicht auf diese Art.«

»Und nun erwarten sie wohl auch noch von mir, dass ich ihnen den Rückflug zur Erde bezahle«, sagte Humphries verdrießlich.

»Das ist aber noch nicht alles.«

Er drehte sich um und stellte den Queue ins Gestell zurück. »Nicht? Was denn noch?«

»Fuchs hat ein *Astro*-Schiff gestohlen, die *Lubbock Lights*. Er ist damit …«

»Wie, zum Teufel, konnte er denn ein Schiff stehlen?«, fragte Humphries zornig.

Verwoerd achtete darauf, dass der Billardtisch zwischen ihnen stand. »Laut Aussage des Kapitäns …«

»Derselbe schlaffe Spaghetti, der schon zugelassen hatte, dass Fuchs sein Schiff auf dem Flug nach Ceres übernahm?«

»Dieselbe Person«, erwiderte Verwoerd. »Er hat der IAA gemeldet, dass ein halbes Dutzend Asiaten unter dem Vorwand, Erz zu verladen, an Bord des Schiffs gegangen wären. Sie waren bewaffnet und übernahmen die Kontrolle über das Schiff. Dann sei Fuchs mit noch einem Orientalen von Ceres gekommen – anscheinend handelte sich dabei um den Mann, in dessen Begleitung er bei der Anhörung hier war. Sie verfrachteten den Kapitän und die reguläre Besatzung des Zubringers und schickten sie nach Ceres zurück.«

»Hundesohn«, knurrte Humphries erzürnt.

»Zu dem Zeitpunkt, als die Friedenstruppen eintrafen, war Fuchs schon verschwunden.«

»In einem von Panchos Schiffen.« Er grinste. »Geschieht ihr recht.«

Verwoerd schürzte die Lippen und wog das Risiko, ihn noch mehr aufzuregen mit dem Vergnügen ab, ihn ein wenig auf die Palme zu bringen. »Wenn in rechtlicher Hinsicht der Besitzer einer Sache auch zu neunzig Prozent als deren Eigentümer gilt«, sagte sie, »ist es nun praktisch sein Schiff und nicht mehr das von *Astro*.«

Er schaute sie wutentbrannt an. Sie verzog keine Miene. Sie wusste, dass auch nur ein Lächeln jetzt eine Explosion auslösen könnte.

Er stand für eine Weile in zornigem Schweigen da; sein Gesicht war rot angelaufen, und die grauen Augen schleuderten Blitze. Dann sagte er: »Dann wollen diese Weicheier, die Sie angeheuert haben, um Fuchs zu verjagen, also kündigen, oder wie?«

»Eigentlich hat Grigor sie angeheuert«, sagte Verwoerd. »Richtig, sie wollen kündigen. Fuchs hat sie gezwungen, zuzusehen, wie er ihren Anführer aufgehängt hat.«

»Und Amanda? Ist sie mit ihm gegangen?«

»Nein, sie ist noch immer auf Ceres«, antwortete Verwoerd mit einem Kopfschütteln. »Anscheinend haben Fuchs' Leute die meisten Gegenstände zurückgeholt, die aus ihrem Lagerhaus entwendet wurden.«

»Er hat sie auf Ceres zurückgelassen? Allein?«

»Er hat den Mann gehängt, weil er eine Drohung gegen sie ausgesprochen hatte. Niemand wird ihr zu nahe kommen, glauben Sie mir.«

»Ich will auch gar nicht, dass jemand ihr zu nahe kommt«, blaffte Humphries. »Ich will, dass sie in Ruhe gelassen wird. Das habe ich ausdrücklich angeordnet!«

»Es hat ihr niemand etwas getan. Sie ist nicht einmal bedroht worden.«

»Bis dieses Arschloch sein großes Maul vor Fuchs aufgerissen hat.«

»Und er hat ihn aufgeknüpft wie einen Verbrecher.«

Humphries stützte sich mit beiden Händen auf den Rand des Billardtischs und ließ den Kopf hängen. Verwoerd vermochte nicht zu sagen, ob er nun von Sorge oder Zorn oder der Last der schlechten Nachricht niedergedrückt wurde.

Schließlich hob er den Kopf und sagte entschieden: »Wir brauchen jemanden, der Fuchs verfolgt. Jemanden, der sich nicht vor einem Kampf fürchtet.«

»Aber es weiß doch niemand, wohin er verschwunden ist«, sagte Verwoerd. »Der Gürtel erstreckt sich über einen riesigen Bereich. Er wird keine Positionsboje aussetzen. Er wird nicht einmal Telemetriedaten senden. Es wird der IAA nicht gelingen, ihn zu finden.«

»Früher oder später wird ihm der Treibstoff ausgehen«, sagte Humphries. »Er wird nach Ceres zurückkehren müssen.«

»Vielleicht«, sagte sie unsicher.

»Suchen Sie jemanden, der fähig ist, ihn zu finden«, sagte Humphries und wies mit dem Finger auf sie, als ob er eine Pistole auf sie richtete. »Und zu töten. Ich brauche jemanden, der zu kämpfen versteht und keine Angst davor hat, dass auch auf ihn geschossen wird.«

»Einen professionellen Soldaten«, sagte Verwoerd.

Humphries lächelte dünn. »Ja. Wie Ihren jungen Rammler.«

Sie hatte von dem Moment an, als sie von Fuchs' Aktion erfuhr, gewusst, dass es darauf hinauslaufen würde. »Ich bin ganz Ihrer Meinung«, sagte sie mit nüchterner und emotionsloser Stimme. »Harbin wäre perfekt für diese Aufgabe geeignet. Aber ...« Sie ließ den unvollendeten Satz zwischen ihnen in der Luft hängen.

»Aber?«, blaffte Humphries. »Aber was?«

»Aber er wird eine viel höhere Bezahlung verlangen als das, was er bisher bekommen hat.«

Er starrte sie für einen Moment an. »Vertreten Sie ihn jetzt etwa schon? Sind Sie seine gottverdammte Agentin?«

Sie zwang sich, ihn anzulächeln. »Lassen Sie mich es so ausdrücken: Ich kenne ihn inzwischen viel besser als noch vor ein paar Wochen.«

Kapitel 42

Während sie mit der *Lubbock Lights* in hohem Tempo von Ceres wegstrebten, machte Fuchs sich erst einmal mit der Besatzung bekannt, die Nodon rekrutiert hatte. Es handelte sich um schweigsame Asiaten mit ausdruckslosen Gesichtern – Mongolen, Nachfahren von Dschingis Khan. Besonders wild sahen sie aber nicht aus; sie machten eher den Eindruck von Kindern. Von Gymnasiasten, die die Schule schwänzten. Aber sie schienen sich mit Fusionsantriebs-Raumschiffen auszukennen.

Alle Fusionsschiffe beruhten auf ein paar grundlegenden Konstruktionskonzepten, wie Fuchs wusste. Die *Lubbock Lights* war zwar ein Frachter, doch er hatte das Schiff mit drei Bergbaulasern bewaffnet, die aus seinem Lagerhaus stammten.

Als sie auf dem Weg waren und mit der Mondschwerkraft von einem Sechstel Ge im Gürtel beschleunigten, rief Fuchs die Besatzung in die Bordküche. Obwohl es mit den sieben Personen ziemlich eng wurde in dem kleinen Raum, nahmen sie Haltung vor ihm an. Ihre dunklen Augen verrieten nicht die geringste Gefühlsregung.

»Ihr wisst, dass wir nun Gesetzlose sind«, sagte er ohne Umschweife. »Piraten. Es gibt keinen Weg zurück.«

»Wir werden Ihnen folgen, Sir«, meldete Nodon sich zu Wort. »Wir haben auch keine andere Wahl mehr.«

Fuchs ließ den Blick über die Gesichter schweifen. Lauter junge Gesichter. Ein paar waren tätowiert, und alle waren an verschiedenen Stellen mit Metallaccessoires gepierct. Und sie waren verbittert wegen der Art und Weise, wie die Welt sie behandelt hatte. Nodon hatte Fuchs ihre Lebensläufe geschildert. Sie stammten alle aus armen Familien, die sich krumm gelegt hatten, um ihre Kinder auf die Universität zu schicken, wo sie lernen sollten, wie man es zu Reichtum bringt. Alle sechs hatten technische Fächer studiert, von Computertechnik über Elektrotechnik bis zu Umweltwissenschaften. Und allen hatte man bei der Aushändigung des Diploms eröffnet, dass es keine Jobs für sie gab. Die Welt geriet aus den Fugen, und ihre Heimatorte wurden wegen der Dürre und den verheerenden Stürmen aufgegeben, die über die ausgedörrten Täler hinwegfegten und das Farmland zerstörten, anstatt es fruchtbar zu machen. Alle sechs Familien wurden Teil des riesigen Elendszugs verhungernder Heimatloser, die im verwüsteten Land umherwanderten und denen nichts anderes übrig blieb, als zu betteln, zu stehlen oder aufzugeben und am Straßenrand zu krepieren.

Das ist ihre Geschichte, sagte Fuchs sich. Gescheiterte Existenzen, die ihren Platz in der Gesellschaft verloren haben, die ihre Familien und ihre Zukunft verloren haben. Desperados.

Er räusperte sich und fuhr fort: »Eines Tages werden wir hoffentlich in der Lage sein, als reiche Männer und Frauen zur Erde zurückzukehren. Doch vielleicht wird dieser Tag auch niemals kommen. Wir müssen das Beste aus unserem Leben machen und die Situationen bewältigen, mit denen wir konfrontiert werden.«

»Genau das tut jeder von uns schon seit über einem Jahr, Sir«, sagte Nodon gemessen. »Lieber ums Überleben kämpfen, als ein elendes Dasein als Bettler oder Prostituierte führen, als getreten und geschlagen zu werden und langsam zu sterben.«

Fuchs nickte. »Also gut. Wir werden uns nehmen, was wir brauchen und was wir wollen. Wir werden uns von niemandem zu Sklaven machen lassen.«

Er wusste selbst, dass das starke Worte waren. Während Nodon sie für die Besatzung dolmetschte, fragte Fuchs sich, ob er selbst überhaupt daran glaubte. Er fragte sich, welcher von diesen Fremden mit ihren ausdruckslosen Gesichtern ihn wohl für einen Judaslohn verraten würde. Er gelangte zu dem Schluss, dass er sich immer den Rücken würde freihalten müssen.

Die Asiaten unterhielten sich untereinander in einem hektischen Geflüster. Dann sagte Nodon: »Es gibt da noch ein Problem, Sir.«

»Ein Problem?«, fragte Fuchs schroff. »Was für ein Problem?«

»Der Name dieses Schiffs. Er ist unpassend. Das ist kein Glück bringender Name.«

Das ist tatsächlich ein saublöder Name, sagte Fuchs sich. *Lubbock Lights*. Er hatte keine Ahnung, wer das Schiff so getauft hatte und wieso.

»Was schlagt ihr denn vor?«, fragte er.

Nodon schaute auf die anderen und sagte: »Das steht nicht in unserem Ermessen, Sir. Sie sind der Kapitän; Sie müssen die Entscheidung treffen.«

Wieder schaute Fuchs auf die ausdruckslosen Gesichter. Trotz ihrer Jugend hatten sie schon gelernt, ihre Gefühle gut zu verbergen. Wie sieht es wohl hinter diesen Masken aus, fragte er sich. Ist das etwa ein Test? Was erwarten sie überhaupt von mir? Doch sicher mehr als nur einen Namen für das Schiff. Sie beobachten mich, versuchen sich ein Urteil über mich zu bilden und mich einzuschätzen. Wenn ich schon ihr Anführer sein soll, muss ich meine Führungsqualitäten auch unter Beweis stellen.

Ein Name für das Schiff. Ein passender, Glück bringender Name.

Ein Wort kam ihm über die Lippen. »*Nautilus*.«

Sie wirkten verwirrt. Wenigstens habe ich ihre Schale leicht angeknackst, sagte Fuchs sich.

»Die *Nautilus* war ein U-Boot, das von ihrem Kapitän und der Besatzung eingesetzt wurde, um Rache an Bösewichtern zu nehmen und ihre Schiffe zu zerstören.«

Nodon runzelte die Stirn und dolmetschte dann für die anderen. Es gab eine kurze Diskussion, doch nach einer Weile nickten sie alle zustimmend. Ein paar lächelten sogar.

»*Nautilus* ist ein guter Name«, sagte Nodon.

Fuchs nickte. »Also heißt das Schiff ab jetzt *Nautilus*.« Er hatte indes nicht die Absicht, sie darüber aufzuklären, dass das U-Boot nur in einem Roman existiert hatte und welches Ende es gefunden hatte – und sein Kapitän.

Amanda wachte mit hämmernden Kopfschmerzen auf. Sie drehte sich um und sah, dass Lars nicht neben ihr im Bett lag. Und der Wandbildschirm sagte, dass ein paar Nachrichten eingegangen waren. Komisch, dass sie das Telefon nicht gehört hatte. Lars muss es stumm geschaltet haben, sagte sie sich.

Sie setzte sich im Bett auf und sah, dass er nicht im Einraum-Apartment anwesend war. Das Herz wurde ihr schwer.

»Lars«, rief sie leise. Keine Antwort. Sie wusste, dass er weg war. Er hat mich verlassen. Dieses Mal für immer.

Die erste Nachricht auf der Liste war von ihm. Sie vermochte den Computer kaum anzuweisen, die Nachricht auf den Bildschirm zu legen, so sehr zitterte ihre Stimme.

Lars saß im Lagerhaus am Schreibtisch und schaute so grimmig wie der Tod. Er trug ein altes pechschwarzes T-Shirt und eine Schlapphose. Sein Blick war unergründlich.

»Meine liebste Amanda«, sagte er. »Ich muss dich

leider verlassen. Wenn du diese Nachricht liest, werde ich schon weg sein. Es gibt keine andere Möglichkeit, jedenfalls keine, die ich sehe. Geh nach Selene, wo Pancho dich zu beschützen vermag. Und was immer du auch von mir hörst, vergiss nie, dass ich dich liebe. Was immer ich auch getan habe oder noch tun werde, ich tue es, weil ich dich liebe und weil ich weiß, dass dein Leben in Gefahr ist, solange du in meiner Nähe bist. Leb wohl, Liebling. Ich weiß nicht, ob ich dich jemals wieder sehen werde. Leb wohl.«

Ohne sich dessen bewusst zu sein, befahl sie dem Computer, seine Nachricht zu wiederholen. Und dann noch einmal. Doch dann sah sie den Bildschirm schon nicht mehr wegen der Tränen, die ihr in die Augen traten.

VIERZEHN MONATE SPÄTER

Sie hatte wieder ihren Mädchennamen angenommen: Amanda Cunningham. Nicht dass sie ihre Ehe mit Lars Fuchs hätte verleugnen wollen; jeder auf Ceres und jede Felsenratte im Gürtel wusste schließlich, dass sie seine Frau war. Doch seit Fuchs in den Tiefen des Alls verschwunden war, hatte sie daran gearbeitet, sich selbstständig zu machen und ihre Ziele zu erreichen.

Sie verkaufte die Helvetia GmbH für einen Apfel und ein Ei an die *Astro-Corporation*. Wenigstens einmal siegte Pancho über Humphries und überzeugte den *Astro*-Vorstand, dass dies ein Geschäft war, das sie nicht ablehnen konnten.

»Zumal«, wie Pancho dem Vorstand erläuterte und dabei Humphries direkt anschaute, der ihr am Tisch gegenübersaß, »wir dort draußen im Gürtel präsent sein sollten. Dort sind die natürlichen Ressourcen, und mit ihnen ist richtig Geld zu verdienen.«

Amanda war froh, Helvetia endlich los zu sein. Sie sah, wie Pancho das Lagerhaus in eine profitable Einrichtung für die Versorgung, Reparatur und Wartung der Schiffe verwandelte, die den Gürtel durchpflügten. Sie lebte von den Dividenden der *Astro*-Aktien, die sie für den Verkauf bekommen hatte, und konzentrierte ihre Anstrengungen auf ein anderes Ziel – eins, das ursprünglich Lars' Ziel gewesen war: seine Vision, dass die Felsenratten eine Art Regierung bildeten, damit endlich Recht und Gesetz Einzug auf Ceres hielten. Die individualistischen Prospektoren und Bergleute waren zunächst strikt gegen jede Art von Regierung gewesen. Sie betrachteten Gesetze nämlich als Eingriff in ihre persönliche Freiheit und Regeln als Beeinträchtigung ihrer wilden ›Freizeitaktivitäten‹ auf Ceres.

Doch als immer mehr Schiffe angegriffen wurden, dämmerte ihnen schließlich, wie verletzlich sie waren. Ein Krieg tobte im Gürtel, wobei HSS die Unabhängigen angriff und sie aus dem Gürtel zu vertreiben versuchte, während Fuchs als Einzelkämpfer HSS-Schiffe aufs Korn nahm und wie aus dem Nichts auftauchte, um sie manövrierunfähig zu schießen oder gleich ganz zu zerstören.

In Selene sprang Martin Humphries vor Sorge und Frustration förmlich im Dreieck, weil seine Kosten für die Operationen im Gürtel schier explodierten. Es wurde immer kostspieliger, Besatzungen für den Dienst auf HSS-Schiffen zu verpflichten, und weder die IAA noch Harbin oder einer der anderen Söldner, die Humphries anheuerte, vermochten Fuchs aufzuspüren und ihn zu töten.

»Sie helfen ihnen!«, echauffierte Humphries sich immer wieder. »Diese gottverdammten Felsenratten gewähren ihm Unterschlupf, versorgen ihn mit Nachschub und helfen ihm dabei, meine Schiffe außer Gefecht zu setzen.«

»Es ist sogar noch schlimmer«, sagte Diane Verwoerd. »Die Felsenratten bewaffnen ihre Schiffe und schließen zurück – auch wenn sie in den meisten Fällen das Ziel noch verfehlen. Aber es wird für uns immer gefährlicher da draußen.«

Humphries heuerte dennoch weitere Söldner an, um seine Schiffe zu schützen und Lars Fuchs aufzuspüren. Doch ohne Erfolg.

Die Leute, die wie Amanda ständig auf Ceres lebten – die Wartungstechniker, Lagerhausbetreiber und Geschäftsleute, die Barbesitzer und sogar die Prostituierten – erkannten allmählich, dass sie dringend eine Art von Recht und Gesetz brauchten. Ceres wurde zu einem gefährlichen Ort. Söldner und Verbrecher trieben sich in den staubigen Tunnels herum und bedrohten das Leben eines jeden, der ihnen über den Weg lief. Sowohl *HSS* und *Astro* heuerten ›Sicherheits‹-Leute an, um ihre Anlagen und Schiffe zu schützen. Oft genug bekämpften die Sicherheitsleute sich jedoch gegenseitig in den Tunnels, im Pub, in den Lagerhallen und Werkstätten.

Big George Armstrong kehrte nach Ceres zurück. Sein Arm war nachgewachsen, und er hatte einen Arbeitsvertrag mit *Astro* als technischer Leiter.

»Das Erzschürfen hat sich für mich erledigt«, sagte er zu seinen Freunden im Pub. »Ich bin nun ein abgefuckter Manager.«

Für eine handfeste Kneipenschlägerei war er aber immer noch zu haben. Männer und Frauen gleichermaßen bewaffneten sich zur Verteidigung mit Handlasern.

Schließlich gelang es Amanda, die Zustimmung des größten Teil von Ceres' Bevölkerung zu einer ›Gemeindeversammlung‹ einzuholen, an der alle Erwachsenen teilnehmen durften, die auf dem Asteroiden lebten. Es waren so viele, dass der Pub als Versammlungsort zu klein gewesen wäre; deshalb wurde die Zusammenkunft auf elektronischem Weg abgehalten, wobei alle Teilnehmer in ihren Quartieren blieben und durch das interaktive Telefonsystem miteinander verbunden waren.

Amanda trug das türkisfarbene Kleid, das sie in Selene gekauft hatte, während sie in ihrer Unterkunft am Schreibtisch saß und den Wandbildschirm im Auge hatte. Unten im Kommunikationszentrum fungierte Big George als Moderator der Versammlung; er bestimmte, wer zur Gruppe sprach und in welcher Reihenfolge. Er hatte auf Amandas Drängen hin versprochen, dass jeder, der sich zu Wort melden wollte, auch die Gelegenheit dazu bekam. »Es wird aber eine verdammt lange Nacht werden«, erklärte er.

Und das wurde sie auch. Es hatte nämlich jeder etwas zu sagen, obwohl in vielen Fällen Ideen und Positionen nur wiedergekäut wurden, die schon mehrmals thematisiert worden waren. Während der ganzen langen Versammlung – die zuweilen lebhaft, überwiegend aber langweilig war –, blieb Amanda an ihrem Platz und hörte jedem Teilnehmer aufmerksam zu.

Ihre Agenda war einfach: »Wir brauchen hier auf Ceres eine Art von Regierung, eine Sammlung von Gesetzen, nach denen wir alle leben können. Andernfalls wird die Gewalt weiter eskalieren, bis die IAA oder die Friedenstruppen oder eine andere externe Gruppe einschreitet und den Laden hier übernimmt.«

»Mit größter Wahrscheinlichkeit wäre es *HSS*«, sagte ein griesgrämiger Prospektor, der auf Ceres festsaß, während sein beschädigtes Schiff repariert wurde. »Sie versuchen nun schon seit Jahren, uns zu übernehmen.«

»Oder *Astro*«, erwiderte ein *HSS*-Techniker hitzig.

George entzog beiden das Wort, bevor die Versammlung durch einen Streit gestört wurde. »Privatgespräche können auf einem anderen Kanal geführt werden«, sagte er jovial und schaltete zur schmalgesichtigen, falkenäugigen Joyce Takamine, die wissen wollte, wann das Habitat endlich fertig gestellt wurde. Sie wollte dort hinaufziehen, um endlich aus diesem staubigen Rattenloch rauszukommen.

Amanda nickte verständnisvoll. »Das Habitat befindet sich in der Lage, die früher als eine so genannte Catch-22-Situation bezeichnet wurde«, erwiderte sie. »Diejenigen von uns, die es fertig stellen wollen, damit wir endlich einziehen können, haben nicht die Mittel, um die Arbeit zu vollenden. Und diejenigen, die die Mittel hätten – zum Beispiel *Astro* und *HSS* – sind nicht daran interessiert, sie in die Fertigstellung des Habitats zu investieren.«

»Wie dem auch sei, es sollte etwas unternommen werden«, sagte Takamine mit fester Stimme.

»Ich bin ganz Ihrer Meinung«, sagt Amanda. »Damit können wir uns beschäftigen, wenn wir eine Regierung haben, die das organisiert.«

Fast eine Stunde später stellte der Inhaber des Pubs die entscheidende Frage: »Und woher sollen wir das Geld für eine Regierung und eine Polizei nehmen? Ganz zu schweigen von der Fertigstellung des Habitats. Das wird im Endeffekt bedeuten, dass wir Steuern zahlen müssten, nicht wahr?«

Amanda hatte mit dieser Frage schon gerechnet. Sie war sogar froh, dass der Mann sie gestellt hatte.

Als sie die Nachricht sah, die auf ganzer Breite unten auf dem Wandbildschirm eingeblendet wurde, sagte sie liebenswürdig: »Wir müssen keine Steuern zahlen. Das tun stattdessen die Konzerne.«

George selbst stellte die Frage, die in diesem Moment jeden umtrieb: »Hä?«

»Wenn wir eine Regierung hätten«, erklärte Amanda, »könnten wir sie mit einer geringen Steuer auf die Umsätze finanzieren, die *HSS* und *Astro* und die anderen Konzerne hier auf Ceres tätigen.«

George brauchte ein paar Sekunden, um die Flut der eingehenden Anrufe zu sortieren, und dann erschien das Bild eines grimmigen Prospektors auf ihrem Wandbildschirm.

»Wenn ihr den Konzernen eine Mehrwertsteuer auferlegt, werden sie die einfach durch eine Preiserhöhung auf uns abwälzen.«

Amanda nickte und sagte: »Ja, das stimmt. Aber es wird nur eine geringfügige Erhöhung sein. Eine Steuer von einem Prozent würde zehntausend Internationale Dollar bei einem Umsatz von einer Million Dollar bringen.«

Ohne auf den nächsten Anrufer zu warten, fuhr Amanda fort: »*HSS* allein hat in der letzten Woche Umsätze in Höhe von siebenundvierzig Millionen Dollar getätigt. Das sind fast zweieinhalb Milliarden Dollar pro Jahr, was wiederum bedeutet, dass eine Steuer von einem Prozent uns allein durch die *HSS*-Umsätze einen steuerlichen Ertrag von über vierundzwanzig Millionen Dollar bescheren würde.«

»Könnten wir das Habitat mit diesen Einkünften überhaupt fertig stellen?«, fragte der nächste Anrufer.

»Ja«, erwiderte Amanda. »Mit diesen gesicherten Einkünften könnten wir von den Banken auf der Erde sogar Kredite bekommen, um das Habitat fertig zu stellen – wie auch andere Regierungen Kredite zur Finanzierung ihrer Programme aufnehmen.«

Die Versammlung zog sich bis ein Uhr morgens hin, doch als sie beendet war, sagte Amanda sich müde, dass sie ihr Ziel erreicht hatte. Die Menschen auf Ceres waren bereit, für eine Regierungsbildung zu stimmen.

Solange Martin Humphries uns nicht dazwischenfunkt, sagte sie sich.

Kapitel 44

Lars Fuchs stand breitbeinig hinterm Pilotensitz auf der Brücke der *Nautilus* und studierte aufmerksam die Bildschirmdarstellung von etwas, das wie ein *HSS*-Frachter aussah.

Anhand der Nachrichten, die das Schiff empfing und sendete, handelte es sich um die *W. Wilson Humphries*, das Flaggschiff von *Humphries Space Systems'* wachsender Flotte von Erzfrachtern, das nach Martin Humphries' verstorbenen Vater benannt worden war. Das Schiff war wahrscheinlich mit Erz von verschiedenen Asteroiden beladen und nahm aus dem Gürtel Kurs auf das Erde-/Mondsystem.

Dennoch verspürte Fuchs Unbehagen bei der Annäherung an dieses Schiff. Seit vierzehn Monaten verbarg er sich nun schon im Gürtel und deckte seinen Bedarf an Nachschub und Treibstoff bei den gekaperten Schiffen und sporadischen Stippvisiten bei Schiffen ihm freundlich gesonnener Unabhängiger. In dieser Zeit hatte er gelernt, auf der Hut zu sein. Er hatte Gewicht verloren, aber noch immer die Statur eines kleinen Stiers – ohne ein Gramm Fett zu viel. Selbst sein Gesicht war härter geworden: Das kantige Kinn wirkte noch kantiger, und die Mundwinkel waren in einer scheinbar permanenten finsteren Miene heruntergezogen.

Er drehte sich zu Nodon um, der an der Kommunikationskonsole auf der Brücke stand.

»Wie sieht der ein- und ausgehende Funkverkehr aus?«, fragte er und zeigte mit dem Daumen auf den Bildschirm.

»Normale Telemetrie«, erwiderte Nodon. »Nichts Außergewöhnliches.«

»Zeig mir den Kurs der letzten sechs Wochen«, sagte Fuchs zu der kräftigen jungen Frau auf dem Pilotensitz. Er sprach nun im mongolischen Dialekt mit seinen Leuten; zwar noch nicht ganz flüssig, aber er beherrschte die Sprache der Besatzung immer besser. Er wollte nämlich nicht, dass sie Geheimnisse vor ihm hatten.

Auf einem der Zusatzbildschirme erschienen schmale, verschlungene gelbe Kurven vor einem mit grünen Punkten gesprenkelten Hintergrund.

Fuchs studierte die Abbildung. Wenn man ihr Glauben schenken wollte, stellte die gelbe Linie den Kurs dar, den das Humphries-Schiff in den letzten sechs Wochen genommen hatte, während es Erzladungen von fünf verschiedenen Asteroiden aufgenommen hatte. Doch Fuchs wollte ihr nicht glauben.

»Das ist ein Schwindel«, sagte er laut. »Wenn das Schiff wirklich diesen Kurs gesteuert hätte, wäre ihm schon der Treibstoff ausgegangen, und es hätte einen Treffpunkt mit einem Tanker angesteuert.«

»Laut ihrem Flugplan wollen sie in zwei Stunden die Beschleunigung erhöhen und Kurs auf das Erde-/Mondsystem nehmen«, sagte Nodon.

»Dazu hätten sie aber in den letzten Tagen auftanken müssen«, sagte Fuchs.

»Das geht aus den Daten aber nicht hervor. Es sind keine Tanker in der Nähe. Überhaupt keine anderen Schiffe.«

Fuchs ließ sich bei den gelegentlichen Besuchen auf befreundeten Schiffen mit den aktuellsten Nachrichten versorgen. Über diese unabhängigen Prospektoren hatte er eine konspirative Kommunikationslinie zurück nach Ceres installieren lassen; er bat sie, Amanda zu sagen, welche Frequenz er beim nächsten Anruf benutzen würde. Seine Anrufe erfolgten in monatlichen Intervallen in Form kurzer Stöße ultrakomprimierter Daten, in denen er kaum mehr mitteilte, als dass er am Leben sei und sie vermisste. Sie schickte ähnliche Botschaften per Bündellaserstrahl an vorher festgelegte Asteroiden. Fuchs erschien jedoch nie persönlich, um sie zu empfangen; stattdessen platzierte er vorher einen Empfänger auf dem jeweiligen Asteroiden, der ihm die Botschaft später übermitteln würde. Er hatte nicht vor, Humphries' Leute auf seine Spur zu locken.

Und nun verursachte dieser dicke, scheinbar harmlose Frachter ihm Unbehagen. Das ist eine Falle, warnte eine innere Stimme ihn. Und er erinnerte sich daran, dass Amandas letzte Kurznachricht noch eine Information von Big George enthalten hatte, wonach Humphries' Leute Lockvogelschiffe stationierten – ›Trojanische Pferde‹, wie George sie bezeichnet hatte. Sie waren mit Laserkanonen bestückt und mit Söldnern besetzt, die den Auftrag hatten, Fuchs in eine tödliche Falle zu locken.

»George sagt, es sei nur ein Gerücht«, hatte Amanda hastig gesagt, »aber es ist ein Gerücht, das du ernst nehmen solltest.«

Das beherzigte Fuchs, während er die Abbildung des Schiffes auf dem Bildschirm betrachtete. Gerüchte können Leben retten, sagte er sich.

»Kursänderung«, wies er die Frau an, die das Schiff steuerte. »Wieder in den Gürtel hinein.«

Sie befolgte wortlos seine Anweisung.

»Wir lassen das Schiff links liegen?«, fragte Nodon.

Fuchs gestattete es sich, die Mundwinkel einen Zoll zu heben, sodass seine Mimik zu einem säuerlichen, beinahe spöttischen Lächeln geriet. »Fürs Erste. Schau'n wir mal, ob das Schiff *uns* links liegen lässt, wenn wir uns davonmachen.«

Dorik Harbin saß auf dem Kommandantensitz auf der Brücke der W. *Wilson Humphries* und beobachtete die

Monitore. Er biss verärgert die Zähne zusammen, als er sah, dass das Schiff, das ihnen seit ein paar Stunden gefolgt war, auf einmal abdrehte und wieder Kurs in die Tiefen des Gürtels nahm.

»Er hat einen Verdacht«, sagte sein Erster Offizier, eine gertenschlanke Skandinavierin mit so hellem Haar, dass sie fast keine Augenbrauen zu haben schien. Sie hatte eine Vorliebe dafür, das Offensichtliche zu konstatieren.

»Anscheinend«, murmelte Harbin. Er wünschte sich, dass er allein gewesen wäre und nicht diesen nutzlosen Söldnerhaufen um sich gehabt hätte.

Das heißt, nutzlos war die Besatzung eigentlich nicht. Eher überflüssig. Harbin zog es vor, allein zu arbeiten. Sein altes Schiff, die *Shanidar*, hatte er mit den automatisierten Systemen hervorragend allein fliegen können. Er war für Monate einsam und allein unterwegs gewesen, hatte getötet, wenn die Zeit dazu kam und dann Trost in seinen Drogenträumen gefunden.

Und nun hatte er ein Dutzend Männer und Frauen unter seinem Kommando, für die er Tag und Nacht Verantwortung trug. Diane hatte gesagt, dass Humphries darauf bestand, Soldaten in den Lockvogelschiffen zu stationieren; er wollte ausgebildete Söldner, die fähig waren, Fuchs' Schiff zu entern und ihm seine Leiche zu bringen.

»Ich habe ihm das auszureden versucht«, flüsterte Diane in ihrer letzten gemeinsamen Nacht, »doch er hat sich nicht davon abbringen lassen. Er will Fuchs' Leiche sehen. Ich glaube fast, er will sie ausstopfen lassen und als Trophäe ausstellen.«

Harbin schüttelte nur den Kopf und wunderte sich, dass ein Mann mit einer solchen Besessenheit überhaupt in der Lage war, einen tödlichen, lautlosen Krieg hier draußen zwischen den Asteroiden zu führen. Aber vielleicht vermag auch nur ein Besessener einen Krieg zu führen. Ja, gab er sich selbst die Antwort, aber was ist mit den Männern – und Frauen –, die das Kämpfen übernehmen? Sind wir auch besessen?

Doch welchen Unterschied macht das? Macht überhaupt irgendetwas einen Unterschied? Wie heißt es noch gleich bei Omar Khayyam?

> Die weltliche Hoffnung, an die die Menschen
>   ihr Herz hängen,
> Wird zur Asche – oder gedeiht; und auf einmal,
> Wie Schnee auf der Wüste staubigem Antlitz,
> Schimmert's ein Stündlein oder zwei und ist
>   vergangen.

Was für einen Unterschied macht unsere Besessenheit? Sie wird zu Asche oder gedeiht. Dann schmilzt sie wie Schnee in der Wüste. Was für einen Unterschied? Was für einen Unterschied?

»Was sollen wir nun tun?«, hörte er den Ersten Offizier fragen. »Er verschwindet.«

»Offensichtlich glaubt er nicht, dass wir Erz zur Erde transportieren«, sagte er ruhig. »Wenn wir nun wenden und ihm folgen, wird er sich bestätigt sehen.«

»Was sollen wir dann tun?«, fragte die Skandinavierin. Es stand ihr ins hagere, blasse Gesicht geschrieben, dass sie die Verfolgung aufnehmen wollte.

»Wir werden weiterhin den Eindruck erwecken, als seien wir ein Erzfrachter. Keine Kursänderung.«

»Aber dann werden wir ihn verlieren!«

»Oder er wird *uns* verfolgen, wenn wir ihn doch noch davon überzeugen können, dass wir das sind, wofür wir uns ausgeben.«

Sie vermochte seiner Logik offensichtlich nicht so recht zu folgen. »Dann sollen wir also Katz und Maus spielen?«, murmelte sie.

»Ja«, sagte Harbin. Er war froh, dass er sie endlich

auf Linie gebracht hatte. Wobei es ihr allerdings egal zu sein schien, welches der zwei Schiffe die Katze und welches die Maus war.

In Selene stand Douglas Stavenger am Fenster seines Büros und schaute den Kindern draußen in der Grand Plaza zu, wie sie mit ihren Plastikflügeln in der Luft umherstoben. Das war eins der Vergnügen, das es nur auf dem Mond gab, und auch nur in einem geschlossenen Raum so groß wie die Grand Plaza, der bei irdischem Luftdruck mit atembarer Luft gefüllt war. Dank der schwachen Gravitation konnte man sich Flügel an die Arme schnallen und wie ein Vogel sich mit Muskelkraft in die Lüfte schwingen.

Wie lang ist es her, seit ich das zum letzten Mal gemacht habe, fragte Stavenger sich und gab sich auch sofort die Antwort: zu verdammt lang. Für einen Pensionär scheinst du aber nicht allzu viel Spaß zu haben, sagte er sich.

Irgendjemand hatte beim Rat um die Erlaubnis gebeten, einen Golfplatz auf dem Boden von Alphonsus anzulegen. Stavenger fand die Vorstellung lachhaft, im Raumanzug Golf zu spielen, doch ein paar Ratsmitglieder schienen das ernsthaft in Erwägung zu ziehen.

Das Telefon läutete, und die synthetische Stimme meldete: »Ms. Pahang ist hier.«

Stavenger drehte sich zum Schreibtisch um und drückte auf den Türöffner. Jatar Pahang trat mit einem strahlenden Lächeln ein.

Sie war der populärste Videostar der Welt, »die Blume von Malaysia«, eine kleine, zartgliedrige exotische Frau mit sinnlichen dunklen Augen und langem, pechschwarzem Haar, das ihr kaskadenartig über die bloßen Schultern fiel. Ihr Kleid schimmerte im Schein der blendfreien Deckenbeleuchtung von Stavengers Büro, während sie mit kleinen Schritten auf ihn zuging.

Stavenger ging um den Schreibtisch herum und reichte ihr die Hand. »Willkommen in Selene, Ms. Pahang.«

»Vielen Dank«, sagte sie mit einer Stimme, die wie kleine Silberglöckchen klang.

»Sie sind in natura noch schöner als in den Videos«, sagte Stavenger und geleitete sie zu einem der Armstühle, die um einen kleinen runden Tisch in der Ecke des Büros gruppiert waren.

»Sie sind zu liebenswürdig, Mr. Stavenger«, sagte sie und setzte sich auf den Stuhl. Angesichts ihrer zarten Statur schien der Stuhl viel zu groß für sie.

»Meine Freunde nennen mich Doug.«

»Schön. Und Sie müssen mich Jatar nennen.«

»Gern«, sagte er und setzte sich neben sie. »In Selene liegt Ihnen jeder zu Füßen. Unsere Leute freuen sich sehr über Ihren Besuch.«

»Das ist das erste Mal, dass ich die Erde verlassen habe«, sagte sie. »Außer bei den zwei Videos, die wir in der Raumstation *Neues China* produziert haben.«

»Ich habe diese Videos gesehen«, sagte Stavenger.

»Aha. Ich hoffe, sie haben Ihnen gefallen.«

»Sogar sehr«, sagte er. Dann zog er seinen Stuhl etwas näher zu ihr heran und fragte: »Was kann ich persönlich tun, um Ihren Besuch … produktiver zu gestalten?«

Sie schaute zur Decke hinauf. »Sind wir allein?«

»Ja«, versicherte Stavenger ihr. »Hier gibt es keine Abhörgeräte oder Wanzen.«

»Gut«, sagte sie. Ihr Lächeln war plötzlich verflogen. »Die Nachricht, die ich überbringe, ist nämlich nur für Sie bestimmt.«

»Ich verstehe«, sagte Stavenger genauso ernst.

Jatar Pahang war nicht nur der populärste Videostar der Welt; sie war auch die Mätresse von Xu Xianqing, dem Vorsitzenden des inneren Kreises der Weltregierung und seine Geheimbotschafterin für Stavenger und die Regierung von Selene.

Kapitel 45

Die Kunst des Regierens, sagte Xu Xianqing sich, hat viel mit der Kunst des Klavierspiels gemeinsam: Die eine Hand darf nicht wissen, was die andere tut.

Es war ein langer, gefährlicher Weg an die Spitze der Weltregierung gewesen. Xianqing hatte viele Freunde, sogar Mitglieder seiner eigenen Familie über die Klinge springen lassen, während er die stürmischen Höhen der politischen Macht erklomm. Die Lehren von Kung Fu-Tse waren nach außen hin sein moralischer Wegweiser gewesen; die Schriften Machiavellis seine Gebrauchsanweisung. Während der Jahre des Kampfes und des Strebens nach oben hatte er sich des Öfteren gefragt, wieso er – oder sonst jemand – diesen Versuch überhaupt unternahm. Wieso will ich immer höher hinaus, fragte er sich. Wieso nehme ich solche Schmerzen auf mich, solche Risiken und diese unendlichen Mühen?

Darauf fand er nie eine zufrieden stellende Antwort. Ein religiöser Mensch hätte vielleicht gesagt, dass er für diesen Dienst auserwählt sei, doch Xianqing war kein Mann des Glaubens. Vielmehr betrachtete er sich selbst als einen Fatalisten und sagte sich, die blinden Kräfte der Geschichte hätten ihn irgendwie in diese Machposition befördert.

Und ihm diese Verantwortung auferlegt. Vielleicht war das die eigentliche, ultimative Antwort. Xianqing wusste nämlich, dass mit Macht und Autorität auch Verantwortung einherging. Der Planet Erde war wie nie zuvor in der Geschichte der Menschheit in seiner Existenz bedroht. Das Klima schwankte so abrupt, dass man die Auswirkungen der plötzlichen, verheerenden

Fluten und Dürren nicht unter Kontrolle bekam. Es gab ständig Erdbeben. Städte versanken in den Fluten des ansteigenden Meeres. Ackerland wurde erst von sintflutartigen Regenfällen in Schlamm verwandelt, und dann wurde der Mutterboden von Wirbelstürmen fortgerissen. Millionen Menschen waren schon gestorben, und Hunderte von Millionen waren heimatlos und vom Hungertod bedroht.

In vielen Ländern suchten die verwirrten, verzweifelten Menschen Hilfe und Halt bei religiösen Fundamentalisten. Sie gaben ihre individuelle Freiheit für Ordnung und Sicherheit her. Und für Nahrung.

Und Xianqing wusste, dass die menschlichen Siedlungen auf dem Mond und im Asteroidengürtel so lebten, als ob die Not ihrer Brüder auf der Erde sie überhaupt nichts anginge. Sie geboten über sagenhaften Reichtum: Energie, die die Menschen auf der Erde dringend benötigten, und Rohstoffe, wie sie Mutter Erde ihren verelendeten und verzweifelten Kindern nicht zu bieten vermochte.

Die großen Konzerne verkauften Fusionsbrennstoffe und Sonnenenergie an die Reichen der Erde. Sie verkauften Metalle und Mineralien von Asteroiden an jene, die es sich leisten konnten. Wie vermag ich sie zu überzeugen, großzügiger und hilfsbereiter zu sein, fragte Xianqing sich jeden Tag, jede Stunde.

Es gab für ihn nur einen gangbaren Weg: die Kontrolle über die Reichtümer des Asteroidengürtels zu übernehmen. Die Narren, die diese dunkle und ferne Region durchpflügten, die Prospektoren und Bergleute und ihre Konzernherren, bekämpfen sich gegenseitig. Die alte Geißel der Piraterie feierte draußen zwischen den Asteroiden wieder fröhliche Urständ. Mord und Gewalt waren an der Tagesordnung.

Die Weltregierung konnte ein Expeditionskorps aus Friedenstruppen nach Ceres entsenden, um die Ordnung wiederherzustellen, sagte Xianqing sich. Wir könnten der Gewalt ein Ende bereiten und die Region befrieden. Und dadurch könnten wir zugleich die Kontrolle über diese wertvollen Ressourcen erlangen. Die Prospektoren und Bergleute würden natürlich protestieren. Die Konzerne würden aufheulen. Aber was sollten sie schon tun, wenn sie vor vollendete Tatsachen gestellt würden? Was sollten sie wohl gegen die Durchsetzung von Recht und Gesetz in diesem mörderischen Abschnitt des Sonnensystems einwenden?

Etwas stand dieser Durchführung jedoch entgegen: Selene.

Die Bevölkerung der Mondgemeinschaft hatte für ihre Unabhängigkeit gekämpft und sie auch errungen. Sie würde nicht untätig zusehen, wie die Weltregierung die Kontrolle über den Asteroidengürtel übernahm. Ob sie kämpfen würde? Xianqing befürchtete, dass sie es tun würde. Es wäre kein Problem für sie, von der Erde gestartete Raumschiffe anzugreifen. Wir leben auf dem Grund einer Gravitationsquelle, sagte Xianqing sich. Während unsere Schiffe sich mühsam durchs All kämpfen, könnte Selene sie der Reihe nach zerstören. Und noch schlimmer, uns die Versorgung mit Energie und Rohstoffen aus dem All abschneiden. Dann wird die Erde vollends in die Steinzeit zurückfallen.

Nein, eine direkte militärische Intervention im Gürtel wäre kontraproduktiv – es sei denn, Selene könnte neutralisiert werden.

Wenn ich schon kein Eroberer sein kann, sagte Xianqing sich, dann will ich wenigstens ein Friedensstifter werden. Ich werde alles daransetzen, die Kämpfe im Asteroidengürtel zu beenden und den Dank zukünftiger Generationen zu ernten.

Sein erster Schritt bestand darin, durch seine schöne Mätresse einen geheimen Kontakt mit Douglas Stavenger aufzunehmen.

Kapitel 46

»Das wird nicht funktionieren, Lars«, sagte Boyd Nielson.

»Lass das nur meine Sorge sein«, murmelte Fuchs.

»Aber ein paar von den Leuten da unten sind doch nur Bauarbeiter«, sagte Nielson flehentlich. »Ein paar von ihnen sind sogar unsere Freunde, um Gottes willen!«

Fuchs wandte sich ab. »Da kann man nichts machen«, knurrte er. »Sie sollten eben nicht für Humphries arbeiten.«

Nielson war ein Mitarbeiter von *Humphries Space Systems* – der Kommandant des Erzfrachters *William C. Durant*, aber er war in den frühen Tagen von Ceres ein Freund von Fuchs gewesen, bevor der ganze Ärger begonnen hatte.

Fuchs hatte die *Durant* geortet, als das Schiff Asteroiden abklapperte und Erzladungen aufnahm, die für das Erde-/Mondsystem bestimmt waren. Mit ein paar Besatzungsmitgliedern hatte Fuchs Nielsons Schiff geentert und übernommen.

Angesichts des halben Dutzend grimmig dreinschauender, bewaffneter Männer und Frauen hatten Nielson und seine Besatzung auf jede Gegenwehr verzichtet. Nachdem er die Positionsboje und die gesamte Kommunikationsanlage stillgelegt hatte, änderte Fuchs den Kurs der *Durant* auf den großen Asteroiden Vesta.

»Vesta?«, hatte Nielson verwirrt gefragt. »Wieso gerade dorthin?«

»Weil dein Arbeitgeber, der hohe und herrschaftliche Mr. Martin Humphries, dort einen Militärstützpunkt errichtet«, sagte Fuchs ihm.

Fuchs hatte das Gerücht einer bruchstückhaften Nachricht entnommen, die er von Amanda auf Ceres empfangen hatte. HSS-Leute errichteten einen Stützpunkt auf Vesta. Noch mehr Kriegsschiffe und Söldner würden den Asteroiden als Basis benutzen, von der aus sie Lars Fuchs jagen und zur Strecke bringen wollten.

Und Fuchs beschloss, ihnen zuvorzukommen. Er wies den kooperativen Nielson an, Kontakt mit Vesta aufzunehmen und zu melden, dass die Durant in einem Gefecht mit Fuchs' Schiff beschädigt worden sei und den Asteroiden zwecks Reparatur anfliegen müsse.

Als die beiden Männer an der Steuerkonsole auf der Brücke der Durant standen und Nielson schließlich begriff, was Fuchs vorhatte, bekam er es doch mit der Angst zu tun. Er war ein schlanker, drahtiger Rotschopf mit einem spitzen Kinn und Zähnen, die eine Nummer zu groß für den Kiefer schienen. Die übrigen Besatzungsmitglieder waren in ihren Kabinen eingesperrt.

Nodon und die anderen Asiaten hatten die Steuerung des Schiffs übernommen. Nielson war zwar ein ruhiger Typ, wie Fuchs wusste, doch als sie sich Vesta näherten, brach ihm sichtlich der Schweiß aus.

»Lass Gnade walten, Lars«, sagte er.

»Gnade?«, blaffte Fuchs. »Hat man vielleicht gegenüber Niles Ripley Gnade walten lassen? Hat man gegenüber den Leuten in den Schiffen Gnade walten lassen, die zerstört wurden? Das ist ein Krieg, Boyd, und im Krieg wird kein Pardon gegeben.«

Der Asteroid wirkte riesig auf dem Hauptbildschirm der Brücke: eine massive dunkle Kugel, die mit unzähligen Kratern übersät war. Beim Überfliegen des größten Kraters sah Fuchs eine Ansammlung von Gebäuden und Baumaschinen. Brandspuren zeigten, wo Raumschiffe gelandet und wieder gestartet waren.

»Drei Schiffe in der Umlaufbahn«, stellte Fuchs fest, wobei seine Augen sich verengten.

»Auf der anderen Seite sind vielleicht noch mehr«, sagte Nielson.

»Sie werden bewaffnet sein.«

»Das ist anzunehmen.« Nielson schien sich ausgesprochen unwohl zu fühlen. »Wir könnten alle getötet werden.«

Fuchs nickte, als ob er eine endgültige Berechnung angestellt hätte und mit dem Ergebnis zufrieden sei.

»Halte den geplanten Kurs«, sagte Fuchs zu Nodon, der auf dem Pilotensitz saß.

»Du solltest sie nach ihren Orbitalparametern fragen«, wandte er sich an Nielson.

Nielson spürte ein Zucken in der linken Wange. »Lars, das muss doch nicht sein. Du kannst noch zu deinem Schiff zurückfliegen, ohne dass jemand zu Schaden kommt.«

Fuchs schaute ihn finster an. »Du begreifst es nicht, oder? Ich *will*, dass jemand zu Schaden kommt.«

Nguyan Ngai Giap stand im staubverkrusteten Raumanzug auf dem Rand des namenlosen Kraters und betrachtete mit Wohlgefallen die Bauarbeiten. Ein halbes Dutzend langer, bogenförmiger Habitatmodule befand sich dort. Frontlader schaufelten sie mit Erdreich zu, um sie vor der Strahlung und Mikrometeoriteneinschlägen zu schützen.

Sie würden rechtzeitig bezugsfertig sein, und er hatte bereits ans HSS-Hauptquartier in Selene gemeldet, dass die Truppen in Marsch gesetzt werden konnten. Die Reparatureinrichtungen waren auch schon fast fertig. Alles lief wie geplant.

»Sir, wir haben einen Notfall«, ertönte die Stimme einer Frau in den Helmohrhörern.

»Einen Notfall?«

»Ein Erzfrachter, die *Durant*, bittet um Erlaubnis, in eine Umlaufbahn gehen zu dürfen. Das Schiff muss repariert werden.«

»*Durant*? Ist das ein HSS-Schiff«, fragte Giap.

»Jawohl, Sir. Ein Erzfrachter. Sie sagen, er sei von Fuchs' Schiff angegriffen worden.«

»Erteilen Sie die Erlaubnis, in die Umlaufbahn zu gehen. Verständigen Sie auch die anderen Schiffe dort oben.«

»Jawohl, Sir.«

Erst nachdem er die Aufmerksamkeit wieder auf die Bauarbeiten gerichtet hatte, fragte Giap sich, woher die *Durant* überhaupt von dieser Anlage wusste. HSS-Schiff hin oder her, dieser Stützpunkt auf Vesta sollte eigentlich geheim bleiben.

»Frachter im Anflug«, rief das wachhabende Crewmitglied auf der Brücke der *Shanidar*.

Dorik Harbin achtete kaum darauf. Nach dem vergeblichen Versuch, Fuchs mit dem falschen Erzfrachter zu überlisten, war er zur reparierten und aufgerüsteten *Shanidar* zurückgekehrt, die in einem Parkorbit um Vesta auf ihn wartete. Sobald das Betanken abgeschlossen war, konnte Harbin die Jagd nach Lars Fuchs wieder aufnehmen. Die Besatzung der *Shanidar* war enttäuscht, dass sie auf Vesta anstatt auf Ceres bleiben musste, wo sie die Wartezeit im Pub oder im Bordell des Asteroiden hätte überbrücken können. Sollen sie sich nur ärgern, sagte Harbin sich. Je eher wir Fuchs erwischen, desto früher können wir alle endlich aus dem Gürtel verschwinden.

Er dachte an Diane Verwoerd. Keine Frau hatte bisher an seine Emotionen gerührt, doch Diane war auch ganz anders als alle Frauen, die er bisher kennen gelernt hatte. Er hatte schon mit vielen Frauen Sex gehabt, doch Diane war viel mehr als nur eine Bettgefährtin. Sie war intelligent, schnell von Begriff und war genauso wie Harbin darauf bedacht, in dieser Welt vorwärts zu kommen. Sie wusste mehr über die Tücken und Hintergründe der Geschäftswelt, als Harbin je für möglich gehalten hätte. Sie wäre eine schöne Lebensgefährtin, eine Frau, die er gern an seiner Seite gehabt hätte, um ihr einen Teil der Last abzunehmen und noch ein wenig mehr. Und der Sex mit ihr war gut, geradezu phantastisch – besser als jede Droge.

Aber liebe ich sie, fragte Harbin sich. Er wusste nicht, was wahre Liebe war. Aber er wusste, dass er Diane wollte: Sie war sein Schlüssel zu einer besseren Welt, sie vermochte ihn aus diesem perspektivlosen Dasein als Söldner und Killer herauszureißen, das sein Leben war.

Er wusste aber auch, dass er sie erst dann bekommen würde, wenn er diesen verrückten Flüchtling Fuchs gefunden und getötet hatte.

»Das Schiff transportiert eine schwere Erzladung«, stellte das Besatzungsmitglied fest.

Harbin richtete die Aufmerksamkeit auf den herannahenden Erzfrachter, der auf dem Monitor auf der Brücke abgebildet wurde. Im Gefecht mit Fuchs beschädigt, hatte der Kapitän gesagt. Aber er sah keine Anzeichen einer Beschädigung. Vielleicht werden die Schäden durch die Ladung kaschiert, sagte er sich. Wahrscheinlicher ist aber, dass der Hasenfuß beim ersten Anzeichen von Gefahr die Flucht ergriffen hat und hier Schutz sucht.

Harbins Bart war in den Monaten, in denen er Fuchs durch den Gürtel gejagt hatte, wieder nachgewachsen. Er kratzte ihn, als ihm ein neuer Gedanke kam. Woher wusste dieser Erzfrachter überhaupt, dass wir hier einen Stützpunkt bauen? Das unterlag doch der Geheimhaltung. Wenn schon jeder Schrottkahn Bescheid weiß, wird Fuchs früher oder später auch davon erfahren.

Aber was soll's, sagte Harbin sich. Selbst wenn er es weiß, was sollte er schon tun? Ein Mann in einem Schiff gegen eine immer größere Armee. Früher oder später werden wir ihn finden und vernichten. Es ist nur eine Frage der Zeit. Und dann kann ich endlich zu Diane zurückkehren.

Beim Blick auf den Bildschirm fiel ihm schließlich auf, dass der anfliegende Frachter überhaupt nicht abzubremsen schien, um in eine Umlaufbahn zu gehen. Stattdessen beschleunigte er noch und raste auf den Asteroiden zu.

»Er geht auf Kollisionskurs!«, rief Harbin.

Ein rotierendes Raumschiff mit zentimetergenauer Präzision zu steuern, überstieg die Fähigkeiten von Fuchs' Leuten. Auch die von Nielsons Besatzung. Für den Bordcomputer war es aber ein Kinderspiel: Simple Newton'sche Mechanik auf der Grundlage des ersten Axioms.

Fuchs spürte die leichte Beschleunigung des Schiffs, als die *Durant* dem programmierten Kurs folgte. Er stand breitbeinig auf der Brücke und sah die zerklüftete und vernarbte Oberfläche der Asteroiden schnell näher kommen. Er wusste, dass sie nur mit dem Bruchteil eines Ge beschleunigten, doch beim Blick auf den Bildschirm kam es ihm so vor, als ob der Asteroid ihnen förmlich entgegenspränge. Ob wir aufprallen werden, fragte er sich. Und wenn schon, sagte er sich. Wenn wir dabei draufgehen, ist wenigstens Ruhe.

Doch als die *Durant* lautlos in Richtung des Asteroiden beschleunigte, feuerten kurz die Steuertriebwerke, und die Bügel, die fast anderthalb Millionen Tonnen Asteroidenerz festhielten, ließen ihre Last los. Ein leichter Ruck ging durchs Schiff, und es flog über die Krümmung des massiven Asteroiden hinweg und beschleunigte auf Fluchtgeschwindigkeit. Das abgestoßene Erz verteilte sich wie ein gemächlicher Erdrutsch im Vakuum des Raums und rieselte auf den Krater herab, wo die *HSS*-Basis errichtet wurde.

Im Vakuum behält ein bewegter Körper die ursprüngliche Bewegungsrichtung bei, sofern er nicht von einer äußeren Kraft abgelenkt wird. In Vestas geringer Schwerkraft wogen die Gesteinsbrocken so gut wie nichts. Doch ihre Masse betrug noch immer fast anderthalb Millionen Tonnen. Und die fiel nun träge und gemächlich der Asteroidenoberfläche entgegen – ein Todesfluss, der in der sich zeitlupenartigen Geschwindigkeit eines Albtraums dahinwälzte.

»Eine Nachricht von der *Shanidar*, Sir«. Die weibliche Stimme in Giaps Ohrhörern klang angespannt und etwas ängstlich.

Sie verband ihn mit Harbin, ohne auf seine entsprechende Aufforderung zu warten. »Das Schiff ist auf Kollisionskurs mit … Nein, warten Sie. Es hat seine Fracht abgeladen!«

Es war schwierig, im Helm eines Raumanzugs den Blick nach oben zu richten, doch als Giap den Kopf in den Nacken legte und ihn etwas zur Seite drehte, war alles, was er sah, ein Himmel voller riesiger schwarzer Brocken, die die Sterne ausblendeten.

Er hörte Harbins angespannte, gepresste Stimme: »Bring uns aus dem Orbit!«

Dann lief eine so schwere Erschütterung durch den Boden, dass er den Bodenkontakt verlor und in eine schwarze Staubwolke eingehüllt durch die Luft wirbelte.

An Bord der *Shanidar* verfolgte Harbin entsetzt, wie die Erzbrocken gemächlich in den Baustellenkrater fielen. Der Erzfrachter wurde durch sie verdeckt und verschwand hinter der Krümmung des Asteroiden. Die Männer und Frauen unten im Krater waren dem Untergang geweiht, unwiderruflich zum Tod verurteilt.

»Bring uns aus dem Orbit!«, schrie er der Frau auf dem Pilotensitz zu.

»Die Betankung ist aber noch nicht abgeschlossen!«

»Vergiss die Betankung!«, schrie er und hieb auf die Interkomtaste auf der Konsole vor sich. »Alle Mann auf Gefechtsstation! Die Laser scharf machen! *Bewegt euch!*«, befahl er der Besatzung.

Aber wusste, dass es zu spät war.

Ohne auf ein Hindernis zu stoßen, glitt der Strom der Felsbrocken lautlos durch den leeren Raum, bis er auf der Oberfläche von Vesta aufkam. Der erste Brocken verfehlte die Gebäude und krachte in den Kraterrand, wobei er eine Schuttwolke aufwirbelte, die sich gemächlich über der öden Landschaft ausbreitete. Der nächste Brocken zerstörte ein paar der Metallbauten, die halb im Kraterboden versenkt worden waren. Dann schlugen immer mehr Felsbrocken ein und wirbelten so viel Staub und Schmutz auf, dass Harbin den Krater nicht mehr zu sehen vermochte. Die Staubwolke stieg auf und breitete sich dabei aus – ein Fanal der Zerstörung und des Todes, das langsam den ganzen Asteroiden einhüllte und sogar nach seinem Schiff ausgriff.

Im Unterbewusstsein rechnete Harbin schon damit, dass die Wolke einen Pilz ausformte wie bei einer Atombombenexplosion auf der Erde. Stattdessen wurde die Wolke nur größer und dunkler; sie blähte sich auf, als ob sie aus dem Kern des Asteroiden gespeist würde. Harbin wusste, dass sie tage-, vielleicht wochenlang wie ein dunkles Leichentuch über dem Asteroiden hängen würde.

Als die *Shanidar* die Umlaufbahn verlassen hatte, war der Erzfrachter längst verschwunden. Die Staubwolke störte Harbins Versuche, das fliehende Schiff mit dem Fernbereichsradar zu erfassen.

Kapitel 47

»Er hat was?«, kreischte Martin Humphries.

»Er hat die Basis auf Vesta ausgelöscht«, wiederholte Diane Verwoerd. »Alle zweiundfünfzig Personen an der Oberfläche wurden getötet.«

Humphries ließ sich auf den Schreibtischstuhl sinken. Er hatte gerade am Telefon eine Verhandlung über den Verkauf von hochwertigem Asteroiden-Nickeleisen an die chinesische Regierung geführt, als sie mit zusammengepressten Lippen und schreckensbleich ins Büro geplatzt war. Als er ihren Gesichtsausdruck sah, hatte Humphries den chinesischen Verhandlungspartner so höflich wie möglich an einen seiner Mitarbeiter in Peking verwiesen, das Gespräch beendet und sie gefragt, was denn los sei.

»Den ganzen Stützpunkt ausgelöscht?«, fragte er mit Grabesstimme.

»Eins unserer Schiffe im Orbit um Vesta geriet in die Staubwolke und …«

»Welche Staubwolke?«, fragte Humphries ungehalten.

Verwoerd setzte sich auf einen der Stühle vor seinem Schreibtisch und schilderte ihm alles, was sie über Fuchs' Angriff wusste. Humphries hatte sie noch nie so fix und fertig gesehen. Das verschaffte ihm eine gewisse Genugtuung.

»Zweiundfünfzig Tote«, murmelte sie wie in einem Selbstgespräch. »Und die Besatzung des Schiffs, das durch die Staubwolke beschädigt wurde … vier Personen sind ums Leben gekommen, weil ihre Lebenserhaltungssysteme ausgefallen sind.«

»Und Fuchs ist entkommen?«, fragte Humphries, nachdem er sich wieder halbwegs beruhigt hatte.

»Ja«, sagte sie. »Harbin wollte schon die Verfolgung aufnehmen, hatte aber zu wenig Treibstoff. Deshalb musste er umkehren.«

»Dann ist er also immer noch da draußen und heckt neue Schandtaten aus.«

»Schandtaten?« Sie schaute ihn direkt an. »Das ist mehr als eine Schandtat, Martin. Das ist ein Massaker.«

Er nickte, lächelte fast. »Das stimmt. Genau das war es. Ein vorsätzliches Massaker.«

»Man könnte fast glauben, dass Sie sich darüber freuen.«

»Wir können das zu unseren Gunsten ausnutzen«, sagte Humphries.

»Ich wüsste nicht …«

»Diese Felsenratten helfen Fuchs doch; sie spenden ihm Treibstoff und Proviant und versorgen ihn außerdem mit Informationen über die Flugpläne und Bestimmungsorte unserer Schiffe.«

»Ja«, sagte sie. »Offensichtlich.«

»*Irgend*jemand muss ihm von der Basis auf Vesta erzählt haben.«

»Offensichtlich«, wiederholte Verwoerd.

»Und nun hat er ein paar Dutzend seiner eigenen Leute getötet. Felsenratten. Bauarbeiter. Nicht wahr?«

Sie holte tief Luft und setzte sich gerade hin. »Ich verstehe. Sie glauben, dass die Felsenratten sich nun gegen ihn wenden werden.«

»Verdammt richtig.«

»Was, wenn sie sich gegen *Sie* wenden?«, fragte Verwoerd. »Was, wenn sie zu dem Entschluss kommen, dass die Arbeit für *HSS* zu gefährlich sei, egal wie gut sie bezahlt wird?«

»Dann werden wir unsere Trumpfkarte ausspielen«, sagte Humphries. »Stavenger hat die Fühler für die

Durchführung einer Friedenskonferenz ausgestreckt. Anscheinend steckt die Weltregierung ihre Nase schon in die Angelegenheit, und Stavenger will sie davon abbringen.«

»Eine Friedenskonferenz?«

»*Humphries Space Systems*, *Astro*, Selene … sogar die Weltregierung will einen Vertreter entsenden. Der Asteroidengürtel soll gerecht aufgeteilt werden, damit die Kämpfe endlich ein Ende finden.«

»Und wer vertritt die Felsenratten?«

Er lachte. »Wozu brauchen wir die denn? Das betrifft nur die großen Mitspieler. Die ›großen Jungs‹.«

»Aber die Felsenratten sind davon betroffen«, wandte Verwoerd ein. »Man kann nicht einfach den Asteroidengürtel zwischen *HSS* und *Astro* aufteilen, ohne ihre Belange zu berücksichtigen.«

»Machen Sie doch mal einen Exkurs in die Geschichte, Diane«, sagte Humphries mit einem Kopfschütteln. »Damals, im zwanzigsten Jahrhundert, gab es in Europa Probleme wegen eines Landes namens Tschechoslowakei. Es existiert heute überhaupt nicht mehr. Damals wollte Deutschland es sich jedoch einverleiben. Die Engländer und Franzosen hielten in München mit den Deutschen eine Konferenz ab. Dort entschieden sie, wie mit der Tschechoslowakei zu verfahren sei. Die Tschechen waren zu der Konferenz gar nicht eingeladen. Dazu bestand keine Veranlassung; die ›großen Jungs‹ haben das unter sich ausgemacht.«

»Und ein Jahr später gab es Krieg in Europa«, erwiderte Verwoerd unwirsch. »Ich kenne mich aus in Geschichte. Sie können keine Konferenz über die Aufteilung des Gürtels anberaumen, ohne die Felsenratten daran zu beteiligen.«

»Wirklich nicht?«

»Sie werden sie Fuchs geradezu in die Arme treiben!«

Bei diesen Worten runzelte Humphries die Stirn. »Glauben Sie?«, fragte er.

»Natürlich.«

»Hmm. Daran hatte ich noch gar nicht gedacht. Vielleicht haben Sie Recht.«

Verwoerd beugte sich leicht zu ihm hinüber. »Wenn Sie die Felsenratten aber mit einbeziehen und ihnen sagen, dass sie einen Vertreter auf die Konferenz schicken sollen …«

»Würden wir sie damit auf unsere Seite ziehen«, beendete Humphries den Satz für sie.

»Und der einzige Außenseiter, der Einzige, der mit dieser Vereinbarung nicht einverstanden ist, wäre Fuchs.«

»Richtig!«

»Er wäre isoliert«, sagte Verwoerd. »Ganz allein. Er würde aufgeben müssen. Niemand würde ihm mehr helfen, und er wäre gezwungen, die Flagge zu streichen.«

Humphries verschränkte die Hände hinterm Kopf und lehnte sich auf dem großen, bequemen Stuhl weit zurück. »Außerdem würde er für die Ermordung der Leute auf Vesta vor Gericht gestellt werden. Ich liebe das!«

Kapitel 48

Zu seiner großen Überraschung wurde George Ambrose zum ›Bürgermeister‹ von Ceres gewählt.

Sein offizieller Titel lautete ›Chef-Administrator‹. Die Wahl fand statt, nachdem die Bewohner von Ceres sich widerwillig eingestanden hatten, dass sie doch eine Art Regierung brauchten – und wenn auch nur zu dem Zweck, um sie vor der eskalierenden Gewalt zu schützen, die den Gürtel in ein Kriegsgebiet verwandelte. Fuchs' Zerstörung der Vestabasis gab dann endgültig den Ausschlag; es waren nämlich über zwei Dutzend Einwohner von Ceres bei dem Angriff getötet worden.

Amanda versuchte sich von den unbegreiflichen Aktionen ihres Manns zu distanzieren, indem sie sich massiv dafür einsetzte, Recht und Gesetz auf Ceres zu etablieren. Sie arbeitete unermüdlich daran, eine Regierung zu bilden und stöberte monatelang in Datenbanken, um eine Regierungsform zu finden, die den Bedürfnissen der Felsenratten am ehesten gerecht wurde. Nachdem sie eine Verfassung ausgearbeitet hatte, wurde sie von den Felsenratten quasi in der Luft zerrissen. Doch sie sammelte die Fetzen auf und legte ein neues Dokument vor, das auf die meisten ihrer Beschwerden einging. Mit großem Widerwillen beschlossen sie, die neue Regierung zu akzeptieren – solange sie ihnen keine direkten Steuern auferlegte.

Die Rekrutierung der Regierungsangestellten war kein Problem: Es gab genügend kaufmännische Angestellte und Ingenieure auf Ceres, um die Posten auszufüllen. Viele von ihnen freuten sich über die Aussicht, ein festes Salär zu beziehen, obwohl Amanda dafür sorgte, dass jeder Bürokrat sich einer alljährlichen Leistungsbeurteilung unterziehen musste, um den Job zu behalten.

Dann erfolgte die Auswahl eines Regierungsgremiums. Sieben Personen wurden nach dem Zufallsprinzip von einem Computer aus den ständigen Bewohnern von Ceres ausgewählt. Niemand durfte diese ›Ehre‹ ausschlagen beziehungsweise die Verantwortung von sich weisen. Amanda wurde in der computerisierten Lotterie nicht ausgewählt, was sie enttäuschte. George wurde hingegen ausgewählt, was ihn noch mehr enttäuschte.

Bei der ersten Zusammenkunft wählte das Gremium George trotz seines Protestes zum Vorsitzenden.

»Ich werde mich, zum Fuck, aber nicht rasieren«, warnte er sie schon einmal vor.

»Das geht in Ordnung, George«, sagte eine der jungen Frauen im Gremium. »Aber würdest du deine Ausdrucksweise bitte etwas mäßigen?«

So geschah es, dass Big George in seiner Eigenschaft als unfreiwilliger ›Bürgermeister‹ der Felsenratten sie auf der Konferenz in Selene vertrat, wo er früher einmal als Flüchtling und Eierdieb gelebt hatte.

»Ich werde aber nicht allein gehen«, sagte George. »Ich werde Unterstützung brauchen.«

Das Regierungsgremium beschloss, dass es vertretbar war, George zwei Assistenten zur Seite zu stellen. Seine erste echte Entscheidung als neu gewählter Chef-Administrator von Ceres bestand darin, die zwei Personen auszuwählen, die ihn begleiten sollten. Die erste Wahl war schnell getroffen: Dr. Kris Cardenas.

Während er sich den Kopf zerbrach, wenn er als Zweiten mitnehmen sollte, meldete Amanda zu seiner Überraschung sich freiwillig.

Sie platzte in sein ›Büro‹ – das praktisch nichts anderes war als seine normale Unterkunft – und eröffnete ihm, dass sie ihn als Delegationsteilnehmerin nach Selene begleiten wollte.

»Du?«, rief George. »Wie kommt's?«

Amanda wich seinem Blick aus. »Ich habe einen so großen Beitrag wie jeder zur Bildung dieser Regierung geleistet. Vielleicht einen noch größeren. Ich hab es verdient, an der Konferenz teilzunehmen.«

»Das wird aber keine Urlaubsreise, weißte«, sagte George skeptisch.

»Das ist mir schon klar.«

Er bot ihr seinen besten Stuhl an, doch sie schüttelte den Kopf und blieb in der Mitte seiner Einraum-Residenz stehen. Sie machte einen ruhigen und entschlossenen Eindruck. Es ist hier ziemlich unordentlich, sagte George sich: Das Bett ist nicht gemacht, und das Spülbecken ist voller Geschirr. Doch Amanda stand einfach nur da und starrte in die Unendlichkeit. George fragte sich, was sie dort wohl sah.

»Humphries ist in Selene«, sagte er.

Amanda nickte. Ihr Gesicht war ausdruckslos und geradezu maskenhaft starr, als ob sie Angst hätte, überhaupt eine Gefühlsregung zu zeigen.

»Es wird Lars nicht recht sein, wenn du dorthin gehst.«

»Ich weiß«, sagte sie mit fast flüsternder Stimme. »Ich habe mir das gründlich überlegt, George. Ich muss mit dir gehen. Aber ich will nicht, dass Lars es erfährt. Bitte sag ihm nichts.«

George kratzte sich den Bart und versuchte, aus ihren Worten schlau zu werden. »Wie soll ich es ihm überhaupt sagen? Die einzige Möglichkeit, ihn zu erreichen, ist doch über dich.«

»Ich muss mit dir gehen, George«, sagte Amanda fast flehentlich. »Verstehst du das denn nicht? Ich muss alles tun, was in meinen Kräften steht, um diesem Kampf ein

Ende zu bereiten. Ich muss Lars retten, bevor sie ihn finden und töten!«

George nickte; er hatte begriffen. Zumindest glaubte er das.

»In Ordnung, Amanda, du kannst mit uns kommen. Ich freue mich, dass du dabei bist.«

»Vielen Dank, George«, sagte sie und lächelte zum ersten Mal. Doch es lag keine Fröhlichkeit darin.

Amanda hatte zwei Tage lang mit sich gerungen, bevor sie George fragte, ob sie ihn nach Selene begleiten dürfe. Sie wusste, dass Lars sie nicht in Humphries' Nähe kommen lassen wollte und schon gar nicht, wenn er nicht da war, um sie zu beschützen. Aber sie hatte keine Angst mehr vor Martin Humphries; sie hatte sogar das Gefühl, dass sie ihm gewachsen wäre. Martin wird mir nichts tun, sagte sie sich. Zumal George und Chris auf mich aufpassen werden.

Was ihr Sorgen bereitete, war Lars' Reaktion. Er würde überhaupt nicht damit einverstanden sein, dass sie nach Selene ging und sich damit auf Humphries' Territorium wagte. Also beschloss Amanda nach zwei Tagen reiflicher Überlegung, zu gehen. Und zwar ohne Lars etwas davon zu sagen.

Insgesamt zweiundzwanzig Schiffe versammelten sich über der zerstörten Basis von Vesta. Der bei Fuchs' Angriff aufgewirbelte Staub hatte sich inzwischen wieder gesetzt, doch Harbin sah keine Spur mehr vom Stützpunkt – nicht einmal mehr den Krater, in dem er sich befunden hatte. An seiner Stelle befanden sich neue, überlappende Krater – frische, scharf konturierte und unregelmäßige runde Narben auf der dunklen Oberfläche des Asteroiden. Sie erinnerten Harbin an die Narben, die die Saugnäpfe der Tentakel von Riesenkraken an Pottwalen hinterließen.

Der auf der Brücke der *Shanidar* stehende Dorik Harbin war sich der Ironie seiner Position bewusst. Als jemand, der die Einsamkeit schätzte, der niemals von irgendjemand abhängig sein wollte, war er nun Kommandant einer ganzen Raumschiffsflotte: Kampfschiffe, Tanker und sogar Drohnen, die auf der Suche nach einem infinitesimalen Punkt in der dunklen Leere des Gürtels ausschwärmten: Lars Fuchs.

Obwohl er viel lieber allein gearbeitet hätte, hatte Harbin sich schließlich eingestehen müssen, dass er Fuchs nicht allein finden konnte. Dazu war der Gürtel zu groß und der Versteckmöglichkeiten zu viele. Zumal Fuchs natürlich von anderen Felsenratten unterstützt wurde, die ihn mit Treibstoff, Proviant und Informationen versorgten und ihm bei seinem Einmann-Krieg gegen *Humphries Space Systems* klammheimlich Erfolg wünschten. Und wahrscheinlich wurde Fuchs auch von der *Astro Corporation* unterstützt. Harbin wusste aber, dass das nur Mutmaßungen waren; es gab keinen eindeutigen Beweis, dass *Astro* den Renegaten mit irgendetwas außer Glückwünschen für seine fortdauernden Angriffe unterstützte.

Humphries war sich aber sicher, dass *Astro* das Geheimnis von Fuchs' Erfolg war. Diane hatte Harbin berichtet, dass Humphries außer sich war vor Wut und nun bereit war, jeden Penny, den er besaß, für das Aufspüren und die Liquidation von Fuchs auszugeben. Diese Armada war das Resultat: Dabei standen die Kosten für Humphries in keinem Verhältnis zum Schaden, den Fuchs angerichtet hatte. Doch Humphries wollte Fuchs vernichten – was auch immer es ihn kostete, sagte Diane.

Diane. Harbin wurde sich bewusst, dass sie ein Teil seines Lebens geworden war. Ich bin von ihr abhängig, sagte er sich. Trotz der großen Entfernung zwischen ihnen schützte sie ihn vor Humphries' aus Frustration geborenem Zorn. Sie war diejenige, die Humphries überredet hatte, Harbin das Kommando auf dem groß angelegten Feldzug gegen Fuchs zu übertragen. Sie war diejenige, die auf ihn warten würde, wenn er mit Fuchs' Leiche zurückkehrte.

Sehr gut, sagte er sich und ließ den Blick über die Monitore schweifen, auf denen eine Anzahl seiner Schiffe zu sehen waren; nun habe ich die Werkzeuge, die ich brauche, um den Job zu Ende zu bringen. Es ist nur noch eine Frage der Zeit.

Die Aufklärungsdrohnen suchten schon mit ihren Sensoren den Gürtel ab. Harbin erteilte seiner Flotte den Befehl, loszufliegen und die Jagd zu beginnen.

Ein deutlicher Ausdruck der Zufriedenheit erschien auf Martin Humphries' Gesicht, als er am Kopfende des langen Esstischs in seinem Anwesen Platz nahm. Diane Verwoerd war die einzige andere Person am Tisch; sie hatte bereits zu seiner Rechten Platz genommen.

»Entschuldigen Sie die Verspätung«, sagte Humphries und bedeutete dem Diener mit einem Kopfnicken, den Wein einzuschenken. »Ich hatte noch ein Telefongespräch mit Doug Stavenger.«

Verwoerd wusste, dass ihr Chef nun von ihr die Frage erwartete, worum es sich bei dem Anruf gehandelt hatte – aber sie sagte nichts.

»Er ist einverstanden«, sagte Humphries schließlich leicht pikiert. »Stavenger wird alles organisieren. Wir werden in Selene eine Friedenskonferenz abhalten. Die Weltregierung hat sich bereit erklärt, ihre Nummer zwei zu schicken: Willi Dieterling.«

Diane Verwoerd machte ein erstauntes Gesicht. »Der Mann, der den Friedensvertrag im Nahen Osten ausgehandelt hat?«

»Genau der«, sagte Humphries.

»Und die Felsenratten schicken auch einen Vertreter?«, versuchte sie ihn aus der Reserve zu locken.

»Drei Personen. Diesen australischen Rübezahl und zwei Assistenten.«

»Und wer wird *Astro* vertreten?«

»Wahrscheinlich Pancho«, sagte er leichthin. »Sie führt dieser Tage den eigentlichen Vorsitz im Vorstand.«

»Das wird interessant«, sagte Verwoerd.

»Das wird es«, pflichtete Humphries ihr bei. »Auf jeden Fall.«

Lars Fuchs schaute seinen Besucher finster an. Yves St. Claire war einer seiner ältesten und besten Freunde; Fuchs kannte den Quebecer schon seit dem gemeinsamen Studium in der Schweiz. Und doch weigerte St. Claire sich standhaft, ihm zu helfen.

»Ich brauche Treibstoff«, sagte Fuchs. »Ohne ihn bin ich erledigt.«

Die beiden Männer standen in der kleinen Kombüse der *Nautilus*, wo sie von der Besatzung nicht gestört wurden. Fuchs hatte seinen Leuten den Befehl gegeben, ihn mit dem alten Freund allein zu lassen. St. Claire stand vor dem großen Kühlschrank und hatte die Arme störrisch vor der Brust verschränkt. In ihrer Studentenzeit war er rank und schlank gewesen; er hatte ein Menjou-Bärtchen getragen und war trotz seines herben Akzents bei den Frauen angekommen. Damals hatte er sich immer nach der neuesten Mode gekleidet; seine Freunde hatten gewitzelt, dass er seine Familie mit den Kleiderkäufen noch in den Bankrott trieb. In den Jahren, die er als Prospektor im Gürtel verbracht hatte, war er allerdings fett geworden. Nun sah er aus wie ein saturierter kleinbürgerlicher Ladenbesitzer mittleren Alters, obwohl sein sorgfältig drapiertes himmelblaues Gewand so geschnitten war, dass der Bauch etwas kaschiert wurde.

»Lars«, sagte St. Claire, »das ist unmöglich. Nicht einmal für einen alten Freund wie dich kann ich Treibstoff erübrigen. Dann hätte ich nämlich nicht mehr genug, um nach Ceres zurückkehren.«

Fuchs, der wie üblich mit einem schwarzen Pullover und einer Schlabberhose bekleidet war, holte tief Luft, bevor er antwortete.

»Der Unterschied ist nur«, sagte er, »dass du einen Notruf absetzen und einen Tanker rufen kannst. Ich kann das nicht.«

»Ja, ich könnte einen Tanker anfordern. Und weißt du auch, wie viel das kosten wird?«

»Bei dir geht es bloß um Geld. Bei mir geht es um mein Leben.«

St. Claire zuckte nur die Achseln.

Seit dem Angriff auf Vesta hatte Fuchs sich durchgeschlagen, indem er Treibstoff und Proviant von wohlgesonnenen Prospektoren und anderen Schiffen schnorrte, die den Gürtel durchpflügten. Ein paar von ihnen spendeten freiwillig; die meisten sträubten sich jedoch und mussten erst überredet werden. Amanda schickte ihm regelmäßig die Flugpläne der Prospektoren, Bergleute, Tankschiffe und Versorgungsschiffe, die Ceres verließen. Fuchs deponierte Fernbedienungs-Transceiver auf kleinen Asteroiden, gab die Katalognummern der Asteroiden in superkomprimierten Nachrichten an Amanda durch und fragte die Nachrichten dann beim nächsten Vorbeiflug an diesen Asteroiden ab. Es war wie ein Schachspiel, die Transceiver zu bewegen, bevor Humphries' Schnüffler sie zu lokalisieren und als Köder zu nutzen vermochten, um ihn in die Falle zu locken.

Humphries' Schiffe waren nun bewaffnet und kaum noch allein unterwegs. Es war mittlerweile viel zu riskant, sie anzugreifen. Hin und wieder beschlagnahmte Fuchs Vorräte von *Astro*-Tankschiffen und Frachtern. Die Kapitäne kamen Fuchs' Forderungen nur unter Protest nach, aber sie hatten Anweisung von Pancho, keinen Widerstand zu leisten. Dieser ›Mundraub‹ schlug in *Astro*s Bilanzen praktisch nicht zu Buche.

Deshalb verwunderte es Fuchs umso mehr, dass sogar sein alter Freund sich stur stellte.

Er beherrschte sich und versuchte es im Guten: »Yves, es geht hier buchstäblich um Leben und Tod für mich.«

»Aber das ist doch völlig unnötig«, sagte St. Claire und fuchtelte mit beiden Händen in der Luft herum. »Du musst doch nicht …«

»Ich kämpfe auch für dich«, sagte Fuchs. »Ich will Humphries daran hindern, dass er euch zu seinen Vasallen macht.«

St. Claire wölbte eine Augenbraue. »Ach, Lars, *mon vieux*. In diesem Kampf hast du auch schon Freunde von mir getötet. Freunde von uns, Lars.«

»Das ließ sich leider nicht vermeiden.«

»Sie waren Bauarbeiter. Sie haben dir nie etwas zuleide getan.«

»Sie haben für Humphries gearbeitet.«

»Du hast ihnen nicht einmal eine Chance gegeben. Du hast sie gnadenlos abgeschlachtet.«

»Wir sind im Krieg«, sagte Fuchs schroff. »Im Krieg gibt es Verluste. Das lässt sich eben nicht ändern.«

»*Sie* waren nicht im Krieg!«, erwiderte St. Claire zornig. »Und ich bin auch nicht im Krieg! Du bist der Einzige, der hier einen Krieg führt.«

Fuchs starrte ihn an. »Weißt du überhaupt, dass ich das, was ich tue, für euch tue? Für alle Felsenratten?«

»Ach was! Es wird eh bald vorbei sein. Es hat keinen Sinn, diese … diese Vendetta zwischen dir und Humphries fortzusetzen.«

»Vendetta? Schätzt du mich etwa so ein?«

St. Claire holte tief Luft und sagte sachlich: »Lars, es ist vorbei. Die Konferenz in Selene wird diesem Kampf ein Ende bereiten.«

»Konferenz?« Fuchs blinzelte erstaunt. »Was denn für eine Konferenz?«

St. Claire hob die Brauen. »Du weißt es noch gar nicht? Humphries und *Astro* werden auf Selene eine Konferenz abhalten, um ihre Differenzen beizulegen. Eine Friedenskonferenz.«

»In Selene?«

»Natürlich. Stavenger persönlich hat sie arrangiert. Die Weltregierung hat Willi Dieterling entsandt. Deine Frau wird auch dort sein – als eine der Abgesandten von Ceres.«

Fuchs glaubte schier, einen Stromschlag bekommen zu haben. »Amanda kommt nach Selene?«

»Sie ist schon unterwegs, und zwar mit Big George und Dr. Cardenas. Wusstest du das denn nicht?«

Amanda geht nach Selene, hallte es wie ein Donnerschlag in Fuchs' Kopf wider. Nach Selene. Zu Humphries.

Er brauchte eine Weile, um sich wieder auf St. Claire zu konzentrieren, der noch immer vor ihm in der Bordküche stand. Er hatte ein irritiertes Lächeln auf den Lippen.

»Du hast es gar nicht gewusst?«, fragte St. Claire von neuem. »Sie hat es dir nicht gesagt?«

»Ich werde mir den benötigten Treibstoff holen«, sagte Fuchs mit gefährlich leiser Stimme. »Du kannst einen Tanker rufen, wenn ich weg bin.«

»Du willst ihn von mir stehlen?«

»Ja«, sagte Fuchs. »So kannst du dir den Schaden von der Versicherung ersetzen lassen. Du bist doch gegen Diebstahl versichert, oder?«

Joyce war mit ihrem Leben auf dem Mond recht zufrieden. Sie lebte allein – nicht zölibatär, aber ungebunden. Sie hatte fast alles erreicht, wovon sie in den langen, harten Jahren ihrer Jugend geträumt hatte.

Sie war nun eine reife Frau, schlank und sehnig, gestärkt durch jahrelange körperliche Arbeit und kühle Kalkulation. Sie hatte die Leiter des Lebens erklommen, indem sie sich an jeder Sprosse festklammerte, die sie zu erreichen vermochte. Wo sie nun hier in Selene war, mit einem gut bezahlten Job und sicheren Karriereperspektiven, hätte sie sich eigentlich zum ersten Mal entspannen und das Leben genießen können.

Aber sie langweilte sich bald.

Das Leben wurde zu berechenbar, zu routinemäßig. Zu sicher, wie sie sich schließlich bewusst wurde. Es gibt keine Herausforderungen mehr. Ich kann mein Büro mit verbundenen Augen leiten. Und wenn ich ausgehe, sehe ich jedes Mal die gleichen Leute. Selene ist halt ein Dorf. Geborgen. Beschaulich. Langweilig.

Also ließ sie sich zum Entsetzen ihres Vorgesetzten zur Humphries-Operation auf Ceres versetzen und flog in den Asteroidengürtel hinaus.

Ceres war noch kleiner als Selene, schmutzig, überfüllt und zuweilen auch gefährlich. Joyce liebte es. Ständig kamen und gingen neue Leute. Der Pub war proletarisch-rustikal. Sie sah, wie Lars Fuchs dort einen Mann tötete – er stieß dem Typen einfach einen Elektrobohrer wie ein mittelalterliches Schwert in die Brust. Der Typ hatte gestanden, Niles Ripley getötet zu haben, und dann hatte er auch noch versucht, Fuchs an der Bar zu erschießen.

413

Sie gehörte der Jury an, die Fuchs freisprach und wirkte auch daran mit, als die Bevölkerung von Ceres eine provisorische Regierung bildete. Joyce Takamine gehörte zu denen, die in der Lotterie für die Besetzung des ersten Regierungsrats der Gemeinschaft ausgewählt wurden. Es war das erste Mal, dass sie überhaupt etwas gewonnen hatte.

Kapitel 49

Humphries gab auf seinem Anwesen eine Party für die Delegierten der Friedenskonferenz. Es war aber keine große Veranstaltung; nur eine intime Versammlung der paar Männer und Frauen, die sich am nächsten Morgen in einem peripheren Konferenzraum in Selenes Büroturm oben in der Grand Plaza treffen würden.

Pancho Lane traf als erster Gast ein. Humphries begrüßte sie im großzügigen Wohnzimmer seines Hauses, wobei er Diane Verwoerd an seiner Seite hatte. Diane steckte in einem glitzernden, bodenlangen silberfarbenen Kleid, das fast bis zur Hüfte ausgeschnitten war. Pancho war mit einem lavendelfarbenen Cocktailkleid bekleidet und trug dazu große Kupferohrringe und Kupferreifen um die Handgelenke und um den Hals.

Humphries, der ein kragenloses burgunderfarbenes Jackett über einem schwarzen T-Shirt und einer anthrazitfarbenen Hose trug, grinste zufrieden. Pancho hatte in den Jahren im *Astro*-Vorstand zwar schon viel gelernt, aber sie war noch immer so ›frisch‹, dass sie auf die Minute pünktlich erschien, anstatt das Privileg einer gepflegten Verspätung in Anspruch zu nehmen.

Nach und nach trafen auch die anderen Gäste ein, und Humphries' Bedienstete führten sie ins luxuriös möblierte Wohnzimmer. Willi Dieterling erschien in Begleitung von zwei jüngeren Männern; er stellte sie Humphries als seine Neffen vor.

»Darf ich Ihnen zu Ihrer erfolgreichen Bewältigung der Krise im Nahen Osten gratulieren, Sir«, sagte Humphries.

Dieterling lächelte leicht verlegen und fasste sich an

den gestutzten grauen Bart. »Das ist nicht nur mein Verdienst«, sagte er leise. »Beiden Seiten war die Munition ausgegangen. Meine Leistung bestand im Wesentlichen darin, die Waffenhändler dazu zu bewegen, ihnen keine Munition mehr zu verkaufen.«

Alle lachten höflich.

»Weil das Mittelmeer Israel zu überfluteten drohte und Tigris und Euphrat den halben Irak wegspülten, waren beide Seiten schließlich kooperationsbereit.«

»Trotzdem«, sagte Humphries, als der Kellner ein Tablett mit Champagnergläsern brachte, »haben Sie etwas geleistet, das …«

Er verstummte und schaute an Dieterling vorbei. Alle Blicke richteten sich auf die Tür. Dort stand Big George Ambrose mit seinem zottigen roten Haar und dem Rauschebart und fühlte sich sichtlich unwohl in einem eng sitzenden Dinnerjackett. Zu seiner Rechten war Kris Cardenas, die seit über sechs Jahren zum ersten Mal wieder in Selene war. Und zu seiner Linken war Amanda in einem schlichten weißen, ärmellosen Kleid. Als Schmuck trug sie eine Perlenkette und ein Goldgliederarmband.

Humphries ließ Dieterling und die anderen einfach stehen und eilte zu Amanda.

Er hatte plötzlich einen trockenen Mund und musste erst mal kräftig schlucken, bevor er ein »Hallo« hervorbrachte.

»Hallo, Martin«, sagte Amanda ernst.

Er kam sich vor wie ein schüchterner Schuljunge und wusste nicht, was er sagen sollte.

Es war ausgerechnet Pancho, die ihn rettete. »Hallo, Mandy!«, rief sie fröhlich und ging auf sie zu. »Schön, dich zu sehen.«

Humphries war Pancho fast dankbar, dass sie es übernahm, Amanda, Cardenas und Big George Dieterling und seinen Neffen vorzustellen. Dann traf Doug

Stavenger mit seiner Frau ein, und die Gesellschaft war vollzählig.

Während die Gäste Champagner süffelten und parlierten, rief Humphries einen der Kellner herbei und wies ihn an, die Sitzordnung im Esszimmer zu ändern. Er wollte, dass Amanda zu seiner Rechten saß.

Zwei Minuten später kam sein Butler zu ihm und flüsterte ihm ins Ohr: »Sir, Doktor Dieterling müsste eigentlich zu Ihrer Rechten sitzen. Diplomatisches Protokoll …«

»Zum Teufel mit dem Protokoll!«, zischte Humphries. »Ändern Sie die Sitzordnung. Sofort!«

Der Butler wirkte überaus besorgt. Da schaltete Verwoerd sich ein und sagte: »Ich werde mich darum kümmern.«

Humphries nickte ihr zu. Sie und der Butler verschwanden im Esszimmer. Humphries wandte sich wieder Amanda zu. Sie schien geradezu wie eine Göttin zu strahlen inmitten der plappernden Normalsterblichen, in deren Mittelpunkt sie stand.

Das Dinner war lang und ausgiebig. Humphries war sicher, dass die Konversation anspruchsvoll und tiefschürfend war; so hatten die Teilnehmer an der morgigen Konferenz die Möglichkeit, sich schon einmal kennen zu lernen. Das sporadische Gelächter zeigte, dass auch der Humor nicht zu kurz kam. Humphries hörte aber gar nicht zu. Er hatte nur Augen für Amanda. Sie lächelte hin und wieder, aber ihm schenkte sie kein Lächeln. Sie unterhielt sich mit Dieterling, der auf der anderen Seite von ihr Platz genommen hatte und mit Stavenger, der ihr am Tisch gegenübersaß. Sie sprach aber kaum ein Wort mit Humphries, und ihm fiel es auch schwer, mit ihr ins Gespräch zu kommen – vor allem in Gegenwart der vielen anderen Leute.

Nach dem Dinner wurden Drinks in der Bibliothek

serviert. Als die antike Standuhr in der Ecke Mitternacht schlug, verabschiedeten die Gäste sich. Amanda ging mit Cardenas und Big George. Pancho blieb, bis alle anderen gegangen waren.

»Zuerst rein, zuletzt raus«, sagte sie und stellte schließlich ihr Glas auf die Bar. »Ich möchte nämlich nichts verpassen.«

Humphries überließ es Verwoerd, Pancho zur Tür zu bringen. Er ging hinter die Bar und goss sich einen ordentlichen Whisky ein.

Als Verwoerd zurückkehrte, hatten ihre vollen Lippen sich zu einem sybillinischen Lächeln gekräuselt. »In natura ist sie noch schöner als auf dem Bildschirm.«

»Ich werde sie heiraten«, sagte Humphries.

Nun musste Verwoerd lachen. »Dazu müssten Sie überhaupt erst einmal die Nerven haben, mit ihr zu sprechen, möchte ich meinen.«

Zorn flammte in ihm auf. »Es waren zu viele Leute um uns herum. Unter solchen Umständen kann ich doch nichts von Belang sagen.«

»Sie hatte Ihnen aber auch nicht gerade viel zu sagen«, sagte Verwoerd noch immer grinsend.

»Das wird sie noch. Dafür werde ich schon sorgen.«

Verwoerd nahm ihr halb volles Glas von der Bar und sagte: »Mir ist aufgefallen, dass die andere Frau auch kaum ein Wort mit Ihnen gewechselt hat.«

»Doktor Cardenas?«

»Ja.«

»Wir hatten in der Vergangenheit unsere … Differenzen. Als sie noch hier in Selene lebte.«

»Sie hatte das Nanotech-Labor geleitet, nicht wahr?«

»Ja.« Kris Cardenas hatte ihr Labor nämlich wegen Humphries schließen müssen. Er war sicher, dass Verwoerd das auch wusste; das katzenhafte Lächeln in ihrem Gesicht sagte ihm, dass sie es wusste und sich über sein Unbehagen freute. Und über seine Unfähigkeit, mehr als nur ein paar Worte mit Amanda zu wechseln. Sie genießt den Anblick, wie ich mich bei der Frau, die ich liebe, verkrampfe und zum Trottel mache, sagte er sich wütend.

»Es würde mich interessieren, was Sie morgen zu sagen haben«, sinnierte Verwoerd. »Falls Sie überhaupt etwas zu sagen haben.«

»Morgen?«

»Auf der Konferenz.«

»Ach so. Die Konferenz.«

»Ich freue mich schon darauf«, sagte Verwoerd.

»Sie werden nicht dabei sein.«

Sie riss perplex die Augen auf, doch dann erlangte sie die Fassung zurück.

»Ich werde bei der Konferenz nicht dabei sein? Wieso denn nicht?«

»Weil Sie im medizinischen Labor sein werden. Es wird Zeit, dass Ihnen mein Klon implantiert wird.«

Nun verlor Verwoerd doch die Beherrschung. »Jetzt schon? Sie wollen das ausgerechnet jetzt tun, wo die Konferenz …«

Er hatte diesen Entschluss eben erst gefasst. Diese selbstgefällige Überheblichkeit in ihrem Gesicht hatte ihn zu diesem Schritt veranlasst. Es wird Zeit, dass ich ihr zeige, wer hier das Sagen hat; ich muss ihr klar machen, dass sie meine Anweisungen zu befolgen hat.

»Wie gesagt«, sagte Humphries und genoss dabei ihren Schreck und ihre Verwirrung. »Ich werde Amanda heiraten, und Sie werden mein Baby austragen.«

Kapitel 50

Dann läuft es also darauf hinaus, sagte Dorik Harbin sich, als er die Nachricht auf dem Bildschirm las. Die enormen Anstrengungen und schwierigen Manöver, die vielen Schiffe, Mord und Totschlag – und wofür? Für einen lausigen Verrat.

Er saß in seiner Kabine und starrte auf den Monitor. Ein Typ, der mal bei Fuchs angestellt gewesen war, hatte ihn verraten. Für ein lächerliches Bestechungsgeld hatte er die Dateien im Computer von Fuchs' Frau gehackt und herausgefunden, wo Fuchs' Kommunikations-Transceiver aufgestellt waren. Diese kleinen elektrooptischen Kästen waren Fuchs' Lebensader, sein Zugang zu Informationen, wo und wann er die Schiffe finden konnte, denen er auflauerte.

Harbin lächelte, doch es drückte keine Freude aus. Er öffnete einen Kommunikationskanal zu seinen Schiffen und beorderte sie zu den Asteroiden, wo Fuchs' Transceiver standen. Früher oder später würde er bei einem dieser Asteroiden aufkreuzen, um die neuesten Informationen von seiner Frau abzurufen. Und dann würden ein paar von Harbins Schiffen auf ihn warten.

Harbin hoffte, dass Fuchs zu dem Asteroiden käme, wo er sich selbst auf die Lauer legen wollte.

Es wird am besten sein, diesen Kampf Mann zu Mann zu entscheiden, sagte er sich. Und wenn er endlich vorbei ist, werde ich reich genug sein, um mich in den Ruhestand zurückzuziehen. Mit Diane.

Diane Verwoerd verbrachte eine schlaflose Nacht und grämte sich wegen der Qual, die ihr bevorstand. Ich werde Martins Kind austragen, ohne wirklich von ihm schwanger zu sein. Es wird fast auf eine Jungfrauengeburt hinauslaufen.

Die Ironie der Situation vermochte ihre Ängste auch nicht zu lindern. Weil sie keinen Schlaf fand, setzte sie sich an den Computer und suchte nach allen Informationen, die sie über das Klonen fand: Schafe, Schweine, Affen – und Menschen. In den meisten Ländern auf der Erde war das Klonen von Menschen verboten. Die ultrakonservativen religiösen Organisationen wie die *Neue Moralität* und das *Schwert des Islam* inhaftierten und exekutierten sogar Wissenschaftler nur wegen der Forschung auf dem Feld des Klonens. Trotzdem gab es Labors, private Einrichtungen – die von den Superreichen geschützt wurden –, wo solche Experimente durchgeführt wurden. Die meisten Klon-Versuche misslangen jedoch. Und in den Fällen, wo sie ›gelangen‹, kamen Missgeburten dabei heraus. Manche Frauen hatten auch das Pech, im Kindbett zu sterben oder eine Totgeburt.

Meine Chancen, Martin einen gesunden Sohn zu liefern, stehen ungefähr eins zu hundert, sagte Verwoerd sich. Da ist sogar die Wahrscheinlichkeit größer, dass ich vorher sterbe.

Sie schauderte, aber sie wusste, dass sie es durchziehen würde. Um die Mutter von Martin Humphries' Sohn zu werden, würde sie jedes Risiko eingehen. Das wird mir einen Sitz im Vorstand verschaffen. Und wer weiß, wie weit ich es mit Dorik als meinem Beschützer noch bringen werde.

Humphries wachte an diesem Morgen mit einem Lächeln auf. Es fügt sich alles prächtig, sagte er sich, als er aus dem Bett stieg und ins Bad schlurfte. Amanda ist ohne Fuchs hier. Wenn die Konferenz zu Ende ist, wird er von ihr und allen anderen Menschen abgeschnitten sein. Dann habe ich die Chance, ihr zu zeigen, was für ein Leben sie mit mir führen kann.

Im Spiegel überm Waschbecken sah er sein aufgedunsenes, verschlafenes und unrasiertes Spiegelbild. Aber ob sie mich überhaupt will, fragte er sich. Ich vermag ihr alles zu bieten, was eine Frau sich nur wünschen kann. Aber wird sie mich wieder zurückweisen? Wird sie bei Fuchs bleiben?

Nicht, wenn der Mann tot ist, sagte er sich. Dann hat sie keine Wahl. Wenn der Konkurrent aus dem Weg geräumt ist.

Mit zitternden Händen griff er nach der elektrischen Zahnbürste. Humphries runzelte die Stirn über seine Schwäche, öffnete den Medizinschrank und ließ den Blick über die Ampullen schweifen, die dort in alphabetischer Reihenfolge angeordnet waren. Ein Mittel gegen jedes Leiden, sagte er sich. Hauptsächlich waren es Designerdrogen, die von einem der brillanten Forscher zusammengemixt worden waren, die auf seiner Gehaltsliste standen. Ich brauche etwas zur Beruhigung, sagte Humphries sich. Etwas, womit ich diese Konferenz überstehe, ohne auszurasten. Amanda darf keine Angst vor mir bekommen.

Während er den Medizinschrank durchsuchte, blitzte das Bild von Diane Verwoerds bekümmertem, ängstlichem Gesicht in seinem Bewusstsein auf. Das überhebliche Grinsen ist ihr vergangen, sagte er sich und genoss die Erinnerung an ihre Überraschung und Furcht. Er wusste gar nicht mehr, wie viele Frauen schon Klone von ihm auszutragen versucht hatten. Ein paar waren gestorben, und eine hatte ein Monster zur Welt gebracht, das den ersten Tag nicht überlebt hatte. Diane ist stark, sagte er sich. Sie wird das für mich erledigen. Und wenn nicht … er zuckte die Achseln. Es gibt noch genug andere Frauen für den Job.

Er fand das blaue Fläschchen, nach dem er suchte.

Nur eins, sagte er sich; nur so viel, um die Konferenz zu meistern. Später werde ich etwas anderes brauchen, etwas zur Stimulation. Aber noch nicht. Nicht heute Morgen. Später, wenn Amanda hier bei mir ist.

Pancho hatte ihre Garderobe für die Konferenz sorgfältig ausgewählt: Sie trug eine orangefarbene Seidenbluse, eine Hose und eine schöne Patchwork-Jacke mit Strassbesatz. Dies ist eine wichtige Konferenz, und ich vertrete die *Astro Corporation*, sagte sie sich. Also muss ich auch entsprechend auftreten. Sie glaubte, dass sie die Erste sei, die auf der Konferenz erschien, doch als sie eintraf, stand Doug Stavenger schon am großen Fenster, das eine ganze Wand des Raums einnahm. Er war mit einer saloppen blauen Strickjacke bekleidet und machte einen entspannten Eindruck.

»Hallo«, rief er fröhlich. Er zeigte auf die mit Kaffeekannen und kleinen Gerichten beladende Anrichte und fragte: »Haben Sie schon gefrühstückt?«

»Ich könnte einen Kaffee vertragen«, sagte Pancho und ging zum Tisch.

Der Konferenzraum war Teil des Bürokomplexes, den Selene in einem der Zwillingstürme eingerichtet hatte, die die große Kuppel der Grand Plaza trugen. Pancho schaute aus dem Fenster auf die Plaza und sah den liebevoll gepflegten Rasen, die blühenden Sträucher und Laubbäume, die die Landschaft verzierten. Da waren das große Schwimmbad, das als Touristenattraktion galt, und das Freilichttheater mit der elegant geschwungenen Konzertmuschel aus Mondbeton. Sie sah, dass so früh am Morgen nur wenige Leute unterwegs waren. Im Schwimmbad war überhaupt niemand.

Stavenger lächelte sie an. »Pancho, sind Sie wirklich ernsthaft interessiert, Ihre Differenzen mit Humphries beizulegen, oder ist die Konferenz nur Zeitverschwendung?«

Pancho erwiderte das Grinsen, während sie eine Kaffeetasse nahm und sie mit dem dampfenden schwarzen Gebräu füllte. »*Astro* ist durchaus bereit, einer vernünftigen Aufteilung des Gürtels zuzustimmen. Wir haben nie einen Kampf gewollt; es war Humphries, der die Eskalation verursacht hat.«

Stavenger schürzte die Lippen. »Das hängt wohl davon ab, wie man das Wort ›vernünftig‹ definiert.«

»Schauen Sie«, sagte Pancho. »Es gibt genug Rohstoffe im Gürtel, um jeden zufrieden zu stellen. Es ist genug für uns alle da. Er ist Humphries, der alles will.«

»Reden Sie über mich, Pancho?«

Sie drehten sich um und sahen Humphries durch die Tür kommen. Er trug einen marineblauen Geschäftsanzug und machte einen entspannten und zuversichtlichen Eindruck.

»Nichts, was ich Ihnen nicht schon ins Gesicht gesagt hätte, Humpy, alter Kumpel«, erwiderte Pancho.

Humphries hob eine Augenbraue. »Ich würde es vorziehen, wenn Sie mich in Anwesenheit der anderen Delegierten mit Mr. Humphries anredeten.«

»So empfindlich?«

»Ja. Ihre Rücksichtnahme würde ich damit honorieren, indem ich mich solcher Begriffe wie ›Gassenmädchen‹ oder ›Schraubfix‹ zu enthalten versuche.«

Stavenger griff sich an den Kopf. »Das verspricht ja ein wunderschöner Morgen zu werden«, stöhnte er.

Aber die Konferenz verlief viel ruhiger, als Stavenger befürchtet hatte. Die anderen Delegierten erschienen, und Humphries richtete seine Aufmerksamkeit auf Amanda, die ihm zwar höflich zulächelte, doch kein Wort mit ihm wechselte. Er schien fast ein anderer Mensch zu sein, wenn Fuchs' Frau in der Nähe war: höflich, rücksichtsvoll und sehr darauf bedacht, ihre Bewunderung zu erringen oder zumindest ihre Achtung.

Stavenger eröffnete die Konferenz, und alle nahmen am polierten rechteckigen Konferenztisch Platz. Pancho wahrte die Etikette eines Vorstandsmitglieds, und Humphries war freundlich und kooperativ. Jeder legte in einem Eingangsstatement dar, dass er sich nichts mehr als Frieden und Eintracht im Asteroidengürtel wünschte. Willi Dieterling führte kurz aus, wie wichtig die Ressourcen des Gürtels für die Menschen auf der Erde seien.

»Wo so viele Millionen Menschen heimatlos sind und Hunger leiden, wo ein Großteil der globalen industriellen Kapazitäten vernichtet ist, sind wir dringend auf die Ressourcen des Gürtels angewiesen«, sagte er. »Die Kämpfe beeinträchtigen die Versorgung mit Rohstoffen, die wir für die Überwindung der Klimakatastrophe benötigen. Die Zivilisation hat einen schweren Rückschlag erlitten.«

»Die Bevölkerung von Selene ist bereit, im Rahmen ihrer Möglichkeiten zu helfen«, sagte Stavenger. »Wir haben hier auf dem Mond auch industrielle Kapazitäten, und wir können Ihnen beim Bau von Fabriken und Kraftwerken im Erdorbit helfen.«

Es war George, der schließlich Klartext redete.

»Wir alle wollen Frieden und gute Beziehungen«, hob er an, »aber die schmerzliche Wahrheit ist doch, dass draußen im Gürtel Menschen sich gegenseitig umbringen.«

»Die Weltregierung ist gern bereit, Friedenstruppen zu entsenden, um Sie bei der Aufrechterhaltung der Ordnung im Gürtel zu unterstützen«, sagte Dieterling sofort.

»Nein danke!«, sagte George etwas unwirsch. »Wir sind selbst in der Lage, die Ordnung wieder herzustellen …« – er drehte sich um und schaute Humphries an – »wenn die Konzerne endlich aufhören, uns Killer auf den Hals zu hetzen.«

426

»Konzerne im Plural?«, fragte Pancho. »*Astro* hat nie Killer in den Gürtel geschickt.«

»Du hast uns aber eine Horde Gesindel geschickt, Pancho«, sagte George.

»Doch nur, um euer Eigentum zu schützen!«

Humphries unterbrach sie mit einer beidhändigen Geste. »Sie beide beziehen sich wohl auf bestimmte Maßnahmen, die von Mitarbeitern von *Humphries Space Systems* ergriffen wurden.«

»Abgefuckt richtig«, stieß George hervor.

»Es entspricht absolut der Wahrheit«, sagte Humphries ruhig, wobei alle Augen auf ihn gerichtet waren, »dass ein paar der Leute, die mein Unternehmen nach Ceres geschickt hat … nun, raue Gesellen waren.«

»Mörder«, murmelte George.

»Es stimmt, dass eine Person einen Mord begangen hat«, gestand Humphries ein. »Aber sie hat das aus eigenem Antrieb getan. Und sie ist auch umgehend dafür bestraft worden.«

»Von Lars Fuchs, soweit ich weiß«, sagte Dieterling.

Humphries nickte. »Und damit kommen wir auch schon zum Kern des Problems.«

»Einen Moment«, warf George ein. »Wir dürfen Lars nicht zum Sündenbock stempeln. Es sind zwar schon viele Schiffe im Gürtel gekapert worden, aber *HSS* hat schließlich damit angefangen.«

»Das stimmt nicht«, sagte Humphries.

»Wirklich nicht? Ich bin, verdammt noch mal, von einem Ihrer Metzger angegriffen worden. Er hat mir den Arm abgetrennt. Schon vergessen?«

»Das hatten wir doch schon bei der IAA-Anhörung geklärt. Es hat niemand den Beweis zu erbringen vermocht, dass es eins meiner Schiffe war, das Sie angegriffen hat.«

»Das heißt aber noch lang nicht, dass es nicht doch eins Ihrer Schiffe war, oder?«

Stavenger würgte den sich anbahnenden Streit ab. »Es hat keinen Sinn, mit Anschuldigungen um sich zu werfen, wenn man keine konkreten Beweise hat.«

George schaute ihn finster an, sagte aber nichts.

»Wir haben aber durchaus einen konkreten Beweis dafür«, fuhr Humphries mit einem schnellen Blick auf Amanda fort, »dass Lars Fuchs Schiffe angegriffen hat, Menschen getötet und Ausrüstung geraubt hat, und nun hat er auch noch in einem unprovozierten und mutwilligen Angriff eine Basis ausgelöscht, die wir auf Vesta errichtet hatten. Dabei hat er viele Menschen getötet. Er ist der Grund für die ganze Gewalt im Gürtel, und solange er nicht dingfest gemacht wird, wird diese Gewalt auch nicht enden.«

Schweigen. Keiner der um den Konferenztisch versammelten Männer und Frauen sagte ein Wort zu Fuchs' Verteidigung. Nicht einmal Amanda, wie Humphries mit unverhohlener Genugtuung feststellte.

Kapitel 51

Der Asteroid hatte keinen Namen. In den Katalogen war er nur als 38-4002 verzeichnet. Der dunkle kohlenstoffhaltige Himmelskörper war knapp einen Kilometer lang und an der dicksten Stelle einen halben Kilometer breit. Er stellte eine lose Zusammenballung von Chondrulen – millimetergroßen Silikatkügelchen – dar, die eher wie ein so genannter Beanbag als massives Gestein anmutete. Fuchs hatte dort vor Wochen einen Transceiver deponiert. Nun kehrte er zu diesem Asteroiden zurück, um das Gerät zu bergen und zu schauen, welche Informationen Amanda ihm übermittelt hatte.

Sie ist nach Selene gegangen, rief er sich immer wieder in Erinnerung. Auf eine Konferenz. Zu Humphries. Ohne es mir zu sagen. Ohne es auch nur mit einem Wort zu erwähnen. Er sah wieder das grinsende Gesicht von St. Claire vor sich, als der Mann es ihm unter die Nase rieb. *Deine Frau hat es dir nicht gesagt?*, hörte er St. Claire immer wieder fragen. *Sie hat es dir gegenüber mit keinem Wort erwähnt?*

Es ist wahrscheinlich in den Nachrichten enthalten, die auf mich warten, sagte Fuchs sich. Amanda muss es mir in der letzten Sendung mitgeteilt haben, ehe sie nach Selene aufbrach. In Humphries' Heimat. Der Magen krampfte sich ihm jedes Mal zusammen, wenn er nur daran dachte.

Wieso hat sie mir nichts davon gesagt?, fragte er sich zornig. Wieso hat sie nicht mit mir darüber gesprochen, ehe sie diesen Entschluss gefasst hat? Die Antwort schien schrecklich klar: Weil ich nicht wissen sollte, dass sie ging, weil ich nicht wissen sollte, dass sie sich mit Humphries treffen würde.

Er wollte den Zorn und die Frustration hinausschreien, wollte seiner Besatzung den Befehl geben, zu einem Hochgeschwindigkeitsflug nach Selene zu starten, wollte Amanda aus dem Schiff holen, das sie zum Mond brachte und unter seine Fittiche nehmen. Er wusste jedoch, dass es zu spät war. Viel zu spät. Sie ist fort. Sie ist schon angekommen. Sie hat mich verlassen.

Die Treibstofftanks der *Nautilus* waren voll. Fuchs verspürte leichte Gewissensbisse, weil er den Wasserstoff und das Helium von seinem ehemaligen Freund St. Claire gestohlen hatte, aber er hatte keine Wahl gehabt. Er war im Zorn mit St. Claire auseinander gegangen, aber dennoch hatte der Quebecer ganze sechs Stunden gewartet, bevor er einen Notruf an einen Tanker abgesetzt hatte – genau, wie Fuchs es ihm gesagt hatte.

Fuchs schüttelte den Kopf, während er auf der Brücke der *Nautilus* auf dem Kommandantensitz saß und sich über die Funktionsweise des menschlichen Bewusstseins wunderte. St. Claire wusste, dass ich ihm nichts tun würde. Und doch hat er die vollen sechs Stunden gewartet, ehe er um Hilfe rief und hat mir so genügend Zeit gegeben, mich in Sicherheit zu bringen. Ob er trotz allem immer noch mein Freund ist? Oder hatte er nur Angst, dass ich zurückkehre und auf ihn schieße? Fuchs ließ sich die Frage durch den Kopf gehen und gelangte zu dem Schluss, dass St. Claire wohl nur auf Nummer sicher ging. Unsere Freundschaft ist tot, ein Kollateralschaden dieses Kriegs. Ich habe keine Freunde mehr.

Und ich habe keine Frau mehr. Ich habe sie vertrieben. Auf Humphries' Territorium getrieben, vielleicht sogar in seine Arme.

»Der Felsen ist in Sichtweite«, sagte der Navigator, der an der Peripherie der Brücke saß, zur Frau, die das

Schiff flog. Er sprach in ihrem mongolischen Dialekt, aber Fuchs verstand ihn trotzdem. Das ist kein Felsen, korrigierte er ihn stumm. Es ist ein Aggregat.

Froh, dass er sich mit irgendetwas abzulenken vermochte, wies Fuchs den Computer an, die Teleskopabbildung des Asteroiden auf den Monitor der Konsole zu übertragen. Er taumelte träge um die Längsachse. Bei der Annäherung an den Asteroiden rief Fuchs die Computergrafik auf, die ihm zeigte, wo er den Transceiver platziert hatte.

Er beugte sich auf dem Sitz vor, schaute auf den Monitor und versuchte die Gedanken an Amanda zu verdrängen. Auf dem Monitor erschien die Echtzeit-Teleskopabbildung des Asteroiden mit einem Gitternetz, das der Computer darüber gelegt hatte. Komisch, sagte er sich. Die Konturendarstellung entspricht nicht mehr der visuellen Darstellung. Da ist eine neue Erhebung auf dem Asteroiden, keine fünfzig Meter von der Stelle entfernt, wo der Transceiver hätte stehen sollen.

Fuchs schaltete auf Standbild und schaute aufmerksam hin. Er wusste, dass die Asteroiden dynamisch sind. Sie werden ständig von kleinen Gesteinsbrocken bombardiert. Ein Aggregat wie dieser Asteroid würde jedoch nicht unbedingt einen Krater ausbilden. Als ob man die Faust in einen Beanbag gestoßen hätte: Er hätte einfach nachgegeben und dann wieder die ursprüngliche Form angenommen.

Aber eine Kuppe? Wodurch sollte eine Kuppe entstehen?

Er spürte eine alte, fast verschüttete Regung. Früher war er Planeten-Geochemiker gewesen; er war ursprünglich in den Gürtel gekommen, um die Asteroiden zu studieren und nicht um sie auszubeuten. Eine Neugier, die er seit vielen Jahren nicht mehr gekannt hatte, ergriff von ihm Besitz. Was konnte auf einem kohlenstoffhaltigen chondritischen Asteroiden Blasen werfen?

Dorik Harbin war noch eine halbe Tagesreise von diesem kohlenstoffhaltigen Asteroiden entfernt – selbst mit der Beschleunigung von 0,5 Ge, die er aus der *Shanidar* herausholte. Er hatte sein Schiff in einen engen Orbit um den zerklüfteten, gestreiften Körper eines Nickeleisen-Asteroiden gebracht, wo Fuchs einen Transceiver deponiert hatte. Sein Navigator schwitzte und hatte angstgeweitete Augen. Sein blonder skandinavischer Erster Offizier hatte ihn schon ein paarmal darauf hingewiesen, dass aufgrund der unmittelbaren Nähe zum Asteroiden die Gefahr einer Kollision bestand.

Harbin suchte aber gerade diese Nähe, damit ein sich näherndes Schiff ihn nicht ausmachen konnte. Er wünschte sich, dass dieser Metallbrocken so porös wäre wie der kohlenstoffhaltige Asteroid, wo man noch einen von Fuchs' Transceivern gefunden hatte. Die Besatzung hatte dort einfach das Habitatmodul vom Schiff abgekoppelt und es unter einer losen Geröllschicht vergraben. Dann war das nur mit einem Piloten und Navigator bemannte Rumpfschiff verschwunden und hatte in einiger Entfernung Position bezogen. Falls Fuchs dort erschien, würde er nur einen harmlosen Schutthaufen sehen. Ein trojanisches Pferd, sagte Harbin sich grimmig, das ein halbes Dutzend Soldaten ausspeien würde, während zugleich Harbins gesamte Armada verständigt wurde, um die Falle zu schließen.

Die Skandinavierin fühlte sich im Abstand von nur ein paar Metern zur verschrammten und vernarbten Oberfläche des Asteroiden sichtlich unwohl. »Wir laufen Gefahr, dass die Hülle vom Staub abgeschmirgelt wird, der über dem Gestein hängt«, warnte sie Harbin.

Er schaute in ihre eisblauen Augen. Sie hat die gleichen Augen wie ich, sagte er sich. Ihre Wikinger-Vorfahren müssen einst als Invasoren in mein Dorf gekommen sein.

»Es ist gefährlich!«, sagte sie in einem scharfen Ton.

Harbin lächelte sie gezwungen an. »Passen Sie unseren Orbit der Rotationsgeschwindigkeit des Asteroiden an. Falls Fuchs herkommt und sich hier umschaut, soll er uns erst sehen, wenn er uns nicht mehr entwischen kann.«

Sie wollte schon widersprechen, doch Harbin schnitt ihr mit erhobener Hand das Wort ab: »Tun Sie es!«, befahl er.

Sichtlich unzufrieden drehte sie sich um und gab seinen Befehl an den Navigator weiter.

»Machen wir Mittagspause«, sagte Doug Stavenger.

Die Personen am Konferenztisch nickten und schoben die Stühle zurück. Die Spannung im Raum baute sich ab. Einer nach dem anderen standen sie auf, reckten und streckten sich und atmeten tief durch. Stavenger hörte Gelenke knacken.

Das Mittagessen war in einem anderen Konferenzraum des Bürokomplexes angerichtet worden. Als die Delegierten in den Gang hinaustraten, fasste Stavenger Dieterling am Arm und hielt ihn zurück.

»Ob wir irgendetwas erreicht haben?«, fragte er den Diplomaten.

Dieterling warf einen Blick auf die Tür, wo seine beiden Neffen standen und auf ihn warten. Dann drehte er sich wieder zu Stavenger um. »Ich glaube schon.«

»Wenigstens reden Humphries und Pancho wieder wie zivilisierte Menschen miteinander«, sagte Stavenger mit einem zerknirschten Lächeln.

»Unterschätzen Sie nur nicht den Effekt der Zivilisierung«, sagte Dieterling. »Ohne die geht nämlich nichts.«

»So?«

»Es ist klar, dass der Kern des Problems in diesem Fuchs besteht«, antwortete Dieterling mit einem Achselzucken.

»Humphries will ihn bestimmt aus dem Verkehr ziehen.«

»Solange er da draußen im Gürtel randaliert, wird es keinen Frieden geben.«

Stavenger schüttelte den Kopf. »Fuchs hat mit dieser ... Randale, wie Sie es nennen, aber doch nur auf die Gewalt reagiert, die von Humphries' Leuten ausging.«

»Das spielt jetzt keine Rolle mehr«, sagte Dieterling, wobei er die Stimme fast zu einem Flüstern senkte. »Wir können Humphries und Ms. Lane dazu bewegen, das Kriegsbeil zu begraben und die Vergangenheit ruhen zu lassen. Keine weiteren Beschuldigungen und Racheakte mehr. Sie sind zu einer friedlichen Einigung bereit.«

»Ob sie aber auch bereit sind, sie einzuhalten?«

»Ja. Dessen bin ich mir sicher. Dieser Krieg kommt sie nämlich teuer zu stehen. Sie wollen ihn beenden.«

»Dann können sie ihn schon heute Nachmittag beenden, wenn ihnen daran gelegen ist.«

Stavenger nickte düster. »Also muss er gestoppt werden. Verdammt.«

Humphries betrat den Waschraum und entledigte sich seines morgendlichen Kaffeequantums. Dann wusch er sich die Hände und warf noch eine Beruhigungspille ein. Er betrachtete sie zumindest als Beruhigungspille, obwohl er wusste, dass ihr ›Wirkungsbereich‹ weit größer war.

Als er wieder auf den Gang trat, kam Amanda gerade aus der Damentoilette. Ihm stockte trotz der Pille der Atem. Sie war mit einem gelben Hosenanzug bekleidet, der vom langen Tragen ausgebleicht schien, doch in Humphries' Augen leuchtete sie wie die Sonne. Es war niemand sonst zu sehen; die anderen mussten alle in dem Raum sein, wo das Mittagessen angerichtet war.

434

»Hallo Amanda«, hörte er sich sagen.

Erst in diesem Moment sah er den kalten Zorn in ihren Augen.

»Sie sind wild entschlossen, Lars zu töten, nicht wahr?«, sagte sie mit monotoner Stimme.

Humphries leckte sich die Lippen, bevor er antwortete. »Ihn töten? Nein. Ihn stoppen. Das ist alles, was ich will, Amanda. Ich will, dass er mit dem Töten aufhört.«

»Mit dem Sie angefangen haben.«

»Darauf kommt es nun nicht mehr an. Er ist jetzt das Problem.«

»Sie werden keine Ruhe geben, bis Sie ihn getötet haben.«

»Nicht ...« Er musste erst schlucken, bevor er weitersprechen konnte. »Nicht wenn Sie mich heiraten.«

Er hätte erwartet, dass sie überrascht reagierte. Doch ihre Augen flackerten nicht einmal, und der Ausdruck in ihrem wunderschönen Gesicht änderte sich kein bisschen. Sie machte einfach kehrt, ließ ihn stehen und ging weg.

Humphries schaute ihr nach, doch dann hörte er Stavenger und Dieterling hinter sich. Mach dich nicht vor ihnen zum Trottel, sagte er sich. Lass sie gehen. Fürs Erste. Wenigstens hat sie nicht ›nein‹ gesagt.

Kapitel 52

Als Fuchs gerade die Abbildung des Asteroiden 38-4002 studierte, schlüpfte Nodon durch die Luke und betrat die Brücke. Fuchs hörte, wie er den Piloten fragte, ob die Fernbereichserfassung irgendwelche anderen Schiffe in dieser Region zeigte.

»Keine«, sagte der Pilot.

Wie kam eine massive Kuppe auf eine Zusammenballung von Kieselsteinen, fragte Fuchs sich nun schon zum zehnten Mal. Die *Nautilus* näherte sich dem Asteroiden mit einem sechstel Ge; sie würden bald ein Bremsmanöver einleiten müssen, wenn sie in eine Umlaufbahn um den Asteroiden gehen wollten.

Fuchs wünschte sich, dass er ein umfassendes Sensoreninstrumentarium hätte, um die Oberfläche des Asteroiden abzutasten. Er stellt erneut fest, dass es ein paar beachtliche Krater auf der Oberfläche gab, doch keiner von ihnen hatte die typischen Ränder, die beim Aufprall eines Felsbrockens auf massives Gestein entstanden. Nein, das ist eine Zusammenfügung von Granulat, sagte er sich, und eine solche Aufwölbung entsteht nur, indem irgendetwas die Kügelchen zu einem Hügel aufschüttet.

Irgendetwas. Und dann kam ihm die Erkenntnis. Oder irgend*jemand*.

Er drehte sich auf dem Sitz und schaute zu Nodon auf. »Laser Nummer eins laden«, befahl er.

Nodons Augen weiteten sich, doch er nickte nur stumm und verließ die Brücke.

Fuchs drehte sich wieder zur Abbildung des herannahenden Asteroiden um und sagte sich, falls diese

Kuppe durch einen natürlichen Vorgang entstanden ist, müsste sich gleich daneben eine Vertiefung befinden, aus der das Geröll stammt. Aber da ist keine. Wieso nicht? Weil irgendetwas unter dieser Kuppe vergraben ist. Weil irgendjemand ein Loch ins poröse Gestein gegraben und etwas darin versteckt hat.

Aber was?

»Die Anfluggeschwindigkeit um die Hälfte reduzieren«, sagte er zum Piloten. Der tat wie geheißen.

»Laser Nummer zwei ist einsatzbereit«, rief Nodon ein paar Minuten später aus der Ladebucht.

»Nummer zwei?«, sagte Fuchs in scharfem Ton. »Was ist mit Nummer eins passiert?«

»Die Kühlmittel-Leitungen werden gerade gespült. Routinewartung.«

»Schalte ihn online!«, sagte Fuchs schroff. »Und schalte Nummer drei auch gleich zu!«

»Jawohl, Sir.« Fuchs hörte, wie Nodon hastig mit jemand unten in der Ladebucht sprach.

»Laser Nummer zwei als Slave auf meine Konsole!«, befahl Fuchs.

Er konfigurierte die Konsole neu, indem er die jeweiligen Icons auf dem Hauptbildschirm berührte. Als er damit fertig war, war der Laser schon angeschlossen. Er konnte ihn nun von der Brücke aus bedienen.

Er holte sich den Asteroiden auf den Bildschirm und konzentrierte sich auf diesen verdächtigen Geröllhaufen. Er sah, wie der rote Punkt des Ziellasers auf dem dunklen, geröllübersäten Boden aufgefächert wurde und dirigierte ihn zur Mitte der Kuppe. Dann löste er den Hochleistungslaser per Knopfdruck aus. Der Infrarotstrahl war für ihn zwar unsichtbar, doch Fuchs sah die Auswirkung des Strahls auf dem Boden: Eine kleine Fontäne aus rot glühender Lava eruptierte und stieg hoch über die Asteroidenoberfläche auf.

Mit einem grimmigen Gesichtsausdruck hielt Fuchs

den Strahl des Schneidlasers auf den sprudelnden Geysir aus Gesteinsschmelze gerichtet. Zehn Sekunden. Fünfzehn. Zwanzig …

Die Kuppe eruptierte. Ein halbes Dutzend Gestalten in Raumanzügen stoben in alle Richtungen davon wie Küchenschaben, die aus ihrem Nest gescheucht wurden und stolperten über die unebene Oberfläche des Asteroiden.

»Ich wusste es!«, rief Fuchs. Die drei Asiaten auf der Brücke drehten sich zu ihm um.

»Sie haben darauf gewartet, dass wir den Transceiver abholen!«, rief Nodon von der Ladebucht.

Fuchs ignorierte das. Er richtete den Laser auf eine der Gestalten. Der Mann war gestolpert und versuchte in der minimalen Schwerkraft des kleinen Asteroiden wieder auf die Füße zu kommen; und bei diesem Versuch hatte er sich vom Boden abgestoßen. Nun trieb er hilflos im Raum und ruderte mit Armen und Beinen.

Fuchs ließ den Laserstrahl vor ihm herlaufen und betrachtete die Furche aus geschmolzenem Gestein, die er in die geröllübersäte Asteroidenoberfläche ritzte.

»Ihr wolltet mich in die Falle laufen lassen, was?«, murmelte er. »Ihr wolltet mich töten. Nun werdet *ihr* mit dem Tod Bekanntschaft machen.«

Er fragte sich, wer wohl in diesem Raumanzug steckte. Was für ein Mensch muss man wohl sein, um Söldner zu werden, Auftragsmörder? Ist er vielleicht wie meine eigene Besatzung, die Ausgestoßenen, die Chancenlosen – die so verzweifelt sind, dass sie alles tun und jedem folgen würden, der die Hoffnung in ihnen weckt, den nächsten Tag noch zu erleben? Fuchs sah, wie die Gestalt im Raumanzug hektisch mit Armen und Beinen ruderte, während sie immer weiter vom Asteroiden abtrieb. Er sagte sich, dass er wohl keine Erfahrung in der Mikrogravitation hatte. Seine Kameraden unternahmen auch nichts, um ihm zu helfen.

Du wirst einsam sterben, sagte er stumm zu dem Mann im Raumanzug.

Und er schaltete den Schneidlaser aus. Seine Hand hatte das Bildschirmsymbol, das den Strahl deaktivierte, schon berührt, bevor das Bewusstsein überhaupt gewahr wurde, was er getan hatte. Der rote Punkt des niederenergetischen Ziellasers oszillierte noch immer auf der Oberfläche des Asteroiden. Fuchs bewegte ihn direkt auf den zappelnden, verkrampften Körper des Söldners zu.

Töten oder getötet werden, sagte er sich. Er musste sich dazu zwingen, die Hand vom Auslöser des Hochleistungslasers zurückzuziehen. Sie schwebte kaum einen Zentimeter überm Abzug.

»Zwei Schiffe nähern sich mit hoher Geschwindigkeit«, rief der Pilot. »Nein, vier Schiffe, die sich aus zwei verschiedenen Richtungen nähern.«

Fuchs wusste, dass er nicht imstande war, den Mann zu töten. Er vermochte ihn nicht kaltblütig zu ermorden. Und er wusste, dass er ihnen in die Falle gegangen war.

Plötzlich brach es wie eine Lawine über ihn herein. Sie wussten, wo die Transceiver versteckt waren. Jemand muss es ihnen verraten haben. Jemand? Nur Amanda wusste, wo die Transceiver sich befanden. Sie würde mich nicht verraten, sagte Fuchs sich. Auf gar keinen Fall. Irgendjemand muss es herausgefunden und dieses Wissen an Humphries verkauft haben.

»Sechs Schiffe«, rief der Pilot mit ängstlicher Stimme. »Alle nähern sich mit hoher Geschwindigkeit.«

In der Falle. Sie haben mir aufgelauert. Sechs Schiffe.

»Laser eins und drei feuerbereit«, ertönte Nodons Stimme über das Interkom.

Ich werde sie alle mit in den Tod reißen, wenn ich Widerstand leiste, wurde Fuchs sich bewusst. Ich bin es doch, auf den Humphries es abgesehen hat – nicht meine Besatzung.

Plötzlich fühlte er sich müde, todmüde und ausgelaugt. Es ist vorbei, wurde er sich bewusst. Das ganze Kämpfen und Töten, und was hat es mir gebracht? Was hat es überhaupt jemandem gebracht? Ich habe meine Besatzung in die Falle geführt wie ein blutiger Anfänger – wie ein Wolf, der dem Jäger ins Netz gegangen ist. Es ist aus und vorbei. Und ich habe alles verloren.

Von Resignation überwältigt drückte Fuchs auf die Taste des Funkgeräts und sagte: »Hier spricht Lars Fuchs von der *Nautilus*. Nicht schießen. Wir ergeben uns.«

Harbin hörte es an Fuchs' Stimme, dass er sich geschlagen gab. Und er verfluchte Martin Humphries, weil der ihm diese Armada und die Armee von Söldnern aufgezwungen hatte. Ich wäre durchaus imstande gewesen, das selbst zu erledigen, sagte er sich. Ich hätte nur wissen müssen, wo er die Transceiver platziert hat. Dann hätte ich ihn allein, ohne all die anderen – diese lästigen Zeugen – in die Falle gelockt.

Wenn Harbin allein gewesen wäre, hätte er Fuchs' Schiff in Stücke geschossen und jeden an Bord getötet. Dann hätte er Fuchs' Leiche Diane und ihrem Boss überbracht, damit Humphries den Triumph genießen und Harbin den fetten Bonus einstreichen hätte können, der ihm rechtmäßig zustand. Und dann wäre er mit Diane weggegangen und hätte den siegestrunkenen Humphries sich selbst überlassen.

Aber es gehörten über hundert Männer und Frauen zu dieser Flotte, auf der Humphries bestanden hatte. Es war illusorisch zu glauben, dass alle dichthalten würden, wenn Harbin Fuchs tötete, nachdem der Mann sich schon ergeben hatte. Das wäre eine zu große Sensation, eine zu große Versuchung. Irgendjemand würde sie an die Medien verkaufen oder an andere Spione von Humphries' Konkurrenten in der *Astro Corporation*.

Nein. Es widerstrebte ihm zwar zutiefst, aber Harbin wusste, dass er Fuchs' Kapitulation annehmen und den Mann und seine Besatzung nach Ceres bringen musste. Dann lächelte er finster. Vielleicht stößt ihm etwas zu, wenn er auf Ceres ist. Immerhin hat der Mann sich dort viele Feinde gemacht. Vielleicht könnte man ihn sogar vor Gericht stellen und ganz legal hinrichten.

Kapitel 53

Die Implantationsprozedur war nicht so schlimm, wie Diane befürchtet hatte.

Sie hatte darauf bestanden, dass das medizinische Personal ausschließlich aus Frauen bestand, und Selenes Gesundheitsamt hatte ihrer Forderung entsprochen. Die Leute lächelten und beruhigten sie mit sanft gesprochenen Worten. Nachdem sie ihr ein Beruhigungsmittel injiziert hatten, brachten sie Diane in einen kleinen Raum, wo die Prozedur stattfinden sollte. Der Raum wirkte kalt. Ein Kunststoffbehälter stand auf dem Tisch, wo die Instrumente arrangiert waren. Eiskalter weißer Dampf hüllte ihn ein. Diane wusste, dass der tiefgekühlte Embryo sich dort drin befand; wegen der Injektion war ihr ganz schwummrig im Kopf.

Als ob ich von der Inquisition auf eine Folterbank geschnallt würde, sagte sie sich. Die Folterinstrumente lagen in einer ordentlichen Reihe neben ihr. Sie wurde von grellem Licht angestrahlt. Die Folterknechte versammelten sich um sie. Sie trugen Masken und lange Kutten, und die Hände steckten in hautengen Plastikhandschuhen.

Sie holte tief Luft, während man ihre Füße vorsichtig in den Halterungen befestigte.

»Versuchen Sie sich zu entspannen«, sagte eine beruhigende Frauenstimme.

Ein toller Rat, sagte Diane sich. Einen Versuch ist es aber wert.

Humphries saß in der Nähe des Kopfendes des Tischs, einen Platz weiter als Stavenger. Dieterling saß links neben ihm, Pancho Lane saß ihm direkt gegenüber und Big George Ambrose zu seiner Rechten. Die unmittelbare Nähe zu dem großen Australier behagte Humphries nicht; dieser Rübezahl wirkte schon einschüchternd, wenn er nichts anderes tat, als still dazusitzen und dem Wortwechsel der anderen zu lauschen.

Amanda saß auf der anderen Seite von George. Um einen Blick auf sie zu werfen, hätte Humphries sich um den Australier herumbeugen müssen, und das wäre aufgefallen.

»Das Wesen eines Vertrags ist der Kompromiss«, sagte Dieterling nun schon zum x-ten Mal. »Und ein Kompromiss ist unmöglich ohne Vertrauen.«

Dieterling war wegen seiner Leistungen im Nahen Osten Anwärter für den Friedensnobelpreis, sagte Humphries sich. Deshalb kommt es gar nicht so darauf an, ob er hier Erfolg hat oder nicht. Aber er nimmt das so verdammt *ernst*. Man könnte fast glauben, sein Leben würde davon abhängen, was wir heute hier erreichen.

Pancho schaute Humphries für ein Moment über den Tisch hinweg an und sagte dann zu Dieterling: »*Astro* ist zu einem Kompromiss bereit. Ich sage doch schon die ganze Zeit, es gibt so viele natürliche Reichtümer im Gürtel, dass für jeden mehr als genug da ist. Wir müssen uns nur noch einigen, wer was bekommt.«

Stavenger schüttelte den Kopf. »Ich glaube nicht, dass man den Gürtel so aufteilen kann, wie Spanien und Portugal die neue Welt im sechzehnten Jahrhundert unter sich aufgeteilt haben.«

»Genau«, pflichtete Big George ihm bei. »Was ist mit den Unabhängigen? Mann kann doch nicht den ganzen abgefuckten Gürtel den Konzernen überlassen.«

»Was wir brauchen«, sagte Dieterling, »ist ein Vertrag, in dem auf die Anwendung von Gewalt verzichtet wird; eine Vereinbarung, die friedlichen Handel und Wandel und die Respektierung der Rechte von anderen gewährleistet.«

Humphries' Mobiltelefon summte in der Jackettasche. Normalerweise wäre er wegen der Störung ungehalten gewesen, doch in diesem Fall begrüßte er sie sogar.

»Bitte entschuldigen Sie mich«, sagte er und zog das Telefon aus der Tasche. »Es muss sehr dringend sein. Ich habe nämlich angeordnet, dass ich nicht gestört werden will.«

Stavenger breitete die Hände aus. »Dann nutzen wir die Gelegenheit eben für eine kurze Pause.«

Humphries ging in eine Ecke des Konferenzraums, und die anderen erhoben sich von ihren Stühlen.

Er stöpselte sich den Hörer ins Ohr, klappte das Telefon auf und sah den Schriftzug DRINGEND – HÖCHSTE PRIORITÄT auf dem Display.

»Weiter«, sagte er leise.

Dorik Harbins dunkelbärtiges Gesicht erschien auf den Monitor. »Sir, wir haben diesen Fuchs und seine Besatzung gefangen genommen. Wir sind mit ihnen auf dem Rückweg nach Ceres.«

Töte ihn!, hätte Humphries am liebsten geschrien. Stattdessen ließ er den Blick durch den Konferenzraum schweifen. Die anderen standen am Tisch mit den Erfrischungen. Amanda war nirgends zu sehen; vielleicht war sie auf der Toilette, sagte er sich.

»Gute Arbeit«, sagte Humphries gepresst, wobei er wusste, dass die Antwort Harbin erst in einer halben Stunde erreichen würde. »Stellen Sie sicher, dass Sie ihn nicht verlieren. Falls er zu fliehen versucht oder jemand ihn zu befreien versucht, ergreifen Sie die notwendigen Maßnahmen.«

Notwendige Maßnahmen war, wie Grigor ihm gesagt hatte, ein Euphemismus, der im Klartext Folgendes besagte: *Töte den Hundesohn, wenn er auch nur einmal blinzelt.*

Humphries klappte das Telefon zu und steckte es wieder ins Jackett. Das Blut hämmerte ihm in den Ohren. Er schmeckte salzigen Schweiß auf der Oberlippe. Es ist vorbei, sagte er sich und versuchte sich zu beruhigen. Es ist endlich vorbei. Ich habe ihn, und nun werde ich auch Amanda bekommen!

Er blieb in der entgegengesetzten Ecke des Raums, als die anderen langsam wieder zu ihren Plätzen gingen. Amanda kam auch zurück; sie wirkte gelassen, sogar würdevoll. Sie ist mit den Jahren gewachsen, wurde Humphries sich bewusst. Sie ist viel selbstsicherer und reifer geworden. Stavenger schaute in seine Richtung, und nun ging Humphries auch langsam zu seinem Platz zurück, wobei er sich anstrengen musste, ein Grinsen zu unterdrücken und ernst zu schauen.

Anstatt sich zu setzen, umklammerte er jedoch die Lehne des Stuhls und sagte: »Ich habe eine Ankündigung zu machen.«

Sie schauten alle zu ihm auf. Sogar Amanda.

»Der Knackpunkt in unserer heutigen Diskussion war der Einmann-Guerillakrieg von Lars Fuchs.«

Dieterling und ein paar andere nickten.

»Das Problem hat sich nun erledigt«, sagte Humphries und schaute Amanda direkt an. Im ersten Moment wirkte sie entsetzt und verängstigt, doch sie fasste sich schnell und erwiderte sein Blick.

»Lars Fuchs befindet sich in Gewahrsam. Er ist an Bord eines meiner Schiffe auf dem Rückweg nach Ceres. Ich nehme an, dass er dort wegen Piraterie und Mordes vor Gericht gestellt wird.«

Es trat Totenstille am Konferenztisch ein. Dann erhob Amanda sich langsam von ihrem Stuhl.

»Entschuldigen Sie mich bitte«, sagte sie. »Ich muss versuchen, Kontakt zu meinem Mann aufzunehmen.« Sie drehte sich um und ging zur Tür.

Pancho wollte sich auch schon vom Stuhl erheben,

doch dann besann sie sich und setzte sich wieder. »Also gut«, sagte sie, als Amanda den Konferenzraum verließ. »Nun steht einer Einigung, mit der wir alle leben können, wohl nichts mehr im Wege.«

Humphries nickte; es steht uns nichts mehr im Wege – außer Fuchs, sagte er sich. Aber er wird mir nicht mehr in die Quere kommen. Denn er hat nicht mehr lange zu leben.

Kapitel 54

»Werden Sie meine Besatzung freilassen, wenn wir auf Ceres sind?«, fragte Fuchs mechanisch und wie in Trance.

»Das steht nicht in meinem Ermessen«, erwiderte Harbin. »Diese Entscheidung wird von ...«

»Von Martin Humphries getroffen, ich weiß«, sagte Fuchs.

Harbin musterte den Mann. Sie saßen am kleinen Tisch in der Bordküche der *Shanidar*, dem einzigen Ort im ganzen Schiff, wo zwei Leute sich ungestört unterhalten konnten. Die Luke zur Brücke war auf Harbins Anordnungen geschlossen worden. Fuchs hatte einen völlig desolaten und niedergeschlagenen Eindruck gemacht, als man ihn an Bord der *Shanidar* gebracht hatte. Ein Bild der absoluten Niederlage, sagte Harbin sich. Ein Mann gibt den Kampf auf, wenn er davon überzeugt ist, dass keine Hoffnung mehr besteht; der Sieg ist nah, wenn der Kampfgeist des Feinds schwächer wird. Als Fuchs jedoch eine anständige Mahlzeit eingenommen und ein paar Stunden Zeit gehabt hatte, sich mit der neuen Lage zu arrangieren, schien der Funke des Widerstands sich wieder zu entzünden.

Harbin sah, dass der Mann trotz der geringen Körpergröße einen starken Körperbau hatte. Wie ein Dachs, oder – wie hieß noch gleich dieses amerikanische Tier? Ein Vielfraß, erinnerte er sich. Klein, aber tödlich. Scharfe Zähne und völlige Furchtlosigkeit.

Harbin fragte sich, was geschehen würde, wenn Fuchs ihn anzugreifen versuchte. Er hatte keinen Zweifel, dass er trotz Fuchs' offenkundiger Kraft und vermutlicher Wildheit mit dem Mann fertig würde. Es würde die Din-

449

ge wesentlich vereinfachen, wenn ich ihn in Notwehr töten müsste, sagte Harbin sich. Vielleicht gelingt es mir, ihn zu einem Angriff zu provozieren. Seine Frau scheint sein wunder Punkt zu sein.

Damit das plausibel wirkt, bräuchte ich aber mindestens einen Zeugen, sagte Harbin sich. Und damit hatte die Sache sich auch schon erledigt. Mit einer dritten Person im Raum würde Fuchs wohl gar nicht erst auf die Idee kommen, Widerstand zu leisten. Und wenn ich ihn dazu provozierte, würde der Zeuge das auch sehen.

»Wo ist meine Besatzung?«, riss Fuchs ihn aus seinen Überlegungen. »Was haben Sie mit ihr gemacht?«

»Die Leute wurden auf meine anderen Schiffe verteilt«, sagte Harbin. »Nicht mehr als zwei Personen auf einem Schiff. Aus Sicherheitsgründen – so werden sie nicht auf dumme Gedanken kommen.«

»Ich erwarte, dass sie anständig behandelt werden.«

Harbin nickte. »Solange sie sich benehmen, wird ihnen auch nichts geschehen.«

»Und ich will, dass sie nach unserer Rückkehr auf Ceres freigelassen werden.«

Harbin musste ein Lächeln unterdrücken – Fuchs wurde immer unverschämter. »Wie ich Ihnen schon sagte, wird diese Entscheidung an höherer Stelle getroffen.«

»Ich übernehme die volle Verantwortung für alles, was geschehen ist.«

»Natürlich.«

Fuchs schwieg für eine Weile. »Ich glaube, früher oder später werde ich sowieso persönlich mit Humphries sprechen müssen«, sagte er dann.

»Ich bezweifle aber, dass er mit Ihnen sprechen will«, antwortete Harbin.

»Was meine Besatzung betrifft ...«

»Mr. Fuchs«, sagte Harbin und stand auf, »es steht

weder in Ihrer noch in meiner Macht, über das Schicksal Ihrer Besatzung zu entscheiden.«

Fuchs stand auch auf; er reichte Harbin kaum bis zur Schulter.

»Ich halte es für das Beste«, sagte Harbin, »wenn Sie den Rest des Fluges in Ihrer Kabine bleiben. Wir werden in weniger als sechsunddreißig Stunden Ceres erreichen. Ich werde Ihnen die Mahlzeiten bringen lassen.«

Fuchs sagte nichts und ließ sich von Harbin durch den Gang zur Kabine führen, die man ihm zugewiesen hatte. Es war kein Schloss an der Schiebetür, die so labil war, dass ein Schloss sowieso überflüssig gewesen wäre. Fuchs sah, dass Harbin schlau genug gewesen war, seine Besatzung zu trennen und die Leute auf die anderen Schiffe seiner Flotte zu verteilen.

Ich bin hier allein, sagte er sich, als Harbin ihm bedeutete, die Kabine zu betreten. Die Schiebetür schloss sich. Fuchs setzte sich schwer auf die harte Pritsche. Wie Samson, der von den Philistern gefangen und geblendet wurde, sagte er sich. Ohne Augenlicht in Gaza.

Wenigstens bin ich nicht von Amanda verkauft worden. Sie würde nie eine Delilah werden und mich verraten. Niemals.

Daran wollte er mit aller Macht glauben.

»Der Geist unserer Vereinbarung ist also«, sagte Stavenger, »dass sowohl *Astro* als auch *Humphries Space Systems* ihre Söldnertruppen auflösen und die unabhängigen Prospektoren ungehindert operieren lassen.«

»Und ohne Preiskontrollen für Erz einzuführen«, ergänzte Humphries mit einem zufriedenen Nicken.

»Keine Preiskontrolle«, erklärte Pancho sich einverstanden.

»Ich bitte meine direkten Worte zu verzeihen«, sagte Dieterling, »aber glauben Sie nicht, dass Ihre Weigerung, Preiskontrollen zuzulassen, höchst selbstsüchtig ist?«

»Überhaupt nicht«, blaffte Humphries.

»Ganz im Gegenteil, Willi«, sagte Pancho ernsthaft. »Angebot und Nachfrage funktionieren prinzipiell zugunsten des Käufers, nicht des Verkäufers.«

»Aber Sie kaufen das Erz doch von den Prospektoren ...«

»Und verkaufen das veredelte Metall dann an Sie«, führte Humphries aus.

»Ich bin kein Ökonom ...«, murmelte Dieterling mit einem leichten Stirnrunzeln.

»Ich glaube, dass ein freier Markt zu Selenes Vorteil wäre«, sagte Stavenger. »Und auch zum Vorteil der Erde.«

Pancho beugte sich auf dem Stuhl vor. »Schauen Sie, wenn Sie den Markt freigeben, wird der Preis in dem Maß sinken, wie die Prospektoren neue Erzlagerstätten erschließen. Eben Angebot und Nachfrage.«

»Die Erde braucht aber riesige Mengen dieser Rohstoffe«, sagte Dieterling.

Stavenger legte dem Diplomaten leicht die Hand auf den Arm. »Doktor Dieterling, ich glaube, Sie haben keine Vorstellung, wie groß die Ressourcen im Asteroidengürtel überhaupt sind. Es lagern dort Billiarden Tonnen reinsten Erzes. Ein paar hundert Billiarden Tonnen. Wir haben gerade erst angefangen, an der Oberfläche zu kratzen.«

»Preiskontrollen würden nur die Prospektoren begünstigen und nicht die Verbraucher auf der Erde«, sagte Humphries dezidiert.

»Und die auf Selene«, ergänzte Stavenger.

Dieterling befürchtete trotzdem, dass deregulierte Preise für Asteroidenerz nicht unbedingt im besten Interesse der Erde wären. Widerwillig gab er seine Zustimmung, dass *Astro* und *HSS* einen Vertrag aufsetzten. Als Schiedsgericht bei Streitigkeiten der Konzerne sollte die Internationale Astronautenbehörde fungieren.

»Ein Problem gibt es aber noch«, sagte Stavenger, als die Anwesenden sich anschickten, die Konferenz als Erfolg zu lobpreisen.

Humphries wollte sich gerade erheben. »Was denn noch?«, fragte er unwirsch.

»Die praktische Umsetzung«, sagte Stavenger. »Aus dem Vertragsentwurf geht nämlich nicht hervor, wie der Frieden gesichert werden soll.«

Humphries setzte sich wieder und fragte: »Vertrauen Sie uns nicht, dass wir die selbst vereinbarten Bedingungen einhalten?«

Pancho grinste. »Ich weiß, dass Sie *Astro* vertrauen können.«

»Natürlich können wir uns gegenseitig vertrauen«, sagte Stavenger und erwiderte ihr Grinsen. »Aber ich hätte es trotzdem gern schriftlich.«

George meldete sich zu Wort. »Wir werden den Frieden sichern«, sagte er.

Alle drehten sich zu ihm um.

»Ihr?«, sagte Humphries spöttisch. »Die Felsenratten?«

»Wir haben inzwischen eine Regierung oder zumindest die Voraussetzungen dafür geschaffen«, erwiderte George. »Wir werden eine Polizei auf Ceres aufstellen. Wenn Beschwerden von den Prospektoren kommen, werden wir uns selbst darum kümmern.«

»Wie wollt ihr überhaupt …«

»Es läuft doch alles über Ceres«, erklärte George. »Dort werden die Schiffe ausgerüstet und mit Nachschub versorgt. Wir haben die Hand auf den Wasserhähnen, Kumpel. Und auf den Vorratsschränken und Treibstofftanks und sogar auf dem abgefu … dem verdammten Sauerstoff zum Atmen. Wir werden Recht und Ordnung für euch aufrechterhalten. Das ist auch in unserem eigenen Interesse.«

»Könnte das funktionieren?«, wandte Dieterling sich an Stavenger.

»Wir werden dafür sorgen, dass es funktioniert«, sagte Kris Cardenas, die George am Tisch gegenübersaß.

Stavenger hatte einen seltsamen Ausdruck im Gesicht. »Das heißt, dass die Felsenratten die politische Kontrolle über den Gürtel haben.«

»So soll es auch sein«, sagte Cardenas bestimmt. »Wir sind schließlich diejenigen, die dort leben und sollten deshalb auch das Recht haben, unsere Geschicke selbst zu lenken.«

Dieterling schaute von ihr zu Stavenger und wieder zu ihr. »Das ist aber eine sehr große Machtfülle. Der ganze Asteroidengürtel …«

»Wir schaffen das schon«, sagte George ernsthaft. »Wie Kris bereits sagte, so gehört es sich auch.«

Kapitel 55

Und dann war die Konferenz zu Ende. Die Delegierten standen vom Tisch auf und gingen zur Tür, doch Humphries blieb sitzen. Er hatte die Hände auf dem Tisch verschränkt und war tief in Gedanken versunken.

»Wollen Sie denn nicht nach Hause gehen?«, fragte Pancho, als sie um den Tisch herumging.

»Später«, sagte Humphries. »Jetzt noch nicht.«

Stavenger verließ gerade mit Dieterling und seinen beiden Neffen den Raum. Big George und Cardenas waren schon gegangen; George war als Erster zur Tür hinaus wie ein Schuljunge, der beim ersten Pausenzeichen fluchtartig das Klassenzimmer verlässt.

»Ich glaube nicht, dass Mandy noch einmal zurückkommen wird«, sagte Pancho.

Humphries schaute mit einem gezwungenen Lächeln zu ihr auf. »Wir werden sehen.«

»Na gut«, sagte Pancho.

Humphries schaute ihr nach, wie sie zur Tür schlenderte und ihn im Konferenzzimmer allein ließ. Dann werden wir also Frieden im Gürtel haben, sagte er sich. Und die Felsenratten werden ihn sichern. Natürlich werden sie das.

Er stand auf und ging zu dem kleinen Podium, das in eine Ecke des Raums gerollt worden war. Die audiovisuellen Bedienelemente waren ziemlich einfach. Per Tastendruck schaltete Humphries den Wandbildschirm am anderen Ende des Konferenzraums ein. Er zeigte Selenes Logo: die Konturen eines androgynen Menschen vor dem Hintergrund des vollen Mondes. Er sah sich die im Computer gespeicherten Bilder an und stoppte bei einer Karte des Asteroidengürtels: Das Gewirr von Orbits sah aus wie die überbelichtete Aufnahme einer überfüllten Autobahn bei Nacht.

Dann werden wir die Unabhängigen also in Ruhe lassen, sagte Humphries sich. Wir werden uns nicht mehr den Zorn der Felsenratten und ihrer provisorischen Regierung zuziehen. Das muss auch nicht sein. Weil alle Unabhängigen nämlich an mich oder *Astro* verkaufen werden; eine dritte Möglichkeit gibt es nicht. Sie werden alle auf Linie gebracht.

Er holte tief Luft und sagte sich, nun ist es ein Kampf zwischen *Astro* und *HSS*. Nun beginnt erst der *richtige* Krieg. Und wenn der vorbei ist, werde ich *Astro* in die Tasche gesteckt und die totale Kontrolle über den Gürtel errungen haben. Und damit die totale Kontrolle über das ganze verdammte Sonnensystem und jeden, der darin kreucht und fleucht!

Wie aufs Stichwort betrat Amanda den Konferenzraum.

Humphries starrte sie an. Irgendwie schien sie sich verändert zu haben: Sie war noch immer die schönste und begehrenswerteste Frau, die er jemals gesehen hatte. Doch strahlte sie nun etwas aus, das ihn fast nervös machte. Sie erwiderte seinen Blick. Ihr Blick war fest, die Augen trocken. Sie vergießt keine Träne wegen ihres Manns, sagte Humphries sich.

»Man lässt mich nicht mit ihm sprechen«, sagte Amanda mit so leiser Stimme, dass er die Worte kaum verstand. Sie ging am Konferenztisch entlang auf Humphries zu.

»Er ist noch zu weit entfernt für eine Zweiwege-Kommunikation«, sagte er.

»Ich habe einen Funkspruch an ihn abgesetzt, aber man hat ihn nicht einmal ans Gerät geholt. Man sagte mir, es sei ihm nicht gestattet, von irgendjemandem eine Nachricht zu empfangen.«

»Er wird in Einzelhaft gehalten.«

»Auf Ihre Anweisung.«

»Ja.«

»Sie haben vor, ihn umzubringen, nicht wahr?«

Humphries wich dem steten Blick ihrer blauen Augen aus. »Ich könnte mir vorstellen, dass man ihn auf Ceres vor Gericht stellen wird. Er hat schließlich viele Menschen getötet.«

»Aber wird er die Gerichtsverhandlung überhaupt noch erleben?«, fragte Amanda mit ruhiger Stimme. Sie klang eher resigniert als vorwurfsvoll.

Nervös trat Humphries von einem Fuß auf den andern. »Er ist ein gewalttätiger Mann, wissen Sie. Er wird vielleicht einen Ausbruch versuchen.«

»Das würde Ihnen ganz gut in den Kram passen, nicht wahr? Dann würden Sie ihn auf der Flucht erschießen lassen.«

Humphries ging ums Podium herum und näherte sich ihr mit ausgestreckten Armen.

»Amanda«, sagte er, »es ist alles vorbei. Fuchs hat sich sein eigenes Grab geschaufelt und …«

»Und Sie werden dafür sorgen, dass er auch hineingelegt wird.«

»Ich bin nicht dafür verantwortlich!« In diesem Moment glaubte er fast selbst daran.

Amanda stand regungslos da. Die Arme baumelten seitlich herunter, und sie hatte suchend den Blick auf ihn gerichtet. Er wünschte, er hätte gewusst, wonach sie suchte.

»Was wollen Sie überhaupt von mir?«, fragte er sie.

Zunächst sagte sie nichts. »Sie sollen mir versprechen, dass Sie nicht zulassen, dass ihm irgendetwas zustößt.«

»Die Felsenratten werden ihn wegen Mordes vor Gericht stellen.«

»Das ist mir klar«, sagt Amanda. »Ich will auch nur Ihr Versprechen, dass *Sie* ihm nichts tun werden.«

Er zögerte und fragte dann kalt: »Und womit werden Sie sich für mein Versprechen revanchieren?«

»Ich werde mit Ihnen ins Bett gehen«, sagte Amanda. »Das ist es doch, was Sie wollen, nicht wahr?«

»Nein!«, stieß er hervor. »Ich will dich heiraten, Amanda. Ich liebe dich! Ich möchte dir … alles geben, was du dir immer gewünscht hast.«

»Alles, was ich will, ist Lars' Sicherheit«, erwiderte sie.

»Und nicht mich?«

»Das bin ich Lars schuldig. All das ist schließlich nur wegen mir passiert, nicht wahr?«

Er wollte lügen, wollte ihr sagen, dass er alles, was er getan hatte, nur für sie allein getan hatte. Aber dazu war er nicht imstande. Er brachte es nicht über sich, ihr ins Gesicht zu lügen.

»Sie waren ein Teil davon, Amanda. Aber eben nur ein Teil. So oder so ähnlich wäre es auf jeden Fall gekommen.«

»Aber Lars wäre dann nicht in diesen ganzen Schlamassel hineingeraten, oder?«

»Wahrscheinlich nicht«, pflichtete Humphries ihr bei.

»Dann werde ich Sie heiraten, wenn es das ist, was Sie wollen. Im Gegenzug für Ihr Versprechen, Lars in Ruhe zu lassen.«

Humphries Kehle war plötzlich trocken und wie ausgedörrt. Er nickte stumm.

»Nun haben Sie alles, was *Sie* wollen, nicht wahr?«, sagte Amanda. Es lag keine Schärfe in ihrer Stimme, keine Spur von Zorn oder Bitterkeit. Und nun erkannte Humphries auch, welche Veränderung mit ihr vorgegangen war. Sie ist nicht mehr das unschuldige, naive Mädchen, das sie einmal war. Diese blauen Augen lächeln nicht mehr, sondern sie kalkulieren.

Er fand keine Worte. Er wollte sie aufmuntern und ihr ein Lächeln entlocken. Aber er fand keine Worte.

»Nun haben Sie endlich, was Sie wollten, oder?«, fragte Amanda.

»Aber nicht so«, sagte er, nachdem er die Sprache wieder gefunden hatte. Und das war die Wahrheit. »Nicht im Rahmen einer … einer Vereinbarung.«

Amanda zuckte die Achseln. »So läuft das eben, Martin. Und wir beide können rein gar nichts daran ändern. Ich werde Sie heiraten, wenn Sie schwören, dass Sie Lars nichts tun werden.«

Er leckte sich die Lippen. »Er wird trotzdem in Ceres vor Gericht gestellt werden. Das kann ich nicht verhindern.«

»Das weiß ich«, sagte sie. »Und ich akzeptiere es.«

»Also gut.«

»Ich will hören, wie Sie es sagen, Martin. Ich will Ihr Versprechen – hier und jetzt.«

Humphries richtete sich zu seiner vollen Größe auf und sagte: »In Ordnung. Ich verspreche dir, Amanda, dass ich nichts tun werde, womit ich Lars Fuchs in irgendeiner Weise schade.«

»Sie werden auch sonst niemandem den Befehl geben, ihm etwas anzutun.«

»Ich schwöre es dir, Amanda.«

Die Luft schien aus ihr zu entweichen. »Na schön. Ich werde Sie heiraten, sobald die Scheidung durch ist.«

Oder sobald du Witwe geworden bist, sagte Humphries sich. »Und nun ist es an dir, ein Versprechen zu geben, Amanda«, sagte er.

Besorgnis blitzte in ihren Augen auf. Dann verstand sie. »Ach so. Ja, ich verspreche Ihnen, dass ich Ihre liebende Frau sein werde, Martin. Wir werden keine bloße Scheinehe führen.«

Bevor er sie an den Händen fassen konnte, machte sie kehrt und ging aus dem Konferenzraum. Er blieb allein zurück. Im ersten Moment fühlte er sich zurückgewiesen, getäuscht, beinahe zornig. Doch dann dämmerte es ihm, dass Amanda ihm die Heirat versprochen und einen Liebesschwur geleistet hatte. Das war zwar nicht die ›Siebter Himmel‹-Romantik, von der er all die Jahre phantasiert hatte, aber sie hatte versprochen, ihn zu heiraten! Gut, im Moment ist sie eingeschnappt. Ich habe sie gezwungen, und das gefällt ihr nicht. Sie fühlt sich Fuchs gegenüber verpflichtet. Aber das wird sich schon noch ändern. Mit der Zeit wird sie es akzeptieren. Sie wird mich akzeptieren. Sie wird mich lieben lernen. Ich weiß es.

Plötzlich stieß Humphries ein lautes Lachen aus und tanzte wie ein liebestoller Teenager um den Konferenztisch herum. »Ich hab sie!«, rief er zur Decke. »Ich habe alles, was ich immer wollte! Das ganze erbärmliche Sonnensystem ist in meiner Hand!«

Big George fand, dass sie Glück gehabt hatten, einen Flug an Bord eines HSS-Schiffs zu ergattern, das auf einer hochenergetischen Flugbahn nach Ceres unterwegs war.

»Wir werden in vier Tagen da sein«, sagte Kris Cardenas, als sie Fertiggerichte aus der Tiefkühltruhe der Bordküche holten.

Cardenas sah die Sache eher nüchtern. »Wieso schickt Humphries dieses Schiff auf einen Hochgeschwindigkeitsflug nach Ceres? Es ist praktisch leer. Wir sind die einzigen Passagiere, und es ist auch keine Fracht an Bord, soweit ich weiß.«

George schob sein Essen in die Mikrowellen und sagte: »Nach dem, was die Besatzung sich so erzählt, wollen sie den Kerl aufnehmen, der Lars gefangen hat.«

Besorgnis flackerte in Cardenas' blauen Augen auf. »Darum geht es also! Eine triumphale Rückkehr für den siegreichen Helden.«

»Das ist nicht lustig, Kris. Wir müssen Lars vor Gericht stellen, weißte. Er hat Menschen getötet.«

»Ich weiß«, sagte sie niedergeschlagen.

Die Mikrowelle bimmelte.

»George«, fragte sie, »gibt es irgendeine Möglichkeit, wie wir Lars' Hals retten können?«

»Sicher«, sagte er und holte das Gericht heraus. »Man könnte ihn zu lebenslänglicher Zwangsarbeit verurteilen. Oder vielleicht für hundert Jahre in einen Kryonik-Tank stecken.«

»Mal im Ernst«, sagte Cardenas.

George setzte sich an den kleinen Tisch in der Bordküche und packte die dampfende Mahlzeit aus. »Weiß nicht, was wir für ihn tun können, außer ihm eine faire Verhandlung zu garantieren. Er hat sich eine Menge Feinde gemacht, weißte.«

Sie warf ihr Fertiggericht wieder in die Tiefkühltruhe und setzte sich missmutig neben ihn. »Ich wünschte, es gäbe eine Möglichkeit, ihn zu retten.«

George war schon mit dem Essen beschäftigt und versuchte das Thema zu wechseln. »Wir werden für Lars tun, was wir können. Aber, weißte, ich frage mich schon die ganze Zeit … wieso entwickelst du denn keine Nanomaschinen, um das Erz aus den Asteroiden herauszuholen und an Ort und Stelle zu verarbeiten? Das Schürfen würde zum Kinderspiel.«

»Dann würden fast alle Bergleute auf einen Schlag arbeitslos werden.«

»Vielleicht«, sagte George. »Aber wir könnten ihnen doch Anteile an der Nanotech-Unternehmung verkaufen. Auf diese Weise würden sie abgefuckte Kapitalisten und müssten keine Drecksarbeit mehr machen.«

Harbin eskortierte Fuchs persönlich von der *Shanidar* zur Untergrundsiedlung auf Ceres. Fuchs trug zwar keine Handschellen oder Fesseln, aber er wusste auch so, dass er ein Gefangener war. Harbin hatte zwei seiner größten Männer dabei; er wollte kein Risiko eingehen.

Während sie im Zubringer zur Asteroidenoberfläche abstiegen, machte Fuchs das unvollendete Habitat aus, das gemächlich am Sternenhimmel rotierte. Ob es jemals fertig wird, fragte er sich. Werden sie jemals so leben können, wie ich es für Amanda und mich geplant hatte?

Amanda. Der Gedanke an sie sog die ganze Kraft aus ihm heraus. Wenigstens ist sie in Sicherheit, sagte Fuchs sich. Ja, sagte eine spöttische Stimme im Hinterkopf. Sie wird sicher wie in Abrahams Schoß sein, wenn sie Humphries erst geheiratet hat. Der alte Zorn schien wieder in ihm aufzulodern, doch es blieb bei diesem Strohfeuer, und er wurde wieder von der schieren Aussichtslosigkeit seiner Lage überwältigt. Er hat sie für sich gewonnen, und ich habe sie verloren.

Als sie durch die Luftschleuse in den Empfangsbereich traten, sah Fuchs, dass er von einer Gruppe aus vier Frauen und drei Männern erwartet wurde. Er kannte sie alle: ehemalige Nachbarn, ehemalige Freunde.

»Wir übernehmen ihn jetzt«, sagte Joyce Takamine. Ihr hageres schlitzäugiges Gesicht war völlig ausdruckslos. Sie vermied es, Fuchs in die Augen zu schauen.

»Wohin bringen Sie ihn?«, wollte Harbin wissen.

»Er steht unter Hausarrest«, erwiderte Takamine steif, »bis unser Chef-Administrator zurückkehrt. Dann wird er wegen Piraterie und Mordes vor Gericht gestellt.«

Harbin bekundete mit einem Kopfnicken seine Zustimmung und übergab ihnen Fuchs. Geschafft, sagte er sich. Ich habe meine Arbeit getan. Nun will ich mir die Belohnung abholen.

Er führte seine beiden Leute zum Humphries-Büro, das sich nur ein paar Schritte entfernt im staubigen

Tunnel befand. Dort erhob eine lächelnde junge Frau sich hinter ihrem Metallschreibtisch und begleitete das Trio persönlich zu ihren Unterkünften tiefer im Labyrinth aus Tunnels und Räumlichkeiten. Die beiden Männer mussten sich einen Raum teilen, aber Harbin bekam ein Apartment für sich allein. Es war zwar nur ein Raum, aber er war wenigstens ungestört. Jemand hatte sogar seine Reisetasche hergebracht und aufs Bett gestellt.

Eine Nachricht von Diane wartete auf ihn.

Sie hätte eigentlich einen fröhlichen und glücklichen Eindruck machen müssen, sagte Harbin sich, hätte ihren Sieg und seinen Triumph auskosten müssen. Stattdessen wirkte ihr Gesicht auf dem Wandbildschirm ernst, um nicht zu sagen todernst.

»Dorik, ich habe einen Hochgeschwindigkeitsflug für dich arrangiert. Ich möchte, dass du so schnell wie möglich nach Selene kommst. Wo du Fuchs nun zur Strecke gebracht hast, haben wir eine Menge zu erledigen – uns beiden stehen große Veränderungen bevor. Ich werde dir alles erzählen, wenn du hier bist.«

Der Bildschirm wurde dunkel. Harbin starrte ihn für eine Weile an; mit keinem einzigen Wort hatte sie ihm gratuliert, mit keiner einzigen Silbe hatte sie ein warmes Gefühl für ihn ausgedrückt. Allerdings hat sie auch nie gesagt, dass sie mich liebt.

Er ging zum Bett und setzte sich. Er war plötzlich müde. Liebe habe ich auch nie erwartet, sagte er sich. Bisher nicht, wurde er sich bewusst. Er öffnete die Reisetasche und suchte nach den Pillen, die ihm Seelenfrieden bringen würden – jedenfalls für eine Weile.

Kapitel 56

Humphries verbrachte den Morgen damit, Vorbereitungen für seine Hochzeit zu treffen. Er wies die Rechtsabteilung an, Fuchs eine Nachricht bezüglich Amandas Scheidungsantrags nach Ceres zu übermitteln. Das müsste der Zuckerguss auf dem Kuchen sein, sagte er sich entzückt. Vielleicht wird er Selbstmord begehen, wenn er die Nachricht erhält und uns so die Mühe ersparen, ihn vor Gericht zu stellen. Dann beschloss er, das Hotel Luna zu kaufen und zu renovieren, damit es für die Hochzeit in neuem Glanz erstrahlte. Es wird keine große Sache werden, sagte er sich, nur ein paar Dutzend Freunde. Und die wichtigsten Geschäftspartner natürlich. Es wird eine First-class-Veranstaltung werden. Wie lautete noch diese alte französische Bezeichnung, die längst nicht mehr gebräuchlich war? Etepetete. Genau. Ich will, dass diese Hochzeitsfeier klein, intim und etepetete wird.

Amanda wird wahrscheinlich auch Pancho einladen, wurde er sich bewusst. Aber was soll's? Ich frage mich, wie viele Familienangehörige sie noch auf der Erde hat. Ich werde sie alle einfliegen lassen. Wieso nicht? Ich werde sie mit so viel Güte und Luxus überhäufen, dass sie gar nicht anders kann, als sich in mich zu verlieben.

Als es Mittagszeit war, grinste er noch immer und pfiff fröhlich vor sich hin. Er saß am Schreibtisch und ging die Tätigkeitsberichte der letzten zwei Tage durch. Er stutzte und sah, dass Diana einen Hochgeschwindigkeitsflug nach Ceres angefordert hatte. Die einzigen Passagiere an Bord des Schiffs waren Ambrose und Dr. Cardenas.

Wieso hat sie das gemacht, fragte er sich.

Sie hat doch erst gestern die Implantationsprozedur durchgemacht, sagte er sich. Und dann ist sie heute schon wieder auf den Beinen und hat einen Sonderflug für diese beiden Felsenratten arrangiert?

Seine Stimmung war aber nur leicht getrübt, als er Verwoerd anrief.

»Ich will einen Spaziergang im Garten machen«, sagte er, als ihr Bild auf dem Wandbildschirm erschien. »Möchten Sie mich vielleicht begleiten?«

»Ich versuche das aufzuarbeiten, was ich gestern liegen gelassen habe«, sagte sie reserviert.

»Das kann warten. Ein Spaziergang an der frischen Luft wird Ihnen gut tun.«

Sie zögerte für einen Sekundenbruchteil und gab dann nach. »Ich warte an der Haustür auf Sie«, sagte sie mit einem Kopfnicken.

Er hätte erwartet, dass man ihr die anstrengende Prozedur noch ansah, der sie sich unterzogen hatte, doch in Humphries' Augen sah Diane Verwoerd nicht anders aus als vor der Implantation auch.

»Der Eingriff ist gut verlaufen?«, fragte er, während sie den gepflasterten Weg entlanggingen, der sich zwischen üppigen korallenroten Oleandern und scharlachroten Azaleen hindurchschlängelte.

Sie schaute ihn von der Seite an. »Der Bericht müsste schon vorliegen.«

»Ich habe den Bericht gesehen«, erwiderte er gereizt. »Ich möchte wissen, wie es Ihnen geht.«

»Ach«, sagte Verwoerd. »Besorgt um die Mutter Ihres Sohns?«

»Das stimmt.«

Die nächsten paar Schritte schwieg sie. »Mit geht es gut«, sagte sie dann. »Mutter und Fötus sind wohlauf.«

»Gut.«

»Ich möchte Ihnen übrigens gratulieren.«

466

Er vermochte ein Lächeln nicht zu unterdrücken. »Zu Amanda? Vielen Dank.«

Sie kamen an einer kleinen Bank aus Mondgestein vorbei. »Wo Sie nun in der Lage sind, ein Kind auf herkömmliche Weise zu zeugen, bestehen Sie noch immer darauf, dass ich den Vertrag erfülle?«, fragte Verwoerd.

»Natürlich«, blaffte er. »Es ist mein Sohn, von dem Sie hier reden.«

»Ihr Klon.«

»Ich werde nicht zulassen, dass Sie ihn abtreiben. Ich kann doch mehr als ein Kind haben.«

»Aber dieses Kind ...« – sie klopfte sich sachte auf den Bauch – »trägt nur Ihre Gene.«

»Verdammt richtig.«

»Er wird trotzdem keine exakte Kopie von Ihnen, müssen Sie wissen«, sagte Verwoerd, wobei ein lockendes Lächeln um ihre Lippen spielte. »In genetischer Hinsicht wird er zwar identisch sein, aber er wird auch durch die Enzyme meines Körpers beeinflusst und ...«

»Das weiß ich auch«, unterbrach Humphries sie.

»Da bin ich mir sicher.«

Er schaute sie finster an. »Sie sind heute wieder einmal ziemlich kratzbürstig, wie?«

»Wieso auch nicht, Martin? Ich trage schließlich Ihr Kind aus. Sie werden mich sehr großzügig dafür belohnen, nicht wahr?«

»Wenn der Junge gesund zu Welt kommt.«

»Nein, so lang will ich nicht warten. Ich will die Bezahlung jetzt. Ich will einen Sitz im Vorstand. Ich habe ihn verdient. Zumal ich ohnehin viel besser bin als die meisten dieser Fossilien.«

Macht, sagte Humphries sich. Sie strebt nach Macht. »Ist das alles?«, fragte er.

»Geld will ich auch. Ich will viel Geld, Martin. Ich weiß, dass Sie genug davon haben.«

Er blieb stehen und stemmte die Fäuste in die Hüften. »Seit wann reden Sie mich denn mit dem Vornamen an?«

Sie lächelte. »Ich gehe für Ihren Fötus ein sehr großes Risiko ein. Da liegt es doch auf der Hand, dass man sich mit dem Vornamen anredet, finden Sie nicht?«

»Nein, finde ich nicht.«

»Na schön, dann werden wir uns eben auf einer rein geschäftlichen Ebene bewegen, *Mister* Humphries. Ich will eine Leibrente von zehn Millionen pro Jahr.«

»Zehn Mill …« Er stieß ein heiseres Lachen aus. »Sie träumen wohl. Ich könnte hundert Frauen bekommen, die für Sie einspringen, und es würde mich nicht einen Bruchteil dessen kosten.«

Verwoerd nahm die Wanderung wieder auf. Humphries musste ihr wohl oder übel folgen.

»Ja, ich bin sicher, dass Sie eine billige Leihmutter für Ihren Klon finden würden. Aber ich bin zehn Millionen wert. Eigentlich noch mehr.«

»Sind Sie das?«, fragte er mürrisch, als ihm klar wurde, worauf sie hinauswollte.

»Ich weiß eine Menge über Sie und Ihre Aktivitäten im Gürtel. Ich bin eine loyale Mitarbeiterin, *Mister* Humphries, und ich halte den Mund. Aber dieses Schweigen wird Sie zehn Millionen pro Jahr kosten. Sie können ein Treuhandkonto einrichten; ich werde mich für Sie um die Details kümmern.«

Seltsamerweise verspürte Humphries keinen Zorn. Eher bewunderte er sie wegen ihrer Chuzpe. »So haben Sie sich das also gedacht«, sagt er.

»Ja, habe ich.«

»Und ich hatte schon befürchtet, Sie würden dem Größenwahn anheim fallen«, sagte Humphries und schüttelte langsam und enttäuscht den Kopf. »Das ist nicht das erste Mal, dass einer meiner Mitarbeiter versucht, Geld von mir zu erpressen.«

»Finden Sie denn nicht, dass ich leicht zehn Millionen pro Jahr wert bin?«, fragte sie mit einem unverfrorenen Grinsen.

Bevor er ihr noch eine passende Antwort darauf geben konnte, fügte Verwoerd hinzu: »Und glauben Sie nur nicht, dass Sie mich einfach so abservieren könnten. Mir wird kein Unfall zustoßen, Martin. Ich bin nämlich sehr gut gegen alle Arten von Unfällen versichert.«

Nun dämmerte es ihm. »Deshalb lassen Sie Harbin also im Eiltempo herbringen.«

Sie nickte. »Dorik ist meine Lebensversicherung. Wenn Sie mir nach dem Leben trachten, wird er Sie töten. Darin ist er gut. Fragen Sie Grigor; Grigor hat eine Heidenangst vor ihm.«

»Wirklich?«

»Ja. Und aus gutem Grund. Sie sollten auch Angst vor ihm haben, wenn Sie glauben, Sie könnten mich loswerden. Es kommt Sie billiger, die zehn Millionen zu zahlen, Martin. Damit sind die Spesen für Dorik und mich abgegolten.«

»Ein echtes Schnäppchen«, grummelte Humphries.

Kapitel 57

Es war zum Verrücktwerden. Den ganzen langen Tag stapfte Lars Fuchs wie ein Tiger im Käfig in seinem Apartment umher – er stapfte zur Tür, machte kehrt und marschierte wieder zur entgegengesetzten Wand, wo der schwarze, stumme Wandbildschirm hing. Wie in einer Endlosschleife: die Tür, dann am Bett vorbei, wo er und Amanda geschlafen und sich geliebt hatten …

Er hätte am liebsten geschrien. Er hätte am liebsten gegen die Wände gehämmert, die Tür eingeschlagen und wäre durch die staubigen Tunnels gerannt, bis jemand ihn auf der Flucht erschoss und allem ein Ende machte.

Er erinnerte sich an den Begriff, den die Amerikaner einmal geprägt hatten: unnötig grausame Bestrafung. Unter Hausarrest gestellt zu sein, in dem Raum eingesperrt zu sein, der für so viele Jahre sein Zuhause gewesen war, zu wissen, dass seine Frau Millionen Kilometer entfernt war und sich anschickte, den Mann zu heiraten, der sein Leben ruiniert hatte – da wäre es doch besser, tot und von dieser endlosen Qual erlöst zu sein.

Sein Blick fiel auf sein Spiegelbild im Spiegel über der Ankleidekommode, und er hätte sich fast nicht wieder erkannt: Die Kleidung war zerknittert und verschwitzt, das Haar zerzaust, Tränensäcke unter den Augen und unrasiert. Er unterbrach seine Wanderung und starrte auf das Bild im Spiegel: ein Mann, der in Selbstmitleid versank und sich in der Niederlage förmlich suhlte.

Nein, sagte er sich. So will ich nicht enden. Man hat

471

mir zwar alles genommen, aber die Selbstachtung wird man mir nicht nehmen. Er sei denn, ich nehme sie mir selbst.

Er riss sich die verschwitzten Kleider vom Leib und ging unter die Dusche. Als die Brause automatisch aufgedreht wurde, machte er sich zwar Gedanken wegen der Wasserrationierung, doch dann sagte er sich, zum Teufel damit! Auch ein zum Tode Verurteilter hat das Recht auf Körperhygiene! Als der Wasserdampf ihn einhüllte, erinnerte er sich an die Zeiten, als er und Amanda sich zusammen in die enge Kabine gequetscht hatten. Er kämpfte mit den Tränen.

Nachdem er sich rasiert und frische Kleidung angezogen hatte, wies er das Telefon an, eine Verbindung mit George Ambrose herzustellen. Nicht einmal eine Viertelstunde später klopfte Big George an die Tür und schob sie auf.

»Hallo, Lars«, sagte der Australier. Er wirkte leicht beschämt. »Du wolltest mich sprechen?«

Fuchs sah, dass ein bewaffneter Posten draußen im Tunnel stand; selbst unter der Atemmaske identifizierte er die Wache als Oscar Jiminez.

»Herein, wenn's kein Schneider ist«, sagte Fuchs und versuchte tapfer zu klingen. »Ich freue mich über jede Abwechslung in dieser Monotonie.«

George schob die Tür wieder zu und blieb unbehaglich davor stehen. »Ich hab gar nicht bedacht, wie lang dir die Zeit hier drin werden muss, wenn du nicht raus kannst.«

»Der einzige Kontakt mit der Außenwelt war bisher eine Mitteilung von Humphries' Anwälten, wonach Amanda die Scheidung beantragt.«

»Ach du Scheiße, Lars«, sagte George erschüttert, »das tut mir aber Leid.«

»Ich werde den Antrag nicht anfechten«, fuhr Fuchs fort und genoss fast den offensichtlichen Ausdruck von

Schuld in Georges bärtigem Gesicht. »Welche Rolle spielt das überhaupt noch? Ich werde doch eh bald exekutiert, nicht wahr?«

Georges Gesichtsausdruck wurde noch düsterer. »Nun, wir bereiten eine Verhandlung vor. Du wirst einen Verteidiger brauchen.«

»Ich will keine Verhandlung«, sagte Fuchs zu seiner eigenen Verwunderung.

»Ich auch nicht, Kumpel, aber wir müssen sie ansetzen.«

»Du verstehst nicht, George. Ich verzichte auf mein Recht auf eine Verhandlung … wenn meine Besatzung dafür entlastet und freigelassen wird. Ich übernehme für alles die volle Verantwortung.«

»Deine Besatzung gehen lassen?« George kratzte sich nachdenklich den Bart.

»Ich habe die Befehle gegeben. Sie wussten nicht, dass durch meinen Befehl Menschen auf Vesta umkommen würden.«

»Du übernimmst die volle Verantwortung?«

»Absolut.«

»Und du gestehst die – vorsätzliche – Ermordung des Bautrupps auf Vesta?«

»Ich würde es in einer vergleichbaren Situation wieder tun.«

George stieß die Luft in einem Schwall aus. »Ich glaube, eine Verhandlung können wir uns sparen.«

»Du lässt meine Besatzung frei?«

»Ich muss das zwar erst noch im Rat durchbringen, aber ich sehe keinen Grund, sie noch länger festzuhalten, wenn du bereit bist, die ganze Schuld auf dich zu nehmen.«

»Ich nehme sie auf mich«, sagte Fuchs.

»Also gut«, sagte George. »Dann stellt sich wohl nur noch die Frage, ob du eine Augenbinde möchtest oder nicht.«

Martin Humphries wartete nicht erst, bis Dorik Harbin in Selene eintraf. Stattdessen ließ er sich von einem *HSS*-Schiff zu einem Treffpunkt mit dem Schiff fliegen, auf dem Harbin sich befand. Beim Gedanken an die horrenden Kosten verzog er zwar das Gesicht, aber er wollte diesen Söldner, diesen Auftragskiller sprechen, ohne dass Verwoerd dabei war.

Obwohl Humphries Harbins Personaldatei minuziös studiert hatte, war er dennoch überrascht, als er dem Mann dann gegenüberstand. Er hat etwas von einer Dschungelkatze, sagte Humphries sich, als er Harbins Abteil betrat. Selbst in der winzigen Schiffskabine erinnerte Harbin ihn an einen Panther, ein rastloses Energiebündel in schlanker, muskulöser Gestalt.

Man vermochte ihn als eine derbe, fast brutale Schönheit zu bezeichnen. Harbin hatte sich für die Begegnung mit Humphries den Bart abrasiert und ein langärmliges Hemd und eine khakifarbene Hose angezogen. Die Kleidungsstücke hatten so scharfe Bügelfalten, dass sie auch als Uniform hätte durchgehen können. Humphries hatte in seinem saloppen Rundhalspullover und der Whipcordhose das Gefühl, als Zivilist einem Soldaten gegenüberzustehen.

Sie schüttelten sich die Hand und murmelten Begrüßungsfloskeln. Harbin bot Humphries die einzige Sitzgelegenheit in der Kabine an, einen Plastikstuhl. Er selbst setzte sich auf die Bettkante; er wirkte so steif, als ob er sich in Hab-Acht-Stellung befände. Sogar wenn er sich hinsetzte, sagte Humphries sich, schien er seine Beute anspringen zu wollen.

»Ich habe Ihnen ein Geschenk mitgebracht«, sagte Humphries leutselig und wies auf den Wandbildschirm des Abteils. »Zugang zu allen, äh … Medikamenten, die Sie benötigen.«

»Sie meinen Drogen«, sagte Harbin.

»Ja. Designerdrogen, Stimulanzien – alles, was das

Herz begehrt. Meine Pharmazeuten in Selene werden sie für Sie herstellen.«

»Danke.«

»Nichts zu danken«, sagte Humphries.

Dann trat Schweigen ein. Harbin saß nur da und taxierte Humphries mit seinen stechenden eisblauen Augen. Ich muss sehr vorsichtig sein mit diesem Mann, wurde Humphries sich bewusst. Er ist wie eine Flasche mit Nitroglyzerin: Eine falsche Bewegung, und er explodiert.

Schließlich räusperte Humphries sich und sagte: »Ich wollte mich persönlich mit Ihnen treffen und Ihnen zu Ihrer erfolgreichen Arbeit gratulieren.«

Harbin sagte nichts.

»Sie haben sich einen ordentlichen Bonus verdient.«

»Danke.«

»Dass Sie Kopien Ihrer Logbücher an Freunde auf der Erde geschickt haben«, fuhr Humphries fort, »war sehr clever. Es ist ein Beweis für Ihre beachtliche Intelligenz.«

Harbins Gesichtsausdruck änderte sich geringfügig. Ein Anflug von Neugier flackerte in seinen Augen.

»Sehr clever«, fuhr Humphries fort. »Aber im Grunde auch unnötig. Sie haben nämlich nichts von mir zu befürchten. Ich bin Ihnen dankbar, und ich schade niemandem, der gute Arbeit leistet. Fragen Sie Grigor. Sie können überhaupt jeden fragen.«

Harbin schien sich das für einen Moment durch den Kopf gehen zu lassen. »Ich wollte mich nur absichern«, sagte er dann.

»Ich verstehe. In gewisser Weise stimme ich Ihnen sogar zu. An Ihrer Stelle hätte ich wahrscheinlich das Gleiche getan – auf die eine oder andere Art.«

»Sie erwähnten einen Bonus.«

»Eine Million Internationale Dollar, zahlbar an die Bank Ihrer Wahl.«

Harbin rührte sich keinen Millimeter, doch er schien sich zu versteifen wie ein Tier, das plötzlich Gefahr wittert.

»Ich hätte mehr erwartet«, sagte er.

»Wirklich? Ich finde, dass eine Million sehr großzügig ist.«

»Diane sagte, da sei noch mehr drin.«

Bingo, jubelte Humphries stumm. Er hat ihren Namen erwähnt.

»Diane? Etwa Diane Verwoerd?«

»Ja, Ihre persönliche Assistentin.«

»Sie ist nicht berechtigt, Ihnen ein Angebot zu machen, das ich nicht genehmigt habe«, sagte Humphries streng.

»Aber sie hat mir doch gesagt ...« Harbin verstummte verwirrt.

Humphries setzte ein verständnisvolles Lächeln auf. »Diane überschreitet manchmal ihre Kompetenzen. Das ist eben das Problem mit den Frauen«, fuhr er mit einem Augenzwinkern fort. »Wenn sie das Bett mit einem teilen, betrachten sie einen gleich als ihr Eigentum.«

»Sie teilt das Bett mit Ihnen?«

»Wussten Sie das denn nicht? Sie hat es Ihnen nicht gesagt? Um Gottes willen, die Frau trägt doch mein Kind aus.«

Harbin stand langsam auf. »Sie trägt ... Ihr Kind?«

Humphries blieb sitzen und bemühte sich, keine Angst zu zeigen. »Wir wissen es auch erst seit ein paar Tagen«, sagte er treuherzig. »Sie ist schwanger. Wir haben die frohe Kunde schon an all unsere Freunde übermittelt. Es wundert mich nur, dass sie Ihnen nichts gesagt hat.«

476

Die Drogen machten es nur noch schlimmer. Harbin traf eine sorgfältige Auswahl aus den Narkotika, die Humphries' Leute im Angebot hatten, aber er vermochte den Gedanken dennoch nicht auszumerzen, dass Diane ihn verraten hatte.

Vor zwei Tagen war er in Selene angekommen. Seitdem hatte er die ganze Zeit im Apartment gelegen, das Humphries ihm zur Verfügung gestellt hatte, und versuchte die Bilder auszulöschen, die ihm kaleidoskopartig durch den Kopf schossen. Die Drogen verfälschten die Erinnerungen und verursachten ihm körperlichen Schmerz, anstatt ihm den Seelenfrieden und das Vergessen zu bringen, nach dem er sich so sehnte. Ganz im Gegenteil. Sie wetzten nur die Messer, die ihm ins Fleisch stachen; sie stießen ihm die Dolche nur noch tiefer in den Leib.

Sie hat mit ihm geschlafen! Sie hat sich von ihm schwängern lassen! Die ganze Zeit, in der sie mit mir zusammen war, hat sie mich veralbert und mich für ihre Zwecke manipuliert – für ihre und Humphries' Zwecke. Sie hat mich zum Narren gehalten und geglaubt, sie würde damit durchkommen.

Schließlich hielt er es nicht mehr aus. Um Mitternacht schlich er sich aus dem Apartment in die Korridore, die Selene wie ein Labyrinth durchzogen. Er hatte verquollene Augen, war unrasiert und trug noch immer die Kleider, in denen er die letzten zwei Nächte geschlafen hatte. Er schlurfte durch die fast leeren Korridore in Richtung von Dianes Unterkunft.

Humphries, der allein in seinem spielwiesengroßen Bett schlief, wurde vom Summen des privaten Telefons geweckt. Missmutig setzte er sich auf und wies den Computer an, den Anrufer auf den Bildschirm zu legen.

Auf dem Wandbildschirm erschien Grigors verdrießliches schmales Gesicht.

»Er hat das Apartment verlassen«, sagte Grigor ohne Umschweife.

Humphries nickte und unterbrach die Verbindung. Er war nun hellwach, stopfte sich die Kissen in den Rücken und machte es sich bequem. Dann befahl er dem Computer, die Bilder der Picokameras zu zeigen, die in Diane Verwoerds Apartment installiert worden waren. Humphries wusste, dass sie ihre Unterkunft ein paarmal nach Wanzen hatte durchsuchen lassen. Aber niemand hatte die mikroskopisch kleinen Kameras gefunden, die in die Elektroinstallation des Apartments integriert waren.

Der Wandbildschirm in Humphries' Schlafzimmer wurde in vier Fenster unterteilt, von denen jedes einen Raum von Dianes Apartment zeigte: Wohnzimmer, Schlafzimmer, Küche, Toilette. Er schaltete in den Infrarotmodus und sah, dass sie schlafend im Bett lag. Zwei Tage hatte sie in ganz Selene nach Harbin gesucht und ihn nicht gefunden. Humphries hatte den Söldner fernab von ihren neugierigen Blicken untergebracht. Und er hatte den Mann mit Drogen versorgt, die seine ohnehin schon bedenkliche Paranoia noch verstärkten und seinen Zorn zu einer Wut steigerten, in der er fähig war, einen Mord zu begehen. Schon vor vielen Jahren hatten Chemiker halluzinogene PCP-Drogen wie ›Angel Dust‹ aus natürlichen Amphetaminen entwickelt, die eine unkontrollierte Rauschwirkung hatten. Die Substanzen, die Humphries' Leute Harbin gaben, bewirkten jedoch einen kontrollierten Rausch in dem Sinn, dass seine Mordlust geweckt wurde. Humphries lehnte sich im

Bett zurück und wartete aufs Ende des kleinen Dramas, das Diane Verwoerd selbst heraufbeschworen hatte. Du willst, dass ich nach deiner Pfeife tanze, was? Willst mich erpressen? Mich bedrohen? Nun bekommst du, was du verdienst, du kleine Schlampe.

Schließlich fand Harbin die Tür. Er zögerte für einen Moment mit zum Anklopfen erhobener Faust. Ihm drehte sich alles im Kopf. Wie – soll ich ihr etwa die Chance geben, um Hilfe zu rufen? Ihr die Chance geben, ihren aktuellen Liebhaber zu verstecken?

Er brach das Schloss an der Schiebetür mit Leichtigkeit auf und betrat ihr abgedunkeltes Wohnzimmer. Es dauerte einen Moment, bis die Augen sich an die Dunkelheit gewöhnt hatten, dann ging er lautlos zu ihrer Schlafzimmertür. Irgendetwas roch hier im Raum ranzig und stinkig, bis er sich bewusst wurde, dass es sein eigener Körpergeruch war. Sie hat mir das angetan, sagte er sich. Wegen ihr bin ich ein solches Schwein geworden.

Wie Circe, sagte er sich und versuchte in der Dunkelheit ihre schlafende Gestalt im Bett zu erkennen. Die Zauberin, die Männer in Schweine verwandelte.

Er sah, dass sie allein war. Er ging zum Nachttisch und schaltete die Lampe an.

Diane erwachte, schaute blinzelnd zu ihm auf und lächelte schließlich.

»Dorik, wo bist du denn gewesen? Ich habe überall nach dir gesucht.«

Dann sah sie den mörderischen Ausdruck in seinem unrasierten Gesicht. Sie setzte sich auf, wobei die Decke bis zur Taille hinunterrutschte.

»Was ist denn los? Stimmt etwas nicht? Du siehst ja *furchtbar* aus.«

Er starrte auf sie hinab. Wie oft hatte er diese Brüste schon gestreichelt? Wie viele andere Männer hatten ihren Körper schon genossen?

»Dorik, was ist denn los?«

Als er die Sprache schließlich wiederfand, war sie kaum mehr als ein Krächzen. »Bist du schwanger?«

Das Entsetzen in ihrem Gesicht genügte ihm als Antwort. »Ich wollte es dir sagen …«

»Mit Humphries' Kind?«

»Ja, aber …«

Das waren ihre letzten Worte. Er umklammerte ihren Hals, zerrte sie aus dem Bett und drückte mit beiden Händen fest zu. Sie schlegelte hilflos mit den Armen, während er sie erwürgte. Ihre Augen wurden glasig, und die Zunge hing ihr aus dem offenen Mund. Mit einer Hand zermalmte Harbin ihr den Kehlkopf, mit der anderen packte er die Zunge, grub die Fingernägel hinein und riss sie ihr aus dem Lügenmaul. Ihr Schmerzensschrei wurde vom Blut erstickt, das aus dem Mund quoll. Harbin lockerte den Griff um den Hals gerade so weit, dass sie an ihrem eigenen Blut erstickte. Sie gurgelte, stöhnte, und ihre Hände glitten an seinen Armen herab, bis sie schlaff herunterhingen. Sie war tot.

Humphries, der die Szene vom Bett aus verfolgte, wurde schlecht. Er stand auf und wankte auf die Toilette. Dianes letztes Stöhnen ging in seinen Kotzgeräuschen unter. Als er sich das Gesicht gesäubert und wieder ins Schlafzimmer gestolpert war, zeigte der Wandbildschirm Harbin auf den Knien und Rotz und Wasser heulen. Diane lag auf neben ihm auf dem Boden. Ihr Gesicht war blutüberströmt, und die Augen starrten blind empor.

Er hat ihr die Zunge herausgerissen, sagte Humphries sich und würgte erneut. Mein Gott, er ist ein Monster! Er kroch wieder ins Bett, schaltete die Kameradarstellung aus und rief Grigor, der geduldig in seinem Büro wartete.

»Diane Verwoerd hatte einen Herzanfall«, sagte

Humphries mit bemüht fester Stimme zu seinem Sicherheitschef. »Er war tödlich. Schicken Sie ein paar
zuverlässige Leute in ihr Apartment, um dort sauber-
zumachen und die Leiche wegzuschaffen.«

Grigor nickte. »Und Harbin?«

»Stellen Sie ihn ruhig und bringen Sie ihn an einen
sicheren Ort. Nehmen Sie gleich ein ganzes Team. Er
wird wohl nicht so leicht zu beruhigen sein.«

»Wäre es nicht besser, ihn gleich zum Schweigen zu
bringen?«

Humphries stieß ein bitteres Lachen aus. »Wo diese
Sache ihm nun anhängt? Er ist doch schon zum Schweigen gebracht, glauben Sie mir. Ich werde ihn vielleicht
noch einmal zur besonderen Verwendung brauchen.«

»Trotzdem …«

»Keine Sorge, ich werde ihn schon beschäftigen«,
sagte Humphries. »Halten Sie ihn nur von mir fern. Ich
will nie wieder im selben Raum mit ihm sein – nie wieder. Ich will nicht einmal mehr auf demselben *Planeten*
mit ihm sein«, fügte er nach kurzer Überlegung hinzu.

Kapitel 59

Lars Fuchs schaute überrascht auf, als er das Klopfen an der Tür hörte. Er schaltete das Drama aus, das er sich gerade angeschaut hatte – Sophokles' *Antigone* – und rief »Herein«.

Es war wieder George. Er schaute düster.

Fuchs erhob sich vom Stuhl. »Was verschafft mir diese Ehre?«

»Zeit zu gehen«, sagte George.

Obwohl er gewusst hatte, dass der Moment unausweichlich kommen würde, war Fuchs schockiert. Ihm rutschte das Herz in die Hose.

»Jetzt schon?«

»Jetzt«, sagte George.

Es standen zwei bewaffnete Männer draußen vor der Tür, die Fuchs beide unbekannt waren. Schicksalsergeben ging er neben George durch den staubigen Tunnel und versuchte die Reizung in Lunge und Kehle zu unterdrücken. Es gelang ihm aber nicht, und er bekam einen Hustenanfall.

»Hätte Masken mitbringen sollen«, nuschelte George.

»Das spielt jetzt auch keine Rolle mehr«, sagte Fuchs und versuchte, den Husten unter Kontrolle zu bringen.

George hüstelte auch leicht, als sie durch den Tunnel gingen. Fuchs wurde sich bewusst, dass sie nach oben in Richtung Luftschleuse marschierten, die auf die Oberfläche mündete. Vielleicht wollen sie mich auf diese Weise exekutieren, sagte er sich: mich ohne Raumanzug nach draußen schicken.

Doch sie hielten kurz vor der Luftschleuse an. George führte Fuchs in eine geräumige Kammer, während die beiden Wachen draußen im Staub zurückblieben.

Fuchs sah, dass seine alte Besatzung komplett versammelt war. Sie alle drehten sich zu ihm um.

»Nodon ... Sanja ... Seid ihr in Ordnung?«

Die sechs nickten und lächelten sogar. »Es geht uns ganz gut, Captain, Sir«, sagte Nodon.

»Sie werden Ceres verlassen«, sagte George. »Dein Schiff ist repariert und aufgetankt worden. Sie fliegen in den Gürtel.«

»Gut«, sagte Fuchs. »Das freut mich.«

»Und du wirst mit ihnen gehen«, fügte George hinzu. Sein bärtiges Gesicht wurde von Kummerfalten zerfurcht.

»Ich? Wie meinst du das?«

George atmete tief durch und erklärte es ihm dann: »Wir werden dich nicht hinrichten, Lars. Du wirst ins Exil geschickt. Lebenslänglich. Verschwinde und komm nicht mehr zurück. Nie wieder.«

»Ins Exil? Ich verstehe nicht.«

»Wir haben uns darauf geeinigt, ich und der Rat. Wir haben beschlossen, dich ins Exil zu schicken. Das ist alles.«

»Exil«, wiederholte Fuchs perplex. Er wollte es nicht glauben.

»Das ist schon in Ordnung. Ein paar Leuten wird das sicher nicht gefallen, aber es ist unsere abgefuckte Entscheidung.«

»Du hast mir das Leben gerettet, George.«

»Wenn du es als Lebensrettung bezeichnest, wie ein verdammter Fliegender Holländer im Gürtel umherzuirren, dann – ja, dann haben wir dir wohl das Leben gerettet. Du darfst nur nicht wieder hierher zurückkommen, das ist alles.«

Wochenlang hatte Fuchs sich innerlich auf die Hinrichtung vorbereitet. Nun wurde er sich bewusst, dass er sich für nichts und wieder nichts selbst gequält hatte. Eine Woge der Dankbarkeit brandete gegen ihn an. Er bekam weiche Knie, und Tränen traten ihm in die Augen.

»George … ich … was soll ich nur sagen?«

»Sag einfach Lebewohl, Lars.«

»Also Lebewohl. Und vielen Dank!«

George wirkte ausgesprochen unglücklich: Wie jemand, der gezwungen war, zwischen Pest und Cholera zu wählen.

Fuchs ging mit seiner Besatzung zur Luftschleuse, und sie legten die Anzüge an. Dann stiegen sie in den Zubringer, der schon darauf wartete, sie zur *Nautilus* zu bringen, die im Orbit über Ceres stand.

Eine halbe Stunde später, als er auf der Brücke der *Nautilus* auf dem Kommandantensitz saß, sendete Fuchs eine letzte Botschaft an George:

»Stellt das Habitat fertig, George. Schafft euch ein schönes Zuhause.«

»Das werden wir«, antwortete George. Sein rotbärtiges Gesicht schien schon klein und fern auf dem Bildschirm des Schiffes. »Und du gehst Schwierigkeiten aus dem Weg, Lars. Sei eine gute Felsenratte! Halte dich an die Regeln!«

Erst in diesem Moment begriff Fuchs, was Exil wirklich bedeutete.

Kapitel 60

Es war das größte gesellschaftliche Ereignis in der Geschichte von Selene. Fast zweihundert Hochzeitsgäste versammelten sich im Garten von Humphries' Anwesen.

Pancho Lane trug ein lavendelfarbenes wadenlanges Kleid, das ihre schlanke, athletische Figur gut zur Geltung brachte. Saphire funkelten an ihren Ohren, Handgelenken und am schlanken Hals. Ihre Ringellöckchen waren mit Saphirstaub gepudert.

»Du siehst aus wie eine abgefuckte Million Dollar auf zwei Beinen«, sagte Big George zu ihr.

Pancho grinste den Australier an. Er schien sich höchst unbehaglich zu fühlen in einem korrekten schwarzen Anzug mit einer altmodischen Fliege.

»Wenn ich schon die Rolle eines großen Tiers in einem Konzern spielen muss«, sagte sie, »dann sollte ich auch so aussehen.«

»Du siehst verdammt gut aus«, sagte George.

»Du kannst dich aber auch sehen lassen«, sagte Pancho.

»Komm«, sagte George. »Wir sollten zu unseren Plätzen gehen.«

Jedes Detail der Hochzeit war von Humphries' Leuten sorgfältig choreografiert worden. Auf jedem der weißen Klappstühle, die auf dem Rasen aufgestellt waren, war der Name eines Gastes eingraviert, und jeder Gast hatte sogar eine Nummer für das Defilee nach der Hochzeitszeremonie bekommen.

Sie wollten sich gerade setzen, als Kris Cardenas zu Pancho und George stieß. Sie wirkte richtig jung in einem butterblumengelben Kleid, das gut zu ihrem goldenen Haar passte.

»Amanda will das wirklich durchziehen«, sagte Cardenas, als ob sie sich das Gegenteil wünschte.

»Sieht so aus«, erwiderte George und beugte sich auf dem Stuhl vor. »Ihr glaubt doch nicht, sie wäre erst so weit gegangen und würde jetzt noch einen Rückzieher machen, oder?«, fragte er mit leiser Stimme.

»Nicht Mandy«, sagte Pancho, die zwischen George und Cardenas saß. »Sie wird es durchziehen.«

»Ich mache mir Sorgen um Lars«, sagte Cardenas.

Pancho nickte. »Deshalb heiratet Mandy Humphries auch – um Lars das Leben zu retten.«

»Wenigstens ist er noch am Leben«, sagte George. »Er ist mit seiner Besatzung irgendwo draußen im Gürtel.«

»Als Prospektor?«

»Was bleibt ihm anderes übrig? Wenn er es wagt, hier in Selene oder irgendwo auf der Erde aufzutauchen, wird man ihn verhaften.«

Cardenas schüttelte den Kopf. »Das ist nicht fair, ihn einfach zu verbannen.«

»Immer noch besser, als ihn zu töten«, sagte George.

»Ja schon, aber …«

»Die Sache ist erledigt«, sagte George dezidiert. »Nun müssen wir nach vorn in die Zukunft schauen.«

Pancho nickte zustimmend.

»Ich möchte«, sagte George zu Cardenas, »dass du dir überlegst, wie wir Nanos im Bergbau einsetzen können.«

Cardenas versteifte sich etwas. »Ich habe dir doch schon gesagt, dass ich das für keine gute Idee halte.«

»Quatsch«, sagte George unwirsch. »Das ist eine großartige Idee, und du weißt es. Nur weil …«

Das Orchester, das Humphries eigens zu diesem Anlass hatte einfliegen lassen, intonierte den Hochzeitsmarsch. Alle Anwesenden standen auf und drehten sich zu Amanda um, die in einem weißen bodenlangen Kleid ein paar Schritte vor den aquamarinfarben gewandeten Brautjungfern den Gang entlangschritt. Amanda umklammerte mit beiden Händen ein Bouquet aus weißen Orchideen und zartrosa Zwergröschen.

So ein schlechtes Leben wird das gar nicht, sagte Amanda sich, als sie langsam im Takt des Hochzeitsmarschs den Gang entlangschritt. Martin ist kein Ungeheuer; er kann sogar ausgesprochen liebenswürdig sein, wenn er will. Ich muss nur meine Position vertreten und Herrin der Lage bleiben.

Doch dann dachte sie an Lars, und sie wollte schier verzagen. Ihr war zum Weinen zumute, doch sie wusste, dass sie das nicht durfte. Eine Braut muss lächeln, sagte sie sich. Eine Braut muss vor Glück strahlen.

Martin Humphries stand am provisorischen Altar am Ende des Ganges. Zweihundert Gäste beobachteten Amanda, wie sie langsam und gemessen auf ihn zuging. Martin strahlte; er sah sehr gut aus in seinem bordeauxfarbenen Samtfrack. Er stand da wie ein triumphierender Sieger und lächelte sie herzlich an.

Der Priester war aus Martins Heimatort in Connecticut nach Selene eingeflogen worden. Die anderen Teilnehmer an der Hochzeitsfeier waren Amanda unbekannt.

Als der Priester sich anschickte, die Trauung zu vollziehen, dachte Amanda an die befruchteten Embryonen, die sie und Lars tiefgekühlt in der Klinik von Selene deponiert hatten. Die Zygoten waren Lars' Kinder, seine Nachkommen. Und ihre.

Sie warf einen Blick auf Martin, der in wenigen Momenten ihr rechtmäßig angetrauter Ehemann sein würde. Ich werde Sex mit ihm haben, sagte Amanda sich. Natürlich. Das ist es ja, was er will – das erwartet er. Und ich werde ihm auch alles geben, was er erwartet. Alles.

Doch wenn ich ein Kind austrage, wird es Lars' Kind

sein und nicht Martins. Dafür werde ich schon sorgen. Martin wird es niemals erfahren, aber ich werde es tun. Ich werde Lars' Sohn in die Welt setzen. Basta.

Als Amanda das Jawort gab, lächelte sie zum ersten Mal.

Martin Humphries stand neben der schönsten Frau im ganzen Sonnensystem und wusste, dass sie ihm und nur ihm gehören würde, solange er sie wollte.

Ich habe nun alles, was ich wollte, sagte er sich. Fast alles. Er hatte Pancho unter den Hochzeitsgästen gesehen; sie war in Begleitung von diesem Rübezahl und Dr. Cardenas. Amanda hatte sie eingeladen; es waren schließlich ihre Freunde. Humphries sagte sich, dass er Pancho auch eingeladen hätte – nur damit sie sah, wie er Amanda in Besitz nahm.

Amanda glaubt, dass der Krieg vorbei sei. Dass wir die Felsenratten unter Kontrolle hätten und der Kampf zwischen *Astro* und mir nun in einen friedlichen Wettbewerb münden könne. Er hätte beinahe laut gelacht. Amanda schaute ihn an. Sie wird glauben, ich lächle wegen ihr, sagte Humphries sich. Ja, natürlich auch wegen ihr. Aber das ist nicht der einzige Grund. Bei weitem nicht.

Ich werde einen Sohn mit Amanda haben. Die Klone werden bald reif sein, und ich werde mir dann den besten aus dem Wurf aussuchen. Aber ich will auch einen leiblichen Sohn mit Amanda haben. Auf die altmodische Art. Ich werde dafür sorgen, dass sie Fuchs vergisst. Ich werde ihn aus ihrem Gedächtnis löschen – auf die eine oder andere Art.

Fuchs ist erledigt. Sie haben ihn laufen lassen, aber er ist trotzdem ein toter Mann. Er vermag mir nun nichts mehr anzuhaben. Er ist im Exil, allein und ohne Freunde, die ihm helfen würden. Ich habe Amanda versprochen, dass ich ihm nichts tue, und ich werde ihm auch nichts tun. Er kommt mir nun nicht mehr in die Quere, und die Felsenratten sind auch unter Kontrolle. Nun kann der eigentliche Kampf gegen *Astro* beginnen. Ich werde die Kontrolle über die *Astro Corporation* erlangen, über den Gürtel und über das ganze gottverdammte Sonnensystem.

In diesem Moment fragte der Priester Humphries, ob er gewillt sei, Amanda zu seinem rechtmäßig angetrauten Weib zu nehmen.

Seine Antwort auf diese Frage im Besonderen – und seine Ambitionen im Allgemeinen – lautete: »Ich will!«

Dorik Harbin wälzte sich stöhnend im drogeninduzierten Schlaf, während er im Fusionsschiff wieder in den Gürtel flog. Humphries' Psychologen hatten ihr Bestes bei ihm versucht, doch in seinen Träumen wurde er noch immer vom Bild der zu seinen Füßen sterbenden Diane gequält. Die Drogen vermochten die Erinnerung nicht zu löschen; eher wurde sie noch verstärkt und verfälscht: Manchmal war es Harbins Mutter, die an ihrem eigenen Blut erstickte, während er hilflos zuschaute.

Und nach dem Aufwachen verfolgte die Vision ihres Todes ihn noch immer. Er hörte ihr letztes gurgelndes Stöhnen, sah die kreatürliche Angst in ihren Augen. Sie hatte den Tod verdient, sagte er sich, als er aus dem dicken Quarzbullauge des Raumschiffs in die sternenübersäte Leere hinter der Hülle des Schiffs schaute. Sie hat mich belogen, sie hat mich benutzt, sie hat mich verlacht. Sie hatte den Tod verdient.

Ja, sagte die Stimme in seinem Kopf, die er einfach nicht zum Schweigen bringen konnte. Jeder hat den Tod verdient. Einschließlich dir.

Er schnitt eine Grimasse und erinnerte sich an Khayyam:

> Ein Augenblick in der Wüste des Nichts,
> Ein Augenblick, um von der Quelle des Lebens zu
>   kosten –
> Die Sterne ziehen, und die Karawane bricht auf
> Zur Dämmrung des Nichts – oh, beeile dich!

Tief im Asteroidengürtel saß Lars Fuchs unbehaglich auf dem Kommandantensitz der *Nautilus* und starrte in die öde Leere.

Dieses Schiff ist nun meine ganze Welt, sagte er sich. Dieses Schiff und die sechs Menschen, die seine Besatzung bilden. Amanda ist fort; für mich ist sie gestorben. Alle meine Freunde, mein ganzes Leben, die Frau, die ich liebe – alle verschwunden und tot.

Er fühlte sich wie Adam, nachdem er aus dem Garten Eden vertrieben worden war und von einem Engel mit flammendem Schwert an der Rückkehr gehindert wurde. Für mich gibt es keine Rückkehr. Niemals. Ich werde den Rest meiner Tage hier draußen in dieser Einöde verbringen. Wofür lohnt es sich dann überhaupt noch zu leben?

In seinem Kopf wurde auch gleich die Antwort formuliert. Martin Humphries hat alles, wofür ich gearbeitet habe. Er besitzt meine Frau. Er hat mich ins Exil geschickt. Aber ich werde es ihm heimzahlen. Egal, wie lange es dauert; egal, wie mächtig er ist. Ich werde mich rächen.

Aber nicht wie Adam. Nicht wie dieser Schwächling. Nein, sagte er sich. Wie Samson. Verraten, geblendet, in Ketten gelegt und versklavt. Ohne Augenlicht in Gaza. Und doch hat er obsiegt. Sogar um den Preis seines Lebens hat er Rache geübt. Und die Rache wird auch mein sein.

Von **BEN BOVA**

erschienen in der Reihe

HEYNE SCIENCE FICTION:

HEYNE ‹

Andreas Brandhorst

Ein gigantisches Sternenreich, das sich in inneren Konflikten aufreibt und zu zerfallen droht. Eine außerirdische Zivilisation, die einen geheimnisvollen Plan verfolgt. Eine junge Raumschiffpilotin, die auf einem abgelegenen Planeten das größte Rätsel der Menschheitsgeschichte zu lösen versucht ...

»Andreas Brandhorst hat eine Space Opera geschrieben, wie man sie sich nur wünschen kann!« **Wolfgang Hohlbein**

Mehr Informationen unter: www.kantaki.de

3-453-87901-5

3-453-52009-2